Le baiser d'un Fortune

Sous l'emprise d'un cow-boy

JUDY DUARTE

Le baiser d'un Fortune

Passions

HARLEQUIN

Collection : PASSIONS

Titre original : A ROYAL FORTUNE

Traduction française de YVES CRAPEZ

HARLEQUIN®
est une marque déposée par le Groupe Harlequin

PASSIONS®
est une marque déposée par Harlequin

HARLEQUIN

83-85, boulevard Vincent-Auriol, 75646 PARIS CEDEX 13.
Service Lectrices — Tél. : 01 45 82 47 47

www.harlequin.fr

ISBN 978-2-2803-4331-2 — ISSN 1950-2761

- 1 -

Lord Jensen Fortune Chesterfield quitta le salon du ranch Rocking U pour aller prendre l'air dans le jardin. Tout ce brouhaha commençait à lui donner mal à la tête.

Pour faire plaisir à sa mère, lady Josephine, il avait accepté de quitter son fief londonien afin de passer les fêtes de fin d'année en famille, à Horseback Hollow, la petite ville du Texas où vivait sa sœur. Mais il lui tardait déjà de rentrer en Angleterre.

Amelia et Quinn, son beau-frère, étaient adorables, difficile de dire le contraire. Quant aux Fortune — la branche américaine de la famille —, c'était des gens charmants. Malheureusement, il sentait bien qu'il n'était pas comme eux…

Au début, il n'y avait pas attaché d'importance mais, depuis quelques jours, cette impression d'être un étranger lui pesait.

Une fois dehors, il contempla le splendide paysage qui s'étendait autour du ranch. Avec ses cactus, ses dunes de sable, son relief aride, cette région du Texas ressemblait à un décor de western. C'était même encore plus beau que dans ses films préférés !

Voir le soleil couchant embraser ces terres sauvages lui donna envie de les parcourir au grand galop.

Soudain, il sentit son cœur se serrer. Voilà quatre

ans qu'il n'était plus monté à cheval. Des images envahirent aussitôt son esprit : son père, lord Simon Chesterfield, tombant de cheval au cours de ce match de polo.

Terrassé par une crise cardiaque…

D'instinct, il toucha la montre en or qui ne quittait jamais sa poche. Le dernier cadeau de son père. Son talisman.

Le temps avait beau avoir fait son œuvre, cette mort brutale continuait de le hanter. En un sens, cela l'avait profondément isolé. Si sa sœur adorée n'avait pas été sur le point d'accoucher, il ne serait jamais venu au fin fond du Texas, ça non.

Un pâle sourire s'étira sur ses lèvres. Amelia avait défrayé la chronique en épousant un type du coin. Depuis, leurs moindres faits et gestes étaient épiés par les paparazzis.

Avec un soupir, il laissa errer son regard sur les dunes et les pâturages que le soleil couchant caressait de ses reflets ocre et or.

Pauvre Amelia… Avec tous ces paparazzis qui ne la lâchaient pas d'une semelle, elle avait dû se résigner à s'enterrer ici. Elle, aussi jeune et pétillante, vivre en recluse ? C'était inconcevable !

Jensen secoua la tête. Comme si cela ne suffisait pas, son arrivée au Texas avait mis les journalistes en ébullition. D'ailleurs, il en avait aperçu deux ou trois à l'affût autour du ranch de son beau-frère.

Qu'espéraient-ils ? Qu'il s'affiche avec une starlette locale ou une riche héritière ?

Depuis la mort de son père, la presse à sensation lui avait prêté des liaisons avec de très jolies filles. Hélas, en dépit de ses démentis et des rappels à l'ordre adressés à la rédaction de ces journaux, le mal était fait. Du coup, le grand public devait croire qu'il passait son temps entre Monte-Carlo et les Bahamas.

En réalité, il gérait soigneusement la fortune familiale. Et c'était un travail à plein temps. Entre les différentes sociétés fondées par son père après la guerre, et le château des Chesterfield où lui, ses frères et ses sœurs avaient passé leur enfance, il n'avait pas le temps de jouer les séducteurs pour amuser la presse, c'était le moins qu'on puisse dire !

Alors qu'il admirait l'horizon, il sentit soudain qu'il n'était pas seul. Là, sur sa droite, deux paparazzis ! Il sentit aussitôt la colère l'envahir. Impossible d'être tranquille une minute !

— Allez-vous-en, vous n'avez rien à faire ici ! lança-t-il aux deux photographes embusqués.

Heureusement, les hommes quittèrent la propriété sans discuter. Bon débarras !

Jensen tira sa montre de sa poche et regarda l'heure. Bon, il pouvait s'octroyer quelques minutes de solitude supplémentaires. Au même instant, une foule de souvenirs lui revint en mémoire.

Il fallait qu'il se rende à l'évidence : son père lui manquait énormément. Chaque jour, il pensait à lui, à leurs conversations, à leur complicité de tous les instants. Hélas, tous ces beaux moments étaient perdus pour toujours…

Tout à coup, un bruit de porte le ramena à la réalité et il se détourna à regret de ce merveilleux paysage.

— Qu'est-ce que tu fais dehors, Jensen ?

Il se retourna. C'était sa mère. Avec son visage racé auréolé de cheveux argentés, lady Josephine en imposait toujours autant.

— Rien, j'avais juste envie de prendre l'air.

— Vraiment ? insista-t-elle en le dévisageant d'un regard soucieux.

— Mais oui, mère, répondit-il en s'efforçant de sourire.

— Alors viens avec nous, toute la famille est là. Ça me fait de la peine de te voir t'isoler de cette façon.

— Mais je ne m'isole pas, rétorqua-t-il de son ton le plus convaincant.

En réalité, il se sentait mal à l'aise parmi les membres de la famille Fortune. Au fond, il ne les connaissait pas beaucoup. Sans compter qu'ils n'avaient ni son éducation, ni ses manières, ni sa façon de vivre.

— Depuis que tu es là, tu as l'air ailleurs. J'ai l'impression que tu as du mal à t'intégrer, renchérit-elle.

Il baissa la tête. Elle avait vu juste. Mais pas question de le lui avouer !

— Disons que je me sens moins à l'aise que toi parmi des gens que je connais à peine, répondit-il avec prudence.

En un sens, c'était compréhensible. Deux ans plus tôt, sa mère, qui avait été adoptée, avait appris qu'elle avait un frère jumeau, James Marshall Fortune, et une sœur jumelle, Jeanne Marie. Du coup, la nouvelle l'avait incitée à vouloir rattraper le temps perdu, et connaître le reste de sa famille, bien loin de l'Angleterre.

— Nous formons un clan uni, lui rappela-t-elle alors.

Jensen se passa une main dans les cheveux. Avait-elle peur qu'il l'oublie ?

— Je sais que tu attaches beaucoup d'importance à ces fêtes de Noël en famille, concéda-t-il en tournant la tête.

Par l'entrebâillement de la porte, il surprit tout à coup la frimousse de Kylie, une nièce de sa mère. Elle avait dû écouter leur conversation. Une chance, il avait évité de dire du mal des Fortune ou du Texas !

— Tante Josephine, je veux dire lady Josephine, c'est l'heure d'ouvrir les cadeaux !

— Allons, ma chérie, appelle-moi tante Josephine, suggéra sa mère avec son beau sourire.

— D'accord, tante Josephine, insista Kylie en fronçant son petit nez couvert de taches de rousseur.

Jensen observa la petite fille s'engouffrer à l'intérieur. Là, il vit sa mère tourner vers lui son visage altier.

— Quel amour, cette petite Kylie ! lança-t-elle avec un sourire rayonnant. Ça me fait tellement plaisir d'être entourée de tous ces enfants, surtout à Noël !

Il retint un soupir. Si cela ne tenait qu'à lui, il se serait volontiers passé de tous ces gosses qui criaient tout le temps.

— Je sais, répondit-il avec un hochement de tête.

— Les petits ont parfois tendance à faire du bruit mais ils sont tellement adorables, ajouta sa mère.

— Oui, ils sont très gentils, murmura-t-il.

Il s'efforça de sourire mais le cœur n'y était pas. Dire qu'à bientôt trente ans il était encore célibataire et sans enfants. Sa solitude commençait à lui peser, et même s'il refusait de l'admettre (surtout devant sa mère), il lui tardait de rencontrer une femme qui lui donnerait envie de se marier.

Seulement, finirait-il un jour par trouver la femme de sa vie ? Celle qui saurait le rendre heureux et qu'il aimerait de tout son cœur ?

Sa mère lui caressa tendrement la joue.

— Merci d'avoir fait l'effort de venir au Texas, mon garçon. Sans toi, ces fêtes de fin d'année auraient été bien tristes.

— Parce que je suis ton préféré, avoue ! s'exclama-t-il avec malice.

— Tu occupes une place de choix dans mon cœur et mon souhait le plus cher serait de te voir enfin heureux, avec une femme qui te mérite, répondit-elle.

— J'ai le temps, se contenta-t-il de dire.

Le fait est qu'il n'avait aucune envie de discuter avec sa mère de sa vie privée.

— C'est ce que nous croyons toujours, mon garçon, jusqu'à ce que le destin s'en mêle, objecta-t-elle.

Il fronça les sourcils. A quoi faisait-elle allusion ? A la mort accidentelle de son père ? Qu'importe. Il valait mieux qu'il se taise. Sans quoi, il allait devoir se justifier une fois de plus. Et puis, à quoi bon discuter de tout cela ? Après tout, il était le mieux placé pour savoir à quoi s'en tenir sur les sentiments qu'il inspirait aux femmes, non ?

Il avait rencontré de très belles femmes, parfois même très riches, mais aucune n'avait fait battre son cœur au point de lui donner envie de se marier, encore moins de fonder une famille. Sans parler de celles, moins riches et tout aussi belles, qui n'avaient vu en lui qu'un tremplin vers la notoriété. En fin de compte, son titre et sa richesse étaient plus un fardeau qu'autre chose.

Hélas, alors qu'il aspirait à être heureux, comme tout un chacun, il vivait prisonnier de son petit univers aristocratique, soumis à une foule d'obligations et traqué par les paparazzis, qui plus est ! Pourquoi avait-il à supporter tout cela ?

Il laissa échapper un soupir.

— Je ne peux m'empêcher de penser à papa, à tout ce qu'il m'a apporté, avoua-t-il en caressant furtivement la montre dans sa poche.

— Simon me manque à moi aussi, murmura sa mère, et je n'oublie pas qu'il a été un père merveilleux avec toi.

— Inoubliable, oui…, admit-il, la gorge serrée.

— Il aurait été un grand-père formidable ! ajouta-t-elle en le fixant de ses yeux bleus.

Jensen tourna la tête. Et voilà, sa mère lui reprochait

encore d'être célibataire. Est-ce que c'était sa faute si aucune femme n'avait jusqu'ici fait battre son cœur ? Si celles qu'il avait cru aimer, celles qui avaient, brièvement, partagé son existence, étaient plus intéressées par son titre que par sa personnalité ?

— Grâce à Amelia, tu seras bientôt grand-mère, ce n'est pas si mal, répondit-il à Josephine.

Il vit soudain le visage de sa mère rayonner de joie. C'était la meilleure chose qu'il pouvait lui répondre !

— Je suis impatiente de tenir le bébé dans mes bras ! Si les paparazzis nous laissent en paix, alors mon bonheur sera complet, répondit-elle.

— Ceux-là, je m'en occupe, dit-il d'un ton ferme.

Elle posa sur lui un regard ému.

— Je ne doute pas que tu sauras défendre ta sœur mais tu es si raffiné, si… différent de ces Texans bagarreurs.

Il ne put s'empêcher de rire : sa mère avait raison !

— Dommage que les cow-boys ne boivent pas du thé Earl Grey ! s'exclama-t-il.

— Et préfèrent les pancakes à nos scones, au petit déjeuner, compléta-t-elle en souriant.

— Que ferions-nous sans la marmelade au citron de chez Harrods ?

— Nous n'aurions plus qu'à conduire à droite.

Il partit dans un grand éclat de rire. C'était bon de pouvoir partager ce genre de moments avec elle. Du coup, ce petit intermède lui rendit sa bonne humeur.

— Et si nous allions ouvrir les cadeaux ? suggéra-t-il en se dirigeant vers la maison.

— Allons-y, les enfants doivent mourir d'impatience.

Après s'être effacé pour laisser entrer Josephine, il ferma la porte et suivit sa mère vers le salon où était dressé le sapin.

— Nous vous avons cherchés partout ! lança Amelia depuis la cuisine.

— Viens, Jensen, allons voir ta sœur, dit Josephine.

Mince et brune, ses longs cheveux soyeux attachés en chignon, Amelia arborait fièrement son ventre rond. Il ne l'avait jamais vue aussi heureuse.

— Laisse-moi t'aider, s'empressa-t-il de dire en débarrassant sa sœur du grand saladier rempli de punch aux épices.

Il laissa Amelia et leur mère passer devant lui et entra dans le salon. Son regard tomba alors sur Jeanne Marie Fortune Jones, la sœur de sa mère.

Si la ressemblance entre les deux femmes était flagrante, le style vestimentaire de sa mère était plus distingué et moins fantaisiste que celui de Jeanne Marie. On voyait que l'une avait grandi dans un milieu aisé et l'autre dans un ranch !

— Jensen ! s'exclama joyeusement Jeanne Marie en venant vers lui.

Il s'efforça de sourire. Cette réunion familiale le mettait mal à l'aise et lui faisait regretter sa lointaine Angleterre mais, au moins, les gens du Texas étaient francs, directs et chaleureux.

— Bonjour, ma tante, répondit-il sur le même ton.

— Où étais-tu passé ?

— J'avais besoin de prendre l'air.

— Tu as le mal du pays ? s'inquiéta Jeanne Marie.

— Du tout, répondit-il en posant son plateau sur un coin de la table.

Tandis que sa mère et sa sœur bavardaient avec d'autres membres de la famille, sa tante lui désigna un couple qui jouait avec une fillette près du sapin illuminé.

— Je crois que tu connais Stacey, ma fille, son fiancé Colton et leur petite Piper ?

— En effet, répondit-il en jetant un regard envieux en direction de Colton Foster.

Il faut dire que cet homme avait conquis le cœur de Stacey Fortune Jones, une ravissante brune qui ne lui aurait pas déplu.

Il écouta Jeanne Marie lui parler de son fils Liam, de Julia Tierney, la fiancée de Liam, de Jude, un autre de ses fils qui avait épousé une certaine Gabriela Mendoza.

— Je vous envie d'avoir une famille aussi nombreuse, ma tante, dit-il.

— Allons, tu peux me tutoyer, tu sais ! Au Texas, on n'a pas besoin de faire des manières, lui proposa Jeanne Marie.

— Je vais essayer, ma tante, répondit-il.

Autant se mettre au diapason du reste de l'assemblée...

— Et voici mon fils Christopher, le fiancé de Kinsley Aaron, ajouta Jeanne Marie en lui montrant du doigt un homme svelte et jovial qui jouait avec ses petits cousins.

— Nous nous sommes déjà parlé, s'empressa-t-il de répondre.

Il valait mieux montrer à sa tante qu'il s'intéressait un tant soit peu aux gens qui l'entouraient.

La vieille femme soupira.

— J'ai dû beaucoup insister pour qu'il se décide à venir.

— Tu sais, quand tu m'as dit que Christopher s'abstenait depuis déjà quelques années de venir aux fêtes de famille, j'ai eu du mal à y croire..., ajouta-t-il d'un ton innocent.

Jeanne Marie hocha la tête.

— Il nous boudait depuis une dispute avec son père, sans importance d'ailleurs, mais que veux-tu,

Chris a son caractère. Enfin, l'essentiel est qu'il soit revenu à de meilleurs sentiments.

Jensen retint un soupir. Eh bien… Tous les enfants de sa tante étaient fiancés et prêts à se marier. Contrairement à lui. C'était à croire qu'il était maudit ou que le sort s'acharnait contre lui, mais qui sait ? La chance finirait peut-être par lui sourire et lui apparaître sous les traits d'une belle Texane.

Bien sûr, tout dépendrait du genre de femme qu'il rencontrerait. Même avec toute la bonne volonté du monde, il s'imaginait mal ramener à Londres une cowgirl plus habituée à traverser à cheval de grandes étendues sauvages qu'à se plier à toutes sortes de contraintes.

Tout à coup, la voix de sa mère le tira de ses pensées.

— Viens ! lui dit-elle en le guidant doucement vers l'arbre illuminé au pied duquel s'amassaient de nombreux paquets.

Peu après, il lança un œil ému à son cousin Toby qui, avec sa femme Angie, regardait d'un air attendri les enfants qu'ils avaient adoptés déchirer joyeusement l'emballage de leurs cadeaux.

Tout à coup, Charles, l'un de ses frères, vint le voir, accompagné de leur sœur Lucie.

— Tu ne t'ennuies pas trop ? lui demanda cette dernière à voix basse.

— Non, je m'habitue, répondit-il.

— Lucie meurt d'impatience de rentrer en Angleterre, lui confia Charles.

— C'est vrai ! soupira-t-elle. Il n'y a rien d'intéressant à faire, et puis ces gens ont une façon de s'accoutrer !

Hier encore, il aurait sans doute ajouté ses propres critiques à celles de Charles et de Lucie mais, curieusement, il éprouva le besoin de défendre le Texas et ses habitants.

— Je vous trouve sévères, tous les deux, dit-il en

fronçant les sourcils. Si les gens d'ici portent des jeans et des bottes, c'est parce qu'ils travaillent dans des ranchs, ils sont presque toujours à cheval.

— C'est vrai, convint Charles, mais tu admettras que les Texans ne sont pas les gens les plus raffinés du monde.

Difficile de dire le contraire, en effet. Et pourtant, cette famille exubérante, bien loin de l'étiquette britannique, n'était pas pour lui déplaire, en fin de compte...

— Les Texans ne manquent pas de qualités, dit-il.

— Et lesquelles, s'il te plaît ? s'étonna Lucie.

— La franchise, la gentillesse, une façon de donner leur amitié à celui qui sait gagner leur confiance, ajouta-t-il.

Charles jeta un regard nerveux à sa montre.

— En tout cas, moi, j'ai hâte de rentrer à Londres et de retrouver mes habitudes. Ici, on ne peut même pas acheter d'Earl Grey...

Entendre son frère se plaindre d'être privé de leur thé favori à Horseback Hollow le fit sourire. Quelques jours plus tôt, il avait tenté lui aussi d'en acheter en ville. Sans plus de succès, bien entendu.

— Leur café est très bon, répondit-il, histoire de taquiner son frère.

Sa mère, qui s'était absentée pour se servir un verre de punch, revint vers eux, un grand sourire aux lèvres.

— Mes enfants ! Si vous saviez comme je suis heureuse de nous voir tous réunis, le jour de Noël !

— Nous aussi, répondit Charles sans grande conviction.

— Oui, renchérit Lucie d'un ton encore moins convaincu.

Quelques instants plus tard, son frère et sa sœur s'éloignèrent. Jensen vit alors sa mère lui jeter un regard soucieux.

— Les Fortune nous ont accueillis les bras ouverts, mais j'ai l'impression que Charles et Lucie ont du mal à s'acclimater.

— Le mal du pays, sans doute, répondit-il en retenant un soupir.

En un sens, il comprenait son frère et sa sœur. Et pour cause : même s'il appréciait infiniment Quinn et les autres membres du clan, Londres et sa vie anglaise lui manquaient.

— Jensen, tout ce qui compte dans la vie, c'est la famille, insista sa mère en le regardant dans les yeux.

— Est-ce que tu essaies de me délivrer un message, par hasard ? demanda-t-il.

— Les années passent vite, mon garçon, et je serai rassurée le jour où, enfin, tu rencontreras une femme qui te donnera envie de fonder un foyer.

— J'ai le temps, dit-il.

— Tu ferais mieux de prendre exemple sur Amelia !

— Il semblerait que tout le monde se marie chez les Chesterfield-Fortune, excepté moi, rétorqua-t-il, agacé.

De fait, quatre de ses cousins devaient convoler en février, à l'occasion de la Saint-Valentin. Pourvu qu'il trouve un prétexte plausible pour regagner l'Angleterre d'ici là !

Tout en ruminant sur son destin de célibataire, il vit avec une pointe d'envie Amelia échanger un regard plein de tendresse avec Quinn, son mari.

Si la plupart des parents aiment connaître par avance le sexe de leur enfant, Amelia, elle, avait eu la réaction inverse. Du coup, le mystère planait sur le sexe du bébé à naître, ce qui, bien sûr, avait suscité la curiosité des habitants de Horseback Hollow.

Tout à coup, la voix de sa mère le ramena à la réalité.

— A quoi penses-tu ?

— A ces paparazzis impatients de savoir si Amelia va accoucher d'un garçon ou d'une fille, soupira-t-il.

— Ces gens n'ont aucun respect pour la vie privée d'autrui.

— Tu ne crois pas si bien dire : j'en ai aperçu deux qui rôdaient autour du ranch, tout à l'heure.

— Je sais, mais nous ne pouvons tout de même pas les chasser à coups de fusil !

— Non, bien sûr, répondit-il en riant.

— Et le shérif a d'autres chats à fouetter, ajouta sa mère.

Effectivement, songea Jensen, il était inutile de le déranger pour cela.

Au même instant, alors qu'il cherchait la meilleure stratégie pour préserver la vie privée de sa sœur et celle de son futur neveu, on frappa à coups répétés à la porte du ranch.

- 2 -

Amber Rogers était née non loin de Horseback Valley, dans une famille de ranchers.

Son père était mort quand elle avait quatre ans, sa mère quelques années plus tard. Depuis son adolescence, elle avait vécu dans le ranch de ses grands-parents à Horseback Valley, ranch dont elle avait pris la direction depuis que son grand-père, une vedette des rodéos locaux, était décédé.

Comme tout le monde à Horseback Valley, elle était au courant de l'accouchement imminent d'Amelia, l'aristocrate anglaise qui avait épousé Quinn Drummond, un garçon qu'elle connaissait depuis le lycée et pour qui elle avait toujours éprouvé beaucoup d'amitié.

Elle aimait la gaieté, l'intelligence d'Amelia qui, de son côté, disait apprécier son franc-parler et sa connaissance des chevaux. Chaque fois qu'elles en avaient eu l'occasion, elles avaient refait le monde sans voir le temps passer. Au fil du temps, une véritable amitié était née entre elles.

— Quand est-ce que tu viens me rendre visite ? lui avait récemment demandé Amelia au téléphone.

— Très bientôt, avait-elle répondu en ajoutant qu'elle apporterait un cadeau utile pour elle et son bébé.

Décidément, entre le mariage et le bébé, Amelia vit un véritable conte de fées ! avait-elle alors songé.

Amber, elle, était une fille du Texas. Elle avait toujours vécu à Horseback Hollow. Hélas, à part quelques aventures sans lendemain, elle n'avait jamais rencontré l'homme qui saurait faire battre son cœur.

Malgré tout, elle avait été tout émoustillée d'apprendre que Quinn allait se marier avec la fille d'un lord anglais ! Il faut dire qu'avec sa grand-mère Helen, elle était une spectatrice assidue de la série *Downtown Abbey* : elle adorait regarder les aventures de cette famille et de leurs domestiques au début du XXe siècle. L'atmosphère si particulière de ce manoir où se déroulait la série, ces coutumes d'un autre âge : chaque fois, elle avait l'impression de voyager dans le temps !

Aussi, ce matin-là, ce fut avec une grande impatience qu'Amber engagea son pick-up dans l'allée du Rocking U, le ranch de Quinn Drummond devant lequel stationnaient déjà une dizaine de véhicules.

Manifestement, les Chesterfield-Fortune étaient une famille unie. Ce qui n'était pas le cas de la sienne, songea-t-elle. Il faut dire que la gestion du ranch ne lui laissait pas beaucoup de temps libre : elle avait même dû renoncer à sa passion du rodéo pour seconder sa grand-mère au quotidien.

Une fois garée, elle jeta un œil par la vitre. Un peu à l'écart de la maison, elle repéra deux hommes armés de téléobjectifs. Des paparazzis, sans doute. Ces sales types guettaient le moment où Amelia partirait pour la maternité.

Plusieurs fois déjà, son amie lui avait dit combien elle était fatiguée de se sentir espionnée par ces photographes avides d'un « scoop ». Sa notoriété avait l'air de lui peser, et c'était bien compréhensible, la pauvre.

— Mais, au moins, elle a quelqu'un dans sa vie…, murmura-t-elle en ouvrant la portière.

Quand Amelia avait rencontré Quinn, certaines

de ses anciennes amies s'étaient déjà mariées. De la petite bande qu'elle fréquentait à l'époque du lycée, elle devait sans doute être la seule célibataire.

Après avoir pris sur la banquette son cadeau pour le bébé (une belle couverture aux motifs indiens qu'elle avait tricotée elle-même !), elle se dirigea d'un pas décidé vers le ranch.

Alors qu'elle s'apprêtait à frapper à la porte du ranch, elle perçut un brouhaha de voix, des exclamations, des cris joyeux d'enfants.

— C'est Noël ! J'aurais dû choisir un autre jour pour venir, se reprocha-t-elle.

Tout le clan des Chesterfield-Fortune s'était réuni pour faire la fête : ce n'était peut-être pas le moment de les déranger en famille. Néanmoins, l'envie de saluer Amelia l'emporta et elle frappa à la porte.

— J'arrive ! répondit une voix d'homme.

Tiens, ce n'était pas la voix de Quinn. Ah, c'était peut-être Jensen, le frère d'Amelia. Depuis le temps qu'elle en entendait parler !

Quelques secondes plus tard, la porte grinça sur ses gonds et elle se trouva face à un homme grand et séduisant, vêtu d'un impeccable costume gris, d'une chemise blanche et d'une cravate à fines rayures. Mon Dieu, on aurait dit le portrait craché d'un des héros de *Downtown Abbey* ! se dit-elle en sentant un léger frisson remonter le long de son dos.

— Oh ! je vous reconnais ! s'exclama-t-elle en ouvrant de grands yeux.

— Je vous demande pardon ?

Amber se sentit rougir jusqu'aux oreilles. Ce qu'elle pouvait être maladroite, parfois ! Vite, elle ne pouvait pas rester à le regarder sans rien dire.

— Je… J'ai vu votre photo dans le journal, se justifia-t-elle.

Elle leva timidement les yeux vers lui. Mais alors qu'elle espérait au moins lui arracher un sourire, elle croisa son regard glacial.

— Pourrais-je d'abord savoir qui vous êtes, mademoiselle ?

— Amber Rogers, répondit-elle aussitôt.

Ouf, quelle chance, elle allait pouvoir effacer une partie de la mauvaise impression qu'elle avait dû produire sur son interlocuteur !

— Et que puis-je faire pour vous, mademoiselle Rogers ? reprit lord Jensen d'un ton adouci.

Elle montra le paquet qu'elle tenait entre ses mains.

— J'étais venue porter une couverture à Amelia, je veux dire à Mme Drummond.

Sans lui laisser le temps de s'expliquer davantage, il lui prit le paquet des mains avec un élégant mouvement de sourcils.

— Très bien, mademoiselle Rogers, soyez assurée que je remettrai votre cadeau à ma sœur.

Et, sans même comprendre ce qui lui arrivait, elle se retrouva devant une porte close.

— Il ne manque pas d'air, celui-là ! maugréa-t-elle.

Lord Jensen Chesterfield était peut-être d'une beauté à couper le souffle, ce n'était pas une raison pour traiter les gens de la sorte !

Elle s'apprêtait rageusement à faire demi-tour quand la porte du ranch s'ouvrit de nouveau. Elle aperçut alors Jeanne Marie Fortune Jones, une amie de sa grand-mère.

— Entrez, mon chou, et venez saluer Amelia, elle voudra sûrement vous remercier pour votre cadeau, c'est si gentil à vous.

— Je ne voudrais pas vous déranger ! répondit-elle.

Avec l'accueil que lui avait réservé le frère de son amie, elle avait peut-être intérêt à s'éclipser.

— Mon neveu Jensen a tendance à protéger sa sœur mais je vous assure que c'est un garçon exquis, insista Jeanne Marie en l'entraînant vers le salon du ranch.

Amber hocha la tête et entra dans la maison.

Le clan au grand complet l'accueillit à bras ouverts. Elle retint un soupir. Ce que sa vie pouvait être triste et solitaire à côté de celle de ces gens !

— Désolée d'interrompre vos festivités, bredouilla-t-elle.

— Au contraire, vous êtes la bienvenue ! déclara une femme très distinguée qui s'approcha de Jeanne Marie, sans doute la mère d'Amelia !

Tout à coup, elle vit lord Jensen faire un pas vers elle, plus aristocratique que jamais. Avec un peu de chance, il allait s'excuser de lui avoir claqué la porte au nez !

— Pardonnez-moi de m'être montré aussi grossier tout à l'heure mais nous sommes assaillis par les paparazzis et je vous avais prise pour une journaliste.

Amber hocha la tête avec un sourire. Pourtant, elle ne put s'empêcher de frissonner. Il y avait une telle intensité dans le regard de cet homme…

— Et… Que pensez-vous du Texas ? demanda-t-elle avant de se reprocher d'avoir posé une question aussi banale.

— Je m'y plais de plus en plus, répondit-il en posant ses beaux yeux sur elle. Jeanne Marie m'a expliqué que vous dressiez des chevaux de rodéo dans votre ranch…

Elle redressa fièrement la tête.

— En effet, et je dois dire qu'ils ont permis à leurs cavaliers de remporter plusieurs compétitions importantes.

Jensen haussa les sourcils.

— J'ai fait de l'équitation pendant des années. Visiter votre ranch m'intéresserait beaucoup.

Elle se mordit la lèvre. La beauté et le pouvoir de séduction de cet homme dépassaient de beaucoup celle des personnages de *Downtown Abbey*. Le moins qu'on puisse dire, c'est qu'elle était sous le charme.

— Je doute que vous vous sentiez à l'aise dans mon ranch, objecta-t-elle.

— Ne croyez pas ça, j'aime énormément les chevaux, j'en possède une douzaine, répondit-il.

Des chevaux de promenade, très certainement, songea Amber. Elle peinait à l'imaginer participant à un rodéo, sur le dos d'un bronco sauvage…

— Dans ce cas, venez chez moi quand vous voudrez, dit-elle en lui souriant à son tour.

Elle vit soudain les yeux de Jensen s'éclairer.

— Demain ?

— D'accord pour demain, répondit-elle. Mon ranch est à six kilomètres d'ici, par la route du sud. Il s'appelle le Broken R.

— A quelle heure puis-je passer vous voir ? demanda-t-il avec la plus grande courtoisie.

Elle se retint de sourire. L'espace d'un instant, elle avait eu l'impression d'être la reine d'Angleterre.

— Les Texans sont des gens sans chichis, vous savez, rétorqua-t-elle. Ma porte n'est jamais fermée et vous serez le bienvenu à n'importe quelle heure.

— 9 heures, demain matin ?

— Parfait !

Par comparaison avec son frère, Amelia était la simplicité même ! Cela étant, ses bonnes manières l'amusaient. La séduisaient, même.

— Les journalistes vous mènent la vie dure à cause de la grossesse d'Amelia ? s'enquit-elle.

Bon, ce n'était peut-être pas très poli de sa part de poser la question, mais il fallait qu'elle sache.

Jensen poussa un long soupir.

— Depuis que les gens d'ici sont au courant de sa grossesse, Amelia est contrainte de garder ses volets fermés pour ne pas se laisser surprendre par les photographes.

— Toute la ville brûle de connaître le sexe de son enfant, acquiesça-t-elle.

Avec un peu de chance, Jensen la mettrait dans la confidence…

— Amelia et son mari préfèrent ne pas le savoir jusqu'à la naissance du bébé, fit-il en haussant les épaules. Et, pour tout dire, même si je le savais, je n'en soufflerais mot à quiconque.

— Même pas à moi ? demanda-t-elle d'un ton mutin.

Il lui adressa un sourire radieux.

— Non, même pas à vous.

Dommage… Heureusement, l'arrivée de Jeanne Marie la dispensa de répondre.

— Voudriez-vous boire quelque chose, ma chérie ? lui demanda la tante de son amie.

— Pourquoi pas un verre de punch ? suggéra Jensen en l'enveloppant d'un regard chaleureux. Amelia le réussit très bien. C'est une boisson traditionnelle de Noël, en Angleterre.

— Alors d'accord, dit-elle.

Tout à coup, Jeanne Marie se tourna vers elle.

— Amber, savez-vous où en est ce projet de parc d'attractions ? Si j'en crois les rumeurs, les choses se précisent. Ce serait terrible !

— Pourquoi dites-vous ça ? Cowboy Country serait une chance pour l'économie locale, répondit-elle aussitôt.

— De quoi s'agit-il ? s'enquit Jensen d'un air curieux.

— D'un parc d'attractions autour du Far West, le renseigna Jeanne Marie.

— Avec des attractions équestres ? demanda-t-il.

— Sans rodéos, le Texas ne serait pas le Texas,

intervint alors Amber, mais il y aura aussi de faux duels au pistolet et des danseuses de saloon.

— Vous n'avez jamais songé à envoyer votre CV ? demanda-t-il.

— Eh bien si, dit-elle en jetant un regard prudent en direction de Jeanne Marie.

— Pourtant, ce parc serait la ruine de notre ville ! s'exclama la vieille dame.

Pendant que Jensen s'absentait pour chercher les punchs promis, Amber resta seule avec Jeanne Marie. Il valait mieux changer de sujet : la vieille dame était comme une seconde mère pour elle. Pas question de la mettre en colère.

— Ce parc n'est pas encore construit, vous savez, dit-elle pour la rassurer.

— Simple question de temps, rétorqua Jeanne Marie. Je suis prête à parier que son inauguration sonnera le glas de notre tranquillité.

Amber baissa la tête. Contrairement à de nombreux habitants de Horseback Hollow, elle n'était pas passéiste pour un sou. Avoir peur de la nouveauté ne servait à rien, mais elle choisit de garder son avis pour elle.

— C'est une opinion, se contenta-t-elle d'admettre.

Quelques jours plus tôt, la direction du futur parc lui avait proposé un contrat pour des cascades à cheval, un spectacle de rodéo et même un numéro de danseuse de saloon. Et leurs conditions étaient très avantageuses.

Gagner un peu d'argent lui permettrait d'entretenir le ranch mais c'était surtout la perspective de renouer avec le public qui la faisait rêver : peut-être allait-elle pouvoir donner un second souffle à sa carrière de reine du rodéo, enfin !

Tout à coup, elle sentit Jensen se placer à côté d'elle et lui jeta un regard à la dérobée. Décidément, cet homme lui plaisait, difficile de le nier.

Après avoir servi Jeanne Marie, il s'approcha d'elle et la salua d'un sourire.

— Pour vous, chère Amber, dit-il en lui tendant son verre.

— Merci, bredouilla-t-elle en se sentant rougir.

— Tout le plaisir est pour moi ! répondit-il. Au fait, seriez-vous de la famille de Roy Rogers, la vedette des films de cow-boys d'avant-guerre, par hasard ?

Elle ouvrit de grands yeux, l'air étonné. Il lui fallut quelques secondes pour visualiser les traits de cet acteur.

— Je n'étais pas encore née quand les films de Roy Rogers étaient à la mode. Et, à ma connaissance, nous ne sommes pas de la même famille, répondit-elle, amusée.

— Je n'étais pas né non plus quand Roy Rogers était au sommet de sa gloire, remarqua-t-il, ce qui ne m'empêche pas d'être un admirateur inconditionnel de ce grand acteur.

Eh bien, pour une surprise, c'était une surprise ! Cet homme qu'elle avait un peu vite rangé dans la catégorie des snobs insupportables, méritait qu'on s'intéresse à lui. En tout cas, il piquait sa curiosité, et pas qu'un peu…

— Quels sont vos autres acteurs de western favoris ? lui demanda-t-elle.

— J'adore Tom Mix, Randolph Scott, John Wayne et tous ceux qui ont peuplé ces films mythiques de mon adolescence, répondit-il.

Elle eut un petit sourire.

— C'est d'autant plus surprenant que vous êtes anglais, monsieur Chesterfield.

— Et si vous m'appeliez Jensen ?

— A condition que vous m'appeliez Amber…

Enfin, elle était arrivée à briser la glace !

Peu après, la saveur chaude et fruitée du punch coulant dans sa gorge lui procura un frisson.

— C'est délicieux ! s'exclama-t-elle.

— Dans ce cas, reprenez-en encore, lança Jeanne Marie.

Alors qu'elle hésitait à accepter, Jensen lui prit délicatement son verre vide.

— J'insiste, dit-il en découvrant ses dents d'une blancheur immaculée.

Comment pouvait-on résister à un tel sourire ?

Quelques instants plus tard, Jensen était de retour avec trois verres pleins et lui tendit le sien d'un geste élégant.

— Buvons à ce Noël en famille et à notre charmante invitée Amber Rogers, dit-il en s'adressant autant à elle qu'à Jeanne Marie.

— Buvons au rapprochement de nos deux pays, renchérit-elle avant d'avaler une gorgée.

L'alcool doux et fruité lui faisait tourner la tête. Même si elle avait pu en vouloir à Jensen de l'avoir traitée sans ménagement, elle était décidée à mieux le connaître, à présent.

— Jensen ? appela Josephine Chesterfield.

— J'arrive, mère ! répondit-il comme à regret.

— Ma sœur doit penser que nous t'accaparons un peu trop à son goût, glissa Jeanne Marie au bel Anglais.

— Si vous voulez bien m'excuser…, fit Jensen en levant les yeux au ciel.

Elle eut comme l'impression qu'il venait de réprimer un soupir. Mais soudain, à son grand étonnement, elle le vit donner un baisemain à sa tante avant de se tourner vers elle.

— Nous nous voyons demain matin, Amber ?

— Entendu, Jensen, s'entendit-elle répondre comme dans un rêve.

Mon Dieu, elle allait bientôt revoir ce séduisant gentleman !

Une fois seule avec Jeanne Marie, elle parla de son élevage de chevaux de rodéo, du ranch et de choses bien éloignées de ses préoccupations actuelles.

— Que pensez-vous de mon neveu Jensen ? lui demanda la vieille dame.

— Oh ! je le trouve très sympathique !

— Jensen est un homme merveilleux. C'est quelqu'un de très intelligent et il est charmant avec les dames…

— Alors pourquoi n'est-il pas encore marié ? ne put-elle s'empêcher de demander.

— Sans doute parce qu'il n'a pas encore trouvé la femme idéale ou, du moins, celle qui saurait le séduire, répondit Jeanne Marie en lui lançant un regard malicieux.

Le séduire ? se demanda Amber. Un lord anglais familier de la cour royale, toujours impeccablement habillé et tellement délicat, pouvait-il tomber amoureux d'une cowgirl comme elle ?

A priori, c'était impensable. Et, pourtant, elle eut soudain envie d'y croire.

- 3 -

Le lendemain matin, Amber sortit guetter l'arrivée de Jensen. Le fait est qu'elle n'avait cessé de penser à lui depuis la veille. En même temps, séduisant comme il était…

Allait-il se plaindre d'avoir dû emprunter les routes plutôt chaotiques de la région ? Ou bien allait-il ironiser sur cette manie qu'ont les Américains de conduire du côté droit et non à gauche, comme en Angleterre ?

A moins qu'il change d'avis et annule sa visite, finalement…

Soudain, à l'horizon, elle vit approcher un cavalier, dans un nuage de poussière. Elle sentit son cœur s'emballer.

Jensen !

Il était monté sur Trail Blazer, le hongre qu'elle avait élevé avec amour puis vendu à Quinn Drummond, quelques mois plus tôt. Le bel aristocrate fit halte devant elle et mit pied à terre.

Avec son pantalon qui soulignait ses cuisses musclées, ses bottes montantes et sa veste en velours noir, Jensen Chesterfield avait tout d'un personnage de *Downtown Abbey.* A la différence près qu'il était encore plus sexy.

— Bonjour, Amber.

— Bonjour, lança-t-elle sans parvenir à détacher ses yeux de sa silhouette svelte.

— Nous avions dit 9 heures, n'est-ce pas ? demanda-t-il après avoir consulté sa montre en or.

— En effet.

Elle ne put s'empêcher de sourire. C'était tellement étonnant de voir un homme aussi courtois et distingué dans la cour poussiéreuse d'un ranch texan.

— J'ai horreur d'arriver trop tôt à un rendez-vous, crut bon de préciser son visiteur.

Elle resta un instant sans ouvrir la bouche, les yeux fixés sur lui. Vite, il fallait qu'elle dise quelque chose, sans quoi il allait la prendre pour une idiote !

— Vous êtes la ponctualité faite homme et je serais heureuse de vous offrir une tasse de café. Mais vous ne buvez peut-être que du thé…

Histoire de ne pas être prise au dépourvu, elle avait pris soin de préparer deux Thermos — une de café et une de thé.

— Les cow-boys de mes westerns favoris boivent du café, le soir, autour du feu de bois, répondit-il en lui adressant un sourire complice.

— Oui, mais vous pourriez quand même préférer le thé au café.

— Il m'arrive aussi de changer mes habitudes, ajouta-t-il en lui jetant un regard irrésistible.

Elle fit asseoir son visiteur sur l'un des fauteuils à bascule du porche et le servit. Surtout, ne pas perdre son calme, tout allait bien se passer.

Tout en sirotant leur café, ils bavardèrent de choses et d'autres puis elle aiguilla la conversation sur Amelia.

— Comme la plupart des futures mères, ma sœur a toujours envie de ranger, d'éplucher, de laver, de cuisiner, lui expliqua-t-il.

— C'est ce que les spécialistes appellent le « syndrome de nidification ».

— Eh bien, vous avez beaucoup étudié la question, observa-t-il en haussant les sourcils.

— Toutes les femmes s'intéressent à la maternité puisque, un jour ou l'autre, elles seront amenées à avoir des enfants, répondit-elle d'une voix mal assurée.

Le fait est qu'elle se sentait un peu gênée de dévoiler son cœur.

Jensen plongea ses yeux au fond des siens.

— Auriez-vous l'intention de fonder bientôt une famille ?

— Oui, si je rencontre l'homme qui me donnera envie de devenir mère.

Il hocha la tête.

— D'après ma tante Jeanne Marie, vous vivez seule dans ce ranch avec votre grand-mère Helen ?

Cet homme savait déjà tout d'elle, songea Amber. Du coup, elle lui parla de son grand-père et du vide qu'il avait laissé à sa mort.

— Que faisiez-vous auparavant ? demanda-t-il.

Elle se passa la main dans les cheveux. Il semblait vraiment s'intéresser à elle. Après la façon cavalière qu'il avait eue de lui claquer la porte au nez, c'était inespéré. Et très plaisant.

— Je participais à des rodéos. Il m'est arrivé plusieurs fois de grimper sur le podium, dit-elle fièrement.

— Il faut du courage pour chevaucher un bronco, déclara Jensen.

Elle se remémora ses rodéos les plus réussis, ceux qui lui avaient valu des salves d'applaudissements et parfois aussi des chutes douloureuses.

— Vous voulez que je vous en dise un peu plus sur cette époque de ma vie ? proposa-t-elle.

— J'en serais ravi, répondit-il en lui jetant un regard brûlant.

Elle baissa les yeux et se mordit la lèvre. Pourquoi avait-elle mis un jean et une chemise ce matin ? Elle aurait été beaucoup plus à son avantage avec une robe un peu courte !

Elle raconta ses tournées au Texas, son trac avant d'entrer dans l'arène, sa peur quand sa monture se cabrait et sa joie d'être applaudie par un public de fidèles.

— Et où étiez-vous hébergée en tournée ? demanda Jensen.

— Dans un camping-car, répondit-elle.

— Un camping-car ?

— Oui, ce genre de petite caravane toute blanche qu'on croise parfois sur nos routes, dit-elle avec une pointe d'ironie.

— Ça devait être très inconfortable ! remarqua-t-il avec une moue.

— Moins que de dormir dans un motel sinistre ce qui, entre nous, n'a pas dû vous arriver souvent.

Bizarrement, au lieu de réagir à sa pique, il se contenta de hocher la tête.

— Vous me faites penser à Dale Evans, la Reine de l'Ouest, remarqua son invité.

Amber fronça les sourcils. Ce nom ne lui disait rien du tout.

— Dale Evans ? Qui est-ce ? demanda-t-elle.

— La troisième épouse de Roy Rogers, cet acteur que j'admire tant.

Elle aurait dû s'en douter ! Elle apprit donc que Dale Evans avait non seulement été la vedette de plusieurs westerns, mais aussi une romancière et chanteuse à succès.

— J'ai bien moins de cordes à mon arc que cette Dale Evans ! remarqua-t-elle.

— Au contraire, vous êtes pleine de ressources, répliqua-t-il en l'enveloppant de ce regard caressant qui avait le don de la faire frissonner.

— C'est gentil de me le dire, admit-elle, flattée.

— Si vous aviez des enregistrements de vos principaux rodéos, je serais ravi de les voir, ajouta le bel aristocrate.

Elle lui jeta un regard étonné. Un homme aussi raffiné que lui, regarder un spectacle de rodéo ?

— Les rodéos vous intéressent donc autant que ça ? demanda-t-elle.

— Grâce à la télévision par satellite, je ne manque jamais de suivre le Kentucky Derby.

Mon Dieu ! Savoir que son hôte s'enthousiasmait pour le Kentucky Derby, l'un des rodéos les plus en vogue aux USA, lui fit un plaisir fou. Il faudrait absolument qu'elle retrouve quelques enregistrements de ses prestations !

— Entendu, dit-elle non sans rougir.

Soudain, elle le vit baisser légèrement la tête avant de plonger ses yeux dans les siens.

— Je vous trouve très sympathique, Amber, lâcha Jensen en se rapprochant d'elle.

Attention, danger ! Flirter avec un homme qu'elle connaissait à peine était une très mauvaise idée. Ni une, ni deux, elle se détourna pudiquement et flatta l'encolure de la monture du lord.

— Trail Blazer ne vous a pas trop changé de vos pur-sang habituels ?

— C'est un excellent cheval. D'après ce que j'ai compris, votre grand-père l'avait personnellement élevé ?

Effectivement... Une soudaine mélancolie l'envahit.

— Avec Lady Sibyl, Trail Blazer est l'un des

derniers descendants de Moonshine, l'étalon auquel mon grand-père tenait comme à la prunelle de ses yeux.

Jensen haussa ses sourcils soyeux.

— Lady Sibyl… C'est le nom d'un des personnages de *Downtown Abbey*, n'est-ce pas ?

— Ma grand-mère adore ce feuilleton. Disons que c'est un petit clin d'œil…, dit-elle en sentant ses joues s'empourprer.

En réalité, c'était elle qui avait choisi ce nom-là plutôt qu'un autre, mais pouvait-elle le lui avouer ? Bien sûr que non !

— Est-ce que je pourrais la voir ? demanda Jensen.

— Qui donc ? Grand-mère ou bien Lady Sybil ?

Il se mit à rire.

— Lady Sybil, en attendant de faire la connaissance de votre grand-mère. Si elle tient de vous, elle doit être charmante.

— C'est plutôt moi qui tiens d'elle. Malheureusement, grand-mère s'est absentée, nous sommes seuls au ranch.

— Seuls ? Mais c'est merveilleux ! s'exclama-t-il en l'enveloppant d'un regard caressant.

Attention, Amber, les choses risquent de dégénérer, songea-t-elle aussitôt.

— N'allez surtout pas vous faire des idées à mon sujet, crut-elle bon de préciser.

Soyons honnêtes : ce bel Anglais lui plaisait mais ce qu'elle recherchait, c'était le grand amour, l'homme qui saurait l'aimer autant qu'elle l'aimerait, et avec lequel elle aurait enfin envie de fonder une famille.

Il fallait qu'elle le mette en garde. Maintenant.

— Je ne suis pas en quête d'une aventure, insista-t-elle.

Contre toute attente, il lui fit un grand sourire.

— Je vous trouble, Amber ?

Eh bien, voilà ce qui s'appelle de la franchise, se dit-elle.

— Je n'ai pas pour habitude de recevoir un lord dans mon ranch, souffla-t-elle en plongeant ses yeux au fond des siens.

— Vous ne deviez pas me faire visiter vos écuries ? lui rappela-t-il.

Ouf, il lui offrait une porte de sortie. Quel soulagement ! Le tour qu'avait pris la conversation commençait à lui peser.

— C'est vrai ! Allons-y…

Amber fit signe de le suivre. Elle prit plaisir à lui présenter ses plus belles juments poulinières, ainsi que leurs petits, tout jeunes pour certains.

— Quelles bêtes magnifiques ! s'exclama Jensen.

Aucune remarque n'aurait pu lui faire davantage plaisir. Vu l'intérêt que son invité portait aux chevaux, elle pouvait lui faire confiance, non ?

— Que diriez-vous d'une promenade à cheval avec moi ? suggéra-t-elle.

— J'allais vous le proposer, lança-t-il d'un ton enthousiaste.

Il l'aida à seller Lady Sybil. Effectivement, les chevaux n'avaient pas de secrets pour lui.

Soudain, alors qu'elle accrochait une longe à un clou planté dans la paroi du box, son épaule frôla celle de son invité et un délicieux frisson l'envahit.

— Excusez-moi ! bredouilla-t-elle d'une toute petite voix.

— Mais de rien, rétorqua Jensen avec tact.

Que faire ? Avoir une relation avec le beau Jensen Chesterfield la tentait, c'est certain, mais elle ne devait pas oublier qu'il repartirait prochainement pour l'Angleterre. Sans compter qu'ils appartenaient à des milieux sociaux trop différents. Autant ne pas se bercer d'illusions !

Quelques minutes plus tard, ils chevauchaient côte à côte vers une pâture plantée de yuccas. Le temps était doux, le soleil déjà haut dans le ciel bleu. Jamais elle ne s'était sentie aussi heureuse, preuve que la présence de cet homme avait un effet bénéfique sur ses sens.

— Que c'est beau ! s'exclama-t-il en jetant autour de lui des regards admiratifs.

— Le Texas est unique.

— L'Angleterre aussi, rétorqua-t-il.

Sans doute, mais elle ne partageait pas complètement son avis. Elle adorait *Downtown Abbey*, mais il ne lui serait jamais venu à l'idée de quitter sa chère région pour la froide Angleterre. Sauf si, par extraordinaire, un homme d'exception se mettait en tête de la faire changer d'avis.

Un homme qui, peu ou prou, aurait la silhouette et les traits racés de Jensen Chesterfield, par exemple... Un bel aristocrate célibataire qui saurait rendre heureuse une femme en mal d'amour, comme dans les livres de Jane Austin, sa romancière favorite ! Seulement, méfiance, songea-t-elle. La vie n'est pas un roman...

Tout à coup, la voix grave de Jensen la tira de ses réflexions tandis qu'ils approchaient d'un bosquet de chênes.

— Nous sommes encore sur vos terres ?

— Oui, elles s'étendent bien au-delà des collines que vous apercevez là-bas.

Il hocha la tête.

— En comparaison, le domaine des Chesterfield est minuscule.

— Je suis sûre que l'Angleterre est un pays magnifique, dit-elle d'un ton conciliant.

— Comme le Texas, répondit-il en la caressant des yeux.

— Vous avez une drôle de façon d'admirer le panorama, s'étonna-t-elle avec un petit rire.

Jensen partit d'un rire cristallin. Ce qu'il pouvait être craquant… Quelques instants plus tard, sur le chemin du retour, elle proposa à son hôte de piquer un galop jusqu'au ranch et gagna de plusieurs longueurs.

— Bravo, s'exclama Jensen en arrivant à sa hauteur.

— Lady Sibyl est rapide comme l'éclair, se contenta-t-elle de dire.

Autant ménager son amour-propre. Peut-être était-il susceptible…

Mais soudain, alors qu'elle mettait pied à terre, sa jument dressa ses oreilles et fit un écart. Sans comprendre ce qui se passait, elle se sentit perdre l'équilibre.

— Attention ! l'entendit-elle crier.

L'espace d'un instant, elle crut basculer. Mais une main vigoureuse la retint in extremis dans sa chute. Jensen.

— Vous ne vous êtes pas fait mal ? s'inquiéta-t-il en la serrant contre lui.

Heureusement non. Mais elle avait eu une sacrée frayeur. Elle se remit d'aplomb et s'écarta de son invité.

— Tout va bien, merci.

L'odeur fraîche du bel Anglais envahit soudain ses narines. Dommage qu'elle ait dû quitter aussi vite ses bras puissants… Tout en lui tendant la bride de sa jument, Jensen planta ses yeux au fond des siens. Son regard brûlant la fit chavirer. Comment allait-elle pouvoir résister à la tentation de se laisser embrasser par un homme aussi séduisant ? Leurs visages étaient tout proches l'un de l'autre… Non, c'était une mauvaise idée. A contrecœur, elle recula d'un pas.

Avec un soupir, Jensen regarda en direction de la route.

— Ah, on dirait que vous avez de la visite…, dit-il en lui désignant un nuage de poussière qui grossissait à vue d'œil sur la route.

Quelques secondes après, un 4x4 de couleur kaki piloté par un homme aux cheveux gris et au visage rougeaud s'immobilisa devant eux dans un crissement de freins.

— Oh non ! Encore lui ! gémit-elle.

— Qui, lui ?

— Elmer, un ancien marine, le soupirant de ma grand-mère, expliqua-t-elle en élevant la voix pour couvrir le bruit de la radio de bord du 4x4.

- 4 -

Jensen fronça les sourcils. L'arrivée de ce maudit 4x4 avait interrompu son tête-à-tête avec la jeune Texane. Dire qu'il la tenait entre ses bras, sa peau douce tout contre la sienne… L'espace d'un instant, il avait même cru qu'elle voulait prolonger cette étreinte involontaire, elle aussi.

Au même moment, il vit le conducteur sortir du 4x4 et aider sa passagère à descendre avec une délicatesse étonnante pour un homme de sa carrure. Une vieille dame pleine d'énergie marcha alors vers lui.

— Je suis Helen, la grand-mère d'Amber, lança cette dernière avec un sourire chaleureux.

— Et moi Elmer Murdock, ajouta le conducteur du 4x4.

Amber le présenta à son tour puis se tourna vers sa grand-mère pour lui demander :

— Tu n'étais pas censée te rendre au club de broderie, aujourd'hui ?

— En effet, ma chérie, mais j'ai rencontré Elmer qui m'a proposé de faire une promenade avec lui, répondit Helen Rogers à sa petite-fille.

Son visage buriné fendu d'un grand sourire, Elmer s'approcha de lui.

— Vous travaillez dans quelle branche, mon gars ?

Moi, je suis un ancien marine, patriote jusqu'au bout des ongles et passionné de jazz.

Jensen esquissa un sourire. Certes, il aurait pu apprendre les bonnes manières à cet homme, et pourtant il ne put s'empêcher d'éprouver une sympathie amusée pour l'ancien militaire.

— Je suis chef d'entreprise en Angleterre et j'aime autant Bach que Mozart, dit-il d'un ton légèrement distant.

— British, hein ? répliqua Elmer en plissant les yeux.

— Et fier de l'être, compléta-t-il avec un haussement de sourcils.

Le vieux Texan se gratta l'oreille.

— Est-ce que vous ne seriez pas le neveu de Jeanne Marie et de Deke, par hasard ?

— En effet, et je loge chez ma sœur Amelia, répondit-il avec un petit mouvement de tête.

Il vit alors l'ancien marine tiquer puis hocher la tête d'un air incrédule.

— Ah ben ça ! Si on m'avait dit que je croiserais un sujet de Sa Majesté à Horseback Hollow, je ne l'aurais pas cru !

— Tout arrive, lâcha-t-il froidement.

Elmer l'examina de la tête aux pieds.

— Même votre pantalon de cheval ne vient pas de notre bon vieux Texas…

Au même instant, Amber intervint.

— Jensen est mon invité, Elmer, alors épargnez-nous vos familiarités.

— Ce pantalon est la création exclusive d'un tailleur de Windsor, en Angleterre, répondit-il d'un ton légèrement hautain, mais si vous aviez la bonté de me donner vos mesures, je me ferais un plaisir de vous en faire tailler un.

Etrangement, le militaire fit un grand sourire.

— C'est rudement gentil à vous, mon gars… Je veux dire lord Chesterfield.

— Appelez-moi Jensen, dit-il.

Au diable les convenances ! Au fond, il n'avait pas souvent l'occasion de rencontrer des gens aussi ouverts…

— Tope là ! répondit son interlocuteur. Au fait, est-ce qu'un lord Chesterfield n'a pas servi dans la Royal Air Force pendant la guerre ?

Jensen hocha la tête.

— Oui. C'était mon père.

— Alors là, chapeau ! Mon frère aîné était pilote à cette époque et il m'a souvent parlé de ses exploits.

— Il n'a fait que son devoir, dit-il sobrement.

— C'est vrai que les Anglais sont des gens courageux. Mais enfin, si l'Amérique n'était pas venue vous donner un coup de main…, ajouta le vétéran.

Jensen écarquilla les yeux. Mais alors qu'il allait vertement répliquer, Helen prit la parole.

— Souhaitez-vous déjeuner avec nous, Jensen ?

Que répondre ? Il connaissait à peine Helen et Elmer avait le don de l'agacer mais si cela lui donnait l'occasion de passer du temps avec Amber…

— Rien ne pourrait me faire davantage plaisir, répondit-il.

— Vous m'en voyez ravie, lança la vieille dame, je vais vous préparer mes fameux travers de porc à la sauce aigre-douce, vous allez vous régaler.

L'instant d'après, elle s'éloigna vers le ranch, le laissant seul avec Elmer et Amber.

Il aurait bien voulu reprendre son tendre tête-à-tête avec la jolie blonde mais le vieux bonhomme insista pour engager la discussion sur les mérites respectifs des 4x4 américains et des Land Rover britanniques. Quel pot de colle !

— Pourquoi ne pas organiser un raid entre ma

Dodge Charger et une Land Rover que vous piloteriez ? Comme ça, on pourrait voir de quel côté de l'Atlantique se trouvent les meilleurs constructeurs.

En d'autres circonstances, il aurait sans doute relevé le défi, ne serait-ce que pour donner une bonne leçon à ce vieux bonhomme insupportable. Malheureusement, son séjour touchait à sa fin.

— J'aurais volontiers accepté. Hélas, je retourne prochainement en Angleterre, objecta-t-il.

— Quand donc ? lui demanda Amber d'un ton soucieux.

Pourquoi avait-elle l'air triste d'apprendre qu'il partait ?

— Avant le début du mois de mars, expliqua-t-il.

— Si vous changez d'avis, allez donc de ma part chez Rod Rogers, le meilleur garagiste de la ville. Il vous dénichera une Land Rover, l'assura Elmer.

Encore un Rogers ? se dit Jensen.

— Quelqu'un de votre famille ? demanda-t-il à Amber.

— Oh non, répondit aussitôt la jeune femme.

Elmer lui adressa un clin d'œil.

— Rod a toujours plu aux femmes, expliqua-t-il, et je mettrais ma main au feu qu'il y a anguille sous roche entre notre Amber et lui.

Sans comprendre ce qui lui arrivait, Jensen sentit son cœur bondir de jalousie. L'idée qu'Amber soit courtisée par un autre homme lui parut insupportable.

— Vous dites n'importe quoi, Elmer, vous feriez mieux d'aller aider ma grand-mère dans la cuisine, gronda Amber.

Cette réponse aurait dû le tranquilliser ; hélas, elle ne fit qu'attiser ses soupçons.

— Très bien, j'y vais, déclara Elmer avant de tourner les talons.

Jensen regarda avec soulagement l'ancien marine se diriger à grands pas vers le ranch. Amber et lui étaient seuls de nouveau.

— Vous n'êtes pas tendre avec Elmer. Il n'a pas l'air méchant.

— Je sais, mais il me porte sur les nerfs, c'est plus fort que moi, répondit la jeune Texane.

— Vous pensez qu'il est amoureux de votre grand-mère ?

Elle poussa un soupir.

— C'est bien ce qui m'inquiète.

— Elmer n'est pas n'importe qui, insista-t-il. Il a fait la guerre et son frère a participé à la bataille d'Angleterre.

— Il n'arrive pas à la cheville de mon grand-père, trancha-t-elle.

— Il doit avoir des qualités.

— Sans doute mais il m'agace.

Jensen baissa la tête. Et lui, est-ce qu'il l'agaçait, avec ses manières de lord anglais et sa montre en or ?

— Voilà quatre ans que mon père est mort, et ma mère n'a toujours pas rencontré l'homme qui sache lui rendre le goût du bonheur, souffla-t-il.

Amber fronça les sourcils.

— Qui vous dit que votre mère n'est pas plus heureuse seule que mal accompagnée ?

— Je ne peux pas m'empêcher de penser que la vie de couple est la clé du bonheur, dit-il.

La jeune femme poussa un long soupir.

— Sans doute, mais Elmer est si différent de mon grand-père !

— D'après vous, quel type d'homme rendrait votre grand-mère heureuse ?

— Quelqu'un qui ressemblerait à mon grand-père.

Si vous l'aviez vu fumer sa pipe, le soir, bien calé dans son rocking-chair !

L'aveu d'Amber lui serra le cœur. Se rappeler tous ces moments heureux ne devait pas être facile pour elle.

— Elmer ne sera jamais comme votre grand-père mais au moins il semble amoureux de votre grand-mère.

— Vous croyez ? répliqua Amber en plongeant ses yeux dans les siens.

— Il a l'air de se montrer attentionné avec elle. Et puis votre grand-mère a sûrement assez de bon sens pour ne pas fréquenter n'importe qui.

Elle poussa un long soupir.

— Jusqu'ici, grand-mère avait une vie réglée. Elle se partageait entre la cuisine, l'église, ses après-midi au club de broderie, et puis Elmer a fait irruption dans son existence. Depuis, je ne la reconnais plus.

Jensen écarquilla les yeux. Il avait du mal à croire ce que lui disait la jeune femme.

— Il passe sa vie à son amicale de vétérans et, croyez-moi, tout ce petit monde aime boire et s'amuser. Le pire, c'est que ma grand-mère semble y trouver son compte…

— Mais votre grand-mère est en âge de décider de sa vie, non ? souffla-t-il.

Il la vit aussitôt secouer ses boucles blondes.

— Elmer a une mauvaise influence sur elle.

— Ce sont à des gens comme Elmer et ses amis vétérans que nous devons de vivre libres, aujourd'hui, dit-il.

— C'est vrai, reconnut-elle, mais la guerre est finie. Alors ça m'agace de voir ma grand-mère se promener en 4x4. Tout de même, à son âge !

Décidément, la jolie cowgirl ne semblait guère apprécier qu'Elmer fasse la cour à sa chère grand-mère. Mais ce n'était pas une raison pour s'inquiéter.

— Si Elmer ne lui plaît pas, elle ne tardera pas à mettre fin à leur relation, prédit-il.

Il sentit soudain son estomac se nouer. En un sens, c'était la même chose pour lui. Même si Amber lui plaisait beaucoup, elle ne pourrait pas le retenir au Texas.

Au même instant, il vit s'adoucir le regard de la jeune femme.

— J'ai sans doute tort de prendre cette affaire trop à cœur, dit-elle.

Et lui, est-ce qu'il ne prenait pas trop à cœur d'avoir tenu la belle Amber dans ses bras, tout à l'heure ?

— Et si nous nous occupions de votre jument ? suggéra-t-il, histoire de changer de sujet.

— C'est vrai, j'en oubliais ma Lady Sybil ! s'exclama-t-elle en entraînant son cheval vers l'écurie.

Alors qu'il marchait un pas derrière elle, il en profita pour jeter un regard furtif à son jean qui moulait parfaitement ses fesses. Et cette façon dont ondulaient ses hanches quand elle marchait était à donner le frisson.

Non, c'était idiot de sa part, il fallait à tout prix qu'il arrête de penser à elle. Quoi qu'il puisse imaginer, un monde le séparait de cette jolie Texane. D'ici quelques semaines, il serait de retour à Londres, et même si une idylle naissait entre lui et Amber, son départ y mettrait un terme définitif.

Amber passa le déjeuner comme sur un nuage. Avec son humour typiquement anglais, Jensen lui avait rendu le sourire.

Autant se rendre à l'évidence : elle était sous le charme. C'était un plaisir de l'écouter parler : même s'il racontait une histoire drôle, il faisait toujours preuve de raffinement.

En somme c'était l'opposé d'Elmer. Curieusement, ce vieux radoteur insupportable s'entendait bien avec lui. Comme quoi…

Après le dessert et les cafés, Jensen se tourna vers sa grand-mère.

— Chère madame Rogers, il me reste à vous remercier pour ce délicieux déjeuner. Votre salade au poulet était absolument exquise.

Dans la bouche d'un autre, ce compliment aurait paru hypocrite alors qu'avec lui chaque mot semblait sincère.

— Dans ce cas, j'espère que vous me ferez le plaisir de revenir déjeuner chez nous, conclut Helen.

— Très volontiers !

Puis, après s'être tourné vers Elmer, il lui tendit la main.

— Heureux d'avoir fait la connaissance d'un homme dont le frère a eu un comportement héroïque durant la guerre.

Après s'être essuyé les lèvres à la hâte, Elmer se leva et serra la main de Jensen.

— Merci, mon gars, je veux dire milord. N'écoutez pas les gens qui vous reprocheraient d'être anglais.

— Ravi de vous l'entendre dire, rétorqua Jensen d'un ton pince-sans-rire.

Amber se leva à son tour pour raccompagner son hôte. Une fois dehors, alors qu'elle marchait à côté de Jensen, elle eut soudain envie de le remercier.

— Votre sens de l'humour nous aura permis de passer un bon moment. Pourtant, avec Elmer, c'était loin d'être gagné.

— Décidément, ce pauvre homme ne trouve pas grâce à vos yeux, lui fit-il remarquer.

— Non, reconnut-elle.

— Votre grand-mère semble pourtant y trouver

son compte. Elle a ri à mes plaisanteries mais encore plus à celles d'Elmer.

Effectivement…

— Je ne peux m'empêcher de trouver qu'Elmer et ma grand-mère ne vont pas ensemble, soupira-t-elle. Si seulement elle avait pu rencontrer un homme comme mon grand-père !

— Et si vous me parliez un peu de lui ?

Aussitôt, elle sentit un flot d'émotions la submerger. Perdre son père très jeune l'avait beaucoup rapprochée de ce grand-père qu'elle avait fini par idéaliser. Mais, en un sens, cela n'avait rien d'anormal.

Adolescente, elle avait pris l'habitude de l'accompagner dans tous les haras du Texas à la recherche des meilleurs pur-sang. Seller une monture, apprendre à maîtriser un bronco : elle devait tout son savoir à la patience de cet homme d'exception. Grâce à lui, son enfance avait été la période la plus heureuse de sa vie.

— Grand-père était toujours prêt à venir en aide aux gens, conclut-elle, et je crois que c'est ce trait de son caractère que je garderai à jamais en moi.

— Puisque votre grand-père aimait venir en aide aux gens et que vous avez hérité en partie de son caractère, soyez indulgente envers Elmer et pensez aussi au bonheur de votre grand-mère, suggéra Jensen.

Elle retint un soupir. Cela l'ennuyait de le reconnaître, mais elle savait qu'il disait vrai.

— Ce qui me tracasse le plus, c'est qu'Elmer a une réputation de joueur invétéré, avoua-t-elle dans un souffle.

— C'est ennuyeux, en effet.

— Je ne dis pas que c'est le genre d'homme à perdre une fortune à Las Vegas, mais…

— Comme tout un chacun, Elmer doit avoir des

défauts mais je le crois capable de rendre votre grand-mère heureuse.

Imaginer sa grand-mère heureuse de nouveau la remplit soudain d'émotion et elle ne put retenir ses larmes.

— Amber ! l'entendit-il s'exclamer.

— Ce n'est rien, dit-elle en se détournant de lui.

Avant qu'elle ait pu réagir, Jensen lui caressa tendrement la joue.

— S'il le pouvait, votre grand-père se réjouirait de voir votre grand-mère bien accompagnée, dit-il en plongeant ses yeux dans les siens.

Alors qu'ils se regardaient en silence, elle sentit naître en elle un désir fou pour cet homme qui avait le don de la fasciner.

Allait-il la prendre dans ses bras ?

Tenter de l'embrasser ?

— Eh bien… Il ne me reste plus qu'à vous remercier pour votre charmante invitation, lui dit-il en souriant.

Non, ce ne serait pas pour cette fois… Ce qu'elle pouvait être bête ! Comment avait-elle pu croire un seul instant que Jensen pouvait s'intéresser à elle ?

— C'était un plaisir, répondit-elle d'une voix mal assurée en poussant la porte des écuries.

Tandis que Jensen détachait son cheval, elle s'efforça de contenir sa déception. Hélas, le fossé entre elle et ce bel aristocrate était au moins aussi profond que celui qui séparait Elmer Murdock de sa grand-mère.

Mais au lieu de la consoler, cet amer constat ne fit qu'attiser son chagrin.

- 5 -

Pendant que Quinn et Amelia mettaient la dernière main aux préparatifs du réveillon, Jensen se décida à aller voir Amber. Depuis sa visite au ranch, elle ne lui avait pas donné de ses nouvelles. L'avait-elle déjà oublié ?

Alors qu'il se dirigeait vers les écuries, sa mère le rattrapa.

— Tu pars te promener ?

— Oui, Amelia n'a plus besoin de moi, répondit-il.

— Nous comptons sur toi pour le réveillon de ce soir, lui rappela-t-elle avec un sourire.

Il hocha la tête. C'était avec Amber qu'il aurait préféré passer la soirée mais il promit d'être présent.

— En fait, je voulais te parler de quelque chose, lui dit-elle au moment où il entrait dans le box de Trail Blazer qui le salua d'un hennissement.

Il se retourna brusquement. Qu'avait-elle donc à lui dire ?

— Je t'écoute.

— J'ai appris que tu avais récemment déjeuné chez Amber Rogers. J'aimerais savoir quelles sont tes intentions envers cette jeune femme.

Ses intentions ? Il faillit rétorquer que sa vie privée ne regardait que lui mais, depuis la mort de son père, sa mère et lui s'étaient beaucoup rapprochés. Autant la ménager.

— Amber Rogers est une personne sympathique. Elle monte bien à cheval et j'aime passer du temps avec elle.

Tout en sellant sa monture, il fut soudain envahi par une bouffée de désir pour la ravissante Texane. C'était plus fort que lui.

Sa mère prit un air inquiet.

— Aurais-tu, par hasard, l'intention de l'épouser ?

— J'aurais du mal à l'imaginer en future lady Chesterfield, rétorqua-t-il.

— Pourquoi donc ?

Il haussa les épaules.

— Amber est une cowgirl, elle aime le Texas et les chevaux.

— Et alors ? Toi aussi, tu aimes les chevaux, observa sa mère en lui adressant un petit sourire.

— Bien sûr, soupira-t-il. Ce que je veux dire, c'est qu'Amber a déjà une vie ici, alors que moi…

— L'amour réserve parfois bien des surprises. Ce serait peut-être dommage de laisser passer une si belle occasion, lança sa mère alors qu'il mettait le pied à l'étrier.

De plus en plus intrigué, il fronça les sourcils. Pourquoi insistait-elle pour qu'il se marie avec elle ?

— Dommage ? Comment ça ?

— Eh bien, ce serait dommage pour toi, bien sûr, et pour moi aussi, car je serais si heureuse d'avoir des petits-enfants !

Jensen écarquilla les yeux. Il avait du mal à comprendre le comportement de sa mère. Elle qui s'était toujours tenue à l'écart de sa vie privée !

— Et si tu me disais plutôt ce que tu as sur le cœur ? insista-t-il tout en caressant l'encolure de Trail Blazer.

Tout à coup, il vit sa mère lever les yeux au ciel.

— Et si je t'annonçais que j'ai rencontré un homme qui me plaît, un homme qui me donne envie de vivre avec lui ?

Tout à coup, Jensen eut l'impression de tomber de haut. Jamais il n'avait envisagé la possibilité que sa mère puisse se remarier. En un sens, les inquiétudes d'Amber, la défiance que lui inspirait Elmer étaient compréhensibles.

— Toi, refaire ta vie ? Mais avec qui ?

— Oh ! mais avec personne ! se hâta de préciser sa mère.

Il fronça les sourcils. Sa mère pouvait nier, il n'était pas dupe. Peut-être avait-elle déjà rencontré quelqu'un, à Horseback Hollow, qui sait ?

Non, ce n'était sans doute pas quelqu'un d'ici. Sa mère était assez élitiste pour ne pas vouloir du premier venu. Mais alors qui dans son entourage aurait pu lui plaire ? Certainement pas un imbécile, ni un homme dénué de prestance ou de séduction. Après tout, c'était lord Simon Chesterfield qu'elle avait épousé…

— Si tu rencontrais quelqu'un, tu me tiendrais au courant ? reprit-il.

— Oui, répondit sa mère en rougissant.

Josephine ne lui avait sans doute pas tout dit mais il était inutile d'insister. Après lui avoir adressé un petit salut de la main, il prit la direction du ranch d'Amber.

Alors qu'il approchait de sa destination, une cavalière aux longs cheveux blonds se dirigea vers lui. Son cœur se mit à battre la chamade. C'était Amber.

Une poignée de secondes plus tard, elle arriva à sa hauteur.

— Bonjour, le salua-t-elle. Ne me dites pas que vous veniez me voir ?

— Si, admit-il.

— Dans ce cas, c'est une belle surprise. J'étais partie pour faire une promenade dans les bois, vous m'accompagnez ?

— Avec grand plaisir, dit-il.

D'abord légère, la conversation prit vite un tour plus intime.

— L'autre jour, vous avez confié à Elmer que votre père avait été pilote, durant la guerre, lui rappela Amber.

— C'est vrai, et je garde un souvenir ému de ces dimanches passés avec lui sur le terrain d'aviation tout près du château. Nous regardions les Piper Cub et les Morane-Saulnier atterrir et décoller.

— Vous aviez quel âge ?

— Douze ou treize ans.

Comme le sujet semblait intéresser Amber, il lui expliqua la façon dont les pilotes effectuaient leurs manœuvres en plein ciel, et parfois quelques acrobaties.

Après l'avoir écouté, Amber hocha la tête.

— Comme je vous envie d'avoir connu votre père ! Le mien est mort quand j'étais toute jeune.

— Au moins votre grand-père était là pour vous consoler, fit-il remarquer.

Elle poussa un soupir.

— Je l'ai toujours considéré comme un héros. Grâce à lui, j'ai appris à monter à cheval à cru, à maîtriser un bronco. C'est lui qui m'a donné envie de me produire dans des spectacles de rodéo.

— Vous êtes une authentique cowgirl.

— Loin du Texas et de mon ranch, je crois que je serais perdue, répondit-elle.

— Vous vous voyez vivre en ville ?

— Absolument pas ! s'exclama-t-elle.

Pas de doute, c'était un cri du cœur. S'il lui manquait une raison, une seule, de penser que la jolie cowgirl et lui n'étaient pas faits l'un pour l'autre, Amber venait de la lui fournir.

— Je me suis renseigné sur vous, vous savez..., poursuivit-il.

— Et en quel honneur ? s'étonna la jeune femme.

— Je m'intéresse à vous et puis, vous êtes une célébrité locale. J'ignorais que vous vous étiez autant distinguée dans les épreuves de rodéo...

— Oh ! ce n'est pas grand-chose, répondit-elle en baissant les yeux.

— Vos succès sont pourtant bien réels, insista-t-il.

— Disons que j'ai gagné quelques coupes...

Comme il insistait, elle se lança dans le récit de ses exploits passés. Mais aussi de ses échecs. Ce qui était une preuve de confiance.

— Mon grand-père venait de mourir et comme je ne voulais pas laisser ma grand-mère trop longtemps seule au ranch, j'ai arrêté la compétition. Je n'étais plus dans le coup, expliqua-t-elle.

Il sentit son cœur se serrer. Ce n'était pas facile de mettre son cœur à nu devant quelqu'un. Cet aveu ne fit qu'augmenter l'estime et l'affection qu'il éprouvait pour elle.

— Votre grand-père venait vous voir concourir ? reprit-il.

Soudain, le visage d'Amber s'illumina.

— C'était un ancien champion de rodéo, il n'aurait jamais manqué une seule de mes compétitions.

Il lui adressa un sourire complice.

— Si je suis devenu joueur de polo, c'était aussi pour suivre l'exemple de mon père, avoua-t-il. Je me suis passionné pour ce sport, comme mon père avant moi. S'il n'était pas mort, nous aurions fondé notre propre équipe.

Tout à coup, il la vit secouer la tête et dire :

— Vous savez, j'ai été très éprouvée par la disparition de mon père et, plus tard, de mon grand-père, mais par rapport à vous qui avez tellement de responsabilités, j'ai l'impression de végéter…

L'entendre faire toutes ces confidences le toucha en plein cœur. Du coup, il éprouva à son tour le besoin de lui ouvrir son cœur.

— Quitte à vous surprendre, sachez que je n'ai aucun goût particulier pour la finance et c'est par fidélité à la mémoire de mon père que j'ai repris la direction de l'entreprise familiale.

Il la vit aussitôt lui jeter un regard étonné.

— Vous n'allez peut-être pas me croire, mais j'ai longtemps eu une vie de dandy, toujours entre deux fêtes, ajouta-t-il. Du jour au lendemain, j'ai dû me comporter en adulte et j'ai changé.

Amber lui sourit.

— J'ai du mal à imaginer que vous avez eu une vie de fêtard !

— C'est la preuve que vous ne m'avez pas connu avant la mort de mon père. J'aimais m'amuser, sortir, boire du champagne en compagnie de jolies filles…

— Arrêtez, vous allez me rendre jalouse ! s'exclama-t-elle en riant.

— Rassurez-vous, j'ai changé depuis. Enfin, ce séjour au Texas m'aura permis de rencontrer une certaine Amber Rogers que je trouve charmante…

Voilà, il avait osé lui dire. Tandis que la jeune femme rougissait, il poursuivit ses explications.

— Avant de rencontrer mon père, poursuivit-il, ma mère avait déjà deux enfants nés de son premier mariage. Après son divorce, elle a rencontré mon père, lord Simon Chesterfield, qui est aussi celui de Charles, de Lucie et d'Amelia.

— Je vous envie d'avoir autant de frères et de sœurs.

— Et moi, je vous envie de vivre en pleine nature avec le vent et les nuages comme compagnons, répondit-il alors qu'ils venaient d'accéder au sommet d'une colline boisée.

Le soleil brillait dans le ciel bleu, un vent doux soufflait du sud et, avec un peu d'imagination, on aurait presque pu se croire au printemps. Alors qu'il rêvait de promenades à la belle saison en compagnie d'Amber, celle-ci reprit la parole.

— L'été, il m'arrive de me baigner nue dans un petit lac près d'ici. Vous voudriez qu'on y aille ?

Subitement, imaginer Amber en naïade incendia ses sens.

— J'en serais ravi, répondit-il en contenant son trouble.

— Dans ce cas, suivez-moi, dit-elle en engageant sa monture dans un chemin bordé de chênes.

A quoi ressemblait-elle en tenue d'Eve ?

Comme si elle déchiffrait ses pensées, Amber se tourna vers lui, un sourire aguichant aux lèvres.

— Si vous revenez me voir en été, nous pourrions nager ensemble, nous dorer au soleil…

— Votre proposition est tentante, dit-il, émoustillé par les paroles de la jeune femme.

Dommage qu'il fasse aussi froid…

Peu après, il découvrit le spectacle féerique d'un lac bleu azur entouré de rochers ocre au milieu desquels jaillissait une cascade.

— Mon coin de paradis, déclara Amber.

— C'est… sublime, bredouilla-t-il.

Il resta bouche bée. Difficile de trouver les mots devant un tel paysage.

— Merci, fit Amber.

Il la sentait émue. Lui faire découvrir ce site

d'exception alors qu'elle le connaissait à peine était une preuve de confiance.

— Cette eau est si bleue qu'on a envie de s'y baigner, lança-t-il en guettant la réaction d'Amber.

L'imaginer en train de se déshabiller avant de plonger nue dans l'eau du lac, avec le ciel pour seul témoin, mettait tout son corps en ébullition. Surtout, ne pas perdre son sang-froid.

— A la belle saison, je viens me baigner ici presque chaque jour, poursuivit Amber.

Sous le jean et la chemise qu'elle portait se cachait sans nul doute un corps de naïade. Cette pensée eut aussitôt pour effet d'incendier ses sens.

— J'aimerais bien faire le tour du lac à pied avec vous, proposa-t-il.

— Bonne idée, approuva Amber en attachant son cheval à un arbre.

Il fit de même et, quelques instants plus tard, tous deux cheminaient sur un sentier étroit, l'un à côté de l'autre.

— Alors, que dites-vous de mon coin de paradis ? l'interrogea-t-elle.

— J'aurais tendance à me prendre pour Adam et à vous imaginer en Eve…, répondit-il avec humour.

Amber se mit à rire.

— Savez-vous qu'en été il m'arrive de venir passer la nuit ici, au bord de ce lac ?

— Ce doit être magique, répondit-il.

Comme il aurait aimé passer la nuit à la belle étoile ! Hélas, ses obligations et ses réunions d'affaires lui auraient interdit de faire de même en Angleterre, sans oublier la rigueur du climat de son pays natal.

— Vous ne me trouvez pas trop excentrique ? s'inquiéta soudain Amber.

— Je crois même que c'est votre fantaisie qui me séduit le plus, répondit-il.

Tout à coup, il la sentit se rapprocher de lui. Elle était si près que son bras pouvait frôler le sien.

— Je suis un peu sauvage, vous savez.

— Moi, je vous vois comme une femme déterminée qui n'a pas froid aux yeux, répondit-il avec sincérité.

— Et moi, je vous imagine plutôt attiré par les femmes du monde en robe longue que par une cowgirl dans mon genre.

Jensen baissa la tête. Elle devait faire allusion à ces photos qui le montraient en compagnie de starlettes et de riches héritières. Mais ce qu'elle ignorait, c'est qu'il détestait ces femmes superficielles.

— Mes obligations mondaines ne m'empêchent pas d'apprécier d'autres styles de vie. Comme le vôtre, par exemple, répondit-il avec tact.

— Alors, si les circonstances étaient différentes, je pourrais vous plaire ? demanda Amber d'un ton anxieux.

— Vous me plaisez déjà, se contenta-t-il de répondre, et puis j'aime les reines du rodéo.

— Dites plutôt une ex-reine du rodéo, rectifia-t-elle.

Jensen esquissa un sourire. Cette conversation était quelque peu décousue mais, au moins, elle lui permettait d'échapper pendant quelques heures à son destin de lord, à ses obligations d'homme d'affaires, à sa vie londonienne froide et pluvieuse. Le reste du monde avait cessé d'exister : il n'y avait plus qu'Amber, la douceur de l'air texan, la caresse du soleil sur leurs bras nus, et, bien sûr, la possibilité de vivre de belles choses avec elle.

— Parlez-moi de votre carrière, demanda-t-il à la jeune femme.

Elle lui parla avec passion de ses rodéos et du plaisir qu'elle avait à remporter un prix.

— En bonne cabotine que je suis, les acclamations du public me manquent encore aujourd'hui, conclut-elle en riant.

— Dans ce cas, permettez-moi de saluer une ravissante cabotine, dit-il en portant la main d'Amber à ses lèvres pour y déposer un baiser.

— Seriez-vous en train de me faire la cour, milord ?

— Je crois que oui, milady, répondit-il sur le même ton.

Soudain, devant ce lac de rêve, Amber et lui échangèrent un regard intense. Il vit alors ses yeux se voiler.

— Le problème, c'est que vous allez bientôt repartir en Angleterre et, alors, je ne vous reverrai plus, murmura-t-elle tristement.

— Qui vous dit que je ne reviendrai pas vous voir ?

— Votre vie est à Londres, pas au Texas, objecta Amber.

— Chaque fois qu'elle le peut, ma mère quitte Londres pour venir à Horseback Hollow auprès d'Amelia et de sa sœur Jeanne Marie.

— Votre mère, peut-être, mais vous, Jensen, vous êtes accaparé par vos affaires ?

— Oui, mais pour peu que ma mère rencontre l'âme sœur au Texas et s'y installe définitivement, j'aurai une double raison de revenir ici.

— J'aimerais tant le croire, répondit Amber d'une voix vibrante.

— Il faut toujours avoir de l'espoir, l'assura-t-il. Regardez comme votre grand-mère s'est épanouie depuis qu'elle a rencontré Elmer Murdock.

Amber fit la moue.

— Même si Elmer n'est pas l'homme dont j'aurais

rêvé pour elle, je dois admettre qu'elle est transformée depuis qu'elle le connaît.

Ils étaient désormais arrivés à la pointe du lac où s'étendait un paysage époustouflant composé de prairies, de collines, de bois de chênes.

— Je me sens un peu fatiguée, lança tout à coup Amber. Ça vous dit de faire une pause ?

— Bonne idée, dit-il.

Assis sur l'herbe tout contre Amber, il caressa son beau visage. Elle lui sourit.

— S'agirait-il d'une tentative de séduction, lord Jensen ?

— C'est fort possible, milady.

Le soleil, presque au zénith, dardait sur eux ses rayons brûlants.

— J'ai trop chaud, dit soudain Amber.

— Moi aussi, renchérit-il.

Après avoir échangé un regard complice avec elle, il se mit torse nu et elle, en soutien-gorge.

— Nous sommes fous ! lança Amber en rougissant.

Jensen se passa la main dans les cheveux. Tout allait trop vite. Oh ! ce n'était pas l'envie de prendre cette ravissante blonde dans ses bras qui lui manquait, mais la crainte de tout gâcher, de réduire ce qui était peut-être le début d'une relation sérieuse à une brève étreinte, l'en dissuada. Il fallait qu'il fasse machine arrière, et vite.

D'un geste machinal, il sortit sa montre de sa poche.

— Déjà midi ! s'exclama-t-il. Pas étonnant que je meure de faim.

Il jeta un regard furtif à Amber. Elle avait l'air déçue.

— Oui, il serait sans doute plus sage de rentrer, lâcha-t-elle en tournant la tête.

Une fois rhabillés, ils finirent leur tour de lac et retrouvèrent leurs chevaux.

— Pas de regrets ? lui demanda brusquement Amber.

— Si, admit-il, et pour me faire pardonner, j'aimerais vous inviter à dîner dans le meilleur restaurant-barbecue de la ville.

— J'ai bien envie d'accepter votre offre mais à condition de la pimenter d'un pari, répondit-elle.

— Lequel ? demanda-t-il avec curiosité.

Qu'allait-elle bien pouvoir lui demander ? Là, elle lui montra un bosquet de chênes à environ quatre cents mètres.

— Vous voyez ces arbres, là-bas ? Eh bien, si vous arrivez là-bas avant moi, vous pourrez me demander ce que vous voulez.

— Et si c'est vous qui gagnez ? demanda-t-il.

— Dans ce cas, nous irons dîner dans votre restaurant.

— Hum, ça me paraît risqué… pour vous ! dit-il avec un clin d'œil.

— Vous plaisantez ? C'est moi qui vais gagner ! rétorqua Amber.

— C'est ce qu'on va voir…, dit-il en plongeant ses yeux dans les siens.

Amber éclata de rire.

— J'adore les barbecues mais j'espère bien que vous gagnerez !

Une fois sur leurs montures, elle fixa le bosquet de chênes.

— Prêt ? lança-t-elle en le défiant du regard.

— Prêt ! Et que le meilleur gagne, confirma-t-il.

Tous deux s'élancèrent au galop. Jensen fit le début de la course en tête, mais, en dépit de ses efforts et de ses talents de cavalier, il fut distancé par Amber et dut se résigner à la voir arriver avec deux longueurs d'avance sur lui.

— Et voilà ! fit-elle en reprenant son souffle.

S'imaginer bientôt inviter la belle Texane au restaurant compensa sa déception d'avoir été battu. Mais le regard brûlant que lui jeta Amber mit aussitôt ses sens en ébullition. Pourquoi n'avait-il pas écouté son désir tout à l'heure, près du lac ?

— Vous êtes meilleure cavalière que moi, convint-il.

— Je suis sûre qu'avec une selle adaptée à votre morphologie, vous auriez gagné, se contenta-t-elle de répondre.

Ce n'était pas vrai, mais c'était gentil à elle de vouloir préserver son amour-propre.

Quelques minutes plus tard, ils étaient repartis en direction du ranch. Puis arriva le moment où leurs routes se séparaient.

— Quel jour vous conviendrait pour notre dîner-barbecue ?

— Pourquoi pas vendredi soir ? dit-elle.

— Vendredi ? C'est parfait !

Au moment de partir, il eut un instant d'hésitation. Devait-il l'embrasser ? Lui serrer la main ?

— Je suis impatiente de dîner avec vous, le devança la jeune femme en lui tendant sa joue sur laquelle il plaqua aussitôt un baiser.

— Moi aussi, murmura-t-il.

— Ah, j'oubliais ! Pourriez-vous dire à Quinn que je viendrai au ranch demain matin pour livrer à Amelia le cheval que je lui avais promis ?

— Comptez sur moi ! l'assura-t-il.

Amber s'éloigna au trot et il la suivit des yeux jusqu'au moment où elle disparut derrière une colline.

Soyons honnêtes : cette belle Texane lui plaisait, ô combien. Mais si leur histoire ne devait pas avoir de lendemains, il fallait à tout prix qu'il évite de lui faire du mal. Bref, mieux valait qu'il soit sur ses gardes, surtout avec des paparazzis dans les parages.

*
* *

Le lendemain, à son réveil, la première pensée d'Amber fut pour Jensen et cette promenade romantique qu'ils avaient faite autour du lac. Chaque jour elle avait envie de passer encore du temps avec lui. Cela faisait si longtemps qu'un homme ne s'était pas intéressé à elle !

La mort de son grand-père avait non seulement mis un terme à sa carrière de reine du rodéo, mais aussi, d'une certaine façon, à sa vie sentimentale : du jour au lendemain, elle avait dû s'occuper du ranch familial pour soulager sa grand-mère.

Chaque fois qu'elle avait eu l'occasion de vivre une belle histoire, un obstacle s'était dressé en travers de sa route : on lui avait demandé de partir vivre ailleurs, de quitter le ranch. Et ça, c'était hors de question. Mais le fait est qu'en mémoire de son grand-père et par amour pour sa grand-mère, elle s'était sacrifiée, en un sens.

— Allons, n'y pensons plus ! se dit-elle en se levant.

Plutôt que de ruminer le passé, elle voulait regarder vers l'avenir et vers cet homme aux traits altiers nommé Jensen Chesterfield.

Comme elle avait été heureuse, hier, avec lui, lors de cette promenade au bord du lac ! Ce moment avait été tellement romantique. Et sensuel, aussi : lorsqu'ils avaient laissé le soleil caresser leurs corps, elle avait pu constater à quel point il était musclé et viril. Par bonheur, elle allait bientôt le revoir !

Le temps de charger dans une remorque adaptée le cheval destiné à Amelia, elle prit la route du Rocking U. Certes, ils avaient prévu de se voir vendredi soir au restaurant, mais puisque l'occasion se présentait… Cet homme à la beauté indescriptible lui manquait, et elle n'y pouvait rien.

Une fois qu'elle fut arrivée près du ranch, une voiture stationnée tout près de l'entrée lui fit soupçonner que des paparazzis se cachaient sans doute quelque part. D'ailleurs, alors qu'elle se garait dans la cour, elle surprit dans son rétroviseur deux silhouettes suspectes dont l'une tenait un téléobjectif.

Sachant combien Amelia tenait à garder le secret sur la naissance de son bébé, elle s'empressa d'aller sonner à la porte des Drummond afin de les avertir au plus vite du danger qui les menaçait. Seulement, personne ne vint ouvrir.

— Mais qu'est-ce qu'ils font ? gémit-elle.

Elle fouilla son sac à la recherche de son portable mais se souvint aussitôt qu'elle l'avait laissé dans son pick-up. Alors qu'elle allait tourner les talons, un bruit lui fit lever les yeux. La porte venait de s'ouvrir et elle se retrouva nez à nez avec Jensen.

— Vous tombez bien ! lui dit-il d'un ton survolté. Amelia est en train de…

— Attention, il y a des paparazzis tout près d'ici, murmura-t-elle. Faisons comme si nous sortions ensemble, on détournera leur attention sur nous !

Et ni une, ni deux, elle se pendit à son cou et l'embrassa à en perdre haleine.

- 6 -

Alors que Jensen savourait la chaleur des lèvres d'Amber sur les siennes, un flash d'appareil photo l'éblouit. Mince, les journalistes ! En levant les yeux, il eut juste le temps de voir s'enfuir le paparazzi qui venait de les photographier.

— Rentrons vite ! dit-il à Amber en l'entraînant à l'intérieur.

Une fois la porte refermée, il s'empressa d'expliquer à la jeune femme qu'Amelia était déjà partie incognito avec son mari pour la maternité.

— Mince, je suis désolée, bredouilla Amber.

— Vous ne pouviez pas savoir, dit-il en caressant sa joue.

— J'aurais dû réfléchir avant de me jeter à votre cou, insista-t-elle en rougissant.

Ce n'était sans doute pas le meilleur moyen de faire diversion, mais cela n'avait aucune importance, car ce voluptueux baiser avait embrasé tous ses sens.

— Je ne regrette pas de vous avoir embrassée, avoua-t-il dans un souffle, mais il est certain que cette photo va faire la une des journaux à sensation.

Par l'embrasure du rideau du salon, il repéra alors une voiture bleue stationnant devant le ranch.

— Ils sont encore là ! dit-il.

Amber regarda à son tour.

— Oui, la voiture que j'ai aperçue en arrivant était bleue, comme celle-ci.

Le temps d'échanger un regard avec elle, il sentit à quel point la jeune femme se sentait mal à l'aise.

— Venez avec moi dans la cuisine, nous allons nous faire du café, dit-il.

Quand ils furent attablés devant leurs tasses, Amber eut un petit sourire.

— Comment allait Amelia, ce matin ?

— Comme une future maman qui s'apprête à accoucher de son premier enfant, répondit-il. Quinn a promis de m'appeler dès qu'il y aura du nouveau.

Cela faisait d'ailleurs un petit bout de temps qu'ils étaient partis, songea-t-il. Pourvu que tout aille bien !

— La présence des paparazzis autour du ranch a dû la perturber, la pauvre.

— Le moins qu'on puisse dire, c'est qu'ils ne lui auront pas facilité la vie, reconnut-il.

— Je n'en reviens pas qu'ils aient pu faire le siège du Rocking U presque jour et nuit ! s'exclama Amber.

— Ils voulaient à tout prix une photo d'Amelia enceinte et, comme elle s'y opposait, ça a été la guerre entre les paparazzis et les Drummond.

— Tout ça sous prétexte que votre sœur vient d'une famille noble et Quinn un simple rancher texan.

Il ne put s'empêcher de tressaillir.

— Ne me dites pas que vous avez quelque chose contre le mariage de ma sœur avec Quinn ?

— Non, c'est juste que je n'aime pas les voir pourchassés en permanence.

— La presse à sensation se nourrit de ce genre d'histoires et j'ai bien peur que nous fassions bientôt la une du journal local…

Il voyait d'ici leur photo étalée en première page

et les commentaires salaces sur la romance du lord et de la cowgirl…

Soudain, la sonnerie stridente du téléphone le fit sursauter et il s'empressa de décrocher.

— Jensen ? C'est Quinn, annonça son beau-frère.

— Alors, quelles nouvelles ? demanda-t-il anxieusement.

— C'est une fille ! Elle est adorable et Amelia voudrait que tu viennes.

Une fille !

L'idée d'avoir une nièce le remplit de joie.

— Très bien, j'arrive !

— D'accord, mais veille à ne pas être suivi par ces fichus paparazzis.

— Promis, dit-il avant de raccrocher.

Il sentait son cœur bondir de joie. En quelques mots, il mit Amber au courant de la naissance du bébé.

— Dieu soit loué ! lança-t-elle avec un soulagement évident. J'avais si peur qu'Amelia ait un accouchement difficile à cause de tout ce stress qu'elle a dû supporter.

— Tout est bien qui finit bien mais je dois filer d'ici sans être suivi.

— Ecoutez, pour me faire pardonner, je vais m'arranger pour attirer leur attention. Comme ça, vous aurez le champ libre, proposa Amber.

— Vous êtes pleine de ressources, convint-il.

Il fallait regarder la vérité en face : même s'il déplorait d'avoir été pris en photo par des journalistes avides de scoops, il sentait son cœur battre plus fort et plus vite quand Amber était près de lui.

— Voilà ce que je vais faire. Je vais manœuvrer mon van pour qu'il bloque le chemin d'accès au ranch, ce qui ne manquera pas d'intriguer ces messieurs, expliqua-t-elle. Vous n'aurez plus qu'à filer par-derrière avec le pick-up de Quinn.

— Et le cheval que vous destiniez à Amelia ?

— Quand votre sœur reviendra, sa monture l'attendra à l'écurie.

Décidément, la jeune Texane pensait à tout.

Il enfila sa veste, prit ses papiers et les clés du pick-up.

— Merci, Amber, et n'oubliez pas notre rendez-vous de vendredi prochain.

— Je n'oublierai pas, répondit-elle avant de sortir par la porte principale.

Il attendit quelques minutes avant de s'éclipser à son tour, par la porte de derrière.

Tout semblait calme. Le plan de la belle Texane semblait avoir marché. Il put ainsi rejoindre la nationale sans encombres en passant entre deux champs de maïs.

Sans Amber et son stratagème, je me demande comment j'aurais pu échapper à la vigilance des paparazzis ! se dit-il.

Soudain, son visage se rembrunit. Certes, il se réjouissait de savoir Amelia en bonne santé et de pouvoir la rejoindre sans être suivi, mais la perspective de voir le journal local publier une photo d'Amber et de lui en train d'échanger un baiser le contrariait beaucoup.

Certains s'imagineraient que la jeune Texane et lui vivaient une idylle au moins aussi brûlante que l'avait été celle d'Amelia et de Quinn, et c'était bien ce qui le chagrinait le plus.

Car, même s'il appréciait Amber, il n'avait nullement l'intention de l'épouser.

Sous le regard attentif des paparazzis, Amber recula son van jusqu'à la porte des écuries, fit descendre le cheval puis le conduisit jusqu'à son box. Après s'être assurée que l'animal avait à boire et à manger, elle regagna son pick-up d'un pas tranquille.

Jensen a dû partir, songea-t-elle en vérifiant, discrètement, que les deux paparazzis étaient toujours à leur poste. Manifestement, tout avait marché comme prévu.

Elle reprit alors le chemin de son ranch où elle arriva pour le déjeuner.

— Tu me fais penser à une pile électrique, lui dit sa grand-mère en l'accueillant dans la cuisine.

— C'est vrai que je suis un peu nerveuse, admit-elle.

Rien d'étonnant : elle voulait avoir des nouvelles de Jensen et, surtout, d'Amelia et du bébé. Malheureusement, le téléphone resta silencieux.

Le soir, elle ne savait toujours rien. Ni Jensen, ni Quinn Drummond ni aucun autre membre du clan des Chesterfield-Fortune, n'avait jugé utile de lui donner signe de vie.

Pour se consoler, elle pensa au merveilleux baiser qu'elle avait échangé avec Jensen à l'entrée du ranch. Le souvenir de ses lèvres brûlantes, de leur senteur poivrée, réveilla en elle l'émoi ressenti au moment précis où Jensen l'avait prise entre ses bras. Tristement, elle dit bonne nuit à sa grand-mère et se résigna à aller au lit.

Quand, enfin, elle put s'endormir, elle rêva d'elle et de Jensen. Ils étaient allongés tous les deux sur la berge du lac et le soleil était si chaud qu'ils décidaient de se mettre entièrement nus. Au début, elle avait un peu peur et puis, la confiance venant, elle se blottissait entre les bras puissants du lord et lui disait tout bas qu'elle l'aimait.

Jensen lui répondait qu'il l'aimait aussi, alors elle sentait son cœur chavirer.

Le rêve se terminait par une étreinte violente.

Quand Jensen la prenait, elle criait de joie, de bonheur même, et se donnait à lui corps et âme.

Le lendemain matin, à son réveil, la première pensée d'Amber fut pour Jensen.

Même si elle était consciente que son rêve lui avait tourné la tête, elle n'avait plus qu'une envie : séduire cet homme qui illuminait ses journées et lui redonnait ce goût de l'amour qu'elle croyait avoir perdu.

Allait-il l'appeler, enfin ?

Pour tromper son attente, elle travailla d'arrache-pied, s'occupa des chevaux, en particulier de Lucky Charm, un hongre qu'elle destinait à la compétition, puis mit de l'ordre dans les factures et les relevés bancaires du ranch. Voilà ce qui s'appelle une matinée productive !

Quelques minutes plus tard, alors qu'elle prenait le frais sur le porche en sirotant un café frappé, elle vit approcher à vive allure la Ford Taurus de sa grand-mère. Bizarre… Elle qui n'avait jamais commis le moindre excès de vitesse !

Il devait certainement être arrivé quelque chose ! songea Amber en allant à sa rencontre. Si Elmer Murdock avait quelque chose à voir là-dedans, il allait l'entendre !

— Pourquoi tu roules si vite, grand-mère ? lui demanda-t-elle quand celle-ci sortit de la voiture.

— Parce que j'avais hâte d'entendre tes explications, rétorqua la vieille dame en brandissant la dernière édition du journal local.

Sur la première page s'étalait une photo d'elle en train d'embrasser Jensen avec écrit, juste au-dessus : « Coup de foudre à Horseback Hollow. » Bref, la nouvelle avait sans doute déjà fait le tour de la ville.

— Les paparazzis n'ont pas perdu de temps, maugréa-t-elle.

Helen lui sourit.

— J'ignorais que toi et lord Jensen étiez aussi

intimes. Mes amies n'ont pas arrêté de me demander la date de votre mariage…

— Cet article est un tissu de mensonges, grand-mère ! Viens, rentrons, et je t'explique tout, ajouta-t-elle en l'entraînant vers la maison.

En quelques mots, elle mit Helen au courant de ce qu'avaient enduré Quinn et Amelia depuis que la jeune femme était enceinte.

— Je vois… Dommage que vous n'ayez pas eu envie de vous embrasser pour de vrai, Jensen et toi, observa la grand-mère d'Amber avec, semblait-il, une pointe de regret.

— Dommage ou pas, je n'avais pas le choix et je n'ai pensé qu'à protéger Amelia et son bébé, conclut-elle en se gardant d'ajouter qu'elle éprouvait bien plus que de la sympathie pour lui.

— Bon, le stratagème a-t-il été efficace, au moins ? s'enquit sa grand-mère.

— Oui, puisque les paparazzis n'ont pas vu Jensen partir en passant par la porte arrière du ranch.

— Ils ne l'ont donc pas suivi jusqu'à la maternité ?

— En principe, non, mais comme je n'ai aucune nouvelle de lui, j'ignore en fait comment les choses se sont terminées.

Sa grand-mère afficha une mine déçue.

— Et moi qui me réjouissais de te savoir enfin fiancée !

— Désolée de te décevoir, dit Amber, mais il n'y a strictement rien de vrai dans cet article.

— D'après ce journaliste, reprit sa grand-mère, tu es une cowgirl naïve qui rêve d'un destin de princesse.

— C'est n'importe quoi ! se défendit-elle.

— Et tu aurais succombé au charme de ce lord anglais pour qu'il t'épouse.

— Quoi ?

Amber se sentit bouillir. Si cela ne tenait qu'à elle, elle aurait volontiers pendu haut et court l'auteur de cet article et le paparazzi qui avait pris la photo !

Soudain, la sonnerie du téléphone retentit et, avant qu'elle ait pu décrocher le combiné, sa grand-mère prit l'appel.

— Qui est à l'appareil ? l'entendit-elle demander. Ah oui, bonjour, comment allez-vous depuis l'autre jour ? Jensen ?

— Oui, Amber est là, je vous la passe, conclut Helen avant de lui céder le combiné.

— Amber ?

Amber ferma les yeux et se laissa envahir par la voix chaude et virile de Jensen, cette voix reconnaissable entre mille. Elle sentit aussitôt un doux frisson remonter le long de sa colonne vertébrale.

— J'ai passé la journée d'hier à attendre votre appel, dit-elle en serrant le combiné de toutes ses forces.

— Je suis sincèrement désolé mais il y a eu tant de formalités à accomplir que je n'ai pas vu le temps passer, expliqua Jensen sans se départir de sa distinction naturelle.

Elle ne put s'empêcher de sourire. Comment pourrait-elle en vouloir à un homme aussi craquant ?

— Comment vont Amelia et le bébé ?

— Amelia rayonne de bonheur ! Sa petite fille est adorable et pèse près de trois kilos. Mais si je vous appelle, c'est parce que Amelia voudrait vous voir.

Amber fit la moue. Alors comme ça, si Jensen lui avait enfin téléphoné, ce n'était pas pour elle, encore moins pour ses beaux yeux, mais parce que Amelia le lui avait demandé !

— Amelia veut me voir ? répéta-t-elle en s'efforçant de ne pas laisser paraître son dépit.

— Oui, car elle a des choses à vous dire, insista-t-il. L'accouchement l'a fatiguée mais elle se sent mieux.

Amber se gratta nerveusement la tête. Des choses à lui dire ? Quelles choses ? La sœur de Jensen voulait-elle la sermonner pour s'être laissé photographier en train d'embrasser son frère ? Ou, pire encore, est-ce qu'elle la soupçonnait de tout faire pour forcer son frère à l'épouser ?

— Très bien, je suis d'accord, dit-elle.

— Aujourd'hui ?

— Oui, pourquoi pas ?

— Parfait ! lança Jensen d'un ton satisfait. Et pour ne pas risquer de mettre les paparazzis sur la piste d'Amelia, nous ferions mieux de nous donner rendez-vous dans un endroit discret, en ville, et de là nous irions ensemble à la maternité.

A l'entendre, Jensen n'avait pas l'air d'être au courant pour la photo. Il fallait à tout prix qu'elle lui pose la question pour en avoir le cœur net.

— Vous avez vu le journal ? demanda-t-elle d'une voix mal assurée.

— Bien sûr, répondit Jensen, et c'est pour ça que nous devons redoubler de prudence.

Comment avaient pu réagir les proches de Jensen, et en particulier lady Josephine, sa mère, en voyant la fameuse photo ?

— Que voulez-vous que je fasse ? demanda-t-elle.

Le lord lui donna des indications précises sur le lieu de rendez-vous, quelque part en ville.

— Il serait peut-être prudent que je change d'apparence au cas où nous croiserions une horde de paparazzis ? ironisa-t-elle.

— Désolé de vous imposer tout ça mais, compte tenu de la situation…

— Je comprends, dit-elle.

Il marqua une pause, puis reprit :

— Je voulais aussi vous remercier pour la façon dont vous m'avez aidé à échapper aux paparazzis.

— C'est gentil à vous, mais j'aurais quand même dû réfléchir avant de me jeter à votre cou et de vous voler ce baiser, répondit-elle en tortillant nerveusement une mèche de cheveux.

Un ange passa.

— Et si je vous disais que j'ai aimé ce baiser ? Et que je n'arrête pas de penser à vous depuis ? murmura Jensen.

Amber eut l'impression que son cœur s'arrêtait de battre. Est-ce qu'il était sincère ? Comment pouvait-elle en être sûre ?

Le temps de bafouiller quelques mots pour saluer Jensen, elle raccrocha le téléphone.

Et maintenant, qu'allait-il se passer ?

- 7 -

Les paparazzis pouvant identifier son pick-up, Amber demanda à sa grand-mère de la conduire en ville. Mieux valait ne rien laisser au hasard.

Helen étant casanière au possible, elle s'attendait à un refus de sa part mais, à sa surprise, sa grand-mère accepta avec empressement de lui rendre ce service. Tiens…

Vingt minutes plus tard, elles arrivaient devant le magasin dont lui avait parlé Jensen. Avant de descendre, Amber se tourna vers Helen :

— Comment se fait-il que tu te sois autant maquillée, ce soir ? demanda-t-elle d'un ton soupçonneux.

— Eh bien quoi ? Je n'ai pas le droit de me faire belle ? répondit sa grand-mère en rougissant.

— Dis plutôt que tu as l'intention de revoir Elmer et que tu n'oses pas me l'avouer.

— Nous avons rendez-vous au foyer des vétérans mais je te promets de ne pas boire plus de deux gins ce soir.

Pas plus de deux gins ? Mon Dieu, la soirée promettait de faire des étincelles… Tout en prenant congé de sa grand-mère, elle pesta contre la mauvaise influence qu'Elmer exerçait sur elle.

Une fois seule, elle traversa le magasin de part en

part et sortit par la porte à l'arrière du bâtiment comme le lui avait recommandé Jensen.

Un vrai film d'espionnage !

Comme convenu, Jensen l'attendait au volant du pick-up des Drummond. Elle monta à côté de lui, aussi émue que s'il s'agissait de son premier rendez-vous galant.

— Merci d'être venue, lui dit-il avant de démarrer.

Quelques minutes plus tard, une fois à la maternité, elle le suivit dans les couloirs et s'aperçut qu'il lançait des coups d'œil inquiets autour de lui.

— Toujours sur le qui-vive à cause des paparazzis ? lui demanda-t-elle.

— Plus que jamais, répondit-il. Sans votre présence d'esprit, l'autre jour, je n'aurais jamais pu m'éclipser du ranch.

— Si ça m'a permis de rattraper un peu ma bourde, tant mieux, répondit-elle.

Elle vit alors Jensen s'immobiliser et plonger son regard au fond du sien.

— Quand vous m'avez embrassé, j'ai été le plus heureux des hommes.

Elle sentit son cœur fondre, mais pouvait-elle le croire ?

En tout cas, il semblait sincère. Elle aurait bien voulu répondre qu'elle aussi avait été bouleversée de sentir ses lèvres sur les siennes, mais aucun mot ne parvint à sortir de sa bouche.

Ils se regardèrent en silence et, soudain, Jensen la prit dans ses bras et l'embrassa à en perdre haleine.

— Amber ! murmura-t-il.

— Oui…, répondit-elle alors que son cœur battait à tout rompre.

— Hier, après m'avoir embrassé, vous aviez rougi comme vous le faites maintenant.

Effectivement, elle avait senti ses joues s'embraser. Heureusement pour elle, l'arrivée de l'ascenseur la dispensa de répondre et son cœur se gonfla d'espoir. Allaient-ils enfin pouvoir laisser libre cours aux sentiments qu'ils éprouvaient l'un pour l'autre ?

Peu après, elle entra d'un pas incertain dans la chambre d'Amelia mais l'accueil chaleureux de son amie balaya toutes ses craintes. Quel soulagement !

— Comme tu peux le constater, le clan des Chesterfield-Fortune ne cesse de s'agrandir, lui dit la sœur de Jensen. Dans quelques mois, ma fille jouera avec sa cousine Piper, sans oublier les jumelles de la sœur de Quinn.

— C'est merveilleux ! s'exclama Amber.

Comme elle enviait Amelia d'être une épouse et une mère heureuse ! Penchée sur le lit où était allongée son amie, elle approcha son visage de celui du bébé qui dormait à poings fermés.

— Qu'elle est mignonne ! Non, pas mignonne, adorable !

— N'est-ce pas ? approuva Amelia.

— Ravissante ! renchérit-elle.

Amelia lui sourit.

— Voir l'enfant des autres ne te donne pas envie d'en faire un ?

— Si, bien sûr, murmura-t-elle, mais pour le moment, la question ne se pose pas encore.

Ce n'était peut-être pas le moment d'aborder cette question avec Jensen dans la pièce…

— Tu as besoin de quelque chose ? demanda-t-il soudain à sa sœur.

— Je suis bientôt à court de « changes ».

— De quoi ? s'étonna Amber.

— En Angleterre, nous disons « changes » pour parler des « couches », lui expliqua Amelia.

Elle ne put s'empêcher de se sentir un peu agacée.

— J'oubliais que vous autres, les Britanniques, vous avez une façon toute particulière de parler notre langue.

— Historiquement, avant d'être la vôtre, cette langue est d'abord la nôtre, lui rappela Jensen.

Amelia leva les yeux vers son frère.

— Tu peux me laisser un moment seule avec Amber ? J'ai des choses personnelles à lui dire.

— Très bien, j'attends dans le couloir, répondit-il en quittant la chambre.

— Ouf, nous voilà un peu tranquilles, déclara son amie une fois son frère parti.

Bon, nous y voilà, songea Amber. Qu'est-ce qu'Amelia pouvait bien vouloir lui dire ?

— Je t'écoute..., dit-elle d'un ton inquiétant.

Amelia allait-elle lui reprocher d'avoir fini en compagnie de son frère à la une du journal local ?

Au même instant, Amelia posa doucement la main sur son bras :

— Merci du fond du cœur d'avoir aidé Jensen à quitter le ranch au nez et à la barbe des paparazzis, l'autre jour, déclara-t-elle. Sans toi, les journalistes auraient fini par retrouver ma trace et celle de mon bébé.

Amber poussa un profond soupir. Quel soulagement ! Et dire qu'elle avait peur de se faire passer un savon par Amelia !

— Je pensais que tu voulais me parler de cette photo de Jensen et de moi, avoua-t-elle.

Amelia lui sourit.

— Que tu embrasses mon frère ne me dérange pas et puis je trouve que vous allez très bien ensemble.

— C'est vrai ? demanda Amber en ouvrant de grands yeux.

— Mon frère est seul depuis bien trop longtemps et

je me réjouirais de le savoir marié à quelqu'un comme toi, insista la jeune mère.

— Mais nous nous connaissons à peine…

Tout en caressant la minuscule main du bébé dans la sienne, Amelia lui adressa un grand sourire.

— Au début, nous ne nous connaissions pas non plus, Quinn et moi.

— C'est vrai, reconnut Amber, mais vous aviez sans doute plus de points communs que Jensen et moi.

Un long silence s'installa.

— Que penses-tu de Jensen ? demanda soudain Amelia.

— Il est loin de me déplaire mais je doute qu'il partage ce sentiment.

— Et moi je suis certaine du contraire, rétorqua son amie. Je connais Jensen et, quand il s'est mis une idée en tête, rien ni personne ne pourrait le faire changer d'avis, pas même Churchill ou la reine d'Angleterre.

Amber leva les yeux. Cela voulait-il dire qu'elle avait des raisons d'espérer ?

— Tu crois vraiment que Jensen pourrait s'intéresser à moi ? demanda-t-elle en sentant son cœur s'emballer.

Amelia hocha la tête.

— Oui, mais sans le montrer car mon frère, comme la plupart des Anglais, est la pudeur incarnée.

Effectivement… Elle aurait dû se souvenir qu'un océan séparait le Texas de la lointaine Angleterre !

Quand Amber retrouva Jensen dans le couloir, elle eut l'impression d'avoir le cœur plus léger. Sa grande conversation avec Amelia lui avait ouvert des horizons nouveaux. Surtout, elle lui avait rendu l'espoir.

— Qu'est-ce que vous aviez de si important à vous

dire, toutes les deux ? demanda-t-il en l'entraînant vers l'ascenseur.

— Amelia tenait à me remercier d'avoir détourné l'attention des paparazzis pour que vous puissiez partir du ranch sans être suivi, répondit-elle.

— Et c'est tout ? insista-t-il d'un ton sceptique.

— Oui, mentit-elle.

Mieux valait ne pas le mettre au courant du reste.

Une fois dehors, Jensen et elle pressèrent le pas, car le vent d'est était glacial.

— Mince, quelle idiote ! s'exclama-t-elle soudainement. J'ai oublié de demander à Amelia le prénom du bébé.

— Elle s'appelle Clementine Rose, lui apprit Jensen.

— *Oh my darlin', oh my darlin', oh my darlin'Clementine*, se mit-elle à chanter avec son plus pur accent texan.

— Je précise que la fille d'Amelia porte le prénom de son arrière-grand-mère et pas celui d'une héroïne de l'Ouest, lui dit Jensen en l'aidant à grimper dans la cabine du pick-up.

— Oh non, moi qui croyais que ce serait une vraie petite Texane ! dit-elle d'un air amusé.

— Il faudra vous faire à l'idée que les Chesterfield ont un drapeau britannique tatoué sur le cœur, renchérit-il en se glissant derrière le volant.

— Tant mieux, car le mien est orné d'un drapeau texan, rétorqua-t-elle.

Jensen lui lança un regard inquisiteur.

— Vous ne voulez vraiment pas me dire de quoi vous avez discuté ?

Elle se tut quelques instants puis décida de tout lui dire. Après tout, cela le concernait autant qu'elle.

— Amelia estime que nous irions bien ensemble, du moins à en juger par la photo publiée dans le journal.

— Vraiment ? fit-il avec un petit sourire.

— N'empêche que je n'aurais jamais dû vous sauter au cou comme je l'ai fait, s'empressa-t-elle d'ajouter.

— Je n'en suis pas si sûr…, murmura Jensen en l'enlaçant.

Et avant même qu'elle puisse comprendre ce qui lui arrivait, ses lèvres viriles effleurèrent les siennes. Mon Dieu, il était en train de l'embrasser !

— Amber ! dit Jensen en reprenant son souffle.

— Oui…, murmura-t-elle avant de lui offrir de nouveau ses lèvres.

— J'ai tant pensé à vous…, dit-il en la regardant dans le fond des yeux.

— Moi aussi j'ai pensé à vous, répondit-elle, suspendue à cette bouche qui venait de dévorer la sienne, subjuguée par ce menton volontaire, cette force virile qui la rendait folle de désir.

— Ma jolie cowgirl…, murmura-t-il à son oreille.

— Mon lord charmant ! répondit-elle sur le même ton.

En cherchant à la serrer encore plus fort contre lui, Jensen fit retentir l'avertisseur du pick-up et sursauta. Ce qu'il avait l'air mignon.

— Désolé !

— Je crois qu'on ferait mieux de se mettre en route, dit-elle à regret.

— Vous avez raison, convint-il en démarrant.

Tandis qu'ils approchaient du ranch, Amber laissa son esprit vagabonder. Mille questions toutes plus saugrenues les unes que les autres s'agitaient dans sa tête.

Jensen l'attirait mais il venait d'un monde bien différent du sien. Leur relation serait sans doute vouée à l'échec… C'était sans doute bête de sa part d'envisager le pire, mais il fallait tout de même y penser.

Un peu plus tard, quand Jensen se rangea devant

le ranch, elle éprouva une sourde mélancolie à l'idée de devoir le quitter, tôt ou tard.

— Quand est-ce qu'on se revoit ? demanda Jensen.

— Bientôt, promit-elle en ouvrant la portière.

— Je vous dois une invitation à dîner.

— Vous n'avez pas peur qu'on soit pourchassés par les paparazzis ? objecta-t-elle.

— Nous serons discrets, l'assura-t-il.

Elle retint un soupir. L'idée de devoir se cacher ou, du moins, de ne pas se faire remarquer, ne lui plaisait pas beaucoup, c'était le moins qu'on puisse dire. Si Jensen voulait être avec elle, il faudrait qu'il y mette du sien. Même si elle n'était qu'une simple cowgirl, elle méritait autant d'égards que la reine d'Angleterre…

- 8 -

Après le retour d'Amelia et de la petite Clementine Rose au ranch Drummond, Jensen apprit que son frère Charles et sa sœur Lucie avaient décidé de rentrer à Londres. Cela n'avait rien d'étonnant.

Quelques semaines plus tôt, il aurait sans doute pris la même décision qu'eux. Seulement, la situation n'était plus la même. Il avait désormais envie de s'attarder au Texas et, bien sûr, de revoir Amber.

Chaque fois qu'il pensait à la jeune femme, il sentait son cœur s'emballer et une vague de désir inondait ses sens. Cela prouvait bien une chose : sa rupture avec Monica Wainwright, sa dernière petite amie en date, ne le faisait plus souffrir.

Ah, Monica l'avait fait rêver, au début du moins… Grande, rousse, pulpeuse, Monica attirait le regard des hommes comme un aimant.

Il se rappela leur rencontre. C'était au cours d'une réception mondaine. Elle portait une robe somptueuse, et son sourire charmeur avait eu sur lui un effet immédiat.

Il avait invité Monica dans les meilleurs restaurants de Londres et, après quelques promenades romantiques à Hyde Park et à Windsor, leur liaison était devenue officielle.

Ils se voyaient souvent. Comme il pensait sincèrement être amoureux de cette ravissante rousse (mais qui aurait résisté à son charme ?), il avait sacrifié une partie de sa vie et négligé son travail pour courir les antiquaires de Portobello et les salles de vente. Rien ne pouvait faire plus plaisir à une passionnée de meubles anciens, se disait-il alors.

Quelque temps plus tard, Monica et lui avaient loué un appartement à Chelsea afin de pouvoir se retrouver quand ils le voulaient. Hélas, peu à peu, la jeune femme avait laissé poindre sa vraie nature, méprisante et égoïste. Alors qu'elle avait toujours été souriante, prête à le rendre heureux, disposée à l'écouter quand il avait le cœur en berne, Monica s'était métamorphosée en une harpie agressive et leur bonheur avait viré au cauchemar.

Lassé d'entendre ses plaintes, ses récriminations, conscient aussi qu'elle cherchait à le détruire faute de pouvoir l'épouser — après avoir d'abord accepté de se marier avec elle, il avait heureusement fait machine arrière —, il avait enfin décidé de rompre. Avec le recul, c'était la meilleure décision, aucun doute là-dessus.

Par comparaison, Amber était un ange et c'était aussi pour elle qu'il prolongeait son séjour à Horseback Hollow. D'autant qu'il avait une promesse à tenir…

Le jour du départ de Charles et de Lucie pour Londres, Jensen se proposa d'aller chercher son frère et sa sœur à leur hôtel puis de les conduire à l'aérodrome que dirigeait Sawyer Fortune, le fils d'un des frères de sa mère, avec sa femme Laurel Redmond.

Il se réjouissait de voir Sawyer et de retrouver l'atmosphère si particulière de ce petit aérodrome situé à une quarantaine de kilomètres de Horseback Hollow.

Alors qu'il se dirigeait vers le pick-up, sa mère le rattrapa, l'air essoufflé.

— Si ça ne t'ennuie pas, je t'accompagne, lui dit-elle en souriant.

Depuis le retour d'Amelia et de sa fille au ranch, Josephine passait le plus clair de son temps à jouer avec la petite. Alors pourquoi tenait-elle à ce point à venir avec lui ?

— Et Clementine Rose ?

— Amelia et Quinn vont finir par me reprocher d'accaparer leur fille, et puis j'en profiterai pour saluer Sawyer et Laurel, répondit sa mère.

— Charles et Lucie vont être surpris de te revoir après t'avoir fait leurs adieux, dit-il.

— Eh bien, nous attribuerons ce changement de programme à un regain de fantaisie de ma part, rétorqua Josephine.

Bon, autant ne pas la contrarier, songea Jensen en l'aidant à monter dans le pick-up.

Alors qu'il démarrait, sa mère sortit de son sac un poudrier, son tube de rouge, une brosse, un miroir de poche.

— Qu'est-ce que tu fais ? s'étonna-t-il.

— Une femme doit être belle en toutes circonstances, lui répondit-elle.

C'était peut-être exagéré de sa part : ils allaient rendre visite à Sawyer, pas au président des Etats-Unis ! Soudain, une délicieuse odeur envahit ses narines.

— Et, en plus, tu te parfumes ! s'exclama-t-il.

— Il n'y a pas d'âge pour séduire, rétorqua sa mère en riant.

A la mine réjouie qu'elle arborait, il eut tout à coup la conviction que quelqu'un lui avait tourné la tête. Pas de doute : elle devait avoir rencontré un homme.

Comme Jensen l'avait prédit, Charles et Lucie furent surpris de revoir leur mère qui, pour sa part, semblait heureuse de les serrer de nouveau dans ses bras.

Après avoir chargé les bagages de son frère et de sa sœur à l'arrière du pick-up, il rallia en moins d'une demi-heure l'aérodrome où les attendait leur avion.

— Quand vous serez à Londres, remerciez Oliver de m'avoir envoyé ces photos de son petit Ollie, recommanda Joséphine à ses deux enfants.

Oliver, leur frère aîné, avait divorcé l'année dernière et son fils avait été confié à son ex-épouse.

— Nous n'y manquerons pas, promit Charles à leur mère. De ton côté, dis bien à Amelia qu'on les aime très fort, elle et la petite Clemmie.

— C'est promis, assura Josephine.

Alors que Jensen se garait sur le parking de la compagnie de charters privés « Redmond-Fortune Air », sa mère se désintéressa soudainement de Charles et de Lucie pour jeter des regards fébriles alentour.

Pourquoi avait-elle l'air aussi nerveuse, subitement ?

Quelques minutes tard, pendant qu'il aidait son frère et sa sœur à transporter leurs bagages jusqu'à l'accueil, Josephine leur faussa compagnie pour aller bavarder avec un bel homme aux tempes grisonnantes. Il l'avait déjà rencontré : c'était Orlando Mendoza, l'un des pilotes de la compagnie.

— Bonjour, Orlando ! lança-t-il.

— Bonjour, Jensen, lui répondit le pilote avec son charmant sourire. Votre mère me parlait de sa nouvelle petite-fille.

— Clemmie est un amour, renchérit Josephine sans quitter le pilote du regard.

— Elle a de qui tenir, ma chère ! répliqua aussitôt le pilote en adressant un sourire radieux à Josephine.

Tout s'explique ! songea Jensen. Si sa mère avait

tenu à les accompagner jusqu'ici, c'était surtout dans l'espoir de voir Orlando. Voilà pourquoi elle avait eu cet accès de coquetterie !

— Arrêtez, Orlando, vous me faites rougir ! répondit Josephine, visiblement ravie. Mais dites-moi, vous allez piloter l'avion de mes enfants ?

— Non, je viens de terminer mon service, mais vous ne perdrez pas au change puisque Laurel prendra les commandes.

D'une oreille distraite, Jensen écouta Orlando raconter qu'il s'était fait déposer à l'aérodrome par son neveu Marcos, qui tenait un restaurant à Horseback Hollow.

— Je rentrerai en taxi, ajouta-t-il.

Ni une, ni deux, Josephine se tourna vers Jensen.

— Et si Orlando venait avec nous ?

Jensen retint un soupir. Qu'une idylle soit en train de naître entre sa mère et ce pilote aux dents trop blanches n'était pas vraiment pour lui plaire mais il ne pouvait rien lui refuser ! Du coup, il s'empressa d'accepter.

— Merci beaucoup, répondit Orlando. Je vais décommander mon taxi.

Tout à coup, Jensen surprit le regard complice que s'échangeaient le pilote et sa mère. Pas de doute : il se tramait quelque chose. Et cela ne lui disait rien de bon. Même s'il était épris d'Amber, qui n'était pas du petit monde de l'aristocratie, il n'avait aucune envie que sa mère en fasse autant avec Mendoza.

Cela voulait peut-être dire aussi que sa mère avait oublié son père, songea-t-il en sentant son cœur se serrer.

Alors qu'un bimoteur décollait sous ses yeux, il se revit en train de marcher à côté de son père sur le chemin de terre qui partait du domaine des Chesterfield et serpentait à travers champs jusqu'à ce petit aérodrome près de leur château.

Regarder décoller et atterrir des Piper Cub, des répliques de Spitfire ou de Morane-Saulnier, était absolument magique. Des années après, ce souvenir d'adolescence était encore gravé dans sa mémoire.

Quand le froid était trop vif, son père lui proposait d'aller boire un scotch au mess et, bien sûr, cela le rendait tout fier d'être un homme ! Son père et lui évoquaient le passé, le présent, l'avenir, tantôt avec espoir, tantôt avec pessimisme, mais en tout cas jamais avec indifférence.

Oui, lord Simon Chesterfield lui manquait beaucoup et, pour se donner du courage, il effleura, au fond de sa poche, la montre fétiche qui ne le quittait jamais.

Soudain, une voix le ramena à la réalité.

— Hello ! s'exclama Laurel, l'épouse de Sawyer, en venant vers eux, un sourire aux lèvres.

Jensen jeta un œil sur elle. Cette blonde ravissante avait piloté des bombardiers de l'US Air Force sans jamais perdre sa féminité. Et le moins qu'on puisse dire, c'est qu'il n'était pas insensible à sa beauté.

Après l'avoir saluée, il escorta son frère et sa sœur jusqu'à l'appareil prêt à décoller. Un peu plus tard, quand le bimoteur piloté par Laurel eut disparu derrière un nuage, emportant Charles et Lucie vers leur destination, Josephine versa une larme.

— Je suis sûr que vos enfants reviendront bientôt vous voir, s'empressa de dire Orlando à sa mère.

Jensen regarda la petite scène en essayant de ne pas manifester son agacement. Car soyons honnêtes : avec sa belle voix grave, le pilote ne manquait pas de charme.

— Vous avez raison, Orlando ! approuva sa mère en retrouvant sa gaieté. Mais, dites-moi, puisque nous vous raccompagnons en ville, peut-être pourrions-nous dîner ensemble ?

— Formidable ! s'exclama Orlando.

Jensen retint un soupir. Il ne manquait plus que ça…

— Pourquoi pas…, dit-il sans enthousiasme aucun.

Il aurait préféré retrouver Amber ou simplement prendre le temps de lui téléphoner, mais, bien sûr, il n'était pas question de décevoir sa mère.

— Dans ce cas, dînons au restaurant de mon neveu, suggéra Orlando.

— J'adore les crabes et les salades que propose la carte de ce restaurant, s'exclama Josephine.

— Et Clemmie, ta petite-fille adorée ? objecta Jensen pour taquiner sa mère.

— Clemmie a des parents, elle peut se passer de moi pendant quelques heures, rétorqua Josephine en adressant une œillade à Orlando Mendoza.

Durant tout le trajet, Orlando vanta les mérites de la cuisine épicée de Marcos Mendoza et de ses cocktails à base de tequila. C'était absolument insupportable.

— Vous m'en direz des nouvelles, Josephine, conclut l'entreprenant pilote.

Jensen jeta discrètement un œil en direction de sa mère. Vu qu'elle ne prenait que du scotch de trente ans d'âge ou, à la rigueur, du cherry, il s'attendait à ce qu'elle émette une protestation mais, à son grand étonnement, il l'entendit s'exclamer :

— Des margaritas ? Comme c'est exotique, Orlando !

Et elle embrassa le pilote sur la joue.

Jensen resta bouche bée devant ce qu'il venait de voir. Plus qu'à une idylle naissante entre Orlando et sa mère, c'était presque à des fiançailles officieuses qu'il était en train d'assister !

Il s'en voulut aussitôt de réagir de cette façon. Après tout, de quel droit pouvait-il juger sa mère, lui qui éprouvait des sentiments de plus en plus forts pour Amber, qui n'avait pourtant rien d'une aristocrate ?

Il fallait se rendre à l'évidence : rien ne ramènerait lord Simon Chesterfield à la vie. Sa mère n'avait sans doute pas tort de vouloir chercher le bonheur avec un autre homme, quitte à trahir la mémoire de son défunt mari.

Du coup, rien ne devait l'empêcher de s'intéresser à une certaine blonde aux yeux bleus, au cœur ardent, et aux lèvres douces…

Quand les responsables du parc lui avaient demandé de venir présenter un numéro de rodéo, Amber avait eu bien du mal à cacher sa satisfaction. Peut-être tenait-elle enfin une chance de revenir sur le devant de la scène ?

Elle avait choisi de monter Danny Boy, l'un de ses chevaux fétiches. Le cœur battant à tout rompre, elle donna le meilleur d'elle-même. Et cela en valait la peine : sa prestation lui valut des applaudissements et une proposition de contrat.

— Quelle chance ! se répéta-t-elle plusieurs fois en se changeant dans la loge mise à sa disposition par les responsables du parc.

Elle appela aussitôt sa grand-mère pour lui annoncer la bonne nouvelle et lui proposa d'aller fêter son succès au restaurant de Marcos Mendoza. C'était l'occasion ou jamais ! Une heure plus tard, elle passait la porte de l'établissement.

Dommage que Jensen ne soit pas avec moi, ce soir, songea-t-elle avec un pincement au cœur.

Au fil des jours, Jensen était devenu l'homme de toutes ses pensées. La nuit précédente, elle avait même fait un rêve torride où lui et elle se livraient à des ébats d'une sensualité indescriptible. Le simple fait de s'en souvenir lui donna aussitôt des frissons.

A cet instant, une voix la ramena à la réalité.

— Bonsoir, Amber ! lança Rachel Robinson, la serveuse du restaurant.

— Bonsoir, répondit-elle. Ma grand-mère est arrivée ?

— Oui, elle vous attend dans la salle à l'étage, répondit Rachel.

Parfait ! Le cœur léger, elle gravit les marches de l'escalier et pénétra dans une grande salle décorée de guitares et de tableaux naïfs où jouait un orchestre country.

Là, elle aperçut sa grand-mère qui lui faisait de grands signes. Hélas, elle n'était pas seule : Elmer Murdock était assis à côté d'elle. Oh non, pas lui…

— Bonsoir, répondit-elle en se renfrognant.

— Allez, installe-toi, lui intima sa grand-mère en reposant son verre de margarita.

Elle obéit à contrecœur : le simple fait de voir Elmer avait le don de l'agacer.

— Helen et moi venons de danser une valse endiablée, expliqua-t-il en lui souriant.

— Je croyais que la danse te donnait des vertiges, dit Amber à sa grand-mère.

— Grâce à mon chevalier servant, j'ai l'impression de renaître, décréta Helen avant de vider son verre jusqu'à la dernière goutte.

Elmer appela la serveuse.

— Apportez-nous trois margaritas à décorner les bœufs ! Et vite, on meurt de soif…

Stop. Cette fois, c'en était trop. Pas question de supporter ça une seconde de plus.

— On ne devait pas dîner seules, toi et moi ? rappela-t-elle à Helen.

— C'est ta grand-mère qui a insisté pour que je vienne, précisa Elmer.

— En effet, renchérit l'intéressée, et tu ne peux pas savoir à quel point je me sens bien avec lui.

Amber baissa la tête. Puisque sa grand-mère avait insisté, il n'y avait rien à dire. Elle allait donc devoir supporter toute une soirée ce type qu'elle ne portait pas dans son cœur. Tout à coup, Elmer lui tapota le bras.

— Et cette audition, ma belle ? lui demanda-t-il de sa voix de stentor.

— Chut, voyons ! rougit-elle.

S'il y avait bien une chose qui la mettait mal à l'aise, c'était de se faire remarquer en public. Comment sa grand-mère pouvait-elle supporter ce braillard ?

— Voyons, Elmer, parle moins fort ! Amber ne tient pas à ce que tout Horseback Hollow soit au courant de ses projets, intervint Helen.

— Mille excuses ! fit-il d'un air contrit, alors que la serveuse apportait les margaritas.

— N'en parlons plus ! dit-elle en goûtant du bout des lèvres ce cocktail corsé.

Bizarrement, ce goût sucré lui parut exquis. Alors qu'elle allait en boire une nouvelle gorgée, un homme grand et svelte s'approcha d'elle.

— Comment allez-vous, mademoiselle Rogers ?

Elle reconnut Larry Byerly, l'un des responsables du parc. Encore quelqu'un qu'elle n'avait pas envie de voir : il n'avait arrêté de lui lancer des œillades appuyées pendant toute son audition.

— Très bien, répondit-elle sans enthousiasme.

— Excusez-moi de venir vous déranger, mais je tenais à vous dire que je suis prêt à vous engager comme vedette dans la Lone Star Review. Avec vous, ce sera un succès garanti !

Amber ouvrit de grands yeux. Elle n'en revenait pas.

Elle, vedette d'une attraction ? L'offre était vraiment tentante, alors mieux valait ne pas éconduire Larry Byerly.

— Je serais heureuse d'en discuter avec vous, lui dit-elle en s'efforçant de sourire.

— Dans ce cas, venez donc à ma table.

— Maintenant ?

— Oui, autant battre le fer quand il est chaud, ajouta Byerly en lui faisant un clin d'œil lourd de sous-entendus.

Bon, puisqu'il n'y avait pas d'autre solution… Elle se leva et ne put retenir un frisson en sentant la main de Byerly se poser sur le bas de son dos.

— Par ici ! lui dit-il en la guidant entre les tables.

— Votre main, s'il vous plaît ! dit-elle sèchement.

L'idée que ce geste équivoque soit rapporté d'une façon ou d'une autre à Jensen la mit au supplice. Heureusement, Byerly s'exécuta aussitôt.

Mon Dieu, si le lord venait à apprendre qu'un homme se comportait ainsi avec elle, en public, il risquait de se faire de fausses idées sur elle… Fort heureusement, il y avait peu de chances que Jensen l'apprenne, encore moins qu'il ait l'idée de venir dîner ici.

Mais, au fond, quelle importance ? Après tout, il allait bientôt repartir pour l'Angleterre. A partir de là, il ne lui donnerait sans doute plus jamais de ses nouvelles.

- 9 -

Jensen eut un mouvement de recul en entrant au *Hollows Cantina*, le restaurant de Marcos Mendoza. Lui qui détestait les endroits bruyants, il était servi !

— Quelle animation ! remarqua-t-il en jetant un coup d'œil à la ronde.

— Le restaurant de mon neveu ne désemplit plus, s'enorgueillit Orlando Mendoza, mais il a dû se battre pour s'imposer dans cette ville.

— Pourquoi donc ? s'étonna Josephine.

— Au début, les Mendoza n'ont pas été très bien accueillis par les gens du cru, expliqua Orlando sans plus de précisions.

Une jeune femme avenante vint à leur rencontre.

— Vous aurez une table à l'étage dans moins de dix minutes, promit-elle à Orlando. En attendant, Marcos vous offre l'apéritif au bar.

Jensen suivit sans enthousiasme leur hôte et sa mère jusqu'au bar et les écouta discuter avec animation. Décidément, Orlando et Josephine semblaient très bien s'entendre. Et pour cause : ils avaient passé tout le trajet depuis l'aérodrome à parler de leurs familles respectives.

— Alors comme ça, vos deux fils s'installent à Horseback Hollow ? demanda sa mère au pilote.

— Oui, et vous ne pouvez pas savoir à quel point je me réjouis de les avoir près de moi, répondit Orlando.

— Je n'en doute pas un instant, répondit sa mère avec un regard attendri.

Là-dessus, elle parla avec enthousiasme de Clementine Rose.

— Je comprends votre joie, répondit Orlando, mais dites-moi, chère Josephine, vous n'avez jamais été tentée d'acheter une maison à Horseback Hollow ?

Nous y voilà…, songea alors Jensen qui avait plus que jamais l'impression de tenir la chandelle aux deux amoureux.

— Une maison ? répéta sa mère en fronçant les sourcils.

— Oui, comme ça, vous seriez tout près de votre fille et de votre petite-fille.

— C'est une idée ! approuva Josephine d'un air réjoui. Comme ça, je pourrais accueillir Jensen, Charles, Lucie et mes autres enfants qui vivent en Angleterre.

Jensen se retint d'intervenir. Il avait du mal à imaginer Charles et Lucie revenir à Horseback Hollow, même pour des vacances.

Là, Josephine se tourna vers lui.

— Qu'en penses-tu ?

Que dire ? Alors qu'il cherchait une réponse aussi diplomatique que possible, par chance, la serveuse vint les chercher pour les conduire à l'étage.

En arrivant en haut des marches, il écarquilla les yeux. Pas de doute : il venait de reconnaître l'inimitable silhouette d'Amber. Elle était en train de discuter avec un bellâtre moustachu. Mais qui était ce type ? Son petit ami ?

Il sentit son estomac se nouer. Pourquoi ne lui avait-elle pas dit qu'elle avait quelqu'un lorsqu'ils étaient à la maternité ? Bon, songea-t-il en tâchant de se calmer, inutile de faire un esclandre. Surtout, ne rien laisser paraître.

Alors qu'ils prenaient place autour de la table, sa mère lui tapota le bras.

— Est-ce que ce n'est pas cette charmante Amber Rogers, là-bas, à droite ?

— En effet, répondit-il en essayant de se maîtriser.

Sa mère le regarda d'un air malicieux. Il faut dire que les explications qu'il lui avait données au moment de la publication de la fameuse photo n'étaient guère convaincantes… Elle devait se faire toutes sortes d'idées, c'était certain !

— Eh bien, qu'attends-tu pour aller la saluer ? insista-t-elle.

— Oui, renchérit Orlando Mendoza, je suis sûr qu'Amber serait heureuse de vous voir.

— Vous avez raison, dit-il en se levant.

La serveuse revenant avec leurs consommations, il s'empara de son verre et marcha d'un pas résolu vers Amber et le bellâtre moustachu.

Amber avait patiemment écouté Larry Byerly lui promettre la lune si elle acceptait de travailler pour son parc de loisirs. Mon Dieu, que ce type pouvait être pénible !

— Que pensez-vous de ma proposition ? conclut Byerly avec son sourire fat.

En échange d'un numéro classique de rodéo et d'une prestation plus olé-olé en costume de french cancan, Byerly lui offrait un salaire appréciable.

— Je ne sais pas danser le cancan, répondit-elle sans ambages.

Tout à coup, Byerly attrapa sa main. Encore ? Il n'avait toujours pas compris qu'elle n'en avait aucune envie ?

— Nous vous fournirons un coach et vous apprendrez vite, répondit-il alors qu'elle sentait la pression de ses doigts sur sa main.

D'un geste sec, elle se libéra.

— Il faut que je réfléchisse, dit-elle.

Autant couper court à la discussion. Plus vite elle fausserait compagnie à ce type envahissant, mieux ce serait.

Alors qu'elle cherchait de quelle façon prendre congé sans vexer cet homme qui pouvait tout de même lui donner un emploi, la haute silhouette de Jensen se dressa devant elle.

— Mademoiselle Rogers ? Quelle bonne surprise ! déclara le lord avec une légère inclinaison du buste.

On peut dire qu'il tombait à point nommé ! Ni une, ni deux, Amber se leva et lança à l'adresse de Byerly :

— Si vous voulez bien m'excuser, Jensen et moi avons à parler.

— Mais vous réfléchirez à ma proposition ? s'inquiéta le responsable du parc.

— Bien sûr, dit-elle d'un ton évasif.

— Je compte sur vous ! conclut Larry en lui tendant sa carte professionnelle.

Elle hocha la tête, rangea la carte dans son sac et suivit Jensen. Ouf, elle s'était débarrassée de ce pot de colle !

— Tu m'as sauvé la vie, murmura-t-elle à son oreille.

C'était la première fois qu'elle le tutoyait, mais cela lui parut tout à fait naturel. Elle le mit au courant des circonstances dans lesquelles elle avait rencontré Larry. Jensen, de son côté, lui expliqua qu'il était venu dîner au restaurant avec Orlando Mendoza et Josephine.

— Il m'a semblé que ce Larry faisait preuve d'une certaine familiarité avec toi. Il te tenait la main, je me trompe ? ajouta le lord d'un ton soupçonneux.

— Les manières de Larry laissent à désirer, convint-elle. Du coup, j'hésite à signer un contrat avec lui.

Même si cette petite scène avait certainement troublé Jensen, elle ne put s'empêcher de sourire : il l'avait tutoyée lui aussi ! Au même moment, alors que tous deux approchaient de la piste de danse, l'orchestre joua une valse mexicaine.

— J'adore cette mélodie ! s'écria-t-elle.

— Alors dansons ! dit-il en la prenant dans ses bras.

Elle venait de s'abandonner à l'étreinte du lord quand la voix stridente d'Elmer la fit sursauter. Est-ce qu'on ne pouvait pas la laisser tranquille, pour changer ?

— Amber ! Jensen ! Par ici ! s'époumona l'ami de sa grand-mère.

— Viens, on va dire bonjour à ma grand-mère, lâcha-t-elle, et ensuite j'irai saluer ta mère et Orlando.

— D'accord, dit Jensen, visiblement aussi déçu qu'elle de devoir interrompre ce tendre tête-à-tête.

Pendant un quart d'heure, Elmer leur parla des améliorations qu'il avait apportées lui-même à son 4x4, puis du prochain concours de danse auquel Helen et lui comptaient participer. De mieux en mieux.

— Bon, c'est pas tout ça, mais il est temps qu'on aille s'entraîner, Helen et moi, conclut Elmer en se levant.

Sa grand-mère se leva à son tour mais, en passant près d'elle, elle en profita pour lui glisser à l'oreille :

— Je crois qu'Elmer veut te laisser une chance d'être seule avec Jensen.

Alors que le vétéran entraînait sa grand-mère vers la piste de danse, elle surprit le clin d'œil complice qu'il adressa à Jensen.

— Quel phénomène ! dit-elle une fois seule avec le lord.

— Elmer est un chic type, répondit Jensen.

— Tu trouves ? Pour moi, il a tout d'un pachyderme dans un magasin de porcelaine.

— Ta grand-mère semble apprécier sa compagnie et puis je trouve qu'ils vont bien ensemble.

— Oui, tu as peut-être raison, reconnut-elle en observant Elmer et sa grand-mère valser parmi les autres couples.

Jensen soupira.

— Tu as tort de vouloir contrarier les relations entre Elmer et Helen, insista-t-il. Au début, ma famille était opposée à ce que ma sœur Amelia épouse Quinn. Or tu vois combien ils sont heureux ensemble.

— Oui, c'est vrai, admit-elle.

Sans qu'elle puisse comprendre pourquoi, penser à ses deux amis lui donna envie de poser à Jensen une question qui lui brûlait les lèvres depuis un moment. Ce n'était peut-être pas le meilleur moment mais tant pis.

— Au fait, quand comptes-tu repartir à Londres ?

— Pas avant un mois ou deux.

Un mois ou deux !

C'était largement assez pour qu'elle puisse envisager de vivre de belles choses avec cet homme qui faisait déjà palpiter son cœur.

Comme sur un nuage, elle rapprocha sa main de celle de Jensen. Quand leurs doigts se touchèrent, un long frisson la parcourut.

— Et si nous commandions des margaritas ? suggéra-t-elle. Je ne sais pas pourquoi mais j'ai envie de faire la fête !

Jensen sourit et fit signe à la serveuse. Après avoir pris leur commande, celle-ci sortit un carnet de sa poche.

— C'est la première fois de ma vie que je vois quelqu'un de célèbre en chair et en os, dit-elle à Jensen. Vous voulez bien me signer un autographe ?

Après s'être exécuté, Jensen rendit le carnet à la serveuse qui le remercia.

Amber ne put s'empêcher de sourire. Ce n'était pas en Angleterre qu'on lui aurait demandé un autographe au restaurant ! Une fois servie, elle voulut trinquer avec Jensen mais ce dernier préféra finir sa bière.

— Rien ne vaut la Guinness ! En plus, figure-toi que Wendy, la femme de Marcos Mendoza, a eu la gentillesse d'en faire venir une caisse d'Angleterre, rien que pour moi.

Elle fit une grimace. Même lorsqu'il s'agissait de boire un verre, Jensen gardait ce petit côté snob et cocardier.

— Je préfère nos bières texanes, dit-elle en trempant ses lèvres dans sa margarita.

— Eh bien, moi je trouve que les bières américaines manquent de saveur, rétorqua Jensen.

Même si elle se sentait frémir, il valait mieux éviter d'entamer une dispute sur un sujet aussi futile. Elle sirota donc sa boisson tout en épiant du coin de l'œil Josephine Chesterfield et Orlando Mendoza.

— Ta mère et ce pilote vont bien ensemble, dit-elle avec une pointe de perfidie.

— Sûrement pas ! protesta Jensen.

— Ils n'ont pas l'air de s'ennuyer, insista-t-elle.

— Ma mère a appris à faire bonne figure en toutes circonstances, déclara-t-il d'un ton sentencieux. Et si jamais il lui prenait l'envie de se remarier, ce serait avec quelqu'un de la trempe de mon père.

Ah ? Pourtant, elle avait l'impression que Josephine semblait apprécier le charme d'Orlando, même s'il n'avait rien d'un aristocrate anglais.

— Eh bien, insista Jensen, tu ne penses pas que j'ai raison ?

— Orlando n'est pas un mauvais parti, dit-elle.

— Je n'imagine pas l'avoir un jour comme beau-père, protesta-t-il.

— Pourquoi donc ? Tu n'arrêtes de me dire que ma grand-mère revit grâce à Elmer.

— C'est vrai, mais j'ai la conviction que ma mère ne serait jamais heureuse avec un homme d'un autre milieu qu'elle.

Elle releva la tête. Ce qu'il pouvait être prétentieux, par moments !

— Qu'est-ce que tu veux dire ? Tout ça parce que ta mère est une lady, elle n'aurait pas le droit d'aimer un homme qui s'est construit seul, à la force du poignet ?

— Je n'ai pas dit ça, rétorqua Jensen.

Elle fixa le lord dans les yeux. Elle allait peut-être regretter ce qu'elle allait dire, mais il fallait que ça sorte.

— Sous prétexte que tu es né dans un château, tu te prends pour le nombril du monde mais, dans le fond, tu es un homme comme les autres.

Heureusement, le retour d'Helen et d'Elmer les dispensa d'une discussion qui menaçait de dégénérer.

— Quelle soirée ! s'exclama Elmer. Lors du prochain concours de danse, je peux vous assurer qu'on va faire des étincelles, avec Helen !

Amber prit une grande inspiration et dévisagea sa grand-mère :

— Tu ne penses quand même pas entamer une carrière de danseuse à ton âge ?

— Helen est une élève douée, observa Elmer en allumant un cigare. J'ai même dans l'idée que, si on présentait un numéro de danse original, on pourrait peut-être remporter le premier prix.

— Quel genre de numéro ? demanda-t-elle avec effroi.

Elle imaginait déjà le pire : sa grand-mère victime d'une syncope, la sirène de l'ambulance, l'hôpital…

— Pourquoi pas un numéro de danse acrobatique pendant lequel on tirerait au pistolet ? suggéra Elmer.

— A balles réelles ? demanda Jensen, d'un ton pince-sans-rire.

— Non, avec des balles à blanc. Cela dit, je suis sérieux ; on pourrait gagner.

Jensen la regarda.

— L'idée d'Elmer n'est pas idiote. Tu pourrais t'en inspirer pour un numéro de rodéo ?

Amber écarquilla les yeux. C'était la première fois que Jensen la tutoyait en public !

— Monter un bronco est assez difficile comme ça, je ne voudrais pas blesser une personne du public, répondit-elle.

— Dis plutôt que tu ne sais pas tirer, répondit-il d'un ton sarcastique.

— Ne crois pas ça, mon gars ! Amber n'est pas maladroite face à une cible, protesta Elmer tandis qu'Helen la regardait pensivement.

Amber sourit. Elle avait beau critiquer Elmer, le voir prendre sa défense lui fit plaisir.

— J'ai même gagné quelques trophées au tir, dit-elle avec fierté.

Jensen fit la moue.

— Je parie que je tire mieux que toi.

Elmer tapa du poing sur la table.

— Arrêtez de vous chamailler. Il n'y a qu'un moyen de régler ça. Tir à vingt mètres, dix coups chacun et je serai votre arbitre.

Amber plongea ses yeux au fond de ceux de Jensen. Allait-il relever le défi ?

— D'accord, répondit-il après un long silence.

— Demain ? suggéra-t-elle en défiant le lord du regard.

— Demain.

Au même moment, sa grand-mère la regarda, un sourire aux lèvres.

— J'ignorais que vous vous connaissiez déjà aussi bien, Jensen et toi.

- 10 -

En se rendant à cheval chez Amber, le lendemain, Jensen se sentit dévoré par la jalousie : avoir surpris ce bellâtre moustachu en train de lui faire la cour le mettait hors de lui.

Il avait du mal à comprendre ce qui lui arrivait. Qui aurait pensé qu'il s'attacherait autant à cette jolie blonde dont tout, au départ, semblait pourtant le séparer ?

Et s'il restait encore plusieurs mois à Horseback Hollow ? C'était la première fois qu'il y songeait, mais cela n'avait rien d'irréalisable. Il lui suffirait de désigner un administrateur pour le remplacer à la tête de ses affaires londoniennes.

A la vue du ranch Broken R, il sentit soudain les battements de son cœur s'accélérer. Soyons honnêtes : même s'il devait affronter Amber au pistolet, il aurait préféré une promenade avec elle au bord de ce lac si romantique, et de loin !

— Par ici, mon gars ! l'accueillit Elmer de sa voix tonitruante alors qu'il approchait de l'enclos où devait avoir lieu leur petite compétition.

Cigare aux lèvres, Elmer lui mit entre les bras une caisse de bouteilles de soda en plastique.

— Qu'est-ce que vous voulez que je fasse de ça ? s'étonna-t-il.

Lui qui avait horreur de ces boissons gazeuses et chimiques !

— Ces bouteilles seront des cibles idéales, expliqua l'ancien marine. A chaque impact de balle, nous verrons le liquide gicler, même de loin.

— Je comprends !

Il fallait y penser !

Au même instant, Amber s'avança vers lui, les bras chargés de deux fusils et de cartouches. Avec son jean et sa chemise à carreaux, elle était ravissante. Mais il avait intérêt à ne pas lui montrer son trouble.

— Salut, dit-il.

— Salut, répondit Amber en lui souriant. Alors, prêt à subir la défaite de ta vie ?

— On verra bien qui gagnera l'épreuve, rétorqua-t-il.

Il avait des raisons de croire en ses chances. Il était inscrit depuis son plus jeune âge dans un club de tir dans les environs de Londres : il faisait mouche avec une régularité de métronome sur n'importe quelle cible.

— Dépêchez-vous, les tourtereaux, décréta Elmer, car j'ai parié sur l'un de vous deux et j'ai hâte de savoir si j'ai gagné ou pas.

— Votre confiance m'honore, lança Jensen à Elmer.

— Ça n'est pas sur vous que j'ai misé, mon gars, mais sur Amber, rétorqua l'ancien militaire. Et Helen m'a promis d'aller voir un western avec moi si je gagne mon pari.

Alors qu'elle chargeait son fusil, Amber se sentit frissonner lorsqu'elle repensa au regard brûlant que Jensen lui avait lancé quand elle s'était approchée de lui.

Depuis qu'elle s'était jetée dans ses bras, l'autre jour, depuis ce premier baiser qu'ils avaient échangé, elle ne cessait de penser à lui. La nuit, elle imaginait même ce que pourrait être leur première nuit d'amour et se réveillait en sueur, le cœur battant.

Ce matin, elle avait enfilé son jean le plus sexy, et il y avait fort à parier que cela ne laisse pas Jensen indifférent. D'ailleurs, une fois l'épreuve de tir terminée, elle comptait bien profiter de sa présence et même, pourquoi pas, faire en sa compagnie une promenade aussi romantique que celle de l'autre jour.

Au même moment, la voix d'Elmer la ramena à la réalité.

— Dépêche-toi, Amber, on n'a pas toute la journée, lança-t-il d'un ton bougon.

Elle prit son temps pour viser la première cible. Il faut dire qu'elle était absorbée par Jensen et les pensées amoureuses qu'il lui inspirait.

Elle adorait son visage racé, ses boucles brunes, ses manières de dandy et surtout la tendresse dont il pouvait faire preuve avec elle, lorsqu'ils étaient seuls.

— Qu'est-ce que tu attends pour tirer ? insista Elmer.

Recouvrant sa concentration, elle fit feu et des gerbes d'un liquide noir jaillirent de la bouteille en plastique posée à vingt mètres de là, sur un poteau.

— Bravo ! s'exclama le vieux marine.

Plus que neuf bouteilles.

Elle les visa l'une après l'autre et, chaque fois, atteignit sa cible.

— Quel œil de lynx ! la congratula Elmer en lui broyant l'épaule.

— Bravo ! renchérit Jensen.

Elmer remplaça les bouteilles éventrées par des neuves puis Jensen toucha chacune des cibles. Mais, arrivé à la dernière, il la manqua d'un cheveu.

— Pas de chance ! l'entendit-elle dire calmement.

— On a gagné ! clama Elmer.

Amber rangea son arme. Elle avait gagné, et alors ?

Tout ce qui lui importait désormais, c'était de se trouver seule à seul avec son bel Anglais.

Le vieux marine fit claquer ses mains.

— Mes enfants, j'ai juste le temps de retrouver Helen en ville, alors ne m'en voulez pas si je vous abandonne.

Elle poussa un soupir de soulagement quand le 4x4 d'Elmer démarra en laissant derrière lui un sillage de poussière. Et voilà, elle était seule avec lui, enfin.

— Ce jean te va à merveille, murmura Jensen en s'approchant d'elle, un grand sourire aux lèvres.

— Merci, dit-elle.

Là, elle lui offrit sa bouche et ils s'embrassèrent sous le soleil.

— J'ai envie de toi, murmura-t-il à son oreille.

Elle en avait autant envie que lui mais pas question de tout gâcher. Inutile de précipiter les choses. Par conséquent, prudence.

— Moi aussi j'ai très envie de toi, dit-elle, mais je préférerais attendre un peu.

Au lieu de se fâcher, Jensen lui caressa la joue d'un geste doux.

— Dans le fond, tu as raison. Apprenons d'abord à mieux nous connaître et puis le reste suivra.

Rassurée par la réaction de Jensen, elle lui tendit ses lèvres et savoura ce nouveau baiser qui les unissait un peu plus encore.

Le vendredi suivant, Amber fit son entrée au *Smokey Joe's*, le restaurant-barbecue où elle avait rendez-vous avec Jensen.

Les tables étaient regroupées autour d'un barbecue central où grillaient viandes, saucisses, pommes de terre et épis de maïs, dans la plus pure tradition texane.

Les habitués, des cow-boys en bottes et Stetson, ne manquèrent pas de lui jeter des regards intéressés, ce qui ne la surprit qu'à moitié car elle avait passé une bonne heure à se pomponner devant la glace. Sans compter qu'avec son jean moulant et son petit chemisier, elle était plutôt sexy.

Le fait est qu'elle se sentait fière d'être belle, parce qu'elle voulait plaire à Jensen, l'homme qui occupait ses pensées.

L'autre jour, au ranch, elle avait guetté avec impatience le départ de sa grand-mère et d'Elmer. Et pour cause : elle avait envie de se retrouver enfin seule avec son bel aristocrate.

Ils avaient fait le tour du lac main dans la main, et cette promenade avait été l'occasion d'échanger des confidences sur leurs vies passées et leur espoir de trouver un jour le bonheur.

— Bonsoir. Avez-vous réservé ? lui demanda soudain une serveuse souriante.

— Non, mais mon ami s'en est chargé, répondit-elle.

Elle se garda bien de préciser que son hôte n'était autre que lord Jensen Chesterfield. C'était plus prudent.

— Un homme grand, mince, élégant, avec un accent étranger ?

— Exactement, répondit-elle.

— Si vous voulez bien me suivre, votre ami a réservé la table du fond, déclara la serveuse.

La table du fond ? Dommage… Dans son esprit, un dîner barbecue était avant tout un moment convivial. Comme elle aurait aimé dîner tout près du barbecue central !

— Pourquoi la table du fond ? s'étonna-t-elle.

— La personne avec qui vous avez rendez-vous n'a pas envie d'être dérangée par les autres convives, lui apprit la serveuse.

Bon… Il n'y avait pas grand-chose à redire.

Quand elle fut arrivée à leur table, Jensen se leva pour l'accueillir, un sourire aux lèvres.

— J'ai pensé que nous serions plus tranquilles dans cette partie isolée du restaurant, expliqua-t-il en l'invitant à s'asseoir.

— Je comprends, dit-elle avec une moue.

Jensen dut sentir sa réticence car il fronça les sourcils.

— Je ne veux plus être la cible des paparazzis, sans compter que ces cow-boys sont parfois agaçants.

— La plupart de ces cow-boys sont des habitués qui n'auraient pas l'idée de venir nous ennuyer, protesta-t-elle.

— Si tu tiens tant que ça à dîner avec les autres, je peux rappeler la serveuse et lui demander de nous changer de table, lâcha Jensen sans enthousiasme.

Au moins, il lui demandait son avis !

— Restons ici, se décida-t-elle en remettant d'aplomb son chemisier sous lequel transparaissaient les rondeurs de sa poitrine.

— Très bien. Au fait… Permets-moi de te dire que tu n'as jamais été plus belle, murmura Jensen en la caressant de son regard brillant de désir.

— Merci, répondit-elle en sentant un léger frisson parcourir sa colonne vertébrale.

Peu après, un serveur en Stetson leur apporta des margaritas glacées ainsi qu'un plateau d'appétissants amuse-gueules.

— Vous ne seriez pas Amber Rogers, la championne de rodéo ? demanda soudain le serveur en la dévisageant.

— En effet, répondit-elle.

Elle se sentit rougir. Difficile de ne pas se sentir flattée…

— Vous êtes encore plus jolie en vrai qu'en photo ! déclara le serveur avant de s'éloigner.

Elle adressa un sourire contrit à Jensen.

— Je ne pensais pas être aussi célèbre.

— Une célébrité méritée, reconnut-il. Tu m'autorises à te dire que tu es divinement belle ?

— Tu peux, dit-elle.

Si elle était flattée de plaire à un homme, c'était bien à Jensen.

Tout en savourant leurs margaritas, ils échangèrent des regards émus. Ce soir, elle avait envie d'être gaie. Pas question de penser qu'il finirait bien par repartir pour l'Angleterre. A quoi bon avoir peur de l'avenir, si elle savait profiter du présent ?

Sans doute avait-elle eu tort, l'autre jour, de ne pas profiter de l'absence de sa grand-mère et d'Elmer pour faire l'amour avec Jensen… Elle avait tellement envie de lui !

— A quoi penses-tu ? demanda Jensen en lui caressant la main.

— Oh ! à des choses sans importance…

— Vraiment ? insista-t-il en dardant sur elle ce regard pénétrant qui semblait lire dans ses pensées les plus intimes.

Alors à quoi bon lui cacher ses sentiments plus longtemps ?

— Je m'attache de plus en plus à toi, souffla-t-elle.

— Et c'est ça qui te rend triste ?

— J'ai peur pour nous. Tôt ou tard, on devra se séparer…, dit-elle d'une voix mélancolique.

Alors qu'elle espérait entendre Jensen la rassurer, ce dernier se contenta de pousser un soupir.

— Je ne t'ai jamais caché que ma vie était à Londres, n'est-ce pas ?

— Non, en effet, admit-elle en s'efforçant de cacher sa déception.

Jensen l'observa avec attention.

— Tu crois que tu pourrais vivre en Angleterre, dans un milieu différent du tien, loin de ton ranch, de tes chevaux ?

— Pourquoi pas ? Si je suis avec l'homme que j'aime…, risqua-t-elle.

— Tu ne tarderais pas à avoir le mal du pays et à rentrer chez toi, prédit Jensen.

Amber le regarda droit dans les yeux. Etait-il sincère ou bien cherchait-il à la ménager en évitant de lui dire en face qu'il ne l'aimait pas assez pour envisager de vivre avec elle ?

Au même instant, l'arrivée inopinée du serveur venu apporter la suite de leur dîner, une côte de bœuf cuite au barbecue, accompagnée de petites pommes rissolées et arrosée d'un excellent vin rouge de Californie, l'interrompit dans ses réflexions.

— Buvons à Amelia et à Clementine Rose ! dit-elle en levant son verre.

Ils portèrent un toast à la jeune mère et puis Jensen lui parla des complications médicales qu'avait eues Amelia durant sa grossesse.

— Attendre un enfant est toujours une épreuve dans la vie d'une femme, dit-elle.

— Comment le sais-tu puisque tu n'as jamais été enceinte ? s'étonna Jensen.

— Parce que je suis une femme, et que j'espère bien avoir des enfants, un jour, rétorqua-t-elle.

Le regard de Jensen s'anima.

— Vraiment, tu aimerais avoir une famille ?

— Bien sûr que oui. Et tu ne peux pas savoir combien j'ai regretté de n'avoir ni frère, ni sœur…

Alors que Jensen lui lançait un regard consolateur, le serveur s'approcha d'elle, plus intimidé que jamais.

— Excusez-moi, mademoiselle Rogers… Ma sœur serait ravie d'avoir une photo de vous.

— Cessez de nous importuner ! s'énerva Jensen.

Le serveur se tourna vers lui.

— Ça ne prendrait qu'une seconde, monsieur, et ça rendrait ma sœur très heureuse.

Eh bien… Si on lui avait dit qu'elle serait la vedette de la soirée ! Elle, une simple cowgirl…

— Allons, Jensen, un bon mouvement ! dit-elle.

Le visage fermé, il accepta de prendre enfin la photo demandée par le serveur qui se confondit en remerciements avant de les laisser seuls.

— Je m'en veux d'avoir fait un esclandre pour pas grand-chose, finit-il par lui dire.

— Toujours ta crainte des paparazzis, fit-elle observer.

— C'est vrai, répondit Jensen.

Il lui raconta alors des épisodes de sa vie, en Angleterre, et ses multiples démêlés avec la presse et les journalistes, toujours à l'affût d'un scandale.

Amber l'écouta attentivement mais eut soudain envie de lui poser des questions plus intimes…

— Quand est-ce que tu t'es intéressé aux filles pour la première fois ? lui demanda-t-elle de but en blanc.

Jensen se mit à rire.

— Je devais avoir treize ans… Mon père avait invité au château des amis qui avaient une fille, Dorothy, très jolie.

— Brune, blonde ?

— Blonde, très mince, comme toi. Bref, le courant est bien passé. Et le soir, après dîner, nos parents nous ont autorisés à faire une promenade autour du château.

Elle ne put s'empêcher de sourire. A l'époque, Jensen

devait être mignon comme tout, surtout s'il tenait peut-être par la main sa « fiancée » blonde et mince.

— Continue, dit-elle.

— Dorothy et moi nous nous étions juré un amour éternel sans même nous être embrassés.

— Et puis ?

— Et puis, elle est repartie avec ses parents. Elle devait m'écrire et j'ai guetté ses lettres chaque jour... Je pensais sans arrêt à elle, j'étais comme fou.

— Mais elle ne t'a jamais écrit..., demanda-t-elle.

— Jamais, conclut tristement le lord. Et toi, tu as eu des déceptions sentimentales de cet ordre-là, toi aussi ?

— Oui, admit-elle. J'avais seize ans et je disputais mon premier rodéo junior après avoir été opérée d'une crise d'appendicite assez grave.

Non sans nostalgie, elle se remémora sa joie à l'idée de faire enfin ses preuves devant un vrai public.

— C'était très courageux de ta part, fit observer Jensen.

— Je voulais gagner cette épreuve mais, malheureusement, une autre concurrente, Molly Watkins, s'est retrouvée en finale avec moi.

Par flashs, elle se revit montée sur son cheval, décidée à gagner coûte que coûte afin de prouver à tous ceux qui doutaient d'elle qu'elle avait l'étoffe d'une championne.

— Bref, reprit-elle, tout se passait bien quand, soudain, ma douleur à l'abdomen s'est réveillée.

— Et alors ? demanda Jensen.

— J'ai serré les dents pour terminer tant bien que mal l'épreuve, mais pas à la première place, naturellement.

— Cette Molly Watkins a gagné ?

— Oui, et elle n'a rien trouvé de mieux que de me critiquer devant Billy Carmichael, un garçon de notre âge dont on était toutes les deux amoureuses.

Elle baissa la tête. De l'eau était passée sous les ponts, certes, mais la douleur était toujours là.

— Ce Billy avait-il des sentiments pour toi ? demanda doucement Jensen.

— A l'époque, je croyais qu'on s'aimait et qu'on se marierait, dit-elle d'un ton mélancolique.

— Et que s'est-il passé ? insista Jensen.

— J'ai été hospitalisée après l'épreuve car ma cicatrice s'était rouverte. J'avais très mal. J'avais demandé à grand-mère de prévenir Billy afin qu'il vienne me rendre visite.

— Et il n'est pas venu ?

— Jamais, pas une seule fois. Une fois guérie, j'ai appris qu'il était devenu le petit ami officiel de Molly.

— Vous vous êtes expliqués ? demanda Jensen.

Elle poussa un petit soupir.

— Quand j'ai eu l'occasion de lui parler, il m'a dit qu'entre lui et moi c'était fini, voilà tout.

Se sentant envahie de chagrin, elle dut faire un énorme effort pour ne pas pleurer.

— C'est fini, n'y pense plus ! lui dit Jensen en remplissant de vin son verre.

— Oui, ça n'en vaut pas la peine, convint-elle.

— Et par la suite, tu as eu l'occasion de rencontrer des garçons plus sincères que Billy ?

Elle lui raconta alors son bal de fin d'études, au lycée, et son émotion quand elle avait dansé avec les deux plus beaux garçons de sa classe, Joe Wingstreet et Robert LeMat.

— Tu vas me rendre jaloux, observa Jensen alors que les musiciens de l'orchestre du restaurant accordaient leurs instruments.

Elle lui tapota la main.

— C'est plutôt moi qui devrais être jalouse de

ces starlettes et ces princesses qui ont partagé ta vie, répondit-elle.

— Ces femmes n'étaient rien pour moi, répondit Jensen, et ce n'est pas ma faute si les paparazzis me traquaient où que j'aille.

Amber fronça les sourcils. Poser tout sourire aux côtés d'une ravissante starlette italienne, d'un top-model suédois ou d'une princesse ne lui faisaient ni chaud, ni froid, vraiment ?

— J'ai du mal à croire que ces rencontres n'aient pas débouché sur des aventures, dit-elle.

Jensen la regarda droit dans les yeux.

— Pourquoi je te mentirais ? Les femmes avec qui les paparazzis m'ont si souvent piégé participaient à des dîners de charité, à des fêtes mondaines, comme moi. J'étais obligé de me montrer galant avec elles.

— Galant ? Comment ça ? insista-t-elle.

Il fit la moue.

— Pour les journaux, j'étais le célibataire de l'année, l'homme dont le cœur était à prendre, ce qui était bien loin de la vérité.

— Ne me dis pas que tu avais fait vœu de chasteté ! s'exclama-t-elle d'un ton agacé.

Il allait répliquer quand l'orchestre se mit à jouer une mélodie texane qu'elle aimait particulièrement. Allez, c'était le moment de passer à autre chose.

— Viens, allons plutôt danser, dit-elle à Jensen.

— Euh… Je n'ai pas trop l'habitude de danser sur ce genre de musique, répondit-il avec un geste d'excuse.

— Dommage ! soupira-t-elle en regardant les autres couples s'amuser au rythme de la valse country.

— Mais tu es si jolie que je ferais tout pour te voir heureuse, ajouta-t-il en lui offrant sa main.

— Merci ! dit-elle en se levant.

Une fois sur la piste de danse, elle se laissa emporter par la cadence à trois temps et sa tête se mit à tourner.

— Désolé de danser aussi mal, s'excusa Jensen.

Effectivement, son bel Anglais manquait de pratique, du moins on sentait qu'il n'avait pas l'habitude de ces valses endiablées.

— Tu t'en tires très bien, dit-elle gentiment.

— Menteuse ! répliqua Jensen en lui souriant.

Tout en valsant, elle lui parla du contrat qu'elle pourrait signer avec le parc d'attractions de Larry Byerly.

— Au risque de te choquer, il se pourrait que je doive danser le french cancan.

De fait, en plus de son numéro de cavalière, les responsables du parc comptaient lui donner le rôle d'une danseuse de saloon.

— Je ne sais pas trop quoi te dire, répondit Jensen en faisant la moue. J'ai assisté à un spectacle de cancan au Moulin Rouge, à Paris, et je garde le souvenir de ces filles qui relevaient leurs jupes en montrant leur derrière…

Elle ne put s'empêcher de rire.

— Et tu serais choqué si je faisais la même chose ?

— En principe, oui, mademoiselle Rogers, mais quand il s'agit d'un derrière aussi ravissant que le vôtre…

Quelques trilles de violon conclurent la valse et l'orchestre attaqua un slow. Elle se rapprocha de son cavalier.

— Je suis si bien avec toi, murmura-t-elle.

— Moi aussi, répondit Jensen.

Tout à coup, elle surprit le regard qu'il jetait en direction de son décolleté

— Tu regardes quoi, là ? demanda-t-elle avec un petit sourire.

— Ton chemisier, répondit-il.

Elle se serra un peu plus contre lui. Ah, si seulement la vie pouvait leur offrir de partager le bonheur d'être ensemble sans avoir à redouter l'irruption des paparazzis.

Tout à coup, l'un des danseurs, un cow-boy qui avait travaillé pour sa grand-mère, la reconnut et lui adressa un petit signe de la main.

Bizarrement, elle vit Jensen se rembrunir.

— Cet homme t'a regardée ! fulmina-t-il.

— Je le connais, il a juste voulu être gentil.

— Ah, tu le connais ? De mieux en mieux !

Pourquoi s'énervait-il, subitement ? Lui qui était si charmant, jusqu'ici !

— Et puis d'abord, ton chemisier est indécent ! s'exclama Jensen.

Comment ça, indécent ? Elle avait le droit de s'habiller comme elle le désirait ! Qu'est-ce qu'il voulait ? Qu'elle s'habille en religieuse pour ne plus attirer les regards des hommes ?

— Mon chemisier est légèrement transparent mais sûrement pas indécent, se défendit-elle.

Jensen fronça les sourcils.

— Je préférerais que tu ailles mettre ta veste.

— Désolée, mais je n'ai aucune envie de mettre ma veste…, répondit-elle le plus calmement possible.

— Tu veux t'exhiber en public ? Devant tous ces cow-boys ? C'est ça que tu veux ? gronda Jensen.

— Ce que je veux, c'est que tu arrêtes ton numéro d'homme jaloux, remarqua-t-elle.

— Non, je ne suis pas jaloux, insista-t-il avec une mauvaise foi évidente.

Elle effleura sa joue d'un baiser.

— Si tu étais Pinocchio, ton nez serait déjà en train de s'allonger à l'heure qu'il est, le taquina-t-elle.

Jensen soupira.

— Je n'aime pas que les autres hommes te regardent.

— Mais personne ne nous observe..., dit-elle après avoir jeté un coup d'œil à la ronde.

— Et cet homme, là-bas, avec sa casquette verte ?

— Je n'ai pas l'impression qu'il s'intéresse particulièrement à nous, dit-elle après avoir jeté un œil dans sa direction.

Elle sentit soudain Jensen se raidir.

— Dis plutôt qu'il te dévore des yeux.

Cette fois, c'en était trop.

— Mais arrête avec ça ! Qu'est-ce qui te prend ? Tu t'imagines avoir des droits sur moi, ou quoi ?

— Des droits, non, mais je ne peux pas m'empêcher d'être jaloux de ceux qui te regardent, rétorqua-t-il.

Elle aurait voulu répondre quelque chose, mais l'inconnu coiffé de la casquette verte braqua sur eux son portable et les prit en photo.

- 11 -

Ni une, ni deux, Jensen se lança à la poursuite de l'inconnu qui venait de le prendre en photo avec Amber mais l'homme avait déjà filé sans demander son reste.

— Il s'est enfui, le salaud ! pesta-t-il en retrouvant la jeune Texane.

Il essaya de garder son calme. Si jamais ce type voulait monnayer sa photo auprès du journal local, Dieu sait ce qui allait se passer !

— Tu te fais une montagne de rien, tenta de le rassurer Amber.

Hélas, il imaginait déjà sans peine les gros titres de la presse : tout le monde allait gloser sur sa supposée liaison avec la jeune femme et, peut-être, sur leur mariage.

Quel cauchemar !

— Ce n'était sûrement pas un paparazzi, reprit-elle. En tout cas, je ne l'ai jamais vu rôder autour du ranch de Quinn.

Jensen hocha la tête. Il devait bien l'admettre : l'inconnu à la casquette n'avait rien d'un photographe professionnel.

— Alors pourquoi a-t-il fait ça ? demanda-t-il.

— Va savoir… Peut-être parce qu'il voulait une photo d'une ancienne reine du rodéo, déclara Amber d'un ton ironique.

— Une photo de toi ?

— Pourquoi pas ? C'était bien ce que voulait notre serveur, tout à l'heure, insista-t-elle.

Il resta un instant sans rien dire.

Et si Amber avait raison ?

Si c'était elle et non lui qui avait intéressé l'inconnu à la casquette ?

Il aurait dû reconnaître son erreur, s'excuser auprès d'Amber, surtout après leur esclandre sur la piste de danse, mais il s'en sentit incapable. Question d'orgueil.

— Partons d'ici ! lâcha-t-il en entraînant Amber vers la sortie.

— Puisque le mal est fait, autant essayer de finir notre soirée calmement, tu ne crois pas ? objecta-t-elle.

— Tu plaisantes ? D'autres photographes sont peut-être à l'affût, expliqua-t-il en continuant sur sa lancée.

— Je crois que tu deviens paranoïaque.

— Ne dis pas n'importe quoi ! se défendit-il.

Une fois dehors, l'air frais du soir contribua à l'apaiser.

Soudain, il regretta son comportement vis-à-vis d'Amber et se tourna vers elle, la mine basse.

— Excuse-moi, je n'aurais pas dû te parler comme ça, bredouilla-t-il.

— Si tu le permets, j'aimerais bien récupérer mon sac et ma veste, lâcha-t-elle froidement.

— Je vais les chercher, proposa-t-il.

— D'abord, j'aimerais qu'on ait une petite explication, insista Amber en le retenant par le bras.

Jensen se gratta nerveusement la tête. La soirée menaçait de tourner court. Dommage, tout avait si bien commencé ! D'instinct, il caressa au fond de sa poche la montre de son père.

— Une explication ? Et à quel sujet ?

Elle se planta devant lui, bras croisés.

— Je n'ai pas apprécié ton attitude, sur la piste de danse. Tu crois que c'est agréable pour moi de sortir avec un homme qui voit des rivaux partout ?

Il serra les poings.

— Ce cow-boy n'arrêtait pas de te regarder et toi, tu lui as rendu son sourire. Ne dis pas non, je t'ai vue !

— Ce cow-boy s'appelle Slim, on est allés au lycée ensemble, soupira-t-elle. Il est souvent venu m'encourager à mes premiers rodéos.

— Si je comprends bien, enchaîna-t-il, j'ai tort d'être jaloux qu'on te regarde, y compris quand tu portes un chemisier presque transparent ?

— Ce chemisier, c'est pour toi et pour toi seul que je l'avais mis ! s'exclama Amber.

Avant qu'il ait pu comprendre ce qu'il lui arrivait, elle se pendit à son cou et l'embrassa à pleine bouche.

— Et maintenant, tu veux bien aller chercher mes affaires ? lui demanda-t-elle une nouvelle fois.

— Bien sûr ! s'empressa-t-il de répondre.

Alors qu'il pressait le pas vers le restaurant, il s'arrêta net et se retourna. Comme une intuition. Là, il vit Amber monter dans son pick-up.

— Reviens ! lui cria-t-il.

Hélas, elle refusa de l'écouter. Lorsque son véhicule passa près de lui, il lui jeta un regard désolé au passage.

Quelle idiote ! Mais quelle idiote !

Alors qu'elle roulait vers son ranch, Amber s'en voulut de s'être montrée aussi agressive vis-à-vis de Jensen. Pourquoi s'était-elle enfuie de cette façon ? Même s'il avait eu tort d'être aussi jaloux, il lui avait montré qu'il tenait à elle.

Elle regrettait d'être partie de cette façon mais,

si elle était restée, ils auraient sans doute fini par se disputer et ça, il n'en était pas question.

Jensen comptait beaucoup pour elle. Seulement, avait-elle la force de s'accommoder de sa jalousie maladive, de sa crainte des paparazzis ou, encore, de ses emportements ? Hélas, non.

Comment réagirait-il s'il apprenait que le spectacle pour lequel elle devrait peut-être danser en costume de saloon était très osé ?

Même si cela lui faisait mal de l'admettre, cet homme n'était peut-être pas fait pour elle, ni elle pour lui.

Quand Amber se réveilla, le lendemain, sa première pensée fut pour Jensen.

L'esprit encore ensommeillé, elle fit sa toilette, enfila un jean et un sweater puis descendit dans le salon. Elle faillit avoir une crise cardiaque : Elmer était endormi dans le rocking-chair favori de son grand-père en train de ronfler. Il ne manquait plus que ça !

Un bruit de vaisselle la fit sursauter et elle se rendit dans la cuisine où elle retrouva sa grand-mère.

— Oh ! bonjour, ma chérie ! la salua Helen, occupée à laver des tasses.

— On a de la compagnie, à ce que je vois, dit-elle d'un ton acide.

Sa grand-mère rougit légèrement.

— Le pauvre Elmer était si fatigué hier soir, en me raccompagnant au ranch, que je lui ai proposé de dormir ici.

Amber hocha la tête. Cela ne pouvait dire qu'une chose : sa grand-mère et son nouveau chevalier servant avaient sans doute fait la fête jusque tard dans la nuit puisqu'elle ne les avait pas entendus rentrer.

— Qu'est-ce que vous avez fait de votre soirée, Elmer et toi ? demanda-t-elle.

— Nous devions dîner en ville mais, finalement, Elmer a préféré m'inviter chez lui, répondit Helen.

— Alors, c'est toi qui as cuisiné ?

— C'est Elmer. Il m'a préparé un succulent bœuf Wellington. C'est un vrai cordon-bleu.

Elle eut du mal à cacher son étonnement. Après tout, elle n'avait jamais vu son grand-père derrière les fourneaux.

— Elmer fait la cuisine ?

— Il sait *aussi* faire des tas d'autres choses, précisa sa grand-mère d'un air malicieux. Hier encore, il a commandé un engrais miracle pour mes rosiers.

Autant qu'elle s'en souvienne, jamais son grand-père n'avait touché un râteau ou une binette de toute sa vie.

— Tu vois qu'Elmer n'est pas un mauvais parti, précisa Helen.

Amber comprit immédiatement où sa grand-mère voulait en venir. Cela étant, même si l'influence d'Elmer Murdock semblait bénéfique, de son point de vue, le vétéran serait toujours un intrus.

— D'accord, Elmer est dynamique et toujours de bonne humeur, mais je n'arrive pas à comprendre ce qui peut bien t'attirer chez lui.

— Il est si attentionné ! répondit sa grand-mère avec un sourire. Comme il sait que j'adore John Travolta, il m'a emmenée voir son dernier film au cinéma.

Alors comme ça, Travolta était l'idole de sa grand-mère ?

Pour une surprise, c'était une surprise !

— Tu ne m'as jamais dit que tu aimais le cinéma ! s'étonna-t-elle.

— J'avais peur de t'ennuyer avec mes souvenirs d'une autre époque, répondit Helen.

— Mais tu sais bien que ce qui te concerne m'intéresse, insista-t-elle.

Après s'être essuyé les mains, Helen se tourna vers elle, un sourire plein de bonté illuminant son doux visage.

— Avec des camarades du lycée, nous allions presque chaque semaine voir un film différent, parfois un western, parfois un film d'amour. Chaque fois, nos cœurs de midinettes s'emballaient.

— Des garçons vous accompagnaient, parfois ? s'enquit Amber.

— Oui, et quand l'obscurité se faisait dans la salle, chacune d'entre nous tenait la main du garçon qui l'accompagnait.

— C'est… touchant ! dit-elle.

— Quand j'ai rencontré ton grand-père, j'ai cessé d'aller au cinéma.

— Pourquoi ?

— Il n'aimait pas faire la queue au guichet et s'endormait après dix minutes de projection, soupira Helen.

Amber sentit son cœur se serrer. C'était la première fois que sa grand-mère osait lui parler aussi librement de son passé.

— Grand-père t'empêchait d'aller seule au cinéma ?

Sa grand-mère la fixa avec un sourire fatigué.

— La question ne s'est pas posée puisque je préférais rester avec lui.

Helen lui disait-elle la vérité ou bien…

— Je comprends mieux ce qui peut t'attirer chez Elmer.

Sa grand-mère hocha la tête.

— Grâce à lui, j'ai l'impression de rattraper le temps perdu, de vivre à cent à l'heure. Bref, de retrouver une seconde jeunesse. Hier, au cinéma, quand les lumières se sont éteintes et que le film a commencé, j'ai eu l'impression d'avoir seize ans à nouveau.

— Tu as pris la main d'Elmer dans la tienne ?

— C'est lui qui a pris ma main dans la sienne, corrigea la grand-mère d'Helen d'un air entendu.

— Il arrivait quand même que grand-père t'emmène dîner ou danser en ville ? demanda-t-elle.

— Ton grand-père estimait que nous étions mieux au ranch, répondit Helen.

Amber baissa la tête. Voilà pourquoi Elmer, cet homme extraverti et surprenant, plaisait tant à sa grand-mère !

— C'était quoi, ce film de Travolta que vous avez vu hier, Elmer et toi ? demanda-t-elle, soudain curieuse d'en savoir plus.

— *Urban Cowboy*, répondit sa grand-mère.

Mais oui ! Ce titre lui disait quelque chose !

— Il se balade avec sa petite amie dans un pick-up, c'est ça ?

— Oui, et il lui montre ses sentiments en couvrant sa vitre arrière de messages tendres, expliqua sa grand-mère, des larmes dans les yeux.

— Voyons, ne pleure pas ! s'alarma-t-elle.

— Viens avec moi, je veux te montrer quelque chose, insista Helen en lui prenant le bras.

Une fois dehors, sa grand-mère lui montra la vitre arrière du 4x4 d'Elmer sur laquelle étaient peints leurs deux prénoms en lettres rouge et or.

— Elmer et Helen ! lut-elle, attendrie.

— Le plus beau, c'est qu'il a fait peindre nos prénoms pendant qu'on regardait le film, pour que j'aie la surprise en sortant de la salle, déclara sa grand-mère qui peinait à retenir ses larmes.

— J'admets que l'idée est romantique mais je ne sais

pas pourquoi, je t'imaginais davantage avec un homme comme grand-père qu'avec un vétéran comme Elmer.

— Mais enfin, qu'est-ce que tu lui reproches ? insista sa grand-mère.

Amber allait lui répondre, mais au même instant son portable sonna. Voyant s'afficher le nom de Jensen sur l'écran, elle alla s'isoler dans le couloir. Qu'allait-il lui dire ? se demanda-t-elle en décrochant.

D'une voix douce, Jensen expliqua qu'il avait beaucoup pensé à elle et lui demanda pardon pour son attitude de la veille.

— Ah, j'ai tes affaires : le sac, ta veste…, précisa-t-il. Mais ce que je voulais surtout te dire, c'est que… tu me manques, dit-il dans un souffle.

— Toi aussi tu me manques, murmura-t-elle en jetant des coups d'œil en direction de la cuisine.

— J'aimerais te revoir, insista-t-il de sa belle voix grave qui la faisait frissonner de désir.

— Quand ? demanda-t-elle en s'efforçant de contenir son excitation.

— Ce soir, si tu peux. Je me dis qu'un film nous changerait les idées. Ensuite, on pourrait aller dîner quelque part.

Au cinéma ? Il voulait aller au cinéma ?

Déjà, hier soir, Jensen avait insisté pour qu'ils dînent à l'écart et, aujourd'hui, il l'invitait à passer près de deux heures dans une salle obscure. A croire qu'elle lui faisait honte !

Néanmoins, son envie de le revoir l'emporta.

— C'est d'accord, dit-elle sans enthousiasme.

— Alors, rendez-vous à 20 heures, devant le Golden Horseshoe ? suggéra Jensen.

— Entendu pour 20 heures, confirma-t-elle avant de couper la communication.

Au moins, le fil n'était pas rompu entre eux et c'était tout ce qui lui importait.

— J'arrive, grand-mère, dit-elle à Helen qui l'attendait dans la cuisine, impatiente de tout savoir, sans doute !

- 12 -

Depuis que l'inconnu de la veille l'avait photographié, Jensen redoublait de vigilance. Pour se rendre à son rendez-vous avec Amber, il s'assura qu'aucun paparazzi ne le suivait. Deux précautions valaient mieux qu'une.

Heureusement, elle était au rendez-vous. La voir si belle et si séduisante dans son jean moulant et son T-shirt ajusté l'aida à chasser ses soucis.

— Sans rancune ? lui demanda-t-il.

— Sans rancune, dit-elle en souriant.

Il rendit à la jeune femme la veste et le sac qu'elle avait oubliés la veille puis l'entraîna vers le guichet du cinéma.

— Quel film allons-nous voir ? demanda Amber.

— Une reprise. Un très beau western avec Gregory Peck et Jean Simmons, répondit-il.

— Encore des coups de feu ! dit-elle, amusée.

— Il y a aussi une histoire d'amour, crut-il bon d'ajouter.

Après avoir acheté du pop-corn, ils s'installèrent dans des fauteuils en velours rouge très années 1950.

— J'ai l'impression d'être une lycéenne qui sort pour la première fois avec son petit ami, lui confia Amber alors que les lumières baissaient dans la salle et que le générique du film défilait sur l'écran.

— Oui, je comprends, murmura-t-il.

Il s'agita sur son siège. La présence d'Amber à côté de lui et son parfum entêtant le troublaient plus qu'il n'aurait cru.

Néanmoins, il se passionna pour les aventures du capitaine James McKay, le héros du film, interprété par Gregory Peck. A la hautaine Patricia, le capitaine McKay préférait Julie, la fille d'un rancher. C'était drôle de voir à quel point le scénario du film lui rappelait ce qu'il vivait avec Amber.

Une chose était sûre : en l'espace de quelques jours, Amber lui avait fait oublier ses autres déconvenues amoureuses, à commencer par la dernière en date, avec Monica.

— J'aime ce film, chuchota-t-elle à son oreille, pendant la projection.

— Oui, moi aussi, dit-il en prenant sa main douce dans la sienne.

Tout comme McKay, il avait cru que Monica était la femme de sa vie avant de comprendre qu'elle allait le rendre malheureux. Mais il s'était sauvé avant qu'il ne soit trop tard.

Certes, il s'était promis de réfléchir à deux fois avant de s'attacher de nouveau à une femme, sa rencontre avec Amber l'avait transformé.

Contrairement aux grandes mondaines qu'il avait fréquentées jusqu'ici, Amber était simple, directe, sincère, et, ce qui ne gâchait rien, malicieuse, intelligente et travailleuse.

Toutes les qualités d'une épouse parfaite, en somme !

— Amber..., murmura-t-il à l'oreille de la jeune femme au moment où McKay prenait Jean Simmons dans ses bras et l'embrassait avec fougue.

— Oui..., répondit-elle en tendant ses lèvres vers lui.

Et ils s'embrassèrent. Comme dans un film.

Une fois la lumière revenue, Amber et lui se mêlèrent au flot des spectateurs qui quittaient la salle.

— Tu as aimé ? lui demanda-t-il, encore sous le charme de ce baiser échangé dans l'obscurité.

— Oui, répondit-elle d'un ton rêveur. J'ai même failli pleurer quand McKay comprend qu'il aime la fille du rancher.

— C'est très touchant, cette histoire d'amour, admit-il.

Amber lui sourit.

— D'une certaine façon, McKay te ressemble.

— Et je suppose que tu te reconnais dans la fille du rancher ?

— Et pourquoi pas ? s'étonna Amber en lui jetant un regard malicieux.

Alors qu'ils débouchaient dans la rue, il s'assura une fois de plus qu'aucun paparazzi n'était embusqué alentour. Manifestement, il n'y avait aucun danger

— Toujours sur le qui-vive..., soupira Amber.

— Ces paparazzis sont capables du pire, dit-il.

— Oui, même de gâcher nos soirées, se plaignit la jeune femme. J'aimerais bien pouvoir te fréquenter sans avoir en permanence à me cacher.

Il haussa les épaules. Etait-ce sa faute s'il redoutait de voir le nom des Chesterfield mêlé à un scandale ?

— Là où je t'emmène dîner, tu n'auras pas à te cacher, dit-il en lui ouvrant la porte de son pick-up.

— Vite, dis-moi ! s'impatienta-t-elle.

— Ah non, c'est une surprise.

— Tu ne comptes quand même pas m'emmener à Dallas, sous prétexte que tu redoutes les paparazzis de Horseback Hollow ? s'inquiéta-t-elle.

Il la rassura et, comme elle l'interrogeait sur sa vie en Angleterre et ses relations avec la presse, il eut soudain envie de se justifier. Ce n'était peut-être pas le meilleur moment pour le faire, mais au moins elle saurait ce qu'il en était.

— Ma famille et mon père en particulier m'ont transmis la peur du scandale, la hantise de voir notre nom traîné dans la boue par une certaine presse.

— Je peux le comprendre, répliqua doucement Amber, mais tu ne crois pas que tu exagères un peu, parfois ?

— Tu penses que j'ai tort de me montrer aussi méfiant ? Et l'inconnu d'hier, celui qui nous a photographiés sans nous demander la permission ?

Elle soupira.

— Rien ne permet d'affirmer qu'il s'agissait d'un paparazzi ! Ce type pouvait tout simplement vouloir une photo de moi.

Effectivement, il y avait toujours cette possibilité…

— Tu as peut-être raison, convint-il.

— Apprends à profiter des moments heureux de l'existence, lui dit-elle en effleurant ses lèvres d'un baiser.

Sans doute aurait-il dû s'en rendre compte plus tôt ! Monica n'avait vu en lui qu'un tremplin susceptible de lui assurer une existence confortable, mais il pouvait s'estimer heureux d'avoir pu déjouer ses manigances.

— Au moins, toi, tu n'es pas intéressée par ma fortune ou par mon titre, confia-t-il à Amber.

— Tu sais bien que non, répondit-elle avec une sincérité qui lui alla droit au cœur.

Jetant un regard affectueux vers la jeune femme, il voulut croire qu'une relation entre eux était possible en dépit des obstacles qui se dressaient sur leur route.

Peu après, il se gara devant le restaurant de Marcos Mendoza.

— Si tu avais daigné m'informer sur notre destination, je t'aurais averti que c'est fermé aujourd'hui, expliqua Amber.

— Ma cousine Wendy a préparé à notre intention un repas particulier, lui apprit-il.

— Mais alors... Le restaurant n'est pas fermé ? s'étonna-t-elle.

— Pour moi et pour toi, il sera ouvert ce soir, exceptionnellement.

Quelques minutes plus tard, après les avoir cordialement accueillis, Wendy les guida jusqu'à leur table.

— Je ne peux pas m'attarder mais tout est prêt sur la desserte, dit-elle.

Sa cousine avait même lancé un disque de chansons de Linda Ronstadt. Il s'était laissé dire par Amelia que c'était la chanteuse préférée d'Amber : elle allait certainement apprécier !

Une fois qu'ils furent seuls, Amber se tourna vers lui.

— C'est fou ! J'ai l'impression de vivre un conte de fées !

— Je suis heureux que ma surprise te fasse plaisir, dit-il.

Amber regarda longuement autour d'elle.

— Quand je pense que nous sommes les seuls clients ici, ce soir !

— Eh oui ! dit-il, ravi de constater à quel point la jeune femme appréciait son idée.

— Hum... Je boirais bien quelque chose, déclara Amber.

— Un cocktail ? Du vin ?

— Un verre de merlot, dit-elle après avoir examiné les flacons posés sur la desserte.

Ils burent leur apéritif sans se lâcher des yeux. L'alcool aidant, ils se laissèrent aller aux confidences.

— Quand j'étais petite, j'adorais les livres d'aventures, lui dit Amber.

— Et moi les récits d'explorateurs.

Les beaux yeux d'Amber brillèrent.

— Tu vois qu'en dépit de nos différences nous avons des points communs.

— Et c'est tant mieux, s'exclama-t-il avant d'entraîner la jeune femme vers le buffet où ils firent leur choix parmi des dizaines de spécialités mexicaines plus appétissantes les unes que les autres.

— En Angleterre, tu dois avoir l'habitude du caviar, du foie gras, du champagne, remarqua-t-elle en remplissant son assiette.

— Je crois que je préfère ces spécialités mexicaines, répondit-il, surtout quand je les déguste en ta compagnie.

D'un geste tendre, il caressa sa joue.

Un ange passa.

— Quand comptes-tu rentrer en Angleterre, finalement ? l'interrogea soudain Amber.

— Tout de suite après ce mariage qui doit être célébré dans ma famille, en février.

— Si vite ? s'écria-t-elle d'un ton chagrin.

Jensen la regarda fixement. S'était-elle déjà attachée à lui ? Le fait est que la perspective de son départ pour l'Angleterre semblait la peiner. Et pourtant, leur relation n'en était qu'à ses balbutiements !

— Tu sais bien que ma vie est à Londres, pour le moment, du moins.

Amber soupira.

— La vérité, c'est que nos destins sont trop différents.

Que pouvait-il dire ? Quelques semaines plus tôt, il aurait sans doute abouti lui aussi à cette conclusion mais, aujourd'hui, il n'était plus sûr de rien.

— Nous allons bien ensemble, toi et moi, crut-il bon de préciser.

— Toi à Londres, moi au Texas ? ironisa Amber.

Etait-elle en train de lui faire comprendre qu'ils ne pourraient jamais éprouver que de l'affection, du désir à la rigueur, malgré leur complicité évidente, leurs caresses échangées fébrilement, leurs baisers ?

— Si je t'ai embrassé, l'autre jour, c'était pour la bonne cause, par amitié pour Amelia, lui avoua-t-elle en plongeant son regard dans le sien.

— Je crois que j'ai compris, dit-il tristement.

Et dire qu'il avait cru qu'Amber éprouvait pour lui ce qu'il éprouvait pour elle…

Malheureusement, il n'avait pas d'autre choix que de se résigner. Autant s'efforcer de faire bonne figure, songea-t-il, même s'il savait qu'il n'y parviendrait pas vraiment.

Quatre jours plus tard, Amber quitta le ranch pour aller passer son audition devant Larry Byerly. Le grand moment était enfin arrivé !

Avec la jolie robe confectionnée par sa grand-mère, elle avait mis toutes les chances de son côté. Néanmoins, elle éprouvait un certain malaise à l'idée de se produire devant un homme qui n'avait pas les yeux dans ses poches et avait déjà tenté de la séduire, par-dessus le marché.

Ses pensées dérivèrent aussitôt vers Jensen. Voilà plusieurs jours qu'elle était sans nouvelles. Cela étant, ce n'était pas sa faute à lui. Et pour cause : c'était elle qui avait décidé d'espacer leurs rencontres !

Le fait est qu'il lui manquait terriblement. Pourtant, elle savait aussi qu'il allait bientôt retourner à Londres et qu'un jour ou l'autre elle apprendrait par les journaux qu'il avait rencontré la femme de sa vie, la future lady Chesterfield…

Puisque son cœur battait toujours pour son bel

Anglais, il valait mieux faire marche arrière avant que ses sentiments pour Jensen ne se muent en amour fou.

Quelques minutes plus tard, elle était sur place. La salle où devait avoir lieu l'audition ne payait pas de mine et, après avoir emprunté plusieurs couloirs poussiéreux, elle finit par trouver l'auditorium où elle avait rendez-vous avec Larry Byerly.

— Eh bien, mademoiselle Rogers, nous vous attendions avec impatience ! l'accueillit ce dernier avec cette jovialité forcée qui avait le don de la hérisser.

— Serais-je en retard ? demanda-t-elle avec une pointe d'insolence.

Larry exhiba ses dents étincelantes.

— Pas du tout, charmante Amber, mais notre chorégraphe, GiGi LaSalle, est impatiente de vous voir à l'œuvre.

Amber tourna la tête. Une dame blonde, au visage très maquillé, qui se tenait au pied de l'estrade sur laquelle elle allait se produire, lui adressa un petit signe de la main.

Soudain, elle ne se sentit plus aussi sûre d'elle. Au fond, avait-elle raison de vouloir décrocher une place de meneuse de revue pour un spectacle de cancan ?

— J'espère ne pas trop décevoir GiGi, dit-elle en baissant les yeux.

— Tout se passera bien, la rassura Larry en la caressant du regard. Vous avez apporté votre tenue de scène ?

— Oui, dit-elle en sortant de sa housse sa robe qu'elle montra à Larry.

— Elle devrait vous aller à ravir ! s'exclama-t-il.

— Je dois la passer tout de suite ? demanda-t-elle.

— Absolument ! répondit-il plus souriant que jamais.

Une fois dans la loge mise à sa disposition, elle se dévêtit et enfila la somptueuse robe-corset en satin rouge et noir qui dévoilait sans pudeur ses épaules et le haut de sa poitrine.

Larry allait tomber à la renverse !

Eh bien, si Jensen l'avait vue dans cette tenue, il aurait fait une attaque ! Par comparaison, son chemisier de l'autre soir n'avait rien d'impudique.

Soudain, elle sentit une bouffée de nostalgie l'étreindre. Dire qu'elle allait bientôt perdre Jensen, qu'il tomberait amoureux d'une autre femme et l'oublierait…

En un sens, elle n'avait été qu'une passade sans importance dans l'existence bien remplie de cet aristocrate…

— Mademoiselle Rogers, nous vous attendons ! lui cria Larry à travers la porte.

— J'arrive ! répondit-elle.

Peu après, elle fit son entrée dans la salle d'audition sous le regard libidineux de Larry.

— Je suis sûr qu'avec quelques leçons de cancan, vous serez la vedette du spectacle, l'assura-t-il.

Après l'avoir examinée d'un œil critique, la chorégraphe apporta des retouches à son maquillage puis la conduisit devant un miroir.

— Qu'en dites-vous ?

Amber regarda son reflet. On ne peut pas dire que le résultat était flatteur…

— Eh bien… Je ressemble à une danseuse de saloon !

— Même votre mère ne vous reconnaîtrait pas, s'amusa GiGi.

Amber sentit son cœur se serrer. Ce n'était pas à elle, qui avait perdu sa mère si tôt, qu'il fallait dire ce genre de choses ! Quoi qu'il en soit, la robe qu'Helen avait confectionnée nuit après nuit était superbe.

— Et maintenant, en piste ! s'exclama GiGi en l'entraînant sur scène.

Au rythme d'un air entraînant, elle se familiarisa

avec cette danse si particulière et parvint même à faire un grand écart. Comme quoi, elle avait bien fait de prendre autant de cours de danse acrobatique au lycée !

Pendant la répétition, Larry ne la quitta pas une seule seconde des yeux, notamment quand elle devait faire virevolter puis relever sa robe et présenter… son derrière recouvert de dentelle. C'était particulièrement désagréable.

Quand vint enfin le moment pour elle de faire ses preuves, elle se donna à fond et, ma foi, ne s'en tira pas trop mal.

— Bravo ! s'exclama Byerly en applaudissant, une fois l'audition terminée.

— Ta future recrue ne manque pas d'énergie, renchérit la chorégraphe.

Son grand sourire aux lèvres, Larry Byerly s'approcha d'elle.

— Considérez que vous êtes engagée, lui dit-il d'un ton réjoui. Laissez-moi vous expliquer comment les choses vont se passer.

Le numéro en question avait pour ambition de restituer l'ambiance d'un saloon pendant la conquête de l'Ouest. Un pianiste et un petit orchestre accompagneraient les danseurs sur scène pendant que des figurants joueraient au poker, non loin.

— Comme dans un western, murmura Amber.

— Oui, comme dans un western, renchérit Larry avec satisfaction. Le clou du spectacle, en plus du cancan, sera un échange de coups de feu entre le shérif et les bandits.

Elle n'en croyait pas ses oreilles. Engagée ! Elle était engagée ! Elle allait être la vedette d'une grande revue. Pour un peu, elle en aurait presque oublié combien Larry lui déplaisait.

— Quand signons-nous le contrat ? s'enquit le recruteur en posant sa main sur son bras.

Ce qu'il pouvait être pénible ! Cette façon qu'il avait de la toucher à la moindre occasion était insupportable.

— Je suis encore en pourparlers avec les responsables du Wild West Show, répondit-elle en s'écartant.

— Et moi qui comptais *aussi* vous engager comme chargée des relations avec le public, crut bon de préciser Larry avec son sourire exaspérant.

Elle écarquilla les yeux. Le moins qu'on puisse dire, c'est qu'elle ne s'y attendait pas.

— Vraiment ?

— Oui, et à des conditions avantageuses pour vous si vous nous autorisez à utiliser une photo de vous en danseuse de saloon à des fins commerciales.

Avoir sa photo reproduite à des centaines de milliers d'exemplaires sur des affiches et des programmes n'était pas pour lui déplaire. Tout le monde pourrait même admirer la robe que sa grand-mère avait confectionnée avec amour !

Cependant, Larry Byerly ne lui inspirait pas confiance. Il allait sans doute vouloir obtenir une petite compensation en nature, comme il devait le faire avec les autres recrues. Par conséquent, méfiance.

— Je vais réfléchir, répondit-elle.

— Vous n'êtes pas la seule candidate que j'auditionne, alors ne tardez pas trop, mademoiselle Rogers, observa-t-il d'un ton nettement moins cordial.

Après avoir pris congé de Larry et de GiGi, elle voulut aller se changer mais trouva la porte de la loge verrouillée.

— J'en ai pour une minute, lui cria la prochaine candidate depuis l'intérieur de la loge.

Que faire ? se demanda Amber. Attendre que sa concurrente sorte ? Pas question, elle n'avait aucune envie de la croiser. Du coup, elle choisit de regagner le ranch dans sa tenue de danseuse. Ce n'était sans doute pas la meilleure tenue pour conduire, mais tant pis.

Sur le chemin du retour, elle pensa à Larry, à son regard malsain, à ses mains baladeuses. Jensen ne se serait jamais comporté de cette façon avec elle, ni avec une autre femme, d'ailleurs…

Mais, en arrivant au ranch, elle crut qu'elle avait des hallucinations. Juste à côté du 4x4 d'Elmer, Jensen était là, adossé à son pick-up !

La main en visière au-dessus de ses yeux pour se garder de la réverbération du soleil couchant, il avança vers elle.

— Je ne pouvais pas me résoudre à ne plus te voir, lui dit-il en lui ouvrant les bras.

— Moi non plus, tu me manques trop ! répondit-elle avant de se blottir contre lui.

- 13 -

Le premier moment de surprise passé, Jensen jeta un regard à la tenue d'Amber. Soudain, il sentit son cœur bondir.

— Cette robe..., murmura-t-il.

— Eh bien, qu'est-ce qu'elle a, ma robe ? s'étonna-t-elle en souriant.

— Je... Elle est *très* décolletée, finit-il par dire.

Penser qu'Amber avait pris la route dans cette tenue, qu'elle s'était peut-être arrêtée à une station-service pour faire le plein au risque d'être reluquée par les autres hommes était absolument insoutenable.

— C'est ce genre de robe que portaient les danseuses de saloon à l'époque de la conquête de l'Ouest, se justifia-t-elle.

— Bien sûr, mais j'ai du mal à croire que tu aies pu circuler dans cette tenue.

Amber se campa devant lui.

— Si ça peut te rassurer, je n'ai pas fait la tournée des bars.

— Ne te fâche pas !

Inutile d'entamer une nouvelle dispute. Pas maintenant.

— Je reviens d'une audition, ajouta-t-elle.

Comme toujours quand il était troublé, il plongea sa main dans sa poche et caressa sa montre fétiche.

Son père aurait su quoi dire ou quoi faire en une telle circonstance, mais lui se sentait perdu.

— Ton audition a eu lieu en ville ? demanda-t-il enfin.

Elle lui expliqua avoir dansé le cancan devant Larry Byerly et la chorégraphe attitrée du recruteur, une certaine GiGi LaSalle.

Du cancan !

Loin de l'apaiser, ces explications ne firent qu'attiser sa jalousie.

— Ce Larry Byerly, c'est le type qui était avec toi, l'autre soir, au restaurant ? demanda-t-il.

— C'est ça, mais sache que je n'ai aucun lien particulier avec lui, se justifia Amber.

L'estomac noué, il écouta Amber lui donner des détails sur son audition.

— Larry me propose un contrat à des conditions très avantageuses, conclut-elle.

— Qu'est-ce que tu lui as répondu ? lui demanda-t-il.

— Que je voulais réfléchir, précisa-t-elle.

Il baissa les yeux. Pourquoi se montrait-il aussi insupportable vis-à-vis d'une femme qui ne lui avait apporté que du bonheur ? Sans compter que, dans les derniers feux du soleil couchant, Amber n'avait jamais été plus belle.

— A quoi penses-tu ? lui demanda-t-elle.

— A la chance que j'ai eue de te rencontrer. Si j'étais le héros d'un de mes westerns favoris, je t'enlèverais sur mon cheval et nous irions à l'aventure.

— Loin des paparazzis ? demanda-t-elle en souriant.

— Oui, loin des paparazzis.

Et loin de l'Angleterre aussi, de ses soucis, de sa vie mondaine qui lui paraissait soudain bien lointaine et, en tout cas, pas aussi excitante que ce qu'il vivait ici, au Texas, avec Amber.

— Viens ! dit-elle soudain en le prenant par la main.

— Où m'emmènes-tu ? s'étonna-t-il en se laissant docilement guider. Ta grand-mère et Elmer sont dans le salon et nous attendent pour prendre le café.

— Ils attendront ! décréta-t-elle en l'entraînant vers les écuries du ranch.

— Explique-moi ! insista-t-il.

Amber se tourna vers lui.

— Nous serons bientôt séparés, alors à quoi bon patienter plus longtemps ?

— Tu veux dire que…

— Chut ! lui intima-t-elle, un doigt sur ses lèvres.

Des hennissements saluèrent leur entrée dans l'écurie et, après avoir allumé l'électricité, Amber plongea ses yeux au fond des siens.

— Quand je veux être seule, je viens me réfugier dans le grenier à foin. Je m'y suis aménagé un nid douillet et il m'arrive même d'y dormir.

Par conséquent, personne n'allait les déranger. Seulement, maintenant qu'il était seul avec elle, que faire ? Si seulement il savait exprimer ses sentiments ! Allez, un peu de courage !

— Depuis que je t'ai rencontrée, je… je n'arrête pas de penser à toi, commença-t-il.

Amber lui sourit, plus radieuse que jamais.

— Quand je t'ai vu chez Quinn, après Noël, tu m'avais fait l'effet de quelqu'un de snob et d'antipathique mais, tu vois, j'ai fini par changer d'avis.

Il la regarda intensément. Avec sa robe rouge et noire, elle avait tout d'une héroïne de western, l'une de ces filles de saloon au grand cœur pour qui le héros n'hésite jamais à affronter une horde de bandits.

— Amber ! dit-il d'une voix étranglée.

— Embrasse-moi…, murmura-t-elle en approchant ses lèvres des siennes.

Il les effleura d'un baiser. Mais il avait encore une question à lui poser, une question cruciale.

— Je ne voudrais pas que tu aies des regrets plus tard, insista-t-il.

— Je n'en aurai pas. Alors pourquoi attendre ? répondit-elle.

L'instant d'après, il la regarda gravir l'échelle qui permettait d'accéder au grenier, ce qui lui permit d'admirer le spectacle troublant de ses jambes nues.

— Si tu savais comme je te désire ! dit-il en gravissant l'échelle à son tour.

— Alors, dépêche-toi de me rejoindre !

Mon Dieu, encore quelques secondes et ils allaient se donner l'un à l'autre, seuls dans la pénombre de cette grange.

— Défais mes cheveux, souffla-t-elle en s'avançant vers lui.

Il obéit et libéra ses boucles blondes qui tombèrent en cascade sur ses épaules nues.

— Et maintenant, déshabille-moi ! lui intima-t-elle.

Telle l'écorce d'un fruit exotique, la robe glissa sur les hanches d'Amber, sur ses cuisses galbées, pour former une corolle autour de ses pieds nus. Il sentit son cœur palpiter. Elle était magnifique.

— Est-ce que je te plais ? l'interrogea-t-elle en comprimant ses seins.

— Encore plus que dans mes rêves les plus fous, répondit-il d'une voix rauque.

Parfaite. Elle était parfaite.

Blottie au creux des bras de Jensen, Amber crut qu'elle allait perdre la tête. Le désir que lui inspirait cet homme était tellement violent !

Alors que son bel Anglais l'étreignait avec force,

elle lui tendit sa bouche. Elle pouvait sentir son excitation, son trouble. Jamais un baiser ne l'avait rendue si heureuse !

— Oh ! mon chéri ! murmura-t-elle tout en reprenant son souffle.

Elle ferma les yeux. Cette première étreinte était tellement intense ! Ah, si seulement le destin pouvait l'unir pour toujours à Jensen…

— Amber…, souffla ce dernier d'une voix rauque en caressant d'abord ses épaules nues puis ses seins frémissants et, enfin, ses hanches.

— Oui, répondit-elle avec émotion.

Avait-elle sa chance avec cet homme qui avait connu de ravissantes starlettes et fréquenté des princesses ? Impossible de savoir, elle ne savait plus quoi penser ! Tout en se pressant contre Jensen, elle chercha ses lèvres et échangea un fougueux baiser avec lui.

— Si tu savais combien tu comptes pour moi ! lui murmura-t-il en reprenant se respiration.

— Toi aussi, tu comptes pour moi, répondit-elle en le regardant avec passion.

Lui inspirer autant de désir faisait battre son cœur. Elle n'avait désormais plus qu'une envie : poursuivre leur joute amoureuse.

— Tu es si viril ! reprit-elle avec une fièvre dont elle ne se serait jamais crue capable.

— Et toi si attirante, murmura Jensen en jouant avec l'attache de son soutien-gorge.

— Non, laisse-moi faire, dit-elle.

Avec des gestes sensuels, elle défit son soutien-gorge qui glissa à ses pieds, la laissant seins nus face à cet homme qui la désirait de toutes ses forces, cela ne faisait aucun doute.

— Je savais que tu étais belle, mais à ce point…,

déclara Jensen d'une voix tremblante en effleurant sa poitrine de la paume de sa main.

— Encore ! implora-t-elle.

Il fallait qu'elle profite pleinement de ce moment de passion. D'ici quelques jours, quelques semaines peut-être, tout prendrait fin quand il allait rentrer en Angleterre. Mais qu'importe. Au diable, les doutes et les regrets. Tout ce qui comptait, c'était le moment présent.

Elle aida Jensen à retirer ses vêtements. Voilà, il était nu lui aussi, face à elle. Elle admira sa silhouette virile, ses jambes musclées, ce sexe fièrement dressé, avant d'aller se blottir entre ses bras musclés.

Peu après, Jensen l'enlaça sur la paille, lui tirant des gémissements de plaisir chaque fois que ses doigts effleuraient les parties les plus sensibles de son corps.

Après s'être longuement caressés, ils se regardèrent dans les yeux.

— Tu as pensé à… ? demanda-t-elle.

— Oui, souffla-t-il en prenant un préservatif dans la poche de son pantalon.

— Je comprends bien que tu ne veux pas me mettre enceinte, ne put-elle s'empêcher de dire.

— Si jamais tu devais tomber enceinte de moi, je t'épouserais aussitôt, l'assura Jensen.

Au ton de sa voix, elle sut qu'il disait vrai. Cet aveu la bouleversa tellement qu'elle eut du mal à contenir ses larmes.

— La femme qui te donnera un enfant aura sans doute les mains plus douces que les miennes…, fit-elle observer.

— La femme qui te remplacera dans mon cœur n'est pas encore née, rétorqua Jensen en posant ses lèvres sur son cou.

— Les candidates au mariage ne doivent pas

manquer, en Angleterre, insista-t-elle avec une pointe d'amertume.

— Aucune ne m'a inspiré la passion que, toi, tu m'inspires.

— Alors viens vite m'aimer ! murmura-t-elle en lui ouvrant grand ses bras.

Elle laissa Jensen retirer sa culotte et son soutien-gorge. Elle sentit un frisson remonter le long de sa colonne vertébrale.

— Tu es si belle ! dit-il en la contemplant d'un œil brillant de désir.

— Fais de moi ce que tu veux, murmura-t-elle d'un ton extatique.

Elle ferma les yeux. Quand Jensen posa ses lèvres au creux de ses cuisses, sa voix se mua alors en soupirs et en cris de plaisir.

Elle livra son intimité à la bouche suave et inventive de son bel amant. Que c'était bon. Mais maintenant, c'était à son tour de lui donner du plaisir. Elle s'empara alors de son sexe d'une main fébrile puis le prit entre ses lèvres.

— Doucement ! lâcha Jensen en lui effleurant la nuque.

En se servant avec volupté de sa langue et de ses lèvres, elle fit durcir son sexe dans sa bouche et, quand elle sentit que Jensen atteignait la limite de sa résistance, elle interrompit sa caresse et se coucha sur le foin, les jambes entrouvertes.

— Prends-moi, mon chéri ! Je suis tout à toi…

D'un geste fébrile, Jensen enfila le préservatif puis, sans la quitter des yeux, la pénétra avec une vigueur inouïe.

— Oui ! s'écria-t-elle.

Elle avait déjà fait l'amour auparavant mais jamais aussi bien qu'avec Jensen. C'était un amant exceptionnel. Tout en allant et venant en elle, il continuait de la caresser sans la quitter des yeux tandis qu'elle se cambrait, offrant ses seins à sa bouche. Puis, quand vint le moment où elle allait atteindre l'extase, ses cris envahirent l'espace.

— Amber ! s'exclama Jensen en l'étreignant par les hanches pour mieux la tenir contre lui.

— Oui, mon chéri ! s'exclama-t-elle en le sentant aller et venir en elle avec toujours plus de vigueur.

D'un ultime coup de reins, Jensen la combla de plaisir et, quand elle laissa échapper ses cris de joie, il mêla sa jouissance à la sienne.

Faire l'amour avec Amber avait été pour Jensen une expérience fabuleuse.

Quel moment de fièvre et de passion !

Sans pouvoir s'empêcher de sourire, il se tourna vers elle et entreprit de retirer quelques brins de paille égarés dans sa blonde chevelure. Là, il effleura ses lèvres d'un baiser dans lequel il mit tout son amour pour elle.

Dans cette grange bien éloignée des demeures princières qu'il avait pu fréquenter, pour la première fois de sa vie, il venait de découvrir ce qu'aimer, aimer vraiment une femme, voulait dire.

Contrairement à ses autres conquêtes qui ne s'intéressaient qu'à son titre et à son argent, Amber s'était donnée à lui corps et âme.

— C'était si bon ! s'extasia-t-elle en se serrant contre lui.

Effectivement, ce qu'ils venaient de vivre était merveilleux. Le sentiment de plénitude qui l'habitait était même si fort que l'idée de rentrer à Londres, de retrouver ses soucis et sa vie laborieuse, lui procura un désagréable frisson.

— Tout va bien ? lui demanda tout à coup Amber.

Mince, elle s'était aperçue que quelque chose n'allait pas. Néanmoins, inutile de l'inquiéter pour rien, pas maintenant.

— Après ce que nous venons de vivre, j'aurais tort de ne pas me sentir bien.

— Si tu le dis..., répondit-elle avec un pâle sourire.

Un doute le saisit. Avait-elle deviné qu'en ce moment précis il réfléchissait déjà à ce que serait sa vie sans elle, une fois de retour en Angleterre ?

Dans tous les cas, jamais il n'oublierait Amber et ce beau moment d'amour, dans cette grange.

- 14 -

Quelques jours plus tard, Jensen buvait son café avec Quinn sur le porche du ranch lorsqu'il repéra un paparazzi derrière la grille du domaine. Encore !

— Tu as vu ? fit-il remarquer à Quinn.

— Oui, hélas, répondit son beau-frère en hochant la tête.

Jensen fit la grimace. Dire qu'il était pour ainsi dire assigné à résidence chez sa sœur alors qu'il brûlait de tenir de nouveau Amber dans ses bras ! Tout cela commençait à lui peser, ô combien.

— Ils finiront bien par se lasser, le consola Quinn en le resservant.

— Espérons ! soupira-t-il d'un air résigné.

Ah, si seulement il pouvait trouver une île déserte sur laquelle Amber et lui pourraient enfin vivre en paix !

Il finit de boire son café et reposa sa tasse sur la table. Pas de doute, la journée commençait mal.

— Tu ressembles à un fauve dans sa cage, ce matin, lança son beau-frère en essuyant sa moustache.

— Ces maudits journalistes vont me rendre fou !

— Depuis qu'Amelia et moi avons autorisé la publication d'une photo de Clementine Rose, les paparazzis n'ont plus de raison de s'intéresser à nous, objecta Quinn en lui adressant un sourire entendu.

Jensen jeta un regard noir à son beau-frère.

— Qu’est-ce que tu veux dire ? Que les paparazzis en ont seulement après moi, maintenant ?

— Tes amours avec la petite Rogers les intéressent beaucoup, ironisa Quinn.

Il garda le silence, tête baissée, mais entendit son beau-frère lui demander :

— Amber et toi êtes devenus intimes, tu ne vas pas dire le contraire ?

— Si nous nous sommes embrassés l’autre jour, devant les paparazzis, c’était pour protéger Amelia, rétorqua-t-il.

— Il me semble pourtant qu’Amber et toi, vous vous êtes revu plusieurs fois depuis…

— Eh bien, oui. Amber me plaît, et alors ? s’exclama Jensen en jetant sa cuiller à café sur la table.

Pourquoi devait-il subir cet interrogatoire de bon matin ?

Quinn lui sourit.

— Donc, depuis ce premier baiser, vous êtes allés plus loin…

— Oui, souffla-t-il.

Il vit alors Quinn hausser ses robustes épaules.

— Dans ce cas, oublie les journalistes et vis ta vie avec Amber, point à la ligne.

Jensen leva les yeux au ciel. Facile à dire !

— Je repars bientôt pour Londres, soupira-t-il, et je ne veux ni faire souffrir Amber, ni souffrir en m’impliquant dans une relation sentimentale sans avenir.

— Ça se défend, admit Quinn, mais je ne peux m’empêcher de penser qu’Amber et toi, vous êtes faits l’un pour l’autre.

Lui aussi pensait qu’ils étaient faits l’un pour l’autre ?

— Alors… tu crois que je devrais la voir pendant qu’il en est encore temps ?

— Oui, si tu as des sentiments pour elle, déclara Quinn avant de le laisser seul.

Jensen croisa les bras derrière la tête. Voyons… Dans moins de trois semaines, il aurait quitté le Texas, regagné sa lointaine Angleterre, repris ses habitudes. Conclusion : s'il voulait avoir une petite chance de ne pas perdre Amber, c'était maintenant qu'il lui fallait agir. Et s'il lui passait un coup de fil ?

L'instant d'après, il composait son numéro. Le téléphone sonna deux fois puis elle décrocha :

— C'est toi, Jensen ?

— Oui, ça va ? demanda-t-il d'une voix mal assurée.

Il ne pensait pas être aussi ému de l'entendre.

— Bien, je suis heureuse de pouvoir te parler.

— Moi aussi, dit-il.

— Tu faisais quoi ?

— Je bavardais avec Quinn devant une tasse de café.

— Tiens… Je croyais que tous les Anglais buvaient du thé ? lança Amber d'un ton ironique.

— Et se coiffaient d'un chapeau melon ?

— Oui, sans oublier le parapluie !

Il sentit naître un grand sourire sur ses lèvres. Le simple fait d'entendre sa voix lui faisait un bien fou. Il se sentait presque pousser des ailes.

— Que dirais-tu d'un dîner en amoureux ?

— J'en serais ravie, répondit-elle.

— Ce soir ?

— Entendu, et je te promets de ne pas mettre ma robe de l'autre soir…

Ah, cette fameuse robe… Il la revit debout devant lui, avec ce sourire irrésistible et ce regard d'une sensualité indescriptible…

— Ce serait plus prudent, dit-il, d'autant que les paparazzis sont encore à l'affût devant le ranch de Quinn.

— Ils espèrent sans doute publier une nouvelle photo de la cowgirl et de son prince charmant, ironisa Amber.

— C'est probable.

— Malgré ça, tu veux courir le risque de me revoir ?

— Je n'ai cessé de penser à toi depuis l'autre nuit, souffla-t-il.

Et c'était vrai.

Certes, la crainte du scandale le tenaillait en permanence, mais comment aurait-il pu se passer d'Amber ?

— Tu tiens un peu à moi, alors ? murmura Amber.

— Je tiens beaucoup à toi, rectifia-t-il.

Il se sentait même attaché corps et âme à elle. L'idée de devoir la quitter prochainement lui nouait l'estomac, mais il préféra ne pas y songer.

Amber et lui convinrent de se retrouver à 19 heures, au restaurant *The Garden*, à Vicker's Corners. Mieux valait dîner ailleurs qu'à Horseback Hollow : au moins, ils pourraient être relativement tranquilles, loin des paparazzis.

Avant de partir pour Vicker's Corners, Jensen voulut dire au revoir à sa mère. Il avait passé une partie de l'après-midi avec elle, mais il était temps de prendre la route.

Il la trouva dans le salon du ranch, occupée à pianoter sur son portable.

— Qu'est-ce que tu fais ? demanda-t-il d'un ton curieux.

Josephine leva les yeux vers lui. Elle avait l'air pour le moins gênée.

— Rien, j'envoie juste un texto.

Un texto ?

Il aurait juré qu'elle ignorait ce que c'était.

— Ce n'est pas toi qui me disais récemment que rien ne vaut un papier et un stylo pour communiquer ?

— J'ai le droit de changer d'avis, non ? déclara sa mère en éteignant son portable.

— Bien sûr…

Tout cela était très étrange. A qui pouvait-elle envoyer un message ?

Elle l'observa des pieds à la tête.

— Mais, dis-moi, tu es très élégant, ce soir.

— J'ai un dîner, se contenta-t-il de dire.

— Avec qui, si ce n'est pas indiscret ?

— Amber. Je l'ai invitée dans le meilleur restaurant de Vicker's Corners.

— C'est loin ! s'étonna Josephine.

Il lui expliqua qu'il était plus prudent de mettre une distance entre lui et les paparazzis, surtout après l'incident de l'autre soir, au *Smokey Joe's*.

— Tu as raison, convint-elle, et puis, quelle merveilleuse idée de porter une tenue texane…

Sa mère était-elle en train de se moquer de lui, par hasard ?

— J'avais envie de changer, dit-il.

Il avait surtout envie de plaire à Amber. Seulement, allait-elle apprécier son jean et sa chemise de cow-boy avec des boutons de nacre ? Espérons !

— Dis-moi, Jensen, est-ce que Amber et toi…

— Nous sommes amis, répondit-il.

C'était faux, évidemment : on ne faisait pas l'amour sauvagement quand on était amis !

— Tu devrais songer à te marier, tu sais, insista sa mère.

Son regard se posa sur le berceau dans lequel dormait Clementine Rose.

— Je te promets d'y penser, maman, répondit-il.

— Il ne tient qu'à toi d'être aussi heureux que l'est Amelia, ajouta-t-elle.

Alors qu'il allait répondre, il remarqua que sa mère portait sa plus belle robe.

— Tu comptes sortir, toi aussi ? demanda-t-il d'un ton soupçonneux.

— Je dîne avec Jeanne Marie mais, avant ça, j'ai promis de m'arrêter chez Gabriela pour prendre l'apéritif avec ses frères Cisco et Matteo.

Gabriella, la fille d'Orlando Mendoza, était fiancée avec Jude Fortune Jones, le fils de Jeanne Marie et de Deke, et leur mariage allait bientôt être célébré.

— Veux-tu que je te dépose chez elle ? proposa-t-il.

— J'allais te le demander et, ensuite, Jeanne Marie et Deke me raccompagneront ici, répondit sa mère.

Quand, un peu plus tard, Josephine prit place dans le pick-up, il huma son parfum capiteux.

— Quelque chose me dit que tu vas aller au bal après ton dîner chez Jeanne Marie…

— Je veux faire bonne impression sur la famille Mendoza, rétorqua sa mère avec un sourire embarrassé.

Pendant le trajet, elle reçut et envoya plusieurs textos. Une vraie adolescente.

— Décidément, tu t'es fait des relations à Horseback Hollow, remarqua-t-il.

— J'aime l'Angleterre par-dessus tout, mais je me suis prise de passion pour le Texas.

Jensen écarquilla les yeux. Sa mère, tomber amoureuse du Texas ? Elle qui ne jurait que par le *plum pudding* et les produits de chez Harrods ? Il allait de surprise en surprise !

Josephine lui sourit.

— En fait, j'envisage même de ne pas rentrer tout de suite à Londres et j'ai chargé une agence de me trouver un petit ranch, ou une villa dans les environs.

De mieux en mieux !

— Tu ne crains pas d'avoir le mal du pays ? s'étonna-t-il.

— Je te l'ai dit, je me plais ici, alors si je trouve une maison à mon goût, vous pourrez tous venir y passer des vacances, insista-t-elle.

Décidément, il y avait anguille sous roche.

— Je doute qu'Oliver ou Brodie partagent ta passion pour le Texas…

— Au début, toi aussi tu pestais contre cette région, lui rappela sa mère, et puis, si je ne m'abuse, tu as commencé à lui trouver certains charmes.

— Comment ça ?

— Quand j'ai vu cette photo d'Amber et de toi en première page du journal, je me suis dit que vous alliez bien ensemble…

Elle aussi pensait qu'ils formaient un joli couple, Amber et lui ? L'ennui, c'était qu'il allait devoir rentrer en Angleterre. Mais il n'avait pas envie d'y penser.

— Si nous nous étions embrassés devant les paparazzis, ce jour-là, c'était pour venir en aide à Amelia, expliqua-t-il.

— Mais, depuis ce jour, vous vous êtes revus, Amber et toi, observa sa mère alors qu'ils arrivaient devant la propriété de Gabriela. Au fait, tu sais qu'Orlando espère marier bientôt ses deux fils ?

— Vraiment ?

— Orlando rêve d'être grand-père, et je suis sûre qu'Amber ferait une épouse idéale pour un fils.

Amber ? Mariée à un des fils de Mendoza ? Jamais !

— Tu dis n'importe quoi ! s'exclama-t-il aussitôt.

— Jaloux ? demanda sa mère d'un ton innocent.

Piégé. Il s'était fait piéger. Vite, une réponse.

— Non, mais je déteste te voir jouer les entremetteuses.

— Oh ! je disais ça pour aider Orlando et ses fils, rien de plus…

— Bon, je reconnais avoir des sentiments pour Amber, finit-il par avouer.

— Dans ce cas, pourquoi tu ne les assumes pas ? s'étonna sa mère. Tu as peur qu'elle s'intéresse à toi pour de mauvaises raisons ?

Evidemment que non. Il n'empêche : combien de prétendantes titrées, de starlettes couvertes d'or et de diamants, avaient tenté de le séduire dans l'espoir de devenir lady Chesterfield ?

— Amber n'est pas comme ça, répondit-il, mais si je l'épousais, elle ne serait jamais heureuse avec moi à Londres, loin de ses chevaux et de son ranch.

— Rien ne t'oblige à repartir en Angleterre, observa sa mère.

Il ne put s'empêcher de sourire.

— Tu ne serais pas en train de m'encourager à m'installer comme toi au Texas, par hasard ?

— Pourquoi pas ?

— Depuis quelque temps, tu reçois et envoies des messages sur ton portable, ce que tu ne faisais jamais auparavant. Je commence à me demander si tu n'aurais pas rencontré quelqu'un ici ?

Sa mère lui sourit.

— Autant que tu le saches : je suis amoureuse d'Orlando Mendoza.

Jensen hocha la tête. Soyons honnêtes : il s'y attendait un peu. Du coup, même s'il eut un petit pincement au cœur, il se sentit surtout soulagé d'apprendre que sa mère avait des projets d'avenir.

— Dans ce cas, je vous souhaite d'être heureux, dit-il.

— Et moi, je te souhaite tout le bonheur possible avec cette charmante Amber.

- 15 -

Amber ouvrit grand la bouche en découvrant le restaurant où l'avait emmenée Jensen.

— C'est splendide ! s'exclama-t-elle en regardant autour d'elle.

Jamais elle n'avait mangé dans un endroit aussi luxueux : entre le lustre de cristal, les fresques et les dorures, on ne savait plus où donner de la tête.

Jensen lui caressa le dos.

— Je suis heureux que ça te plaise, ma chérie.

— Il faut s'y prendre plusieurs mois à l'avance pour avoir une table ici, non ?

— En principe, oui, répondit-il, mais la direction a fait une exception pour moi.

— Il faut dire qu'on ne refuse rien à un lord ! lança-t-elle.

Surtout un lord aussi séduisant que lui, songea-t-elle en lui jetant un regard gourmand.

— Comment dois-je le prendre ? rétorqua-t-il.

— Mais comme un compliment : être noble présente des avantages, dit-elle.

— Et aussi quelques inconvénients, objecta-t-il. Passer son existence à échapper aux paparazzis n'a rien d'amusant.

— Avant de te connaître, je n'aurais jamais pensé

qu'un lord anglais puisse autant intéresser une ville comme Horseback Hollow, dit-elle.

— Je n'y peux rien si les paparazzis et parfois des parfaits inconnus s'obstinent à traquer mes moindres faits et gestes !

— L'autre soir, au restaurant, ce parfait inconnu, comme tu dis, en avait peut-être après moi, fit-elle remarquer.

— Tu crois ? s'étonna-t-il.

— A ce que je sache, notre photo n'a pas encore été publiée.

Jensen parut soulagé.

— Ce type se serait donc plus intéressé à ton joli minois plus qu'à mes beaux yeux ? lança-t-il avec un ton moqueur.

— Même si elle ne vaut pas la tienne, ma notoriété à Horseback Hollow est loin d'être négligeable.

En lui jetant un regard à la dérobée, Amber remarqua que Jensen caressait sa montre fétiche. Pas de doute : il n'était pas tranquille.

— Pour une fois que les paparazzis brillent par leur absence, détends-toi un peu, lui recommanda-t-elle.

— Tu as raison, convint-il.

Au même instant, un homme long et maigre, en redingote, s'inclina cérémonieusement devant eux.

— Madame, monsieur, si vous voulez bien me suivre…

Ils prirent place à une table luxueusement dressée où aucun détail ne manquait, que ce soit le chandelier en argent ou la rose rouge dans son vase Baccara.

Jamais elle n'avait dîné dans un lieu aussi magique !

— C'est magnifique ! s'extasia-t-elle pendant qu'un serveur apportait des petits pains frais et deux verres d'une eau minérale parfumée d'un zeste de citron.

Après leur avoir remis à chacun le menu, le maître

d'hôtel s'éclipsa discrètement. Ils pouvaient enfin profiter de ce beau moment, seuls tous les deux. Tout en grignotant un délicieux petit pain, elle questionna Jensen sur son enfance anglaise.

— J'ai grandi avec mes demi-frères, Brodie et Oliver, dans le domaine des Chesterfield, commença son bel Anglais d'un ton nostalgique.

Jensen avait l'air d'avoir passé son enfance dans un endroit magnifique. Avec ses nombreux hectares de prés et de bois, le château aurait pu servir de décor dans *Downtown Abbey*.

— Cette vieille bâtisse était impossible à chauffer en hiver. Je ne te raconte pas le nombre de douches glacées que j'ai prises dans une salle de bains tout aussi glaciale, lança Jensen.

Elle se pencha en avant pour ne pas perdre une miette de ces confidences et eut soudain une envie : et si elle lui volait un baiser ? Mais l'arrivée du sommelier l'en dissuada.

— Que dirais-tu d'un bourgogne ? lui demanda Jensen après avoir étudié la carte.

— Parfait, répondit-elle.

Elle ignorait totalement le goût de ce fameux « bourgogne » (et pour cause : elle ne buvait jamais de vin), mais elle se garda bien de le lui dire.

— Un très bon choix, monsieur ! déclara le sommelier à Jensen avant de s'éclipser.

Puisqu'ils étaient seuls de nouveau, ils pouvaient reprendre leur conversation.

— Tu me parlais de ton enfance, au château…

— Ah oui ! Eh bien, figure-toi que ma mère a tenu à nous élever à la dure, sans nounous ni domestiques. Elle estimait que ça nous forgerait le caractère.

— Ce n'était pas un peu exagéré ? s'étonna-t-elle.

Elle avait vraiment du mal à y croire. Dans son

esprit, les enfants de la noblesse anglaise étaient choyés par leurs parents. Enfin, c'était souvent le cas dans sa série préférée…

— Ce que ma mère veut, elle l'obtient, dit Jensen avec un sourire.

— C'est elle qui a insisté pour que tu acceptées de venir passer les fêtes de fin d'année au Texas ? demanda-t-elle.

En un sens, ils ne se seraient jamais rencontrés si elle n'avait pas été là, songea-t-elle. Jensen n'aurait jamais quitté Londres sinon !

— En effet, et je ne peux que m'en réjouir, répondit-il en la dévisageant.

Elle voulait lui répondre qu'elle se réjouissait elle aussi de l'avoir rencontré, mais l'arrivée du sommelier l'en empêcha. Une fois servie, elle porta son verre à ses lèvres, et la première gorgée de ce vin à la robe pourpre lui arracha un frisson de plaisir.

— Sublime ! dit-elle.

— Heureux que tu apprécies le bourgogne.

— Ce décor, ce vin, tes histoires d'enfance… J'ai l'impression d'être plongée dans un conte de fées, dit-elle, les yeux brillants.

— Tu es la reine de cette soirée, ma chérie, lui répondit-il en prenant sa main dans la sienne.

Ma chérie !

Elle adorait l'entendre l'appeler de cette façon. Un doux frisson la traversa et elle savoura la caresse des doigts fins de Jensen sur sa peau.

Dans le reflet des bougies, jamais son visage racé ne lui avait paru aussi beau, aussi séduisant. Pas de doute : c'était bien lui son prince charmant.

— Parle-moi encore de ton enfance, insista-t-elle après avoir bu une nouvelle gorgée de vin.

Jensen se mit à rire.

— Mon enfance n'a rien de remarquable, tu sais !

— Tout ce qui te touche m'intéresse, objecta-t-elle.

Et c'était on ne peut plus sincère.

D'un geste distingué, Jensen porta sa serviette blanche à ses lèvres.

— Après le départ de Brodie et d'Oliver pour l'université, comme ma mère était très occupée avec Charles et Lucie, je me suis rapproché de mon père, expliqua-t-il.

— Qu'est-ce que vous faisiez ensemble ? demanda-t-elle.

Amber sentit son estomac se nouer : écouter les autres raconter ce genre de souvenirs n'était jamais facile. Mais elle avait si peu connu son père…

— Nous nous promenions beaucoup parce que nous aimions passer du temps tous les deux. Peu à peu, il a fait de moi son successeur à la tête de nos affaires.

— Tu avais le don des chiffres ?

— De la finance, en tout cas, ou du moins mon père en était persuadé. Je l'entends encore me recommander de ne jamais faire confiance aux autres dans ce domaine.

Elle hocha la tête. Décidément, qu'il s'agisse de leurs affaires ou de leur vie privée, la méfiance était une seconde nature chez les Chersterfield…

— Pourquoi te disait-il ça ? s'étonna-t-elle.

— Une bonne part de la fortune familiale s'était évaporée parce que le père de mon père avait fait confiance à un régisseur malhonnête.

— C'est pour ça que tu parais parfois si… sérieux ?

— Oui, sans doute, répondit Jensen en soupirant. Mon frère Charles estime que je manque de fantaisie mais les affaires sont les affaires et je n'ai jamais transigé avec les recommandations de mon père.

Elle prit soudain conscience du fossé qui séparait

les Rogers des Chesterfield : que ce soit pour elle ou sa grand-mère, le sens des affaires était loin d'être inné.

— Et tes études ? demanda-t-elle avec curiosité.

Il lui raconta certains épisodes de sa vie d'étudiant à Eton, l'une des universités les plus fameuses d'Angleterre. Elle l'écouta avec intérêt : après tout, elle n'avait jamais eu la chance d'étudier à l'université.

— Et après Eton ? demanda-t-elle.

— Ma famille m'a envoyé finir mes études à St. Andrews, en Ecosse, répondit-il.

Elle expliqua à Jensen qu'elle avait vu un documentaire consacré à cette université de l'élite anglaise. Elle s'en souvenait encore !

— Le spectacle de ces étudiants menés à la baguette m'avait mise mal à l'aise, lui avoua-t-elle.

— Je n'ai pas été très heureux à St. Andrews, admit Jensen.

— C'était ton choix d'aller là-bas ? demanda-t-elle.

Jensen lui lança un regard surpris.

— Non, celui de mon père.

— Tu fais toujours ce que ta famille attend de toi ? s'étonna-t-elle.

Si c'était le cas, c'était assez triste…

— Tu crois que j'avais le choix ? rétorqua-t-il en lui adressant un regard blessé.

Mince, elle n'aurait pas dû dire ça. Elle se confondit en excuses : elle ne voulait pas critiquer ses parents ou le critiquer lui. Simplement, elle regrettait qu'il n'ait pas voulu forger lui-même son destin. Pour elle qui adorait partir à l'aventure sur son cheval dès qu'elle en avait envie, tout cela lui paraissait invraisemblable !

— Pour mon père, j'étais un soutien, un fils fidèle, sa voix, son bras armé quand il s'agissait de défendre nos intérêts. L'idée de lui désobéir ne m'aurait jamais effleuré, crut bon de préciser Jensen d'une voix émue.

— Je comprends, dit-elle avec un sourire, et je t'envie d'avoir pu connaître ton père, et être aussi proche de lui.

Enfin, Jensen se dérida.

— Mon père et moi, nous avions en commun la passion du polo, la bosse des affaires mais aussi cette passion pour les vieux westerns.

— Vraiment ?

— Je t'assure. Parfois, nous nous rendions à Liverpool ou à Birmingham simplement parce qu'un cinéma de quartier y passait l'un de nos films favoris.

Amber se mordit la lèvre. Comme elle aurait été heureuse si son père avait vécu plus longtemps... Elle ne ressentirait pas cette absence qui la rendait parfois si triste.

— Tu ne m'avais pas dit que ton père avait été pilote ? demanda-t-elle.

— Exact, il avait servi dans la RAF durant la guerre. D'ailleurs, comme il y avait un petit aérodrome près du château, il m'emmenait parfois en avion avec lui.

— Alors, tu sais piloter ?

— Oui, et j'aurai bientôt le droit de prendre les commandes d'un jet.

— C'est vrai ? s'étonna-t-elle.

— En effet.

— Il te faudrait combien de temps pour venir de Londres au Texas avec un tel appareil ?

— Huit ou neuf heures, je pense, répondit-il en la regardant d'un air pensif.

Huit ou neuf heures ? C'était assez peu, finalement. Soudain, elle plongea ses yeux dans les siens. Est-ce qu'il pensait la même chose qu'elle ?

Même si ce n'était pas raisonnable, elle rêva du jour où Jensen et elle pourraient se revoir aussi facilement que s'ils habitaient à une poignée de kilomètres l'un de l'autre.

— J'aurais été heureuse de connaître un homme aussi merveilleux que ton père, souffla-t-elle.

Jensen lui prit la main.

— Hélas, il est mort d'une crise cardiaque durant une partie de polo, il y a quatre ans. Je l'ai beaucoup pleuré.

Mon Dieu, cela avait dû être terrible pour lui. Le pauvre… Le fait qu'il ait suffisamment confiance en elle pour lui faire cet aveu la bouleversa.

— Comment réagirais-tu si ta mère rencontrait un autre homme ? lui demanda-t-elle.

— Je me réjouirais pour elle, lui dit-il.

— J'imagine difficilement lady Josephine tombant amoureuse d'un simple cow-boy, objecta-t-elle.

Jensen lui sourit.

— Si ce cow-boy rend ma mère heureuse, je crois que je serai content.

Si elle avait eu plus de courage, elle lui aurait demandé ce qu'il penserait du mariage d'une cowgirl et d'un lord.

— Après la mort de mon père, reprit Jensen, les journaux m'ont sacré « célibataire de l'année » et m'ont fiancé à de riches héritières ou à des starlettes qui n'avaient pas grand-chose pour elles à part leur beauté.

— Certains de ces articles ont été repris par notre presse locale, à Horseback Hollow, fit-elle observer.

Au fond de son cœur, elle se sentait jalouse de toutes ces filles, mais pas question de le lui avouer.

Elle le vit sourire.

— Je peux t'assurer qu'il n'y avait rien de sérieux entre moi et ces femmes.

Hélas, cette confidence qui aurait dû la tranquilliser fit bondir son cœur.

— Beau et riche comme tu l'es, comment se fait-il qu'une femme ne t'ait pas mis le grappin dessus ? s'étonna-t-elle.

— Peut-être parce que je consacrais le plus clair de mon temps aux affaires familiales et non à ma vie sentimentale, répondit-il.

— Mais ces liaisons que la presse te prêtait mois après mois ?

Jensen soupira.

— Dès que je mettais le nez dehors et qu'une femme m'approchait, les paparazzis nous photographiaient aussitôt.

A la longue, cela devait être pénible, effectivement… Elle comprenait mieux l'aversion que la presse à scandale et les paparazzis pouvaient lui inspirer.

— Ça dure depuis longtemps ?

— Depuis la mort de mon père.

— Je me souviens d'un article sur Amelia. Le reporter prétendait qu'elle allait se fiancer avec lord Banning, expliqua-t-elle.

— Je m'en souviens. Un vrai tissu de mensonges. A l'époque, ma sœur était déjà mariée à Quinn et enceinte de lui, alors tu imagines ce qu'elle a pu ressentir en lisant ça.

Amber hocha la tête mais sentit son cœur battre à toute vitesse. Une question lui brûlait les lèvres depuis qu'elle écoutait Jensen, et il fallait qu'elle la lui pose. Maintenant.

— Tu as une petite amie en ce moment ? Une fiancée ?

— Si ça avait été le cas, je peux t'assurer que rien ne se serait passé entre nous, répondit-il en lui resservant à boire.

Savoir qu'il tenait à elle et, surtout, qu'il était

vraiment célibataire, lui redonna soudain de l'espoir. Elle avait des raisons d'y croire, en fin de compte !

— Comment réagirait ta famille, ta mère, s'ils apprenaient que nous sortons ensemble, toi et moi ? demanda-t-elle.

— Nous le saurons bientôt car, avant de repartir pour l'Angleterre, j'ai l'intention de les mettre au courant de la situation.

Elle ouvrit de grands yeux. Le moins qu'on puisse dire, c'est qu'elle ne s'attendait pas à un tel aveu. C'était bien la preuve que leur relation avait un avenir, quel qu'il soit.

— Depuis mes premiers succès au rodéo, je ne m'étais jamais sentie aussi heureuse que ce soir, avec toi, dit-elle en caressant la main de Jensen.

Si seulement cet instant pouvait durer éternellement !

Quelques instants plus tard, le serveur apporta un poulet fermier aux herbes pour elle, et une côte de bœuf à la texane pour Jensen. Tout cela avait l'air délicieux !

— D'où tiens-tu ta passion pour le rodéo ? demanda Jensen en s'essuyant les lèvres.

Au moment de répondre, elle sentit une bouffée de nostalgie l'envahir.

— De mon père, expliqua-t-elle, car il avait été champion de rodéo avant de rencontrer ma mère.

— C'est elle qui l'avait incité à renoncer à sa passion ? demanda-t-il.

Elle approuva d'un mouvement de tête.

— Le rodéo n'est pas sans risques et la crainte de voir mon père désarçonné et piétiné par un bronco sauvage terrorisait ma mère, expliqua-t-elle. Par amour pour elle, mon père est devenu employé de bureau à Houston sans savoir qu'il lui restait si peu de temps à vivre.

Ah, toutes ces fois où elle avait guetté le retour de son père qui la faisait sauter sur ses genoux et lui racontait les légendes de l'Ouest… Et puis était venu ce jour funeste où sa mère lui avait annoncé la terrible nouvelle de sa mort.

Ce qu'elle avait ressenti, vécu, pendant ces jours tragiques, elle ne l'avait jamais avoué à personne. Mais avec Jensen, c'était différent. Elle pouvait tout lui dire.

— Ce jour-là a été l'un des plus tristes de ma vie, dit-elle d'une voix tremblante.

— Qu'est-ce que vous avez fait ensuite, toi et ta mère ? s'enquit-il.

— Maman ne pouvait plus payer le loyer de notre appartement de Houston, alors nous sommes retournées vivre au ranch de mes grands-parents.

— C'est là que ton grand-père t'a enseigné les bases du rodéo ?

— En effet, dit-elle non sans nostalgie, et je devais être douée car un professionnel s'est intéressé à moi et a accepté de me prendre sous son aile.

— Fort heureusement, tu as renoncé à cette vie dangereuse quand il en était encore temps, remarqua Jensen en haussant ses sourcils.

— C'est-à-dire que…, commença-t-elle avant de s'interrompre.

Certes, elle avait eu de belles frayeurs dans sa vie de cavalière. Mais soyons honnêtes : elle brûlait de recommencer. Et maintenant que sa grand-mère sortait avec Elmer, ce projet n'avait plus rien d'irréaliste.

Bref, elle était prise au piège. Que faire ? Mettre ou non Jensen au courant ou passer sous silence ce détail ? Non, elle lui devait la vérité.

— Jensen…, commença-t-elle d'une toute petite voix.

— Oui ?

— Cowboy Country USA, tu sais, le futur parc

d'attractions, recherche des cavalières de haut niveau. La direction me fait un pont d'or pour participer au spectacle du Wild West Show, dit-elle dans un souffle.

— Tu as déjà signé ? demanda Jensen au moment où le serveur apportait leurs salades.

Pas de doute : la nouvelle avait l'air de le peiner.

— Pas encore, mentit-elle.

Inutile de gâcher cette soirée de rêve par une polémique.

— Mais tu comptes signer bientôt, n'est-ce pas ? insista Jensen.

Elle se mordit la lèvre. Quelle idiote ! Elle venait de plomber l'ambiance du dîner.

— J'ai l'impression que tu n'approuves pas ma participation à ce spectacle, risqua-t-elle.

— Dans tous les cas, il s'agit de ta décision, déclara Jensen en buvant une gorgée de vie.

— En effet, trancha-t-elle, on peut en dire autant de ton retour en Angleterre. Tu es seul juge.

— Mon retour en Angleterre ne va pas mettre un terme à notre relation, l'assura-t-il. Une fois que j'aurai mon brevet de pilote, rallier Horseback Hollow en jet privé ne me prendra que quelques heures.

Quelques heures, certes, mais à condition qu'il ait envie de la revoir ! Une fois de retour à Londres, est-ce qu'il n'allait pas céder à l'envie d'épouser une riche héritière ?

— A quoi penses-tu ? lui demanda-t-il.

— A nous, lui dit-elle. A cette nuit passée dans tes bras…

— Tu regrettes ? s'enquit Jensen.

Bien sûr que non ! Ce n'était pas cela qui la rendait triste.

— J'ai si peur de te perdre ! avoua-t-elle.

— Je ne suis pas encore parti, observa-t-il en lui prenant la main.

— Non, mais ça ne saurait tarder et, alors, qui sait quand je te reverrai ?

— Faisons confiance au destin, soupira-t-il.

Le destin !

Jensen essayait-il de lui faire comprendre que leur histoire touchait à sa fin et qu'elle ne devait plus espérer le revoir ni même avoir de ses nouvelles ?

Si tel était le cas, alors il lui restait très peu de temps pour profiter de ces merveilleux instants passés en sa compagnie. Donc inutile de tergiverser plus longtemps.

— J'ai envie de refaire l'amour avec toi, murmura-t-elle.

S'il fut surpris, Jensen ne le laissa pas paraître.

— Moi aussi, répondit-il en l'enveloppant de son regard caressant avant de demander l'addition.

Peu après, l'air frais du soir la fit frissonner et elle se blottit contre lui.

— Embrasse-moi ! dit-elle en lui tendant ses lèvres.

Elle sentit la chaleur des lèvres de Jensen s'imprimer sur les siennes. C'était absolument divin. Alors pourquoi s'inquiéter ? Certes, son bel Anglais allait prochainement rentrer en Angleterre mais, d'ici là, elle saurait lui faire comprendre qu'elle était faite pour lui, comme lui pour elle.

Elle en avait la certitude.

— [illegible]
prenant la main.
— [illegible] quand [illegible]
[illegible]
— [illegible]
l'attendit.
[illegible]
[illegible]
[illegible]
[illegible]
[illegible]
[illegible]
[illegible]
elle.
[illegible]
— [illegible]
[illegible]
[illegible]
[illegible]
— [illegible]
Elle [illegible]
[illegible]
[illegible]
[illegible]
[illegible]
[illegible]
[illegible]

[illegible]

[illegible]

— [illegible]

[illegible]

- 16 -

En regagnant son ranch le lendemain, Amber pensa très fort à Jensen, à leur fougueuse étreinte dans cet hôtel de Vicker's Corners.

Elle s'était passionnément donnée à lui durant cette nuit d'amour. Ah, que c'était bon de sentir ses caresses sur sa peau nue, sa bouche sur ses seins, sur ses hanches, sur ses cuisses…

Une fois arrivée, elle embrassa sa grand-mère et constata avec joie qu'Elmer n'était pas là. Quel soulagement !

— Elmer voudrait que je l'accompagne demain à Lubbock pour assister à une cérémonie commémorative, lui expliqua Helen.

— Vous ne pourrez pas faire l'aller-retour en un jour, objecta-t-elle.

— C'est bien pour ça que nous partirons deux jours.

Deux jours ?

En d'autres circonstances, elle aurait sans doute cherché à dissuader sa grand-mère de partir à l'aventure avec Elmer, mais l'occasion de revoir Jensen en toute tranquillité était trop belle. Ce serait dommage de ne pas en profiter !

— Ma foi, ce voyage vous fera du bien à tous les deux, dit-elle.

Helen la dévisagea d'un air surpris.

— Tu ne m'en veux pas de te laisser seule ici, au ranch ?

— Non, pourquoi ? Tu as le droit de vivre ta vie, grand-mère.

— Je suis sûre qu'Elmer se réjouira de ton changement d'attitude, ajouta sa grand-mère.

Le lendemain, après le départ d'Helen et d'Elmer, elle composa le numéro de Jensen qui répondit à la seconde sonnerie.

— Je suis seule au ranch pendant deux jours, lui annonça-elle aussitôt.

Jensen émit un petit rire.

— C'est vrai ? Alors je m'en voudrais de te laisser toute seule…

— D'autant que ma chambre est plus confortable que la grange.

Jensen éclata de rire. Il allait venir. Néanmoins, il insista aussi pour dîner avec elle au restaurant de Mendoza et non au ranch, en tête à tête. Tiens…

— On ne serait pas plus tranquilles ici ? insista-t-elle.

— Sans doute, répondit-il, mais j'ai envie de montrer à tout le monde que nous sommes en couple.

En couple !

Le moins qu'on puisse dire, c'est qu'elle ne s'attendait pas à l'entendre dire ça. Elle se sentit pousser des ailes. Quelle joie !

Alors que l'heure de son rendez-vous avec Jensen approchait, Amber se sentait piaffer d'impatience. Impossible de tenir en place. Et pour cause : elle entendait bien le convaincre qu'elle était faite pour lui, et lui pour elle. C'était ce soir ou jamais.

Certes, c'était un sacré pari, mais elle comptait sur le destin, le hasard, la chance, pour y parvenir.

Alors qu'elle prenait un bain parfumé, le souvenir brûlant de Jensen, de sa beauté virile, de ses mains caressant son corps nu, mit tous ses sens en ébullition. Elle n'avait plus qu'une envie : le retrouver.

Face à sa penderie, elle choisit un chemisier encore plus transparent que celui de la dernière fois. Pas de doute : elle n'allait pas le laisser indifférent… Puisque Jensen lui avait annoncé qu'ils dîneraient au vu et au su de tous, elle n'avait aucune raison de ne pas assumer ses jolies formes. Elle avait parfaitement le droit d'être elle-même !

Pour finir, elle appliqua derrière ses oreilles une goutte de son parfum favori et se regarda dans le miroir avec une certaine satisfaction. C'était peut-être orgueilleux de penser ça, mais elle n'avait rien à envier aux autres conquêtes de Jensen !

Après avoir changé les draps du lit, elle disposa des bougies parfumées et des fleurs dans la chambre puis termina ses préparatifs par une sélection de CD romantiques en prévision de leur nuit d'amour.

Alors qu'elle s'était mise en route, elle sentit ses doutes l'assaillir de nouveau. Jensen tenait-il assez à elle pour envisager une relation durable entre eux ? Il allait bientôt repartir pour Londres, là où l'attendaient sans doute une nuée de jolies filles prêtes à l'épouser dans la seconde. Et, à partir de là, qu'allait-elle devenir pour lui ? Un vague souvenir de son séjour texan ?

Elle s'efforça de chasser ces idées de sa tête. Il fallait qu'elle croie en leur histoire.

— Ce soir, je vais le rendre fou amoureux de moi, décréta-t-elle en rêvant déjà de ces brûlantes caresses qu'ils échangeraient dans l'intimité.

*
**

Vêtu d'un costume crème, Jensen poussa la porte du restaurant de Marcos Mendoza où Amber avait promis de le rejoindre.

Rachel, la serveuse, vint à sa rencontre, un grand sourire aux lèvres.

— Quel plaisir de vous revoir, lord Chesterfield !

— Mon invitée et moi-même dînerons dans la salle principale, crut-il bon de préciser.

Tout à l'heure, en lui remettant les clés du pick-up, Quinn lui avait fait un clin d'œil entendu. Pas de doute : son idylle avec Amber n'était un mystère pour personne à Horseback Hollow. Alors, même s'il redoutait toujours les paparazzis, il était temps de s'afficher au grand jour avec elle. D'autant que la date de son retour en Angleterre approchait.

— Cette table vous convient-elle ? s'enquit Rachel avec sa gentillesse coutumière.

— Parfait !

Amber n'étant pas encore arrivée, il se rendit au bar et commanda un gin. Il bavarda avec un cow-boy moustachu qui avait dû déjà boire quelques whiskies à en juger par ses petites difficultés à s'exprimer.

Pour tuer le temps, il s'intéressa aux autres clients du restaurant. Certaines des femmes présentes auraient pu rivaliser de beauté avec Amber, mais elles le laissaient parfaitement indifférent : aucune n'avait ce je-ne-sais-quoi qui lui plaisait tant chez Amber.

Soudain, il la vit faire son entrée dans le restaurant. Il sentit un long frisson remonter le long de son dos. Elle était plus belle que jamais dans ce chemisier ultra-sexy. Le cow-boy moustachu à côté de lui émit un sifflement admiratif, preuve qu'elle faisait sensation.

Il aurait dû se sentir jaloux, mais non. Quelle chance il avait d'avoir rencontré une femme aussi adorable qu'Amber ! Pourquoi fallait-il qu'ils soient bientôt séparés l'un de l'autre ?

Peut-être devait-il agir tant qu'il en était encore temps ! Tiens, et s'il demandait à Amber de l'épouser ? Comme ça, il pourrait l'emmener avec lui en Angleterre. Mais, hélas, elle risquait d'avoir la nostalgie de son Texas natal…

— Jensen ! lança Amber avec un geste.

Elle marcha dans sa direction avec une grâce à nulle autre pareille et il sentit une bouffée de désir l'envahir. Le souvenir de leur moment de passion dans la grange lui revint aussitôt en mémoire. Cette façon dont Amber avait fait glisser sa robe sur ses épaules et ses hanches, révélant son corps parfait à ses yeux impatients… Tout, il se rappelait tout.

Quelques semaines plus tôt, il n'aurait sans doute jamais imaginé qu'il pourrait faire sa vie avec une Texane qui dirigeait un ranch. Pas de doute : Amber l'avait transformé.

— Je suis content te voir, ma chérie…, dit-il en la prenant dans ses bras. Nous pouvons passer à table quand tu veux mais, en attendant, que dirais-tu d'un apéritif ?

— Volontiers ! Je vais prendre une margarita, dit-elle en se juchant sur le tabouret à côté de lui, sous l'œil admiratif du cow-boy moustachu.

Alors qu'il passait commande au barman, il la vit rougir.

— J'aurais peut-être dû choisir une autre tenue pour ce soir, dit-elle d'un ton gêné.

Sans doute avait-elle remarqué l'intérêt que lui portait le cow-boy moustachu. Celui-ci ne se privait pas pour la dévorer des yeux. Il ne devait pas être le seul, d'ailleurs…

— Disons que tu ne passes pas inaperçue…, se contenta-t-il d'observer.

— Viens, allons dîner, dit-elle alors en se levant.

Alors qu'Amber et lui s'apprêtaient à rejoindre leur table, un homme vêtu d'une chemise violette (d'assez mauvais goût), d'un pantalon rayé et de bottes de cow-boy, leur barra la route. En voilà un qui ne manquait pas d'air !

— Hé, mais c'est la belle Amber !

Jensen fusilla l'intrus du regard mais ce dernier ne lui prêta aucune attention.

— Ah, c'est vous ! répondit-elle, visiblement embarrassée par cette rencontre.

— Pour vous servir, ma chère, répondit l'homme en passant une main rougeaude dans une chevelure poivre et sel.

Jensen se sentit bouillir. Avec un soupir, Amber se tourna vers lui.

— Jensen, je te présente Max Dunstan, l'un des responsables de Cowboy Country USA.

— Enchanté ! lâcha-t-il froidement.

— Plaisir partagé, répondit Dunstan. Venez, je vous offre un verre au bar.

Jensen serra la mâchoire. Boire un cocktail avec ce type était la dernière chose dont il avait envie. Malheureusement, il n'avait pas le choix.

— Eh oui, je sais que ma présence ici n'est pas du goût de tous ! s'exclama Dunstan en défiant les autres consommateurs du regard.

Jensen hocha la tête. Effectivement, l'implantation de ce fameux parc de loisirs ne faisait pas que des heureux. A commencer par les membres de sa famille.

— En tout cas, la photo de vous en danseuse de saloon sur nos affiches va nous faire une sacrée publicité, lança le responsable du parc.

Jensen écarquilla les yeux. La photo ? Quelle photo ?

— Tu ne m'avais pas parlé de ça, souffla-t-il en se tournant vers elle.

— Je me suis dit que ça n'avait pas grande importance, c'est juste une campagne publicitaire, répondit Amber, manifestement très gênée.

Méfiance. Tout cela ne lui disait rien de bon…

— En danseuse de cancan, notre Amber nationale sera le symbole vivant de Cowboy Country USA. Je peux vous assurer qu'elle drainera les foules, renchérit Dunstan en sortant un flyer de sa poche. Tenez, regardez comme elle est sexy !

Jensen regarda la photo qu'il lui tendait. Il n'en crut pas ses yeux. Amber portait une robe qui dévoilait une bonne partie de sa poitrine. Il aurait pu se sentir trahi, mais non, il était seulement déçu. Dire qu'il s'était presque décidé à l'épouser…

— Il ne s'agit que d'un projet, se justifia Amber en prenant la photo.

— Un projet qui devrait se conclure prochainement, remarqua Dunstan avec son air jovial.

— Avant de donner mon accord définitif, je dois encore consulter mon avocat, rétorqua-t-elle.

— Je ne doute pas de votre réponse, insista le gros bonhomme avec ce sourire exaspérant.

Jensen tâcha de se maîtriser. Surtout, rester calmer. Seulement, avec son arrogance et ses manières de rustre, ce type commençait à le mettre hors de lui. D'ailleurs, cela devait se sentir, car il l'entendit lancer :

— Il faut que je vous dise un truc, mon vieux. Qu'une fille aussi sexy qu'Amber sorte avec un type aussi coincé que vous, c'est la meilleure !

Jensen prit une profonde inspiration. Ce type le trouvait coincé ? Eh bien, il allait voir ce qu'il allait voir…

A cet instant, Amber intervint :

— Vous nous dérangez, monsieur Dunstan. Maintenant, si vous voulez bien me laisser seule avec mon ami…

— Ce que j'en dis…, bafouilla Dunstan.

— Ne dites plus rien et partez ! s'exclama-t-elle d'un ton sec et déterminé.

Par bonheur, il s'exécuta.

Jensen regarda s'éloigner le responsable du parc puis se tourna vers Amber et lui sourit.

— Tu sais que tu m'as privé d'une bagarre qui aurait sûrement fait la une du journal local ?

— Je n'y suis pour rien si cet imbécile de Dunstan est venu me tenir la jambe, déclara-t-elle d'un ton hargneux.

Il hocha la tête. Autant passer à autre chose. Après tout, c'était lui qui avait insisté pour venir ici, alors du calme.

— Viens, allons dîner, lui dit-il.

— Non, j'ai envie de boire une autre margarita, rétorqua-t-elle d'un air buté.

Une fois servie, elle but son cocktail à petites gorgées. Mais quelque chose avait l'air de la tracasser.

— Allez, parle ! Dis ce que tu as sur le cœur !

Il secoua la tête. Non, cela ne servait rien de lui demander des explications sur cette photo. Autant calmer le jeu.

— C'est normal de croiser des gens pénibles dans un endroit public, dit-il.

— En effet, répondit-elle en reposant son verre sur le comptoir. Tu dois te demander quel genre de femme je suis, n'est-ce pas ?

— Eh bien…

— Tu me prends peut-être pour une sorte de Marie-couche-toi-là ?

Surtout, ne pas céder à la colère. C'était inutile.

— Ecoute, Amber, je suis surpris d'apprendre que tu as pratiquement signé avec Cowboy Country USA.

Elle le défia du regard.

— Et alors ? Nous ne sommes pas mariés, que je sache ?

Effectivement. Après tout, elle était majeure, libre de sa vie. Il n'avait aucun droit de regard sur ses décisions, mais c'était plus fort que lui.

— Que ça te plaise ou non, je fais ce que je veux ! insista-t-elle.

Jensen sentit soudain tous les clients jeter un œil vers eux.

— Calme-toi, voyons !

Amber lui jeta un regard furieux.

— Toi et tes manières, toi et ton snobisme ! Mais pour qui tu te prends, à la fin ? Pour un roi en visite ?

— Calme-toi ! répéta-t-il.

Elle croisa les bras sur sa poitrine.

— Dans deux semaines, tu seras rentré en Angleterre et il faudra bien que, moi, je continue à vivre.

Il sentit la colère l'envahir.

— C'est une raison pour t'exhiber en tenue de danseuse de saloon ?

Elle esquissa un sourire.

— Eh bien, oui, j'ai une belle poitrine, et alors ? Quant à ma robe, c'est la copie de celles que les filles du Texas portaient autrefois.

— Les filles du Texas étaient bien impudiques, fit-il observer.

— En fin de compte, Dunstan a raison : tu es vraiment coincé ! cria Amber en le foudroyant du regard.

Jensen se recula légèrement. Il n'en croyait pas ses oreilles. De deux choses l'une : soit elle avait trop bu, soit elle venait de révéler sa véritable nature, celle d'une femme irascible et autoritaire…

Dans ce cas, il valait mieux qu'il évite de se lancer dans une relation durable avec une femme aussi imprévisible qu'elle, et encore moins d'envisager de l'épouser !

— J'espérais que tu renoncerais à travailler pour ce… ce cirque commercial, déclara-t-il d'un ton amer.

Amber fronça les sourcils.

— Je ne cours pas après la célébrité et, contrairement à toi qui te barricades chez ta sœur pour échapper aux paparazzis, j'ai envie de vivre, mais ça, ton égoïsme t'empêche de t'en rendre compte.

D'un geste rageur, elle jeta un billet sur le comptoir.

— Au moins, me faire entretenir ne fait pas partie de mes défauts, ajouta-t-elle en se levant.

— Amber, voyons ! dit-il en tentant de la retenir par le bras.

Mais rien à faire : elle refusait de l'écouter. Elle se dégagea violemment de ses bras et courut jusqu'à la sortie.

Et s'il lui courait après ? Il pourrait la ramener à la raison, lui montrer qu'elle se trompait, qu'il l'aimait sincèrement, de tout son cœur… Seulement, il n'avait aucune envie de déclencher un scandale sur la voie publique. Ce serait pire que tout.

Il effleura sa montre au fond de sa poche, le cœur battant. Un miracle pourrait peut-être sauver sa relation avec Amber, songea-t-il.

Mais était-ce encore possible ?

Après s'être enfermée dans son pick-up, Amber s'efforça de maîtriser ses larmes.

Elle était furieuse contre elle-même, furieuse contre

Jensen et contre tous ceux qui avaient détruit cette histoire dans laquelle elle avait beaucoup espéré.

Pourquoi Jensen s'était-il cru autorisé à lui reprocher de participer aux attractions du parc, ou de s'être laissé photographier en danseuse de saloon ?

Mais pour qui se prenait-il, après tout ?

Elle, au moins, ne faisait pas de chichis.

Elle s'appelait Amber Rogers, tout simplement, et ne pouvait compter que sur son travail pour gagner sa vie.

Jensen pouvait-il en dire autant, lui qui avait hérité d'une immense fortune et d'un titre transmis de génération en génération ?

Soudain, le souvenir des traits virils de Jensen et son charme irrésistible envahirent son esprit. Non, pas question de penser à lui : tout était fini entre elle et lui. Elle essuya rapidement ses yeux où elle sentait perler des larmes, démarra et prit la direction du ranch.

— Si cet imbécile de Dunstan n'avait pas été là, tout se serait bien passé, grogna-t-elle tout bas.

Pourquoi avait-il fallu que le destin la prive de Jensen ? Elle qui voulait l'avoir près d'elle cette nuit, dans son lit. Quel gâchis ! Il ne lui restait plus qu'à rentrer chez elle et se coucher. Seule.

Le lendemain, la tête lourde et le cœur vide, Amber s'apprêtait à préparer le petit déjeuner quand son portable sonna.

— Amber Rogers ? demanda une voix de femme.

— C'est moi, répondit-elle sur le qui-vive.

— Bonjour, c'est Josephine Fortune Chesterfield à l'appareil, je m'inquiète car je n'ai plus de nouvelles de Jensen.

Quoi ?

— J'ignore où il se trouve, répondit-elle en faisant les cent pas dans la pièce.

— Vous n'aviez pas rendez-vous avec mon fils, hier soir ?

Amber retint un soupir. Effectivement, ils avaient rendez-vous, et il aurait pu se réveiller ici, au ranch, avec elle, si la malchance ne s'en était pas mêlée…

— Oui, mais nous n'avons pas passé la nuit ensemble… Je veux dire que Jensen n'a pas couché au ranch, bafouilla-t-elle.

— Le pick-up que Quinn avait prêté à mon fils est garé dans la cour mais Jensen, lui, a disparu.

— Peut-être est-il allé se promener à pied, dans le domaine ? suggéra-t-elle.

— L'un des chevaux manque aussi à l'appel.

Soudain, Amber sentit toute sa rancune se dissiper et elle se décida à dire la vérité.

— Jensen et moi, nous nous sommes disputés hier soir, au restaurant, et je suis moi aussi sans nouvelles depuis.

— Sa disparition m'inquiète vraiment, reprit Josephine. Vous comprenez, c'est la date anniversaire de la mort de son père aujourd'hui.

— Vous ne pensez quand même pas qu'il pourrait…

Amber crut que son cœur allait s'arrêter de battre. Non, impossible, Jensen n'allait tout de même pas commettre l'irréparable ?

— Non, bien sûr, la rassura Josephine, mais mon fils est très sensible et je me fais du souci pour lui.

— Vous dites qu'il manque l'un des chevaux ? reprit-elle.

— Oui, Trail Blazer, c'est pourquoi j'espérais que Jensen aurait pu se rendre chez vous.

Soudain, Amber fit un sourire. Elle avait peut-être une idée…

— N’ayez pas peur, j’aurai retrouvé Jensen avant ce soir.

— J’espère ! En tout cas, sachez que je vous en serai éternellement reconnaissante, conclut Josephine.

Amber raccrocha son téléphone. Il était temps d’agir ! Le temps de grimper dans son pick-up, elle mit le cap vers l’aérodrome.

Alors que la tour de contrôle se profilait derrière la cime des arbres, elle sentit son cœur s’emballer. Là, à la lisière du bois près de l’aérodrome, Jensen et Trail Blazer !

— Jensen, il faut qu’on parle ! lui cria-t-elle en s’approchant de lui.

Avec un tressaillement, Jensen tourna la tête dans sa direction et stoppa son cheval.

— Salut, répondit-il en mettant pied à terre.

— Salut, fit-elle en coupant le contact.

Elle descendit du pick-up pour aller vers lui. En arrivant près de lui, elle comprit que lui non plus n’avait pas bien dormi. Vu les gros cernes qu’il avait, la nuit avait dû être courte pour lui aussi.

— Tu m’as manqué.

— Toi aussi, et je regrette beaucoup mon comportement d’hier soir, répondit-il.

Elle ne put s’empêcher de sourire. Il était peut-être un peu tard pour s’en occuper, mais qu’importe…

— Parfois les mots dépassent notre pensée, convint-elle en sortant son portable.

— Que fais-tu ? s’étonna Jensen.

— Je tiens à rassurer ta mère, elle est folle d’inquiétude.

— Ma mère t’a appelée ?

— Oui, et elle m’a expliqué, pour ton père…

Jensen baissa les yeux.

— J’avais besoin d’être seul.

— Tu veux que je te laisse ? demanda-t-elle.

— Non, reste, répondit-il.

Amber baissa légèrement la tête. Allez, il était temps de dire ce qu'elle avait sur le cœur.

— Je n'aurais pas dû te dire ces horreurs, hier soir, convint-elle, mais je ne supporte pas qu'on me dicte ma conduite. Si je t'ai déçu ou si je t'ai fait de la peine, sache que je le regrette.

Jensen s'efforça de sourire.

— Bah, ça n'a plus d'importance car je compte repartir prochainement pour l'Angleterre.

Amber leva les yeux. Son cœur se serra.

Et si elle s'était trompée ? Rien ne prouvait qu'il avait des sentiments pour elle… S'il désirait tant être seul, c'était peut-être parce qu'il avait décidé de ne plus la revoir, une fois rentré à Londres ?

— Je croyais que tu comptais assister à ces deux mariages avant de rentrer, bredouilla-t-elle.

— Oui, moi aussi, mais j'ai décidé de rentrer.

— Est-ce… Est-ce que je te reverrai ?

Jensen poussa un soupir.

— Honnêtement, je ne sais pas. Grâce à toi, j'ai compris que mon existence n'était pas comme je l'aurais voulue et que j'étais peut-être en train de passer à côté du bonheur.

Après s'être approché d'elle, Jensen lui caressa la joue.

— J'ai besoin de faire le point pour savoir si, oui ou non, il est encore temps pour moi de changer de vie.

Jensen, changer de vie ?

Elle ne pouvait que lui souhaiter de le faire. A condition que ce soit pour vivre avec elle…

— Tu regrettes d'avoir fait l'amour avec moi ?

— Bien sûr que non, mais je veux quand même rentrer en Angleterre.

Amber sentit son cœur se serrer encore plus fort.

— Alors, tu ne veux pas d'une vraie relation avec moi, même si je t'avoue que je t'aime ?

— Je ne pense pas être fait pour une relation durable, répondit Jensen après un long silence.

Elle s'efforça de retenir ses larmes. Pourquoi ne pourrait-il pas être heureux avec quelqu'un ? Cela n'avait aucun sens !

— C'est parce que tes parents ont été heureux ensemble que ça te paralyse ?

Jensen soupira.

— Je ne voudrais pas faire le mauvais choix.

Elle tressaillit.

— En somme, tu as peur que je ne sois pas assez bien pour toi ?

— Tu te trompes, répondit-il en la prenant entre ses bras.

Avait-elle raison de le laisser ? Rien n'était moins sûr, surtout après ce qu'il venait de lui dire. Pourtant, elle n'eut pas le courage de le repousser.

— De toutes les femmes que j'ai connues, toi seule m'as donné envie de fonder une famille, lui dit Jensen.

A ces mots, Amber sentit son cœur bondir de joie.

— Mais alors tu m'aimes ! s'exclama-t-elle.

— Bien sûr, puisque je suis jaloux de l'intérêt que tu suscites chez les autres hommes. Seulement, voir cette photo de toi a été la goutte d'eau qui a fait déborder le vase.

— Si ça peut te tranquilliser, je ferai figurer sur mon contrat une clause qui me donnera le droit de modifier ma tenue de scène ou, même, d'en interdire la publication.

— Je n'ai pas à te dicter tes choix, répondit sèchement Jensen.

Amber baissa la tête. Une boule obstruait sa gorge.

— Mais puisque tu m'aimes, tu penses avoir ton mot à dire à propos de mes choix ?

— Tout ça est compliqué, Amber, et j'ai besoin de faire le point, insista Jensen.

Elle prit une grande inspiration. Une question lui brûlait les lèvres, et il fallait qu'elle la pose.

— Tu as peur de tes sentiments pour moi ?

— Imagine : après avoir tenté de vivre ensemble, on découvre finalement que nous ne sommes pas faits l'un pour l'autre. Qu'est-ce qu'on fait ? suggéra Jensen.

— Mais, enfin, pourquoi tant de pessimisme ? demanda-t-elle.

— Je suis réaliste, pas pessimiste, l'entendit-elle répondre d'un ton désabusé.

Amber se mordit la lèvre. S'il pensait toujours au pire, il n'y avait aucune raison d'espérer.

— Et ton réalisme te commande de t'éloigner de moi au plus vite ? De rentrer à Londres ?

— Oui, je crois que c'est la meilleure des solutions, répondit Jensen.

Et dire qu'elle aurait tout sacrifié pour cet homme ! Comment pouvait-on être incapable à ce point d'assumer ses sentiments ? Autant rompre, et tout de suite.

— Très bien, alors bon retour chez toi, dit-elle après avoir ravalé ses larmes.

— Merci, répondit froidement Jensen.

Et, comme elle remontait dans le pick-up, Jensen se remit en selle avant d'éperonner Trail Blazer.

Elle le suivit des yeux. Jamais elle ne s'était sentie aussi triste. Jusqu'à son dernier souffle, elle garderait le souvenir de Jensen, de leurs nuits d'amour, gravé dans son cœur.

Dire que s'ils n'avaient pas été aussi différents, ils auraient pu être si heureux ensemble !

- 17 -

Amber devait se rendre à l'évidence : elle n'arrivait pas à accepter de perdre Jensen. En dépit de tous les obstacles dressés sur leur route, elle l'aimait, c'était une certitude.

Une fois qu'il serait parti, elle ne pourrait compter que sur son possible retour au Texas en février, à l'occasion de ce double mariage dans sa famille. S'il revenait !

En attendant, pas question de baisser les bras. Tiens, et si elle plaidait sa cause auprès d'une proche de Jensen ? D'accord, mais qui ?

Josephine l'intimidait bien trop pour qu'elle fasse appel à elle, et Jeanne Marie avait ses soucis.

Restait Amelia. C'était la meilleure solution : elles étaient du même âge, et l'idée de la voir fréquenter Jensen avait l'air de lui faire plaisir.

D'ailleurs, n'était-ce pas elle qui l'avait encouragée plusieurs fois à sortir avec son frère ?

Dès que j'ai vu votre photo dans le journal, j'ai senti que vous étiez faits l'un pour l'autre, lui avait-elle confié lors de l'une de leurs discussions.

Et, comme elle protestait, Amelia avait insisté.

Mon frère est amoureux de toi. Jamais, depuis la mort de notre père, je ne l'avais vu aussi épanoui.

Si son amie lui avait dit tout cela, c'est qu'il y avait

une bonne raison. Alors même si elle n'avait qu'une toute petite chance de se réconcilier avec Jensen avant son départ pour l'Angleterre, il fallait qu'elle la saisisse.

La main tremblante, elle composa le numéro d'Amelia. Heureusement, son amie décrocha.

— Aurais-tu quelques minutes à m'accorder ? demanda-t-elle.

— Clemmie vient de s'endormir alors profites-en.

La chance était avec elle, tant mieux !

— Je t'appelle au sujet de Jensen…

Elle mit Amelia au courant de sa dernière rencontre avec son frère et l'assura qu'elle éprouvait pour lui des sentiments qui allaient bien au-delà d'une banale attirance physique.

— Je comprends mieux pourquoi Jensen semblait si perturbé, ce matin, avant son départ, déclara Amelia.

Amber sentit son estomac se nouer. Son départ ? Il était parti ? Oh non !

— Jensen n'est plus à Horseback Hollow ?

— Hélas non. J'ai tenté de le retenir mais ses affaires l'appelaient à Londres. Du moins c'est ce qu'il m'a dit.

— Et… Il n'a pas laissé une lettre pour moi ?

— Non, mais il est fort possible qu'il revienne en février pour assister aux deux mariages prévus dans la famille, répondit Amelia.

Alors, il n'y avait plus rien à espérer, songea Amber.

Elle écourta la conversation. Quelle déception…

Elle qui avait pensé sauver la situation, se réconcilier in extremis avec lui, il ne lui restait plus que ses yeux pour pleurer.

Jensen allait revenir au Texas ? Et, si oui, aurait-elle une chance de le revoir ?

Notre rencontre était vouée à l'échec depuis le début ! se dit-elle, le cœur serré.

L'autre nuit, dans la grange, après leur étreinte

passionnée, Jensen et elle auraient dû discuter de leur avenir quand leur bonheur était à portée de main.

Autant être lucide : comme tous les amoureux du monde, Jensen et elle avaient cru à la joie de s'être trouvés, de s'être aimés, sans comprendre qu'il leur aurait fallu consolider cette relation balbutiante au lieu de faire confiance au destin.

Les jours suivants, Amber s'efforça d'oublier Jensen, mais sans y parvenir, hélas.

Il lui arrivait de pleurer en pensant aux heures de bonheur qu'elle avait vécues entre les bras musclés de son bel apollon. Dès qu'elle entendait à la radio une chanson anglaise, ou bien quand l'un des épisodes de *Downtown Abbey* repassait sur le câble, elle sentait aussitôt le chagrin l'envahir.

Ses anciennes amies de lycée insistèrent une fois ou deux pour l'inviter à déjeuner ou à dîner en ville mais elle trouva chaque fois une excuse pour ne pas avoir à sortir avec elles. Elle aurait dû leur parler de son histoire avec Jensen. Et ça, il n'en était pas question.

Parfois, elle allait se promener autour du lac où Jensen et elle avaient connu des moments heureux. Il lui arrivait même de se rendre à l'aérodrome : là, elle regardait atterrir les avions en imaginant que l'un de ces appareils lui ramenait Jensen.

Quand elle croisait sa grand-mère, cette dernière ne manquait jamais de lui lancer un regard inquiet.

— Tu as une mine triste comme les pierres, ma chérie. Pourquoi tu ne sors pas avec des gens de ton âge ?

Que pouvait-elle lui dire ? Etait-ce sa faute si elle dormait mal, si elle n'avait plus d'appétit ? Elle se moquait même de son futur spectacle de danseuse de saloon pour lequel elle avait signé un contrat, pourtant !

Contrairement à elle, sa grand-mère respirait la joie de vivre. Certes, elle en voulait encore à Elmer d'usurper la place de son grand-père, mais le vétéran lui apparaissait désormais plus sympathique.

Un matin, Helen s'approcha d'elle et l'embrassa avec fougue. Elle avait l'air radieuse. On aurait dit une jeune fille !

— Eh bien, grand-mère, qu'est-ce qui t'arrive ? s'étonna-t-elle.

— Regarde ! fit Helen en lui agitant sous le nez sa main ornée d'un magnifique brillant.

— Non, ne me dis pas que…

— Si ! Elmer et moi sommes désormais fiancés.

Fiancés ? Quelle idée ! Pourquoi sa grand-mère avait-elle décidé de refaire sa vie ? Et pourquoi les gens l'ennuyaient-ils avec leur bonheur, alors qu'elle venait de rompre ?

— Vous comptez vraiment vous marier ? s'inquiéta-t-elle.

— Elmer m'a fait sa demande hier, devant les habitués de ce restaurant où nous déjeunons souvent.

Ainsi, sa grand-mère allait se marier pour la seconde fois alors qu'elle-même n'avait jamais été fiancée !

— Eh bien ? Tu n'es pas heureuse pour moi ? s'étonna Helen.

— Que penserait grand-père s'il te voyait aujourd'hui ? demanda Amber d'un ton amer.

Helen fronça les sourcils.

— Ma petite fille, plutôt que de toujours ruminer le passé, tu ferais mieux de te préoccuper de ton avenir.

Amber baissa la tête. Le fait est qu'elle avait raison.

— J'ai beaucoup aimé ton grand-père, reprit Helen,

mais il n'était pas facile à vivre et, pour lui, j'ai renoncé à bien des choses que j'aimais faire.

Amber leva les yeux. Que voulait-elle dire ?

— Allons prendre un café dans la cuisine et puis tu m'en diras un peu plus là-dessus, lui dit-elle.

Sa grand-mère accepta. Elles prirent place autour de la table en chêne.

— Ton grand-père manquait de fantaisie, il considérait que le mariage suffisait à notre bonheur, reprit sa grand-mère avec un petit soupir.

Amber ouvrit de grands yeux. Décidément, la relation entre ses deux grands-parents n'avait pas été aussi idyllique qu'elle l'aurait cru.

— J'espère que la vie au ranch te rendait tout de même heureuse ? demanda-t-elle.

— En un sens, oui, répondit sa grand-mère avec une moue, mais j'aurais bien voulu parfois aller danser ou dîner en ville, ce que ton grand-père ne m'a jamais proposé de faire.

Voilà pourquoi elle avait été attirée par un homme aussi extraverti qu'Elmer ! En un sens, c'était compréhensible…

— Au moins tu as l'occasion de te rattraper aujourd'hui, fit-elle observer.

Sa grand-mère lui adressa un sourire.

— Elmer m'apporte cette fantaisie qui manquait à ma vie. Grâce à lui, à ses initiatives, j'ai l'impression de rajeunir de jour en jour.

— Tu l'aimes ?

— Oui, comme je n'ai jamais aimé personne.

Amber se sentit troublée par cette réponse : elle sentait de la passion dans la voix de sa grand-mère. Au moins, elle savait ce qu'elle voulait.

— Si tu es heureuse, c'est la seule chose qui compte, dit-elle avec franchise.

Helen lui tapota la main.

— Je le serais encore plus si tu t'entendais avec Elmer au lieu de le traiter comme un intrus.

Amber hocha la tête. Elle-même avait du mal à comprendre. Au fond, pourquoi éprouvait-elle une telle animosité envers un homme qui ne lui avait fait aucun mal, mais qui, en outre, rendait sa grand-mère heureuse ? Par dépit, peut-être ? Parce que son bonheur à elle était loin d'être acquis ?

— Je te promets de faire des efforts pour accepter Elmer et je vous souhaite à tous les deux beaucoup du bonheur, dit-elle.

— Merci ! répondit Helen, les yeux brillant d'émotion.

Amber allait ajouter quelque chose mais la sonnerie de son portable l'en empêcha. Des nouvelles de Jensen, peut-être ? En décrochant, elle reconnut la voix de Jeanne Marie, sa tante.

— Amber ? J'aurais un grand service à vous demander, lui annonça Jeanne Marie. Pourriez-vous venir ce soir, à 19 heures, au restaurant de Marcos Mendoza, afin que nous discutions en privé ?

— C'est au sujet des deux mariages du mois de février ? demanda-t-elle avec curiosité.

— En quelque sorte, répondit Jeanne Marie, mais je préfère vous en parler de vive voix.

— Très bien, alors rendez-vous là-bas à 19 heures !

Après avoir pris congé de son interlocutrice, elle mit sa grand-mère au courant de sa conversation.

— Je me demande bien quel service Jeanne Marie voudrait que tu lui rendes…, déclara Helen avec une petite moue amusée.

Amber fronça les sourcils. Pourquoi avait-elle soudain le sentiment qu'Helen jouait à cache-cache avec elle ?

— Ton nez s'allonge à vue d'œil, grand-mère, alors si tu sais quelque chose, tu ferais mieux de me le dire.

— Mais je ne sais rien, ma chérie !

Bon, inutile d'insister, alors… Elle se prépara à aller en ville d'abord pour faire des courses, puis pour se rendre au rendez-vous que lui avait fixé Jeanne Marie.

Tout en conduisant, elle songea qu'en plus des deux mariages prévus de longue date dans la famille de Jensen, Elmer et sa grand-mère comptaient eux aussi convoler. Elle serait forcément demoiselle d'honneur à leur cérémonie !

Au train où allaient les choses, elle serait bientôt la seule célibataire de Horseback Hollows !

Un peu plus tard, alors qu'elle faisait la queue à la caisse de la superette, Mme Tierney, la gérante du magasin, lui adressa un sourire radieux.

— Toutes mes félicitations, Amber. Je me réjouis de vous savoir bientôt mariée.

Amber écarquilla les yeux. Mariée ? Comment ça ?

— Pardon ?

Mme Tierney déploya devant ses yeux la une du *Global Trotters*, le journal qui avait déjà publié la fameuse photo d'elle et de Jensen.

Le titre qui s'étalait en première page, sous une photo de Jensen et une autre d'elle en reine du rodéo, la laissa abasourdie.

LORD JENSEN VA SE MARIER AVEC UNE COWGIRL !

— Vous devez être aux anges et votre grand-mère aussi, insista la gérante.

Elle, mariée à Jensen ?

Non, c'était une erreur !

Jensen était reparti en Angleterre, Amelia le lui avait même dit ! Et puis cela faisait un moment qu'elle était sans nouvelles de lui.

Mme Tierney attira son attention sur la photo d'une

bague de fiançailles ornée d'un énorme brillant, qui accompagnait l'article.

— Quand je pense que lord Jensen Chesterfield vous a offert ce joyau !

Amber secoua la tête et laissa échapper un rire désabusé.

— Ce journal est loin de toujours dire la vérité, madame Tierney. Du reste, comme vous pouvez le constater, je ne porte aucune bague au doigt…

Les sourcils froncés, Mme Tierney lui montra une autre photo sur laquelle Jensen sortait d'une grande bijouterie de Londres, un paquet à la main.

— Vous voyez que je vous dis la vérité ! lança la gérante.

— Je veux bien croire que lord Chesterfield ait acheté cette fameuse bague en diamants, convint-elle, mais sûrement pas à mon intention.

— Que voulez-vous dire ? s'étonna Mme Tierney.

— Qu'il n'a aucune envie de m'épouser et qu'il destine cette bague à sa fiancée, trancha-t-elle avant de payer ses achats et de quitter le magasin.

Une fois dehors, elle rangea ses emplettes à l'arrière du pick-up. Elle était à deux doigts d'éclater en sanglots. Jensen achetant une bague de fiançailles : c'était bien la dernière chose qu'elle avait envie de voir !

Alors que le souvenir des traits harmonieux et virils de Jensen envahissait son esprit, elle sentit un flot de colère l'envahir.

Pourquoi lui avait-il fait ça ? A elle qui l'aimait de tout son cœur ?

Certes, elle comprenait qu'il lui ait préféré une épouse digne de son rang, une femme de la haute société, titrée, riche, sachant concilier bonnes manières et discrétion, bref tout le contraire de la cowgirl simple et directe qu'elle était… Seulement, comment avait-il osé lui mentir ?

Dire qu'elle avait eu le sentiment que Jensen et elle se comprenaient, qu'ils partageaient la passion des chevaux, des grands espaces, de cet Ouest américain qu'il aimait tant retrouver en se projetant de vieux westerns…

— Avec un peu plus de chance, nous aurions pu être heureux ensemble, murmura-t-elle en grimpant dans la cabine du pick-up.

Elle avait l'impression de tomber de haut, comme ce jour où, en plein rodéo, elle avait été désarçonnée et jetée à terre par sa monture. Au prix d'un effort surhumain, malgré la douleur, elle avait eu la force de se remettre en selle. Elle entendait encore les encouragements du public.

Elle apprendrait à oublier Jensen.

Elle continuerait à vivre quoi qu'il arrive avec l'espoir de rencontrer l'amour, le vrai…

Autant croire en sa chance, songea-t-elle avant de démarrer et de prendre le chemin du restaurant où l'attendait Jeanne Marie.

- 18 -

Amber trouva sans difficulté à se garer devant le restaurant de Marcos Mendoza. Elle sentit son cœur se serrer. Dommage que toutes les soirées qu'elle avait passées là-bas avec Jensen se soient soldées par une dispute.

Pourquoi avait-il fallu qu'elle choisisse de porter un chemisier ultra-léger qui laissait deviner les rondeurs de sa poitrine lors de leur premier dîner ? Avait-elle voulu lui prouver quelque chose ? Le provoquer ?

La seconde fois, c'était l'apparition de Dunstan et cette histoire de photo qui avaient mis le feu aux poudres.

Ce qu'elle avait pu être bête. Elle aurait dû comprendre que, dans son esprit à lui, les convenances passaient avant la séduction…

Et dire que tout aurait pu être différent !

Si les circonstances avaient été différentes, elle aurait pu espérer que Jensen recule son voyage de retour en Angleterre et vive un jour avec elle, pourquoi pas ?

— Jeanne Marie aura peut-être des nouvelles de lui, murmura-t-elle en entrant dans le restaurant.

Après avoir regardé autour d'elle, elle s'étonna de ne pas apercevoir la sœur de Josephine. Où était-elle passée ?

Pourtant, il est 19 heures, songea-t-elle en consultant sa montre.

Alors qu'elle se demandait ce qui pouvait bien retenir Jeanne Marie, Rachel, toujours aussi souriante, vint à sa rencontre.

— Quel plaisir de vous revoir ! Jeanne Marie ne devrait pas tarder à arriver.

— Elle vous a informée de ma venue ? s'étonna-t-elle.

— Bien sûr, et si vous voulez me suivre jusqu'au bar, la maison serait heureuse de vous offrir un apéritif pour vous faire patienter.

Comme toujours, la famille Mendoza avait l'art et la manière de traiter chaleureusement sa clientèle.

— C'est très gentil, dit-elle en accompagnant Rachel.

Elle s'installa sur l'un des tabourets du bar et soupira.

Inutile de nier l'évidence : l'article mensonger du journal où étaient annoncées ses fiançailles avec Jensen lui avaient sérieusement sapé le moral. Tiens, et si elle commandait du champagne ? Avec un peu de chance, les petites bulles magiques parviendraient à chasser ses idées noires.

Jensen…

Depuis qu'il était reparti, elle pensait sans cesse à lui. Il comptait infiniment pour elle, la voilà, la vérité.

Si elle avait pu deviner que leur relation se terminerait de façon aussi abrupte, elle aurait tout fait pour le retenir auprès d'elle, y compris renoncer à cette carrière professionnelle qui lui déplaisait.

D'ailleurs, elle avait téléphoné à Dunstan pour exiger que cette photo d'elle en danseuse de saloon ne soit jamais publiée nulle part. Et pourtant, Jensen ne faisait en principe plus partie de sa vie, mais qu'importe.

Dunstan avait tenté de la persuader du contraire mais elle avait tenu bon. En quelque sorte, elle avait offert à Jensen une preuve d'amour a posteriori, songea-t-elle.

La tête baissée, elle venait de commander au barman une autre coupe de champagne quand une voix d'homme la ramena à la réalité.

— Mais c'est la charmante Amber Rogers !

Tiens, tiens ! C'était Brady Wilkins, un ancien camarade de lycée. Elle n'avait pas spécialement envie de parler à quelqu'un, mais tant pis…

— Comment vas-tu ? demanda-t-elle.

— Très bien ! répondit Brady d'une voix pâteuse. Tu prends quelque chose ?

— Je suis déjà servie, merci.

Au même moment, du coin de l'œil, elle remarqua le curieux manège de Marcos Mendoza, qui semblait l'observer tout en pianotant sur son portable. Bizarre…

Brady lui tapota le bras.

— Ça me fait plaisir d'évoquer le bon vieux temps avec toi, dit-il.

Mon Dieu, pourvu que Jeanne Marie vienne rapidement la délivrer de ce pot de colle !

— Oui, c'est si loin, dit-elle sans conviction.

Assis près d'elle, Brady finit son verre en deux longues gorgées puis prit la parole.

— Il paraît que tu as renoncé au rodéo à la mort de ton grand-père ?

Amber retint un soupir. A Horseback Hollow, tout se savait tôt ou tard. Elle pouvait difficilement se dire surprise.

— Grand-mère ne pouvait pas s'occuper toute seule du ranch, j'ai donc décidé de revenir vivre avec elle, répondit-elle.

— Je sais ce qu'il en coûte de renoncer à ses rêves, déclara Brady d'une voix brumeuse.

— Si ce type vous importune, vous n'avez qu'un mot à dire, intervint subitement le barman en lui servant sa coupe de champagne.

— Du calme, on évoque juste de vieux souvenirs, se défendit Brady.

— Tout va bien, confirma-t-elle au barman.

Brady la remercia d'un sourire.

— Je suis sûr que tu ne m'as pas oublié, n'est-ce pas ?

— Bien sûr que non, répondit-elle d'un air gêné.

En fait, Brady était devenu un étranger pour elle. Mais elle n'avait aucune envie de le blesser.

— En tout cas, je suis heureux de te revoir, insista ce dernier en posant sa main sur son épaule.

Il avait visiblement trop bu mais elle n'avait aucune envie créer un scandale ou, pire encore, d'inciter le barman à intervenir. Du coup, elle s'arrangea pour changer de position, c'était la meilleure chose à faire.

— Ne me dis pas que je te fais peur ! protesta Brady.

Elle allait lui répondre mais, au même moment, un grand bruit à l'entrée du restaurant lui fit tourner la tête. Là, un homme s'avança dans la salle. Mon Dieu, mais c'était…

— Jensen ! parvint-elle à articuler.

En smoking, le sourire aux lèvres, Jensen s'avançait vers elle sous les flashs des paparazzis. Mais que faisait-il ici ?

— Amber, je suis si content de te revoir, lui dit-il une fois à sa hauteur.

— Depuis quand es-tu revenu au Texas ? demanda-t-elle d'une voix vibrante d'émotion.

— Depuis hier.

Hier ? Incapable de comprendre ce qui lui arrivait, elle vit s'avancer derrière lui sa grand-mère, Elmer, Jeanne Marie et enfin lady Josephine, plus élégante que jamais. Pourquoi s'étaient-ils tous réunis ici ?

— J'aimerais bien que tu m'expliques.

— Tu vas bientôt comprendre, la rassura Jensen

en adressant un signe de la main à Marco Mendoza et à son épouse Wendy.

— J'espère bien ! répondit-elle.

Le fait est qu'elle n'en menait pas large, c'était le moins qu'on puisse dire !

— C'est moi qui ai chargé Jeanne Marie de t'appeler et de te fixer rendez-vous ici, commença-t-il.

Il examina soudain Brady de la tête aux pieds et la regarda.

— Un ami à toi ?

— Oui, s'empressa-t-elle de dire.

Et elle les présenta.

— C'est vous l'aristo anglais dont toute la ville parle ? demanda Brady d'une voix toujours plus pâteuse.

Sans même prendre la peine de lui répondre, Jensen la regarda avec compassion.

— Ton ami est peut-être quelqu'un de charmant à jeun mais, dans l'état où il se trouve en ce moment, je n'apprécie guère de le trouver en compagnie de ma future épouse.

Sa future épouse ?

Non, ce n'était pas possible, elle devait avoir mal entendu. En tout cas, il fallait à tout prix qu'elle évite un esclandre.

— Brady allait partir, dit-elle.

— Eh bien, alors, je vous laisse, déclara Brady d'un ton résigné en s'éloignant d'une démarche chancelante.

Maintenant qu'il était parti, elle pouvait enfin savoir ce qui se tramait.

— De quelle future épouse parlais-tu ? demanda-t-elle aussitôt à Jensen.

— Mais de toi, bien sûr, répondit-il en la regardant au fond des yeux.

— Moi ? Mais…

— Chut ! murmura-t-il avant de déposer ses lèvres douces sur sa bouche.

Amber ferma les yeux. Elle avait l'impression de rêver ! C'était trop beau.

— Je croyais que tu ne reviendrais jamais ! s'exclama-t-elle, très émue.

— A Londres, je suis allé me recueillir sur la tombe de mon père, dans le petit cimetière familial, lui expliqua-t-il. J'ai pensé à toi, à notre rencontre, alors, j'ai décidé de revenir sans attendre.

Là, elle le vit s'agenouiller devant elle. Au même instant, Jensen lui présenta un écrin qu'il ouvrit. A l'intérieur, elle découvrit une bague sertie de diamants étincelants. Une splendeur.

— Amber Rogers, veux-tu être ma femme ?

Alors que les flashs des paparazzis crépitaient, elle reconnut la bague… C'était celle publiée dans le journal !

— Elle… Elle est magnifique !

— Alors tu veux de moi pour époux ? insista Jensen.

— Oh oui ! s'exclama-t-elle, des sanglots dans la voix.

— C'est vrai ?

— Je t'aime plus qu'aucun autre homme, l'assura-t-elle avant de l'aider à se relever.

Elle l'embrassa alors avec fougue. Pour qu'il sente à quel point elle l'aimait.

Quand elle reprit son souffle, une salve d'applaudissements éclata et lady Josephine en personne prit la parole.

— Je savais que, tôt ou tard, mon Jensen finirait par rencontrer la femme de sa vie, déclara l'aristocrate.

— Bravo, mon gars ! s'époumona Elmer Murdock en applaudissant bruyamment.

Même Elmer semblait être sincèrement heureux pour eux. Cela faisait plaisir à voir.

— Un bonheur n'arrivant jamais seul, sachez que ma grand-mère et Elmer vont bientôt se marier, expliqua-t-elle.

Un tonnerre d'applaudissements salua son annonce puis, tandis que Jensen commandait du champagne, lady Josephine demanda le silence.

— J'ai également le plaisir de vous apprendre la venue prochaine d'Ollie, mon autre fils, qui brûle d'envie de connaître sa nièce, la petite Clemmie.

Alors que retentissaient de nouveaux applaudissements, Jensen se pencha à l'oreille d'Amber.

— J'ai l'impression que maman aura bientôt une bague au doigt, dit-il.

— Comment ça ? s'étonna-t-elle.

— Orlando Mendoza et elle se sont vus souvent, ces derniers temps.

— Et tu crois que…

Jensen lui prit le menton.

— Ils s'aiment et j'espère les voir mariés d'ici peu. Après tout, est-ce que je n'ai pas moi aussi trouvé le bonheur à Horseback Hollow ?

Avant qu'elle ait pu répondre, sa grand-mère et Elmer vinrent les rejoindre.

— Je suis si heureuse pour toi ! lui dit Helen. Jensen saura te rendre heureuse autant qu'Elmer me rend heureuse.

— Félicitations, renchérit le vieux soldat en l'embrassant.

Puis, se tournant vers Jensen, celui-ci ajouta :

— Les filles ont bien du charme de ce côté-ci de l'Atlantique, pas vrai, l'ami ?

Amber ne put s'empêcher de sourire. Tant de familiarité aurait pu irriter Jensen mais il se contenta de glisser la main dans sa poche pour y saisir, sans nul doute, sa montre fétiche.

— Je suis entièrement d'accord avec vous, répondit-il à Elmer, et tout particulièrement quand il s'agit des Texanes…

— Et si nous passions nos lunes de miel au même endroit ? suggéra l'ancien marine en assenant une tape sur l'épaule de Jensen.

Amber s'empressa d'intervenir :

— J'ai bien peur que Jensen et moi, nous ayons d'autres projets, trancha-t-elle.

— Où comptez-vous vous installer, une fois mariés ? s'enquit lady Josephine.

L'heure de poser la question cruciale avait sonné…

— Qu'en penses-tu, mon chéri ? demanda-t-elle à Jensen.

— Vivre au Texas ne me déplairait pas, répondit-il d'un ton conciliant.

L'espace d'un instant, elle eut du mal à en croire ses oreilles. Entendre que son futur mari était prêt à faire des concessions pour elle, parce qu'il l'aimait, lui fit monter les larmes aux yeux. Pas de doute : Jensen était l'homme le plus dévoué qui puisse exister.

— Tu n'as pas à te sacrifier pour moi, mon amour, dit-elle, je peux parfaitement m'installer avec toi en Angleterre.

— Et tes engagements avec Cowboy Country USA ? objecta-t-il. Toute la ville en parle déjà.

— C'est vrai que notre Amber est une sacrée bonne cavalière ! opina Elmer avec sa verve coutumière.

— Je ne peux pas dire le contraire, reconnut-elle.

Jensen lui caressa la joue.

— Je vais passer ma licence de pilote et m'acheter un jet privé, ce qui nous permettra de nous voir aussi souvent que nous le désirerons.

— Vraiment ? Tu es sérieux ?

— Bien sûr ! lança Jensen avec un grand sourire. En attendant, pourquoi est-ce qu'on ne vivrait pas ici ?

Ici, au Texas ? songea Amber en sentant son cœur s'emballer.

— Tu… Tu serais d'accord ?

— Puisque je te le propose, insista Jensen.

— Je t'aime tant ! lui dit-elle en se suspendant à son cou.

— Moi aussi, je t'aime, répondit-il, et figure-toi que j'ai une autre surprise pour toi.

— Laquelle ? demanda-t-elle avec curiosité.

— Une limousine avec bar et télévision nous attend devant le restaurant et j'ai loué une suite pour une semaine dans le meilleur hôtel de Lubbock.

— C'est merveilleux ! s'exclama-t-elle.

— Non, ma chérie, c'est toi qui es merveilleuse, répondit Jensen.

Et quand elle se blottit entre les bras musclés de son futur mari, quand les lèvres de Jensen se pressèrent sur sa bouche, elle sut que le bonheur existait et qu'il n'est jamais vain de croire en l'amour.

Si vous avez aimé ce roman,
ne manquez pas la suite de la série
« La saga des Fortune », dès le mois prochain
dans votre collection Passions !

KATHIE DeNOSKY

Sous l'emprise d'un cow-boy

Passions

HARLEQUIN

Titre original : THE COWBOY'S WAY

Traduction française de LAURENCE LENGLET

83-85, boulevard Vincent-Auriol, 75646 PARIS CEDEX 13.
Service Lectrices — Tél. : 01 45 82 47 47

www.harlequin.fr

- 1 -

Assis à la table de Sam et Bria Rafferty après un délicieux dîner de Noël préparé par ses belles-sœurs, TJ Malloy ne pouvait s'empêcher de sourire. Autour de lui, ses frères adoptifs et leurs épouses racontaient ce qu'ils allaient faire durant les quelques jours précédant le réveillon de la Saint-Sylvestre qu'il accueillerait, comme chaque année, dans son ranch. Comme toujours, la conversation était ponctuée d'éclats de rires, en particulier lorsque les adultes se livraient à un concours de grimaces pour arracher un sourire ou un gloussement aux bébés de la famille. La vie était belle et il se félicita d'avoir eu autant de chance.

Grâce à leur père adoptif, Hank Calvert, TJ et les cinq autres hommes qu'il avait adoptés dans leur adolescence avaient pris leur vie en main. Pendant toutes ces années, ils avaient tissé des liens au point de devenir une famille que TJ aimait de tout son cœur. Aujourd'hui âgé de trente-deux ans, il possédait son propre ranch et élevait des chevaux de rodéo, réalisant ainsi un rêve d'enfance. Et, grâce à des investissements judicieux, il avait à la banque plus d'argent qu'il n'en dépenserait jamais en trois ou quatre vies.

Oui, il avait une chance folle et assez de bon sens pour le reconnaître.

— A ton tour, TJ, lança Bria en servant le gâteau au chocolat. Que vas-tu faire cette semaine ?

— Comme tous les ans, répondit-il en souriant. Je vais entraîner mes chevaux et attendre que vous arriviez le jour de la Saint-Sylvestre.

Quatre ans plus tôt, quand il avait acheté son ranch, le Dusty Diamond, la famille avait décidé qu'il accueillerait le dîner de la Saint-Sylvestre. Avec sept chambres, il avait largement de quoi loger toute la famille après un dîner arrosé. Ses frères venaient accompagnés de leurs épouses ou d'une petite amie, et une fois les enfants au lit, ils passaient la soirée à bavarder ou à regarder un film. C'était devenu une tradition à laquelle il se pliait chaque année avec bonheur.

— Une petite amie à inviter ? demanda Nate Rafferty avec un large sourire.

Nate et Sam étaient les seuls frères biologiques de la fratrie. Ils n'affichaient pourtant aucune ressemblance. Autant Sam était un homme paisible et heureux en mariage, autant Nate était incontrôlable. Coureur invétéré, il semblait s'être fixé pour mission de conquérir toutes les femmes de la région. Ce qui ne l'empêchait pas d'être aussi loyal que ses frères envers la famille. Lorsque l'un d'eux rencontrait une difficulté, il volait à son secours, comme les autres l'auraient fait pour lui.

— Moi, je sais que TJ a quelqu'un dans sa vie, lança Lane Donadson en enlaçant sa femme, Taylor. *Sa voisine...* Mais je ne sais pas pourquoi, il n'ose pas l'inviter à se joindre à nous.

— Tu n'as pas pu t'empêcher de remettre ça sur le tapis, pas vrai, Freud ? répliqua TJ, excédé.

Diplômé en psychologie, Nate avait toujours un commentaire en réserve sur la vie personnelle de ses frères et savait exactement comment les titiller pour les faire réagir.

— Il n'y a qu'une seule chose à savoir au sujet de cette femme, reprit TJ, son étalon et elle sont d'un côté de la clôture, et moi de l'autre. Il n'y a aucune raison pour que ça change.

Cette Mme Wilson habitait le ranch voisin depuis deux ans, mais il ne la voyait pratiquement jamais. Mais ses frères le taquinaient tout le temps à propos du soi-disant intérêt qu'il éprouvait pour cette voisine revêche, alors que les seules fois où il lui avait adressé la parole, c'était pour lui reprocher les escapades de son étalon sur sa propriété. Il ne connaissait même pas son prénom et ne tenait certainement pas à le connaître.

— Donc, tu ne l'as pas revue depuis que nous avons installé cette clôture de deux mètres entre son ranch et le tien, au printemps dernier ? demanda Sam en essayant d'éviter une cuillerée de purée que son fils de dix mois essayait de lui lancer depuis sa chaise haute.

— Absolument. Je n'ai revu ni ma voisine ni son étalon, et ça me convient à merveille, répondit-il en éclatant de rire lorsque la purée atterrit sur le nez de Sam.

— Maintenant que le problème de l'étalon est réglé, de quoi aurais-tu à te plaindre, de toute façon ? s'esclaffa Ryder McClain, avant de prendre un air consterné lorsque sa fille Katie vomit sur sa chemise immaculée.

— Merci, Katie, lâcha TJ, ravi, en prenant le bébé dans ses bras, tandis que la femme de Ryder s'employait à nettoyer la chemise. Au moins, tu as cloué le bec de ton père.

— Méfie-toi quand même, TJ, répliqua Ryder en lui rendant son sourire. Tu pourrais être le prochain. Ma fille adore vomir sur les chemises propres.

Ryder était le plus avenant de la fratrie mais aussi le plus courageux puisque son métier consistait à voler au secours des champions de rodéo désarçonnés par leurs montures. Mais depuis son mariage avec Summer et la naissance de la petite Katie, il avait réduit ses activités et n'intervenait plus que dans les rodéos auxquels participaient Nate et leur frère Jaron Lambert. Sans doute, soupçonnait TJ, parce qu'il tenait à assurer lui-même la protection de ses frères dans les championnats.

— Et toi, Mariah, tu seras des nôtres à la Saint-Sylvestre ? demanda Taylor, la femme de Lane, à la jeune sœur de Bria.

— Probablement pas, répondit Mariah, avec hésitation. A vrai dire, mon nouvel ami m'a invitée à une soirée dans un club de Dallas.

Tout le monde regarda Jaron pour voir sa réaction. Toute la famille savait qu'il existait entre les deux jeunes gens une attirance mutuelle depuis leur première rencontre. Mais Mariah n'avait alors que dix-huit ans, et Jaron, qui en avait vingt-six, avait décidé qu'il était trop âgé pour elle. Malheureusement, sept années s'étaient écoulées depuis, et Jaron était resté sur ses positions. Apparemment, Mariah en avait eu assez de l'attendre.

— Toutes mes félicitations, répondit Jaron, un rien crispé. J'espère que tu vas bien t'amuser.

Extérieurement, Jaron paraissait sincère, mais TJ le connaissait mieux que quiconque. Calme et réservé, son jeune frère masquait la plupart du temps ses sentiments. Mais lorsqu'il était contrarié, sa voix devenait froide, cassante, comme en cet instant. TJ et les autres membres de la fratrie comprirent aussitôt que mieux valait laisser tomber le sujet.

— Et toi, Nate ? demanda TJ, comptant sur la bonne humeur de son interlocuteur pour dissiper le malaise. Tu seras accompagné cette année ?

— Eh bien, non. Figurez-vous que j'ai acheté un ranch, le Twin Oaks, il y a quelques semaines, expliqua fièrement Nate. J'ai été trop occupé ces derniers temps pour penser à autre chose qu'à la façon dont je vais exploiter cette propriété.

— Depuis quand as-tu ce projet ? s'étonna TJ. Tu n'en as pas parlé à Thanksgiving, que je sache ?

— J'ai préféré ne rien dire au cas où la vente n'aboutirait pas, répondit Nate en avalant un morceau de gâteau.

Il savait que Nate avait toujours été un rien superstitieux. C'était le cas de tous les champions de rodéo qu'il connaissait. Dans les championnats, Nate accomplissait certains rituels avant d'enfourcher sa monture.

— Donc, tu t'installes enfin…, constata Sam, comme s'il n'en croyait pas vraiment ses oreilles.

— Ne le prends pas mal, mais jamais je n'aurais cru que tu te stabiliserais un jour, renchérit Ryder.

— J'ai acheté un ranch, c'est tout, répliqua Nate, tout sourire. Je n'ai jamais dit que je me stabilisais.

— Et quand comptes-tu emménager dans ton nouveau lieu de perdition ? demanda TJ en tendant la petite Katie à Summer pour qu'elle finisse son biberon.

— Je ne suis pas pressé, répondit Nate. J'ai encore pas mal de travaux à faire. J'ai deux murs à abattre pour agrandir le salon, et je dois refaire l'électricité et la plomberie. Je voudrais aussi réparer quelques clôtures et faire construire deux granges avant d'y amener du bétail.

— Tiens-nous au courant du planning des travaux, nous viendrons te donner un coup de main.

— Pas de problème, répondit Nate en adressant un grand sourire aux femmes assises autour de la table. Et je compte bien sûr sur ces dames pour m'aider à décorer la maison quand les travaux seront finis.

— Ta chambre aussi ? fit TJ en haussant un sourcil.

— Je préfère m'en charger moi-même, j'ai quelques petites idées sur la question, répondit Nate avec un sourire malicieux.

— Je n'en doute pas une seconde, confirma Ryder, exprimant tout haut ce que pensait le reste de la fratrie.

— Evitons ce sujet graveleux, protesta Bria en tendant une part de gâteau à TJ.

Tout le monde acquiesça et la discussion s'orienta sur les projets de rénovation dans le nouveau ranch de Nate, au grand soulagement de TJ. Tant que l'on parlerait du ranch, plus personne ne le harcèlerait au sujet de sa voisine, ce qui lui convenait parfaitement. Moins on lui parlerait de cette femme, mieux il se porterait.

Quelques heures plus tard, lorsque tout le monde eut convenu de l'heure de rendez-vous le jour de la Saint-Sylvestre, TJ prit le chemin du retour. Une heure de route séparait son ranch de celui de Sam et Bria. Il avait plu toute la journée, et lorsqu'il s'engagea dans le chemin de terre menant à son ranch, la pluie était devenue torrentielle.

Au bout d'une centaine de mètres, il aperçut les feux arrière d'une voiture à l'arrêt et comprit aussitôt que le ruisseau avait une fois de plus inondé la route. Cela ne se produisait que trois à quatre fois par an, mais lorsqu'il pleuvait plus qu'à l'accoutumée, le paisible ruisseau qui longeait sa propriété se transformait en un torrent incontrôlable.

Au lieu de tourner en direction de son ranch, il s'approcha de la voiture pour proposer son aide au conducteur, ou plutôt à la conductrice, car c'était apparemment une femme. En maudissant les trombes d'eau, il descendit de son pick-up et courut vers l'autre véhicule.

— Puis-je vous aider, madame ? demanda TJ alors que la conductrice abaissait sa vitre.

Elle s'arrêta à la moitié, et il se demanda si c'était pour se protéger de la pluie ou de lui. Il réprima un grognement de surprise lorsqu'il s'aperçut que la conductrice n'était autre que son ennemie jurée : la fameuse Mme Wilson, du ranch voisin.

Il ne l'avait pas revue depuis le printemps précédent, lorsque son cheval avait franchi la clôture et qu'il l'avait ramené lui-même au Circle W. C'était peut-être la dixième fois que le cheval s'aventurait sur sa propriété, et il était excédé. Il avait alors demandé à ses frères de l'aider à installer une clôture de deux mètres entre les deux propriétés. A présent, l'étalon laissait ses juments tranquilles, et il avait cru qu'il n'aurait plus de problème avec sa voisine. De toute évidence, il s'était trompé.

— C'est bien ce que je craignais, dit-elle, visiblement aussi contrariée que lui.

L'espace d'un instant, il se demanda ce qu'elle sous-entendait : parlait-elle de l'inondation ou de lui ? Dans les deux cas, elle n'était pas en position de faire la difficile : elle devrait accepter son aide. Il n'avait pas l'intention de lui laisser résoudre le problème toute seule. Son père adoptif se serait probablement retourné dans sa tombe s'il avait su qu'un de ses fils avait abandonné une jeune femme en détresse en pleine nuit.

— Même si la pluie cesse immédiatement, vous ne pourrez pas regagner votre ranch avant demain matin, lui fit-il remarquer.

A cet instant, un peu de pluie accumulée sur les bords de son chapeau déborda et il sentit un filet d'eau glaciale couler le long de son cou.

— Vous allez devoir venir avec moi au Dusty

Diamond, reprit-il d'un ton plutôt désagréable. Vous n'allez pas passer la nuit ici.

Elle secoua la tête.

— Nous sommes peut-être voisins, mais je vous connais à peine. Vous étiez tellement odieux la dernière fois que je n'ai pas envie de faire votre connaissance.

— Moi non plus, madame, croyez-moi, répliqua-t-il. Mais figurez-vous que le niveau de l'eau est trop élevé. Si vous tentez de passer, le moteur sera noyé ou la voiture emportée dans le ravin. Et je serai obligé d'aller vous repêcher pour vous sauver de la noyade. Je préférerais éviter cela si c'est possible. Avez-vous un autre endroit où aller ?

A cette question, elle se mordilla les lèvres comme si elle cherchait désespérément un moyen d'échapper à son hospitalité.

— Non, répondit-elle finalement.

— Dans ce cas, il n'est pas question pour moi de vous laisser dans votre voiture toute la nuit, répondit-il sèchement.

— Pour qui vous prenez-vous ? Dieu tout-puissant ? lança-t-elle, irritée.

— Ecoutez, j'essaie simplement de vous éviter de passer une sale nuit dans votre voiture, reprit-il. A vous de voir. Si vous préférez rester assise là au lieu de dormir au sec chez moi, c'est votre problème.

Il prit soudain conscience qu'elle avait peut-être peur de lui, et il culpabilisa de s'être montré si cassant. Après tout, c'était compréhensible qu'elle n'ait pas envie d'accepter son invitation. Chaque fois qu'ils avaient eu l'occasion de se croiser, il était hors de lui. Elle le prenait sans doute pour un épouvantable caractériel. Et l'attitude qu'il adoptait ce soir lui donnait amplement raison.

— Je vous prie de m'excuser, dit-il en s'efforçant

d'avoir l'air sincère. Mais il fait un froid glacial et je serai bientôt trempé jusqu'aux os.

Il esquissa un sourire amical, espérant ainsi balayer les craintes de la jeune femme.

— Venez chez moi, il fait chaud et j'ai beaucoup de place. De plus, ajouta-t-il, pris d'une subite inspiration, les portes des chambres ferment à clé.

Elle jeta un coup d'œil dans le rétroviseur comme pour vérifier quelque chose puis hésita encore quelques secondes.

— Très bien, murmura-t-elle finalement d'un ton las. De toute façon, je n'ai pas le choix.

— Quand nous arriverons chez moi, vous pourrez mettre votre voiture au sec. Comme le garage communique avec la maison, ça vous évitera de vous mouiller.

— D'accord. Je vous suis, accepta-t-elle en remontant sa vitre.

Regagnant sa voiture en courant, il démarra le moteur. Il fit demi-tour et attendit qu'elle ait manœuvré de même pour s'engager sur le chemin menant à son ranch. Il contourna la maison et, pressant la touche d'une télécommande, ouvrit la porte du garage. Une fois garé, il descendit de voiture et regarda la jeune femme se garer à son tour entre son pick-up et une grosse berline qu'il ne conduisait que rarement.

Il s'approcha pour l'aider. Lorsqu'elle sortit de voiture, il retint son souffle.

Elle était extraordinairement belle.

Comment se faisait-il qu'il ne l'ait pas remarqué plus tôt ?

Mesurant plus d'un mètre quatre-vingts, il croisait rarement des femmes capables de le regarder dans les yeux sans pencher la tête en arrière. Mais cette Mme Wilson était à peine plus petite que lui. Lorsque leurs regards se croisèrent, il eut l'impression de recevoir un coup de poing dans l'estomac.

Elle avait des yeux bleu azur que mettaient en valeur d'admirables cheveux blond vénitien. Il eut soudain une envie irrésistible de lui défaire sa queue-de-cheval et d'enfouir la main dans ses longues mèches. La jeune femme n'était pas simplement jolie, elle était d'une beauté à couper le souffle. Une fois de plus, il s'étonna de ne pas l'avoir remarqué avant.

Elle ouvrit la portière arrière et il se demanda ce qu'elle pouvait bien avoir à récupérer. Lorsqu'elle fit volte-face, il ne put s'empêcher de la dévisager, bouche bée. Elle tenait contre son épaule un enfant emmitouflé dans une couverture et, dans sa main libre, un sac à langer.

En l'espace de trois secondes, plusieurs questions se bousculèrent dans son esprit. Avait-elle envisagé de traverser la route inondée avec un enfant endormi dans sa voiture ? Il sentit un nœud se former au creux de son estomac en imaginant ce qui aurait pu se produire si elle avait fait une chose pareille. Il se souvint alors qu'elle avait tout d'abord refusé son aide. Qu'aurait-elle fait s'il ne lui avait pas proposé de l'héberger ? Aurait-elle passé toute la nuit dans sa voiture avec ce malheureux enfant ?

— Laissez-moi vous aider, intervint-il en lui prenant le sac à langer.

Au-delà du fait qu'aider une femme chargée de sacs relevait de la politesse élémentaire, les cernes noirs sous ses yeux trahissaient une extrême fatigue.

— Merci… Malloy, dit-elle en refermant la portière. Je ne connais même pas votre prénom.

— Appelez-moi TJ, madame Wilson, répondit-il en lui montrant la porte qui ouvrait sur la maison.

Il se rendit soudain compte qu'il avait été tellement

accaparé par son élevage de chevaux depuis qu'il avait acheté son ranch qu'il n'avait même pas pris la peine de rencontrer les ranchers du voisinage. De plus, chaque fois qu'il avait croisé Mme Wilson, il l'avait littéralement agressée, tant il était excédé des incursions de son étalon sur sa propriété et craignait que ce dernier ne mette à mal son précieux programme de reproduction en montant l'une de ses juments. Quand il était venu lui faire part de ses griefs, il n'avait même pas songé à se présenter ou à échanger quelques amabilités avec elle.

Un sentiment de culpabilité l'envahit à cette idée. Comment avait-il pu se comporter de la sorte, lui habituellement si poli et mesuré ?

— Moi, c'est Heather, enchaîna-t-elle en le suivant dans la cuisine. Vous avez une très belle maison, constata-t-elle lorsqu'il alluma la lumière.

— Merci, dit-il en posant le sac à langer sur l'îlot central et en l'aidant à ôter son manteau. Voudriez-vous quelque chose à manger ou à boire, Heather ?

— Merci, mais il est tard, et j'aimerais coucher mon fils, si ça ne vous dérange pas, expliqua-t-elle, l'air épuisé.

— Pas de problème, répondit-il en l'invitant à le suivre vers l'escalier principal. Voulez-vous prévenir quelqu'un que vous passez la nuit ici ?

Où diable pouvait être passé son mari ? Pourquoi n'était-il pas avec elle ? Ce devait être un drôle d'homme pour laisser sa femme sortir seule par une nuit pareille. Pourquoi ne l'avait-il pas encore appelée afin de prendre des nouvelles de leur fils ?

— Non, personne, répondit-elle en montant les marches. Nous ne sommes que tous les deux, Seth et moi.

Il ouvrit une porte au premier étage et s'effaça pour la laisser entrer.

— Honneur aux dames. Si la chambre ne vous plaît pas, il m'en reste cinq autres.

— Ce sera parfait, décréta-t-elle en tendant le bras pour récupérer son sac comme pour l'inviter à sortir.

Lorsqu'il lui effleura la main, un léger picotement se fit sentir le long de son bras. C'était probablement de l'électricité statique. Mais il ne put s'empêcher de s'étonner de l'effet qu'elle produisait sur lui.

— Vous allez bien ? demanda-t-il, inquiet.

— Non, pas très, répondit-elle en posant le sac sur le banc placé au bout du lit.

Sans la moindre hésitation, il lui posa la main sur le front.

— Vous avez de la fièvre, constata-t-il.

Il souleva un coin de la couverture et remarqua que le petit garçon avait les joues toutes rouges.

— Votre fils aussi est malade.

— Justement, confirma-t-elle en déposant le petit garçon sur le lit. Je revenais des urgences quand je vous ai croisé. Seth a vu un médecin.

— Quel est le diagnostic ? demanda-t-il.

— Une otite. On lui a prescrit un antibiotique et du paracétamol pour la fièvre.

— Et vous ? Vous avez vu un médecin ?

— Oh ! ce n'était pas la peine. Je viens d'avoir une grippe, mais ça va mieux, maintenant.

— Vous auriez dû voir quelqu'un, vous aussi, reprit-il d'un ton désapprobateur.

— Eh bien, je n'ai vu personne, rétorqua-t-elle sèchement. Maintenant, si vous permettez…

— Pendant que vous couchez votre fils, je vais essayer de vous trouver une tenue pour dormir, reprit-il en sortant de la chambre sans lui laisser le temps de protester.

Il gagna directement sa salle de bains et prit une plaquette de comprimés de paracétamol dans l'armoire à pharmacie. De retour dans sa chambre, il se demanda ce qu'il allait bien pouvoir lui prêter pour dormir. Lui-même dormait nu et n'avait jamais acheté le moindre pyjama. Finalement, il prit dans son dressing une confortable chemise en flanelle.

— Est-ce que ça ira ? demanda-t-il en lui tendant le vêtement. Je suis navré, je n'ai rien de plus approprié.

— J'aurais pu garder mes vêtements, répondit-elle en bordant son fils sous la couverture. Mais merci quand même… pour tout.

Elle s'était emparée de la chemise.

— Tenez, voici quelque chose pour votre fièvre, reprit-il en lui tendant les comprimés. Prenez-en deux et si vous avez besoin de quoi que ce soit d'autre, ma chambre est de l'autre côté du palier.

Il alla chercher un verre d'eau dans la salle de bains attenante.

— Ça ira très bien, marmonna-t-elle en extrayant deux comprimés de la plaquette.

Il la dévisagea quelques secondes, se demandant une fois encore comment il avait pu ne pas remarquer sa beauté les nombreuses fois où il avait été amené à la croiser. Même avec des cernes, c'était le genre de femme qu'un homme ne pouvait s'empêcher de…

— Il y a autre chose ? demanda-t-elle, le ramenant brutalement à la réalité.

Songeant que la tempête avait dû le priver d'une part de bon sens, il la salua.

— Bonne nuit.

Lorsqu'il referma la porte, il entendit le déclic de la clé dans la serrure. Etant donné les circonstances, elle avait raison de se montrer prudente. Elle le connaissait à peine et, avant ce soir, il ne lui avait donné aucune raison de changer d'avis à son sujet.

— Tu n'es qu'un imbécile..., murmura-t-il pour lui-même.

Jusqu'à maintenant, il s'était persuadé qu'elle n'était qu'une propriétaire de ranch, négligente et arrogante, qui prenait un malin plaisir à ignorer ses doléances. Jamais il ne lui serait venu à l'esprit qu'elle était vulnérable et débordée parce que mère célibataire. Bien sûr, il ne savait pas alors qu'elle avait un enfant. Mais ce n'était pas une excuse pour l'avoir cataloguée de cette façon.

Il ôta ses vêtements humides et entra dans la salle de bains. Sous la douche brûlante, il ne cessait de songer à ses invités. Il ne connaissait pas l'histoire d'Heather et de son petit garçon, mais ça n'avait pas d'importance. Qu'elle soit prête ou non à accepter son aide, elle en avait besoin. C'était tout ce qu'il y avait à savoir. Son fils et elle étaient malades, et puisqu'il n'y avait apparemment personne pour veiller sur eux, il était déterminé à combler ce manque.

L'une des premières choses que Hank Calvert leur avait inculquées, à ses frères et lui, était de venir en aide aux personnes dans le besoin. Il leur avait expliqué que la vie pouvait être semée d'embûches et qu'il fallait parfois être deux pour s'en sortir. Heather Wilson se trouvait manifestement dans ce cas de figure.

Bien sûr, Hank n'avait sans doute jamais rencontré quelqu'un d'aussi orgueilleux qu'Heather. Elle arborait cette fierté comme une armure, et son indépendance risquait de lui porter préjudice. Il se frictionna énergiquement et alla se coucher. Il resta éveillé durant de longues minutes, fixant le plafond et écoutant le battement de la pluie sur le toit. La situation d'Heather ressemblait beaucoup à celle de sa mère.

Delia Malloy avait, elle aussi, été une mère célibataire, avec toutes les responsabilités que cela impliquait. Par chance, ayant un travail, elle avait pu l'élever dans de bonnes conditions. Jusqu'au jour où ils avaient attrapé tous deux une forme de grippe particulièrement pernicieuse. Il n'avait que dix ans, et sa vie avait alors définitivement basculé.

Sa mère l'avait bien soigné et il avait guéri sans la moindre séquelle. En revanche, elle s'était négligée. Epuisée, elle avait développé une pneumonie et n'avait pu combattre l'infection. Elle était morte une semaine plus tard, et il avait alors été recueilli par son arrière-grand-mère.

Dès lors, il avait amorcé une descente en enfer, au terme de laquelle il avait été envoyé dans un foyer pour jeunes délinquants, le Last Chance Ranch. Sa grand-mère était trop âgée pour surveiller ses agissements et ses fréquentations. Traumatisé par la mort de sa mère, il n'était de toute façon pas prêt à écouter les remontrances de la vieille dame. Il s'était lié d'amitié avec une bande de jeunes délinquants et, à l'âge de treize ans, il avait déjà été interpellé cinq fois pour vandalisme et autres délits mineurs. Peu après, sa grand-mère était décédée, et une assistante sociale l'avait placé sous la responsabilité de Hank Calvert. Avec le recul, il comprenait aujourd'hui combien il avait été chanceux. Aussi était-il déterminé à ce que le fils d'Heather ne suive pas le même chemin que lui.

Le petit garçon aurait besoin de sa mère le plus longtemps possible, et il ferait tout ce qui était en son pouvoir pour que le bambin ait cette chance. Que cela lui plaise ou non, Heather devrait accepter son hospitalité le temps qu'elle guérisse. Il n'était pas question que Seth devienne orphelin.

Le lendemain, Heather se réveilla à l'aube avec l'impression d'être passée sous un camion. Certes les courbatures s'étaient un peu atténuées depuis quelques jours, mais elle se sentait encore d'une extrême faiblesse. Le simple fait de lever la tête nécessitait un effort monumental. Par chance, la migraine avait disparu, mais sa température était encore élevée, comme en témoignaient les bouffées de chaleur qui l'assaillaient régulièrement. Elle se félicita d'avoir pu rassembler l'argent nécessaire pour emmener Seth chez le médecin. Au moins, il serait protégé contre le virus.

— M'man…, fit son fils en lui tapotant le bras.

Il avait la voix tremblante, comme s'il était sur le point de fondre en larmes, et elle en comprit aussitôt la raison. Depuis l'âge de trois mois, il avait toujours eu un bon sommeil, mais il n'avait pas l'habitude de dormir ailleurs que dans sa chambre. Il était sans doute désorienté, ce qui était normal pour un enfant de deux ans.

— Tout va bien, mon ange.

Elle lui massa le dos, espérant qu'il se rendormirait un peu avant le petit déjeuner. Depuis qu'elle avait attrapé cette grippe, elle avait eu un mal fou à s'occuper à la fois de son fils et de ses chevaux. Aussi était-elle heureuse de grappiller un peu de sommeil supplémentaire dès qu'elle le pouvait. Par chance, c'était une grippe relativement bénigne, sinon elle aurait été incapable de se débrouiller seule. Cela dit, elle avait absolument besoin de dormir, faute de quoi il lui faudrait deux fois plus de temps pour récupérer.

Seth était sur le point de se rendormir lorsqu'on

frappa doucement à la porte : le petit garçon sursauta et se mit à pleurer.

Frissonnant de la tête aux pieds, elle se leva et le prit dans ses bras. Sans même songer qu'elle ne portait que la chemise en flanelle et sa petite culotte, elle se dirigea d'un pas chancelant vers la porte.

— Qu'y a-t-il ?

— Je me disais que vous aviez peut-être faim, déclara Malloy en lui tendant un plateau de petit déjeuner.

Si elle s'était sentie mieux, elle ne l'aurait sans doute pas accueilli aussi sèchement. Elle aurait pu apprécier cette charmante attention. Mais, en cet instant, la vue de la nourriture lui tournait le cœur. Et puis, il avait réveillé son fils.

— Mmmerci, mais..., bafouilla-t-elle avant de remarquer son expression. Vous avez un problème ?

— Je vais vous aider à vous recoucher, répondit-il en déposant le plateau sur la commode. J'allais vous demander si vous aviez encore de la fièvre, mais je connais déjà la réponse.

— Co... comment le savez-vous ? balbutia-t-elle, sans pouvoir s'empêcher de claquer des dents.

Il fit volte-face et, prenant Seth dans ses bras, la reconduisit à son lit.

— Une intuition, répondit-il en souriant.

De retour au lit, elle remarqua que Seth s'était arrêté de pleurer et qu'il fixait le plateau posé sur la commode.

— M'man, z'ai faim.

Elle voulut se lever mais Malloy l'en empêcha.

— Je m'en occupe, si vous voulez. J'ai fait des toasts et des œufs brouillés. Vous croyez qu'il acceptera que je lui en donne pendant que vous vous reposez ?

A peine eut-elle le temps de hocher la tête qu'elle tira la couverture et ferma les yeux. Si elle s'était sentie en meilleure forme, elle lui aurait demandé pourquoi il se montrait si aimable avec elle ; au lieu de quoi, elle ne pensait qu'à une chose : Dieu qu'il était séduisant ! Elle retint son souffle. D'où venait cette pensée ? Si elle commençait à craquer pour TJ Malloy, c'était que la fièvre l'avait rendue délirante. Il n'y avait que cette explication possible. Si elle pouvait se reposer quelques instants, elle s'occuperait de son fils, et reprendrait ses esprits.

- 2 -

Lorsque Heather ouvrit les yeux, le soleil brillait à travers les rideaux et Seth dormait à poings fermés dans le grand lit à ses côtés. En y regardant de plus près, elle remarqua qu'il portait un pyjama qu'elle ne connaissait pas et que ses cheveux roux avaient été soigneusement peignés sur le côté.

Combien de temps avait-elle dormi et d'où venait ce pyjama ?

Jetant un œil au réveil, elle se rendit compte avec stupéfaction qu'il n'était pas loin de 16 heures. Elle avait dormi huit heures d'affilée. Depuis la naissance de Seth, c'était la première fois qu'elle s'octroyait un si long repos en journée.

Elle tressaillit. TJ Malloy s'était-il occupé de son fils ?

Elle se souvenait vaguement qu'il lui avait apporté le petit déjeuner. Et qu'il l'avait remise au lit… Ou bien l'avait-elle rêvé ?

Comprenant qu'elle était allée lui ouvrir vêtue uniquement de la chemise qu'il lui avait prêtée, elle ferma les yeux, espérant être renvoyée comme par magie dans son propre lit. En réalité, ce qui la gênait le plus, c'était que Malloy ait pris soin de Seth pendant son sommeil. Cet homme avait beau être son voisin, elle le connaissait à peine et il s'était si mal comporté à chacune de leurs rencontres qu'elle se demandait s'il était digne de confiance. Il s'était en effet montré particulièrement exécrable chaque fois qu'il avait ramené l'étalon fugueur à son ranch.

— Les chevaux…, murmura-t-elle soudain, songeant qu'elle n'avait pas pu les nourrir.

Peut-être la route menant à son ranch serait-elle redevenue praticable. Elle devait absolument rentrer pour s'occuper de ses chevaux, mais aussi pour vérifier que les seaux disposés dans la buanderie pour recueillir la pluie qui coulait à travers le toit n'avaient pas débordé.

Elle se dressa sur son séant et se rendit compte qu'elle se sentait beaucoup mieux. La fièvre était tombée. Peut-être était-elle enfin venue à bout de cette maudite grippe. Les quelque douze heures de sommeil qu'elle venait de prendre y étaient sûrement pour quelque chose. Si elle avait pu se reposer plus tôt après avoir contracté le virus, sa guérison aurait sans doute été plus rapide.

Mais le repos était un luxe dont elle n'avait pas bénéficié depuis bien longtemps. Après la naissance de Seth, elle avait dû se séparer des ouvriers de son défunt père, s'étant retrouvée dans l'incapacité de les payer. C'était à cette condition qu'elle avait pu maintenir le ranch à flot. Depuis, elle avait pris en charge elle-même l'entretien des chevaux, activité qui s'était cumulée à celles, nombreuses, qui incombaient à toute jeune maman.

Tâchant de ne pas réveiller Seth, elle tenta de se lever mais dut se rasseoir aussitôt au bord du lit, en sentant ses jambes se dérober. Elle avait beau se sentir mieux, elle était encore extrêmement faible. Dans cet état, comment allait-elle pouvoir vider les seaux et soulever les balles de foin ?

Elle fit une nouvelle tentative. Elle venait d'atteindre

le rocking-chair sur lequel elle avait posé ses vêtements lorsque la porte s'ouvrit.

— Vous ne devriez pas vous lever, déclara Malloy en se dirigeant vers elle.

Sans doute avait-il le droit de faire irruption dans la chambre sans lui demander son avis. Après tout il était chez lui. Elle attrapa son jean et son sweat-shirt et fit volte-face, s'efforçant de masquer ses jambes.

— On ne vous a jamais appris à frapper aux portes ? lança-t-elle.

— Je venais voir si votre fils était réveillé. Je pensais que vous dormiez encore, expliqua-t-il d'un air dégagé. Comment vous sentez-vous ?

— Beaucoup mieux. Je ne vais pas tarder à m'habiller, comme ça, nous vous laisserons tranquille. Je dois absolument rentrer au ranch, ajouta-t-elle, espérant qu'il sortirait sans tarder et qu'elle aurait le temps de se doucher avant le réveil de Seth.

— Si j'étais vous, je ne serais pas aussi pressée, répondit-il d'une voix grave et étrangement réconfortante. Je vous conseille de rester ici pour éviter tout risque de rechute.

— Je vous remercie de votre sollicitude, mais je dois nourrir mes chevaux, répondit-elle en s'efforçant de chasser de son esprit les échos de sa voix rassurante.

Ses jambes se remirent soudain à trembler, et elle dut s'asseoir sur le rocking-chair.

— L'urgence est surtout de vous reposer et de vous rétablir, répliqua-t-il, imperturbable. Dès que l'inondation s'est résorbée, vers midi, j'ai envoyé quelqu'un à votre ranch pour prévenir vos ouvriers que vous étiez chez moi. Comme il n'a trouvé personne, il s'est chargé de nourrir vos chevaux.

Elle releva la tête et, l'espace d'un instant, resta interdite. TJ Malloy n'était pas simplement un bel homme, il avait un charme absolument dévastateur. Elle retint son souffle.

Lors de leurs précédentes rencontres, elle avait bien remarqué sa stature imposante mais elle se souvenait surtout de son agressivité, en particulier lorsqu'il avait menacé de porter plainte si son cheval faisait encore des siennes. Mais, aujourd'hui, il ne portait pas son habituel chapeau et elle découvrait dans ses yeux noisette une bienveillance qu'elle n'aurait jamais cru y trouver. Elle remarqua également que ses cheveux bruns bouclaient légèrement sur la nuque et trouva cela très sexy.

Elle se crispa. Qu'est-ce qui lui prenait soudain ? Pourquoi trouvait-elle cet homme si séduisant tout à coup ?

Ce devait être un effet secondaire de la fièvre, qui l'incitait à le voir sous un jour différent. Dès qu'elle serait guérie, elle retrouverait ses esprits et comprendrait que TJ Malloy était toujours aussi exécrable.

— Vous vous sentez bien ? demanda-t-il, inquiet.

— Euh, oui…, bafouilla-t-elle. Je me sens juste un peu faible. Merci d'avoir envoyé un de vos hommes s'occuper de mes chevaux, ajouta-t-elle après une pause.

— Pas de souci, répondit-il en lui adressant ce sourire aimable. Vous avez donné congé à vos ouvriers pour le week-end, j'imagine ?

— Puisque vous avez envoyé l'un des vôtres s'occuper de mes chevaux, ce n'est pas le cas ici, à ce que je vois ? lança-t-elle, préférant lui répondre par une autre question.

Elle n'avait aucune envie de lui dire qu'elle avait dû licencier ses deux ouvriers. D'une part, c'était une question de fierté : pas question que Malloy sache que le Circle W traversait une mauvaise passe. Par ailleurs, il était plus prudent que personne ne sache qu'elle vivait seule dans son ranch avec son fils. C'était peut-être un détail, mais mieux valait que le voisinage pense que ses ouvriers vivaient toujours sur la propriété.

— Je leur ai proposé de prendre le week-end, mais ils ont préféré faire des heures supplémentaires, répondit-il sans percevoir son trouble. Donc, vous n'avez pas à vous inquiéter de vos chevaux jusqu'au retour de vos hommes, lundi. J'enverrai l'un des miens s'occuper d'eux d'ici là.

— Ce ne sera pas nécessaire, reprit-elle. Je vais m'en charger.

Il croisa les bras sur son torse puissant.

— Je vous conseille de prendre encore deux jours de repos. Dans votre état, ce serait imprudent de vous livrer à des tâches aussi épuisantes. Pensez à votre fils. Vous n'avez pas envie de vous retrouver à l'hôpital avec une pneumonie, j'imagine ?

Elle comprit à son ton et à son attitude qu'il n'était pas prêt à lâcher le morceau.

Mais elle était aussi têtue que lui.

— Ne vous inquiétez pas pour moi. Je m'en sortirai très bien.

— C'est ce que vous avez dit hier soir, et ce matin aussi, remarqua-t-il. Quand vous ne teniez même pas debout…

Il avait sans doute raison, mais il était hors de question qu'elle le reconnaisse. Tout comme elle refusait d'admettre combien elle le trouvait séduisant.

— Qu'est-ce que ça peut vous faire, de toute façon ? lança-t-elle.

Apparemment, la grippe avait annihilé toute notion de politesse dans son esprit, songea-t-elle, étonnée elle-même de son agressivité.

Il la dévisagea, agacé, et elle se rappela soudain l'homme exécrable qu'il était en réalité.

— La grippe n'est pas une maladie à prendre à la légère. Vous risquez de graves complications. Mon unique but est de vous éviter une rechute. Encore une fois, pensez à votre fils.

Il était bien intentionné, elle en était consciente. Mais elle avait perdu l'habitude que l'on s'occupe d'elle. Même les parents de son défunt fiancé avaient coupé les ponts avec elle à la mort de leur fils. Et ils n'avaient pas cherché à la recontacter, même en la sachant enceinte de leur petit-fils. C'était à cette époque qu'elle avait décidé de se débrouiller seule contre vents et marées. Après tout, elle était plus solide et plus intelligente que bien d'autres.

Elle haussa les épaules et fixa les vêtements posés sur ses genoux.

— Je ne voulais pas être désagréable, désolée, marmonna-t-elle. J'apprécie sincèrement votre aide, mais j'ai réussi à m'occuper de mon fils alors que j'avais la grippe. Maintenant, je me sens mieux. Et je m'en sortirai très bien. Je vous assure, ajouta-t-elle en plongeant dans son regard noisette.

— Je respecte votre besoin d'indépendance, répondit-il d'un ton plus doux. Je voudrais simplement vous garder deux jours de plus car je crois que vous en avez vraiment besoin. Restez au moins jusqu'à demain. J'enverrai l'un de mes hommes chez vous, comme ça vous n'aurez rien d'autre à faire que de prendre soin de vous-même et de votre fils à votre retour.

Manifestement, il n'était pas prêt à céder. Et elle n'avait pas vraiment la force de polémiquer avec lui. Et puis, l'idée de se reposer sur quelqu'un pendant quelques jours était, au fond, loin de lui déplaire.

— Très bien, concéda-t-elle. Votre ouvrier peut s'occuper de mes chevaux demain. Mais maintenant que la route est praticable, il n'y a plus aucune raison pour que Seth et moi vous dérangions plus longtemps. A présent, poursuivit-elle en lui indiquant la porte de la salle de bains, si vous voulez bien m'excuser, j'aimerais me préparer pour rentrer chez moi. Merci encore pour votre générosité, mais je suis sûre que mon fils dormira beaucoup mieux dans son lit.

Malloy voulut répliquer, mais Seth se mit soudain à pleurer. Habituellement, les bruits ambiants ne l'empêchaient pas de dormir, mais, dans cet environnement inconnu, les échos de leur discussion l'avaient réveillé.

— Tout va bien, mon chéri, dit-elle, en se levant.

Lorsqu'elle le prit dans ses bras, elle le trouva beaucoup plus lourd que d'habitude.

— Laissez-moi vous aider, proposa Malloy en prenant Seth.

A sa grande surprise, son fils s'illumina en reconnaissant leur hôte.

— Vous lui avez donné ses médicaments ? demanda-t-elle.

Elle avait soudain l'impression d'avoir manqué à tous ses devoirs de mère en laissant un parfait inconnu prendre soin de son fils pendant qu'elle dormait.

— Bien sûr. J'ai vérifié le dosage sur le flacon et je lui ai donné l'antibiotique après le petit déjeuner et après le déjeuner.

— On dirait que vous savez y faire avec les enfants, dites-moi, remarqua-t-elle en se demandant s'il était lui-même père de famille, et prise au dépourvu par le sentiment de déception qui l'assaillit à cette idée.

— J'ai un neveu de dix mois et une nièce de six mois, répondit-il, comme s'il lisait dans ses pensées. Mais je ne calque pas mon attitude sur celle de leurs parents. Je préfère m'y prendre à ma manière, quitte à commettre des erreurs. C'est pourquoi Seth a dû changer de pyjama et moi de chemise après le déjeuner. J'ai voulu le laisser manger tout seul et j'ai *vite* compris que c'était une erreur.

Elle sourit en les imaginant tous deux constellés de purée, et une étrange émotion l'envahit tout à coup en songeant combien cet homme semblait aimer les enfants.

— Vous voulez bien garder Seth quelques instants, pendant que je me douche ? demanda-t-elle.

— Avec plaisir. Prenez votre temps. Vous vous sentirez sans doute beaucoup mieux.

— Je me sentirai mieux une fois rentrée chez moi, répliqua-t-elle, avant de fixer les vêtements toujours posés sur ses genoux. Seth est à court de couches, et nous n'avons pas de vêtements de rechange.

— Pas de problème, répondit Malloy. J'ai envoyé l'un de mes hommes à Stephenville pour faire des emplettes, ce matin. Il a acheté quelques vêtements pour vous et votre fils, sans oublier les couches.

— Comment connaissait-il nos tailles ? demanda-t-elle, comprenant soudain d'où venait le pyjama que portait Seth.

— J'ai demandé à Dan d'emmener sa femme, répondit Malloy d'un air ravi. Avec trois enfants en bas âge, ils connaissent leur affaire. Voilà vos vêtements, ajouta-t-il en désignant un sac posé sur la commode.

— Je vous rembourserai, répondit-elle, heureuse d'avoir des vêtements propres à enfiler après sa douche. Avez-vous gardé les étiquettes de prix ?

— Absolument pas, et d'ailleurs, il n'est pas question que vous me remboursiez, répliqua-t-il fermement.

— Je le ferai quand même, assura-t-elle.

Songeant au peu d'argent qu'elle avait en réserve, elle espéra toutefois que la somme ne serait pas trop importante.

Mais il n'était pas question que Malloy la prenne

pour une profiteuse, à l'instar des parents de son fiancé. Lorsqu'elle les avait contactés pour leur annoncer la naissance de Seth, ils n'avaient pas hésité à l'accuser de l'avoir fait pour leur soutirer de l'argent.

Malloy soupira, agacé.

— Nous en reparlerons plus tard.

— Comptez sur moi.

Comprenant que c'était une perte de temps de discuter avec lui, elle tira sur sa chemise pour s'assurer qu'elle lui couvrait bien les fesses, puis elle prit le sac de vêtements et s'enferma dans la salle de bains.

Son reflet dans le miroir la choqua. Ses cheveux pendaient lamentablement de chaque côté de son visage et, hormis les quelques taches de rousseur qui parsemaient ses pommettes et son nez, elle était d'une pâleur mortelle.

Tandis qu'elle fixait son image, le poids de la réalité s'imposa, implacable, dans son esprit. Elle avait beau se réjouir à l'idée de se doucher et d'enfiler des vêtements propres et apprécier l'aide de son voisin, rien de tout cela n'effacerait les soucis et le désespoir auxquels elle serait confrontée une fois de retour chez elle.

A moins qu'un miracle ne se produise d'ici la fin du mois de janvier, son fils et elle seraient mis à la porte. Or aucun miracle ne se profilait pour l'instant à l'horizon.

Pendant qu'Heather était dans la salle de bains, TJ s'assit dans le rocking-chair, Seth sur les genoux, et poussa un profond soupir.

Qu'est-ce qui ne tournait pas rond chez lui ? Heather était non seulement épuisée mais aussi, manifestement, à bout de nerfs. Alors pourquoi la trouvait-il aussi sexy avec cette chemise ? Pourquoi faisait-il une telle fixation sur ses longues jambes soyeuses ?

Lorsqu'il lui avait apporté le petit déjeuner, il avait failli lâcher son plateau lorsqu'elle lui avait ouvert la porte. Et comme elle n'avait pas pris la peine de fermer les deux boutons du haut, il n'avait pu s'empêcher d'admirer son décolleté. Pire, elle avait éveillé en lui un désir foudroyant sans même tenter la moindre manœuvre de séduction.

— Tu n'es qu'un malade, maugréa-t-il en secouant la tête.

Cette situation était d'autant plus incompréhensible qu'il était persuadé lui aussi qu'elle devait rentrer chez elle. Alors pourquoi ne cessait-il de lui proposer de rester ? Pourquoi ne se contentait-il pas de la raccompagner poliment jusqu'à sa voiture et de la regarder partir ?

Considérant le petit garçon assis sur ses genoux, il soupira.

— Tu as de la chance d'être trop jeune pour t'intéresser aux filles. Tu ne sais pas de quoi elles sont capables…

Le petit garçon leva la tête et lui adressa un grand sourire. A cet instant, il comprit pourquoi il était si réticent à les voir partir. La situation de Seth lui rappelait ce qu'il avait vécu lui-même dans son enfance. Tous les enfants méritaient de vivre auprès de leur mère le plus longtemps possible. Or Heather avait beau être en voie de guérison et assez solide pour rentrer chez elle, il voulait s'assurer qu'elle ne rechuterait pas. Mais cela ne manquerait pas de se produire si elle recommençait à travailler trop tôt, tout en s'occupant de son fils.

— Tu vois, mon copain, expliqua-t-il au petit garçon, ce qui m'importe, c'est que ta mère ne se tue pas à la tâche et qu'elle soit là pour toi.

Une fois de plus, Seth lui adressa un grand sourire avant de lui tapoter la joue en babillant. Manifestement, le petit garçon le remerciait de prendre soin de sa mère. A cet instant, une émotion inconnue étreignit son cœur. Calme, souriant, le fils d'Heather était vraiment adorable. C'était un plaisir de le garder, et il se prit soudain à rêver d'avoir un enfant exactement comme lui.

— Je ferai tout pour que ta mère et toi restiez ensemble le plus longtemps possible, promit-il en étreignant doucement le petit garçon.

Il craignait qu'il n'y ait derrière cette promesse beaucoup plus qu'il ne voulait se l'avouer, mais il n'avait pas envie de sonder ses motivations profondes. Peut-être à cause de ce qu'il risquait de découvrir maintenant qu'il s'était laissé séduire par son ennemie jurée.

Un claquement de tonnerre se fit soudain entendre, bientôt suivi par le crépitement de la pluie sur le toit.

— Apparemment, Dame Nature est de mon côté... On dirait bien que ta mère et toi allez rester, finalement, lança-t-il au petit garçon qui émit un gloussement ravi.

Lorsque Heather sortit de la salle de bains quelques minutes plus tard, il n'en crut pas ses yeux : le survêtement gris qu'elle avait enfilé avait beau être des plus ordinaires, elle le portait avec une grâce infinie.

Un frémissement le parcourut une fois de plus et il se promit d'embrasser cette femme, aussi revêche soit-elle.

Troublé par cette pensée inavouable, il décida d'aborder la question de la météo.

— Vous avez vu le temps ? commença-t-il d'un air dégagé. Je crains que vous ne soyez obligée de rester ici jusqu'à demain.

Elle le foudroya de son regard azur.

— Si je comprends bien, vous refusez de me laisser partir.

— Pas du tout, répondit-il vivement, songeant qu'il allait devoir faire attention à la façon dont il formulait ses phrases.

Il avait bien souvent observé le même regard chez ses belles-sœurs lorsque celles-ci étaient outrées par les propos de leurs maris. A leur exemple, il battit aussitôt en retraite.

— C'était une simple observation, ajouta-t-il.

— Que voulez-vous dire ?

— Ecoutez, commença-t-il en désignant le plafond.

A cet instant précis, la pluie redoubla d'intensité et une expression accablée se peignit sur le visage d'Heather.

— Une fois de plus, il pleut des hallebardes. Or le ruisseau déborde déjà à cause de la pluie d'hier. J'ai donc de fortes raisons de croire que la route ne va pas tarder à être inondée, si ce n'est déjà fait.

Elle s'assit au bord du lit, découragée.

— J'ai une quantité de choses à faire chez moi.

— En tout cas, vous n'avez pas à vous ronger les sangs pour vos chevaux. Et, pour le reste, je suis sûr que ça peut attendre jusqu'à demain.

Une fois de plus, elle réagit au quart de tour.

— Ah ! siffla-t-elle, furieuse. Parce que vous, quand vous avez des choses à faire, ça peut attendre, bien sûr…

— Ça dépend, temporisa-t-il sans comprendre pourquoi elle réagissait si agressivement ni pourquoi il trouvait cela si excitant. Ça dépend si mes tâches sont urgentes ou non.

— Alors qu'est-ce qui vous permet de croire que ce que j'ai à faire ne l'est pas ? rétorqua-t-elle en fourrant furieusement les vêtements qu'elle portait la veille dans un sac plastique. Et si ça ne pouvait pas attendre ?

Il eut soudain l'impression d'avoir mis le pied dans un champ de mines. Quoi qu'il dise, elle lui volerait dans les plumes.

— Je n'ai pas voulu insinuer que vos affaires étaient moins importantes que les miennes, commença-t-il.

Soudain excédé par la réaction de la jeune femme, il posa Seth par terre et le regarda rejoindre sa mère. Puis il se leva.

— Tout ce que j'ai suggéré, c'est que ça devrait attendre le temps que l'inondation se résorbe. Ecoutez, vous commencez sérieusement à me…

Il s'interrompit en voyant que le petit garçon le regardait. Il décida de modérer son langage.

— … à m'agacer, se corrigea-t-il *in extremis*. Si vous avez besoin de moi, je serai dans la cuisine en train de préparer le dîner. Et si vous voulez me rejoindre, appelez-moi. Je vous aiderai à descendre l'escalier. Ne tentez pas de venir toute seule. Vous rompre le cou n'arrangerait pas vos affaires.

Sans lui laisser le temps de répondre, il sortit de la chambre et se hâta de gagner la cuisine.

— Décidément, l'enfer est pavé de bonnes intentions, maugréa-t-il en sortant du frigo un étui de charcuterie et de la moutarde. Si elle tombe dans l'escalier, je suis sûr qu'elle me mettra ça sur le dos et qu'elle me collera un procès.

Posant ses victuailles sur l'îlot central, il ouvrit la boîte à pain pour s'emparer d'une baguette.

— Vous avez besoin d'aide ?

Il fit volte-face : Heather et son fils venaient d'entrer dans la cuisine. Il ferma les yeux, excédé.

— Manifestement, vous n'avez rien écouté de ce que je vous ai dit…, lança-t-il en la regardant droit dans les yeux. Dans votre état, vous n'auriez jamais dû descendre toute seule. Vous auriez pu tomber et vous rompre le cou, à vous ou à votre fils.

— Je ne suis pas une faible femme. Je peux très bien me débrouiller toute seule. Par ailleurs, nous y sommes allés lentement et je me suis tenue à la rampe, ajouta-t-elle en haussant ses minces épaules. Et, comme vous pouvez le voir, nous nous en sommes très bien sortis.

Il secoua la tête, lassé par son obstination.

— Faites-moi plaisir, ne descendez plus cet escalier toute seule. Ce n'est pas la peine de vous mettre en danger pour rien.

— J'y penserai.

Elle se tut pendant une minute avant de reprendre :

— Pourquoi êtes-vous si généreux avec nous ? Pourquoi vous souciez-vous tant de notre bien-être ?

Il la dévisagea quelques instants. Elle avait toutes les raisons d'être méfiante. Avant l'inondation de la veille, elle n'avait pas eu l'occasion de le voir sous un jour particulièrement favorable. Chaque fois qu'il lui avait ramené son étalon fugueur, qui s'acharnait depuis plus d'un an à compromettre son programme de reproduction, il n'avait jamais pris la peine de se montrer poli.

— Avant de vous répondre, j'aimerais vous expliquer une chose, répondit-il d'un ton sérieux. Chaque fois que je vous ai ramené votre cheval, j'étais furieux parce qu'il a couvert plusieurs de mes juments. J'élève et j'entraîne des chevaux de rodéo, et à cause des batifolages d'un étalon lambda, j'ai pris plus d'un an de retard dans mon programme de reproduction. Mais il est vrai que j'aurais pu me montrer plus aimable lorsque je vous ai demandé de l'enfermer. Je n'aurais pas dû vous menacer de porter plainte.

Elle le dévisagea longuement. Malgré ce à quoi il s'était attendu, elle accepta ses excuses.

— Je comprends votre frustration et je regrette qu'il ait retardé votre programme de reproduction. J'ai essayé de le garder à l'écurie, mais manifestement Magic ne porte pas ce nom par hasard. Il est très doué pour disparaître de son box et prendre la poudre d'escampette.

— Cela arrive, c'est vrai, répondit-il. En particulier lorsqu'un étalon sait qu'il y a dans le voisinage tout un harem de juments.

Ils gardèrent tous deux le silence pendant quelques instants. Puis elle reprit la parole.

— Puisque l'heure est aux explications, à mon tour de vous présenter des excuses. Vous vous êtes montré très accommodant et j'apprécie vraiment votre aide. Tout à l'heure, j'étais contrariée de ne pas pouvoir rentrer chez moi, mais ce n'était pas une raison pour passer mes nerfs sur vous. Je suis navrée.

— J'accepte vos excuses à condition que vous acceptiez les miennes, répondit-il. J'aurais dû être plus compréhensif à propos de votre cheval.

Elle esquissa un sourire et contourna l'îlot central pour le rejoindre de l'autre côté.

— Et si cela peut vous rassurer, Malloy, je ne vous aurais pas collé de procès si j'étais tombée dans l'escalier.

Souriant à son tour, il ouvrit un placard pour prendre des assiettes.

— Appelez-moi TJ, je vous en prie. Et je suis heureux d'apprendre que je n'aurai pas à appeler mon avocat, répondit-il en se mettant à confectionner leurs sandwichs. Je propose qu'à partir de maintenant, nous nous comportions en vrais voisins. Qu'en dites-vous ?

Le visage de la jeune femme s'illumina à cette

suggestion, et, en cet instant, il la trouva ravissante avec ses yeux bleus étincelants et les fossettes qui creusaient ses joues. Comment diable avait-il pu passer à côté d'une telle beauté ?

— Il est vrai qu'un peu de convivialité ne nous ferait pas de mal, approuva-t-elle sans noter son trouble.

Il se mit à rire, ce qui le soulagea de la tension qui s'était emparée de lui.

— Alors, célébrons l'amitié, ce soir, renchérit-il en désignant les sandwichs. Ma gouvernante passe le nouvel an avec sa famille à Dallas, et je ne suis pas le meilleur cuisinier du monde. J'espère que vous êtes partante pour les sandwichs.

— Ça me convient parfaitement. D'autant que je n'ai pas beaucoup d'appétit. Mais si ça ne vous ennuie pas, j'aimerais proposer autre chose à Seth. Je tiens à ce qu'il mange des légumes tous les jours.

— Cela tombe bien, car la femme de l'ouvrier que j'ai envoyé faire des courses tout à l'heure a pensé à acheter des repas surgelés pour enfants. Ce n'est probablement pas l'idéal, mais c'est sans doute plus adapté que tout ce que je pourrais lui préparer. Je lui en ai réchauffé un ce midi, et il s'est bien amusé à me bombarder de spaghettis bolognaise, raconta-t-il en riant.

— Il est plutôt sage pour un enfant de vingt mois, mais parfois il n'en fait qu'à sa tête, répondit-elle avec un sourire, avant de sortir un repas pour bébé du congélateur.

Le sourire d'Heather lui fit l'effet d'une vague de chaleur. Curieusement, cela lui causait une joie immense.

Déposant les sandwichs sur la table, il se raisonna. Heather et lui se connaissaient à peine, et il n'était toujours pas persuadé qu'ils puissent être amis. Alors pourquoi cela le ravissait-il autant d'avoir réussi à la faire sourire ?

Mieux valait ne pas creuser cette question pour l'instant. C'était déjà assez perturbant comme cela qu'il se soit laissé séduire par Heather Wilson alors qu'elle était chez lui depuis moins de vingt-quatre heures et terrassée par la grippe. Peut-être que quelque chose ne tournait pas rond chez lui.

— Ce salon est extrêmement curieux, remarqua-t-elle alors qu'il lui faisait visiter la maison après le dîner. J'avoue qu'il ressemble plus à l'antre d'un loup solitaire qu'à une pièce à vivre.

— Vous n'avez pas tort, répondit-il en riant, mais je me suis dit que ce serait plus engageant de présenter mon « antre » comme une pièce à vivre.

Une partie de la pièce était occupée par un bar ancien qui semblait tout droit sorti d'un vieux western. En acajou, il était gravé de décorations et doté d'un dessus en marbre et d'un rail en laiton rutilant. Derrière le bar, un grand miroir à cadre doré était fixé au mur. De part et d'autre, des étagères étaient chargées de bonnes bouteilles de whisky, de rhum et de tequila. A quelques pas, se trouvait une table de billard où les boules colorées disposées en triangle attendaient qu'un joueur se laisse tenter par une partie. Le seul élément manquant dans ce décor était une jeune et jolie serveuse aux pommettes rehaussées de fard et au regard aguicheur.

— Ça vous dirait de regarder un film ? demanda-t-il en désignant, de l'autre côté du salon, un gigantesque écran plat encadré d'enceintes fixées aux murs. Je reçois toutes les chaînes de cinéma, mais nous pourrions aussi louer un film. Vous n'aurez que l'embarras du choix.

L'immense canapé d'angle en cuir brun qui faisait

face à l'écran semblait des plus confortables, et elle faillit se laisser tenter.

— Peut-être une autre fois, dit-elle, en portant la main à ses lèvres pour bâiller. Malheureusement, je suis encore trop fatiguée et je ne devrais pas trop tarder à coucher Seth.

— C'est bien normal. Vous n'avez pas encore repris toutes vos forces, répondit-il en regardant le petit garçon se diriger vers un grand panier rempli de jouets. Et avant que vous ne me posiez la question, je précise que j'ai acheté tous ces jouets pour ma nièce et mon neveu.

— Vous les gardez souvent ? demanda-t-elle, devinant qu'il avait sans doute beaucoup plus d'expérience en la matière que bien des célibataires.

— Pas autant que je le voudrais car tous les membres de la famille les réclament. Mais, de temps à autre, l'un de mes frères ou l'une de mes belles-sœurs me demandent de faire office de baby-sitter quand ils veulent aller au cinéma ou dîner en amoureux.

— Comment ça, « tous les membres » de votre famille ? Sont-ils tellement nombreux ?

— J'ai cinq frères, expliqua-t-il. Trois d'entre eux sont mariés et à moins qu'ils décident de sortir tous ensemble, mes deux autres frères, Mariah et moi alternons pour garder leurs enfants.

— Mariah est votre sœur ? interrogea Heather, impressionnée par la taille de sa famille.

— Non, c'est la sœur de notre belle-sœur.

— Et que se passe-t-il quand tous les couples décident de sortir ensemble ?

— Eh bien, dans ce cas, répondit-il en souriant, tous les célibataires s'unissent pour former une équipe de baby-sitters de choc.

— Quelle efficacité ! s'esclaffa Heather. Six

garçons ! Vos pauvres parents, j'imagine le chaos que ce devait être.

— En réalité, ce ne sont pas mes frères, reprit-il en souriant. Nous nous sommes connus dans un foyer pour jeunes adolescents, le Last Chance Ranch, et nous ne nous sommes plus quittés depuis.

— Oh ! désolée, murmura-t-elle, craignant d'avoir abordé un sujet douloureux pour lui.

— Ne vous excusez pas. Grâce à notre père adoptif, Hank Calvert, notre séjour dans ce ranch a été une chance immense pour chacun d'entre nous. Nous sommes devenus une vraie famille et nous sommes totalement dévoués les uns aux autres.

— C'est merveilleux, répondit-elle sincèrement.

Elle n'avait jamais connu ce genre de proximité avec sa sœur. S'il en avait été autrement, elle se serait sentie beaucoup moins seule, ces deux dernières années.

Ils gardèrent le silence quelques instants.

— Et vous ? demanda-t-il finalement. Vous avez des frères et sœurs ?

— J'ai une sœur aînée, répondit-elle. Mais Stéphanie et son mari vivent au Japon. Il y a plusieurs années que je ne les ai pas vus et que je n'ai pas eu de leurs nouvelles.

— Ce doit être dur, répondit-il gentiment.

— J'aimerais que vous ayez raison, avoua-t-elle avec un sentiment de regret. Mais ma sœur et moi, nous n'avons jamais eu grand-chose en commun. J'ai adoré passer mon enfance au ranch, et jamais je n'ai voulu m'en éloigner afin de toujours pouvoir monter mon cheval quand je le voulais. Stéphanie, elle, était une fille de la ville, et elle a tout fait pour quitter le Circle W aussi vite que possible. Elle n'a même pas pris la peine de venir à l'enterrement de notre père, il y a deux ans.

TJ lui étreignit gentiment les épaules.

— Il n'est jamais trop tard, Heather. Peut-être vous réconcilierez-vous un jour avec votre sœur.

Curieusement, ce geste réconfortant les prit de court tous les deux. En croisant son regard noisette, elle vit qu'il était tout aussi surpris qu'elle. Un silence embarrassé s'ensuivit et, pendant quelques instants, ils restèrent muets. Décidant de reprendre ses distances, elle rejoignit son fils.

— Bien, bafouilla-t-elle, troublée, il est l'heure de mettre Seth au lit.

— Je vais vous aider à monter l'escalier, proposa TJ en prenant le petit garçon dans ses bras.

— Merci, mais je peux très bien m'en sortir toute seule.

Apparemment, Seth ne l'entendait pas de cette oreille. Glissant les bras autour du cou de TJ, il adressa à sa mère un grand sourire comme pour lui faire comprendre qu'elle n'avait pas le choix.

En montant l'escalier, elle ne put s'empêcher de se demander si elle ne devrait pas se procurer une barque en prévision de la prochaine inondation. Dans une situation normale, elle ne se serait même pas posé la question. Autrefois, ses parents faisaient suffisamment de provisions pour attendre la décrue du ruisseau. Mais, la nuit précédente, elle n'avait pas eu le choix. Elle avait dû emmener Seth aux urgences et prendre le risque d'être coincée par l'inondation. Or si elle avait eu une barque, elle aurait pu rentrer chez elle sans problème, au lieu de tomber entre les griffes de ce voisin trop charmant qui avait manifestement séduit son fils.

Mais l'achat d'une barque dépendrait bien sûr du temps qu'elle passerait encore dans son ranch. A moins d'un miracle lui permettant de s'acquitter des taxes foncières dont elle était toujours redevable, elle serait chassée de chez elle et devrait emménager ailleurs avec son fils.

La simple idée de perdre le ranch qui appartenait à sa famille depuis plusieurs générations lui était insupportable, et elle décida d'attendre d'être de retour dans sa maison pour réfléchir aux options qui s'offraient à elle. Pour l'instant, le contact de la main de TJ au bas de son dos tandis qu'ils montaient les marches était bien trop déstabilisant pour qu'elle puisse penser à quoi que ce soit d'autre.

Elle s'en voulait de trouver cela si agréable. Elle avait actuellement bien assez de soucis pour en ajouter d'autres en se laissant séduire par ce voisin trop sexy.

Son cœur s'emballa. Sexy ? Elle trouvait son voisin sexy ? Si c'était bien le cas, elle devait rentrer chez elle de toute urgence pour se ressaisir.

Lorsqu'ils arrivèrent devant la porte de la chambre, elle se retourna pour lui prendre Seth.

— Encore merci de votre sollicitude.

— Je me comporte en bon voisin, voilà tout, répondit-il.

Lorsqu'il lui tendit Seth, leurs regards se croisèrent, et elle eut l'impression qu'elle pourrait facilement se perdre dans la compassion qu'elle voyait briller au fond de ses yeux noisette. L'échange de regards se prolongea, chargeant bientôt l'atmosphère d'électricité. Elle n'avait pas ressenti ce phénomène depuis bien longtemps, à vrai dire depuis que son fiancé était mort dans un accident industriel alors qu'ils venaient de découvrir qu'elle était enceinte de Seth.

Alors qu'un silence gêné s'installait, elle s'éclaircit la gorge et ouvrit la porte.

— Bon, eh bien, bonne nuit.

Il resta hypnotisé encore quelques secondes.

— Bonne nuit, Heather, murmura-t-il en lui effleurant la joue du bout des doigts.

Son geste et le ton de sa voix lorsqu'il avait prononcé son nom firent palpiter son cœur et elle s'obligea à un effort surhumain pour ne pas s'approcher de lui.

— B… bonne nuit, TJ.

Craignant de ne pas pouvoir résister bien longtemps, elle emporta vivement son fils à l'intérieur et referma la porte derrière elle. Avait-elle perdu l'esprit ? Pourquoi le simple fait de fixer le fascinant regard noisette de cet homme la mettait-il dans cet état ? Et alors qu'elle ne savait même pas si elle pouvait lui faire confiance, pourquoi n'avait-elle pas protesté lorsqu'il lui avait effleuré la joue ?

Non, elle n'était pas en quête d'une aventure ; elle avait déjà bien assez de soucis comme cela, avec un enfant à élever et un ranch à faire tourner. La dernière chose dont elle avait besoin était de se laisser distraire. En particulier par ce cow-boy apparemment bien intentionné dont le regard ensorcelant ne cessait de lui rappeler qu'elle n'avait pas tenu un homme dans ses bras depuis fort longtemps.

- 3 -

Le lendemain, il était environ 14 heures lorsque TJ regarda la voiture grise d'Heather remonter l'allée en direction de la route nationale. Fourrant les mains dans les poches de son jean, il émit un long soupir. Elle était presque entièrement remise de sa grippe et ne risquait plus à présent de rechuter. Alors pourquoi était-il si contrarié de la voir partir ?

C'était d'autant plus troublant qu'il ne savait même pas s'il la trouvait sympathique. Elle prenait la mouche à la moindre de ses remarques et semblait extrêmement réticente à l'idée d'accepter son aide. Ce n'était qu'à grand-peine qu'ils étaient parvenus à trouver un semblant de terrain d'entente.

Depuis qu'il l'avait prise dans ses bras pour la réconforter et lui avait caressé la joue à la porte de sa chambre, une sorte de gêne s'était installée entre eux. Ce matin, au petit déjeuner, tous deux avaient été soulagés de trouver un dérivatif en la personne de Seth. Après le petit déjeuner, Heather avait lu une histoire à son fils puis TJ l'avait fait grimper sur son dos et emmené en promenade dans son « antre ». Dans ces conditions, pourquoi cela l'accablait-il autant de les voir partir ?

En réalité, il comprenait très bien pourquoi elle s'était

montrée si pressée de quitter son ranch et pourquoi il était si réticent à la voir partir.

Certes, elle devait s'occuper de ses chevaux. Certes, il craignait qu'elle ne fasse une rechute. Mais ce n'était que des prétextes, il le savait.

La veille, lorsqu'ils s'étaient regardés dans les yeux, ils avaient pris conscience du désir qu'ils éprouvaient l'un pour l'autre. Le léger mouvement d'Heather lorsqu'il lui avait caressé la joue l'avait trahie : elle partageait tout autant que lui la puissante attirance qu'il éprouvait pour elle.

Lorsque la voiture d'Heather tourna sur la route, il secoua la tête, contrarié de se découvrir si sensible, et se dirigea vers l'écurie. L'effet que cette femme produisait sur lui ne voulait absolument rien dire. Certes, elle était extrêmement séduisante, célibataire de surcroît, et leur cohabitation forcée lui avait rappelé qu'il y avait bien trop longtemps qu'il négligeait sa libido. Il était normal qu'il fasse une fixation sur ses longues jambes, les imagine enroulées autour de sa taille et se projette dans le rôle de son amant.

Il émit un juron en sentant son corps réagir au quart de tour à cette simple évocation. Avait-il perdu l'esprit ? Heather Wilson était la dernière femme au monde dont il devait s'enticher. Elle était trop agressive et se méprenait sans cesse sur ses intentions, même lorsqu'il se montrait simplement poli. De plus, il ne savait rien d'elle, hormis qu'elle habitait le ranch voisin, avait un étalon fugueur et que son fils était adorable.

— Bonjour, patron, vous avez une minute ?

Il leva la tête et vit l'un de ses hommes sortir de la grange.

— Bien sûr, répondit-il, soulagé d'être arraché à ses pensées tumultueuses. Que se passe-t-il, Tommy Lee ?

— Vous m'avez bien dit que les ouvriers de

Mme Wilson avaient pris leur week-end ? demanda l'ouvrier.

— Absolument. Ils devraient être de retour lundi. Pourquoi ?

— Eh bien, figurez-vous que ce matin, quand je suis allé nourrir les chevaux de la dame, j'ai remarqué un truc bizarre.

— Quoi donc ? fit-il, surpris. Hier, quand j'ai envoyé Harry là-bas, il n'a rien remarqué de particulier, à ce qu'il m'a dit.

— Je suppose que c'est à cause de la tempête d'hier, mais la porte du dortoir des ouvriers était ouverte à mon arrivée. Quand je suis allé pour la refermer, j'ai regardé à l'intérieur. Eh bien, figurez-vous que l'endroit avait l'air complètement inhabité. Il y avait de la poussière partout et une odeur de renfermé, comme si ça faisait un bail que ça n'avait pas été aéré.

Il dévisagea son ouvrier, perplexe. Peut-être les ouvriers d'Heather logeaient-ils ailleurs, mais cela paraissait improbable. Il y avait dans le secteur plusieurs grands ranchs, où la journée de travail débutait bien avant l'aube. La plupart des ouvriers logeaient donc sur place ou à proximité de leur lieu de travail, surtout par commodité. Dan, le contremaître de TJ, et sa famille occupaient ainsi l'un des pavillons qu'il avait fait construire lorsqu'il avait acheté le Dusty Diamond au cas où certains de ses employés souhaiteraient se marier.

— Comme j'ai trouvé ça bizarre, j'ai préféré vous en parler, reprit Tommy Lee.

— Merci pour l'information, répondit TJ.

— Vous voulez que j'y retourne demain pour les chevaux ? demanda l'homme en regagnant la grange où il était en train de réparer une porte.

— Non, je m'en chargerai moi-même, répondit-il en entrant dans l'écurie.

Il aurait dû laisser Tommy Lee s'acquitter de cette tâche, il en était conscient. Ce qu'Heather avait fait de ses ouvriers n'était pas son problème, après tout, comme elle ne manquerait pas de le lui faire remarquer. En réalité, il avait simplement envie d'aller voir comment ils se portaient, elle et son fils. Quant à savoir pourquoi, il ne souhaitait pas s'appesantir sur la question.

Cela dit, ce que venait de lui apprendre Tommy Lee était intrigant. En se dirigeant vers le box d'un alezan clair qu'il entraînait au rodéo, il se demanda pourquoi Heather lui avait dit qu'elle avait donné le week-end à ses ouvriers, alors qu'elle n'employait apparemment plus personne. Se pouvait-il qu'elle fasse tourner son ranch toute seule ?

Il fit sortir le cheval de son box et se mit à le seller. Heather Wilson devait avoir un problème, et il avait bien l'intention de découvrir ce qu'elle lui cachait.

Si, comme il le soupçonnait, elle faisait tourner son ranch sans aucune aide, cela expliquait pas mal de choses, en particulier les fugues récurrentes de son étalon et le mauvais état persistant des clôtures. L'entretien des clôtures n'était pas seulement la marque d'un bon rancher, c'était aussi une façon de protéger ses voisins des nuisances potentielles causées par les animaux. Mais bien sûr, si elle était livrée à clle-même, comment Heather aurait-elle pu s'acquitter de cette tâche avec un bébé dans les bras ? Le sentiment de culpabilité qu'il avait éprouvé lorsqu'elle lui avait expliqué avoir tenté de garder l'étalon enfermé dans son box, prit des proportions alarmantes. Il supposa que c'était par fierté ou obstination qu'elle lui avait menti ou n'avait pas sollicité son aide. Après l'avoir fréquentée pendant quarante-huit heures, il était en mesure de supposer que c'était sans doute un mélange des deux. Tout en terminant de sangler la selle, il secoua la tête, profondément agacé par l'entêtement de cette femme. A cet instant, son portable sonna. C'était son frère.

— Qu'y a-t-il, Nate ? demanda-t-il.

— Quand on s'est vus la dernière fois, j'ai oublié de te demander si tu voulais que j'apporte quelque chose pour la Saint-Sylvestre ? Je précise quand même, ajouta Nate après une pause, que ce sera un plat de chez le traiteur puisque je suis très mauvais cuisinier.

— Pas de souci, répondit-il. Taylor et Bria se sont portées volontaires pour nous concocter un menu digne de ce nom.

Avant son mariage, Taylor avait été chef dans un restaurant et, aujourd'hui encore, elle se passionnait toujours autant pour la cuisine. Quant à Bria, c'était la meilleure cuisinière de la région.

— Tu sais, je crois que nous avons vraiment décroché le gros lot en matière de belles-sœurs, remarqua Nate. Bria et Taylor sont les meilleures cuisinières dans un rayon de cent kilomètres, et Summer adore s'occuper de l'organisation de ce genre d'événements. Avec une telle équipe de choc, nous n'aurons qu'à mettre les pieds sous la table.

— Ce qui t'arrange, avoue-le, répliqua TJ en riant.

— Je viens de te dire que j'étais prêt à acheter quelque chose chez le traiteur !

— Je me demande vraiment ce que tu vas devenir, une fois que tu auras emménagé dans ton nouveau ranch, poursuivit TJ. Tu te lasseras vite des sandwichs ou des soupes en boîte réchauffées au micro-onde.

— Eh bien, je suivrai ton exemple, gros malin, rétorqua Nate. J'engagerai une gouvernante.

— Bien vu ! lança TJ en riant. Jamais je n'aurais imaginé que tu aies d'autres projets hormis transformer ton ranch en maison de tolérance. Peut-être es-tu en train de devenir adulte, finalement.

— Pas une seconde, s'esclaffa son frère. Je n'ai pas envie de te ressembler.

— Et à quoi je ressemble ? demanda-t-il.

Habitué aux moqueries de son frère, il n'en prenait absolument pas ombrage.

— A une sorte de moine qui s'effarouche à la vue de la première femme qu'il croise, répliqua Nate. Tu t'y connais aussi peu en femmes que je m'y connais en cuisine.

— Vraiment ? Et qu'est-ce qui te permet d'affirmer une chose pareille ? demanda-t-il, sincèrement curieux de connaître l'analyse de son frère.

— Prends ta voisine, par exemple. Au lieu de lui montrer ton côté grincheux chaque fois que tu lui ramenais son cheval, tu aurais dû faire assaut de charme. C'est-à-dire lui sourire, lui parler de la météo ou du nouveau restaurant qui venait d'ouvrir à Stephenville — bref, lui parler de tout sauf de la vraie raison de ta visite. Je suis sûr qu'au moment de partir, elle t'aurait proposé d'envoyer ses ouvriers réparer la clôture sans même que tu aies besoin de le lui demander. Tu aurais obtenu ce que tu voulais, et elle aurait eu l'impression de te rendre service.

La bonne humeur de TJ s'évapora tout à coup. Déjà, avant même de rencontrer Heather, il était conscient de s'être comporté comme un mufle. Mais à présent qu'il avait passé deux jours en sa compagnie et découvert qu'elle s'occupait peut-être seule de son ranch, il se sentait trop coupable pour discuter de la chose avec qui que ce soit, en particulier avec son don Juan de frère.

A la décharge de Nate, il ignorait ce qui s'était

passé ces dernières quarante-huit heures, et TJ n'avait nulle intention d'éclairer sa lanterne. Cependant, les commentaires de son frère étaient tout proches de ce qu'il avait lui-même compris, à savoir qu'il avait géré la situation comme un idiot.

Par chance, TJ savait exactement comment détourner la conversation.

— J'imagine donc que tu as toi-même appliqué cette méthode avec la jolie blonde de Waco…

La jeune femme en question était la seule avec qui Nate avait eu un semblant de relation sérieuse. Pendant des mois, toute la famille avait vécu au rythme de leurs innombrables réconciliations et ruptures, se demandant si elle réussirait à guérir Nate de ses mauvaises habitudes.

Il y eut un très long silence, au point que TJ se demanda si son frère ne lui avait pas raccroché au nez.

— Jessica et moi avons rompu, reprit finalement Nate d'un ton soudain moins assuré.

— Encore ? Tu as envie d'en parler ? demanda TJ.

— Il n'y a pas grand-chose à dire, bougonna son frère. Sinon qu'elle et moi n'avons pas envie des mêmes choses.

Ils restèrent tous deux silencieux durant de longues secondes. Puis TJ reprit la parole.

— En tout cas, si tu changes d'avis, n'oublie pas que nous sommes prêts à t'écouter.

— Hé, tu me connais… Je vais bien, répondit Nate avec un rire quelque peu contraint. Ce que je veux avant tout dans la vie, c'est avoir le choix.

Ils discutèrent encore quelques minutes avant de raccrocher. Après quoi, TJ emmena son alezan jusqu'à un enclos couvert et se mit en selle. Tirant sur les rênes, il fit faire au cheval une série de mouvements qu'il aurait à reproduire en compétition. Si l'alezan s'exécuta parfaitement, lui-même n'était absolument pas concentré.

De toute évidence, Nate n'était pas aussi habile avec les femmes qu'il voulait bien le faire croire, puisque c'était semblait-il Jessica qui avait mis fin à leur liaison. Malheureusement, TJ ne pouvait rien faire pour aider son frère. Mais il pouvait, en revanche, faire quelque chose pour Heather et son fils.

A la première heure, le lendemain, il passerait au Circle W et en aurait le cœur net. S'il s'avérait qu'Heather était seule dans son ranch, comme il le soupçonnait fortement, il prendrait les mesures qui s'imposaient.

Qu'Heather le veuille ou non, il allait l'épauler. Peut-être cesserait-il alors de se reprocher de l'avoir si mal traitée.

Réprimant un bâillement, Heather finit d'habiller Seth et le plaça dans le porte-bébé qu'elle venait d'enfiler.

— Bon, dit-elle, on va commencer par nourrir les chevaux puis on nettoiera l'écurie. Après ça, tu iras faire ta sieste et j'essaierai de trouver un petit budget pour faire réparer le toit.

En guise de réponse, le petit garçon lui adressa un sourire et posa la tête contre sa poitrine, déjà gagné par le sommeil. Pendant qu'elle s'activait dans l'écurie, Seth avait coutume de somnoler. Lorsqu'il se réveillait, il babillait avec les chevaux, qu'il adorait. Lorsqu'ils regagnaient la maison, il poursuivait sa sieste pendant une demi-heure environ. Ce n'était pas chose aisée de travailler en portant un enfant ; les corvées prenaient deux fois plus de temps. Mais, au bout d'une année de pratique, ils étaient rompus à cette routine.

Alors qu'elle sortait de la maison, Seth solidement

arrimé à sa poitrine, elle remarqua qu'un pick-up portant le logo du Dusty Diamond était garé à côté de sa vieille Toyota. Apparemment, TJ avait une fois de plus jugé bon de lui envoyer l'un de ses ouvriers pour l'aider. Elle ne s'en étonna même pas, puisque c'était l'homme le plus têtu qu'elle ait jamais rencontré.

En s'approchant de l'écurie, elle sentit son cœur s'emballer quand elle reconnut l'impressionnante silhouette de son voisin. Cette fois, TJ s'était déplacé en personne. Elle s'efforça d'ignorer le trouble que lui inspirait la simple vue de cet homme, mais c'était impossible. Appuyé négligemment contre la porte de l'écurie, il l'attendait, bras et jambes croisés. Mais sous le chapeau, son visage contredisait cette apparente décontraction : il affichait une expression courroucée qui rappela à Heather les échanges houleux qu'elle avait eus avec lui chaque fois qu'il lui avait ramené son étalon.

Un sentiment de déception l'envahit. Alors qu'elle commençait seulement à le trouver sympathique, voilà qu'il reprenait ses mauvaises habitudes.

— Que faites-vous ici, Malloy ? lança-t-elle, furieuse contre elle-même d'être aussi sensible au charme d'un homme à ce point désagréable.

— Je suis venu m'occuper de vos chevaux et prendre de vos nouvelles, répondit-il d'un ton neutre.

— Comme vous pouvez le voir, Seth et moi nous portons à merveille et je suis tout à fait capable de nourrir mes chevaux toute seule, répondit-elle en s'arrêtant devant lui. Maintenant, si vous voulez m'excuser, j'ai à faire.

Décroisant les jambes, il se redressa de toute sa hauteur et l'empêcha d'entrer dans l'écurie.

— Je me suis chargé de nourrir vos chevaux et les ai mis un peu dans la pâture pour qu'ils se dégourdissent les jambes. Pendant ce temps, j'ai nettoyé les box et remplacé les litières. Je viens de faire rentrer les chevaux et vous devriez être tranquille jusqu'à demain.

— Depuis combien de temps êtes-vous là ? demanda-t-elle, perturbée à l'idée qu'il avait travaillé dans son écurie pendant plus de deux heures sans qu'elle s'en aperçoive.

Et s'il s'était agi de quelqu'un d'autre ? Quelqu'un de mal intentionné ? Un cambrioleur aurait pu dérober tout ce qu'il voulait sans même qu'elle ait le temps de décrocher l'ancien fusil de son père.

Certes, le fusil en question ne lui aurait pas été d'une grande utilité puisque la détente était cassée et qu'il n'avait pas servi depuis plus de vingt ans. Sans parler du fait qu'elle n'était même pas sûre de savoir le charger. Mais le simple fait de menacer l'homme aurait peut-être suffi à le faire déguerpir.

— Je suis arrivé à l'aube, répondit TJ. Ce qui m'a permis de me rendre compte que vous n'avez pas été tout à fait honnête avec moi, Heather. Il fait encore froid et humide. Et si nous discutions à l'intérieur ? proposa-t-il avec un signe de tête en direction de la maison.

— Je n'ai rien à vous dire, répliqua-t-elle. Et je n'ai pas été malhonnête avec vous.

A dire vrai, elle n'avait pas tout à fait tort. Elle avait simplement omis de préciser certaines choses.

Le visage de TJ s'assombrit et sa mâchoire se crispa lorsqu'il se mit à pleuvoir.

— Rentrons, je vous en prie. Vous tenez vraiment à ce que votre fils soit trempé ?

— Ecoutez, je dois faire l'inventaire de mes stocks de nourriture pour chevaux, répliqua-t-elle. J'ai prévu d'aller faire des courses demain et j'ai besoin de savoir exactement ce qui me reste.

A la vue de l'expression affichée par TJ, elle comprit qu'il n'avait aucune intention de céder.

— Vous avez besoin d'avoine, de foin et de paille, énuméra-t-il en la prenant par les épaules pour l'entraîner vers la maison. Mais je suis sûr que vous le savez déjà.

Heather se laissa en définitive conduire sans protester. Tout d'abord, parce qu'elle devait absolument mettre Seth à l'abri. Mais aussi parce qu'elle était trop troublée par la sensation réconfortante du bras de TJ autour de ses épaules.

Elle avait beau savoir qu'il cherchait seulement à les protéger de la pluie, cela n'atténuait en rien l'effet que produisait sur elle une telle proximité. La fragrance musquée de son eau de toilette mêlée à la chaleur qui émanait de son corps semblait l'envelopper tout entière comme un cocon apaisant.

— Laissez-moi prendre Seth pendant que vous ôtez votre manteau, proposa TJ.

Se débarrassant de sa parka en cuir, il la posa sur un dossier de chaise tandis qu'elle défaisait les bretelles du porte-bébé. Il sourit au petit garçon en le prenant dans ses bras.

— Salut, mon copain, je t'ai manqué ?

Le petit garçon lui sourit gentiment puis se rendormit aussitôt contre son épaule.

Tandis qu'elle allait suspendre sa veste mouillée dans la buanderie, TJ débarrassa Seth de son manteau et de son bonnet. Lorsqu'elle fut de retour dans la cuisine, son cœur se serra en voyant TJ bercer Seth contre son torse puissant. Au cours de ces deux dernières années, elle avait souvent déploré que le petit garçon ait été si injustement privé de son père.

Mais, curieusement, elle n'en voulait pas le moins du monde à TJ des moments privilégiés qu'il pouvait avoir avec son fils. Au contraire, elle trouvait cela tout à fait charmant.

En réalité, sa seule crainte était de son voir son fils s'attacher à TJ puis être déçu si ce dernier se désintéressait d'eux.

— Il dort, chuchota TJ. Où voulez-vous que je le couche ?

En guise de réponse, elle le guida jusqu'à la chambre d'enfant, où il déposa le petit garçon dans son lit. Elle attendit ensuite d'être de retour dans la cuisine pour prendre la parole.

— Je suppose que vous avez compris que je faisais tourner mon ranch avec un budget plus que limité, commença-t-elle, maintenant résignée à se soumettre à l'explication exigée par TJ.

A cet aveu, il se contenta de hocher la tête et s'assit sur une chaise, posant une cheville sur son genou dans une posture décontractée.

— Depuis combien de temps vous occupez-vous de ce ranch toute seule ?

Elle soupira. A ce stade, cela ne servait plus à rien d'essayer d'embellir la vérité. Pendant qu'il travaillait à l'écurie, il avait dû remarquer l'état de délabrement des lieux. Il avait même sans doute compris que le dortoir des ouvriers était inhabité depuis plus d'un an.

— A la mort de mon père, j'ai réussi à garder ses deux ouvriers. Mais quand Seth a eu quatre mois, j'ai dû les licencier.

— Donc, depuis presque deux ans, constata-t-il d'un air sombre.

— C'est ça.

— Pourquoi ne me disiez-vous pas que vous étiez seule avec un enfant en bas âge quand je vous ramenais votre cheval ? demanda-t-il.

— La première fois, je n'étais même pas chez moi,

répliqua-t-elle. Vous avez enfermé le cheval dans le corral en laissant un message fixé sur la barrière, m'enjoignant à mieux le surveiller.

— Vous auriez pu m'en parler les fois suivantes..., fit-il remarquer. J'aurais été plus compréhensif. J'aurais pu vous aider.

— Allons donc, Malloy, reprit-elle. Vous étiez tellement furieux que vous ne m'auriez même pas écoutée... De plus, ce n'étaient pas vos affaires, et pour vous dire la vérité, c'est toujours le cas aujourd'hui, ajouta-t-elle.

— J'aurais pu vous aider, répéta-t-il, ignorant délibérément la nuance de menace dans sa voix. J'aurais pu au moins envoyer mes hommes réparer vos clôtures.

— Je ne suis pas un cas social, rétorqua-t-elle, furieuse cette fois.

A peine avait-elle prononcé ces mots qu'elle remarqua une nuance de compassion dans ses yeux noisette. Or il n'était pas question qu'on la prenne pour une pauvre petite femme sans défense. Tout particulièrement TJ Malloy. Sans bien savoir pourquoi, l'idée qu'il ne voie en elle qu'une faible femme l'insupportait.

— Je n'ai pas besoin de votre pitié, ajouta-t-elle.

— Je n'ai jamais dit que vous étiez un cas social, répondit-il en se levant. Mais l'entraide entre voisins, ça existe, et c'est une bonne chose. J'essaie simplement d'agir en accord avec ce que me dicte ma conscience.

Le ton calme de sa voix eut un effet apaisant sur elle.

— Vous avez fait tout ce qu'il fallait ces deux derniers jours, répondit-elle, sentant son cœur palpiter follement en le voyant approcher. D'ailleurs j'apprécie beaucoup votre aide, mais...

Elle s'interrompit ; il n'était plus qu'à quelques centimètres. Du bout de l'index, il lui leva le menton, et leurs regards se croisèrent.

— Heather, je regrette du fond du cœur de m'être mal comporté avec vous lorsque nous avons eu ce différend au sujet de votre cheval. Mais je ne suis pas stupide. Si vous m'aviez expliqué la situation, je vous aurais écoutée, dit-il de sa voix grave et mélodieuse qui avait le don de l'apaiser.

Lorsqu'il lui enlaça la taille et l'attira vers lui, elle ne tenta même pas de résister. Il lui effleura les lèvres et ils échangèrent un baiser d'une infinie douceur, mais qu'elle trouva si sexy qu'elle ne put s'empêcher de se serrer contre lui.

TJ s'empara cette fois de ses lèvres et resserra son étreinte. Elle tenta bien de se rappeler que ce baiser était sans doute une mauvaise idée. Mais, à cet instant, il lui effleura les lèvres de la pointe de la langue et elle ferma les yeux, submergée de bien-être.

Inconsciemment, elle glissa les mains autour de son cou et plongea les doigts avec délice dans la masse brune de ses cheveux. Son cœur se mit à palpiter plus vite encore lorsqu'elle sentit qu'il s'insinuait doucement entre ses lèvres. Lorsqu'elle s'ouvrit à son exploration, une bouffée de chaleur qu'elle n'avait pas ressentie depuis bien longtemps se répandit dans tout son corps. C'était si délicieux que ses genoux faillirent se dérober sous elle.

A cet instant, un grondement de tonnerre se fit entendre, bientôt suivi du crépitement de la pluie sur le toit. Retrouvant brutalement ses esprits, elle s'arracha à son étreinte.

— Désolé, murmura-t-il en la lâchant aussitôt. Je suis allé trop loin.

— Non. Je veux dire, oui…, murmura-t-elle.

Essayant de se ressaisir, elle battit en retraite dans la buanderie.

— Navrée, mais j'ai une urgence, expliqua-t-elle.

Sortant plusieurs seaux d'un placard, elle les disposa l'un après l'autre sous les fuites. Lorsqu'elle se retourna, elle vit que TJ la regardait.

— C'est à cause de ces fuites que vous étiez si pressée de rentrer chez vous l'autre jour, pas vrai ? demanda-t-il. Vous vouliez vérifier que les seaux n'avaient pas débordé.

Elle acquiesça tout en posant un seau près de la chaudière.

— Je n'ai pas encore eu le temps de faire réparer le toit.

— De quand datent ces fuites ? demanda-t-il en la regardant droit dans les yeux.

— De l'été dernier. Il y a eu un orage très violent et quelques tuiles se sont envolées. J'aurais dû les faire remplacer.

— Ce n'était pas en été, mais au printemps, répliqua-t-il en croisant les bras sur sa large poitrine.

Son ton désapprobateur dissipa aussitôt l'enivrante sensation de réconfort qu'elle avait éprouvée quelques instants plus tôt dans ses bras. Comme c'était facile de condamner quelqu'un dans sa situation ! songea-t-elle, furieuse. Ce n'était pas lui qui bataillait chaque jour pour élever un enfant et tenter de rassembler les sommes nécessaires pour entreprendre les innombrables réparations dont le ranch avait besoin. Jamais elle ne s'abaisserait à lui demander de l'aide.

— Merci de vous être occupé des chevaux mais, à partir de maintenant, je ne veux plus de votre aide, lâcha-t-elle en sortant vivement de la buanderie. Je suis sûre que vous avez mieux à faire que de me mettre constamment face à mes insuffisances. Tout cela ne vous regarde pas le moins du monde.

Alors que, de retour dans la cuisine, elle lui tendait

sa parka, TJ la dévisagea et sembla un instant sur le point de lui répondre. Finalement, il se rhabilla.

— Si vous avez besoin d'aide pour quoi que ce soit, n'hésitez pas à m'appeler.

— J'essaierai de m'en souvenir, répondit-elle en ouvrant la porte. Mais ne vous en faites pas pour nous. Seth et moi nous débrouillons très bien tout seuls.

A peine TJ eut-il mis un pied dehors qu'elle claqua la porte derrière lui. En entendant le bruit caractéristique du verrou, il secoua tristement la tête.

— Voilà ce que ça rapporte de vouloir être un bon voisin, maugréa-t-il.

Tirant sur son chapeau pour se protéger de la pluie, il regagna son pick-up en courant.

Une fois de plus, elle était sortie de ses gonds. Sans doute était-ce avant tout une question d'orgueil mal placé, car rien de ce qu'il avait dit ne justifiait qu'elle se mette dans un état pareil. Il était clair qu'elle avait besoin d'aide, à la fois pour faire tourner le ranch au quotidien et mener à bien les réparations nécessaires. Malheureusement, Heather Wilson était bien trop fière pour l'admettre. Jusqu'où cela l'entraînerait-il ?

Pourquoi tenait-elle à ce point à se battre contre le monde entier ? Elle devait craindre par-dessus tout d'être méprisée en raison des difficultés qu'elle traversait.

Or ces difficultés devenaient de plus en plus criantes. Il l'avait bien compris en travaillant dans l'écurie. Elle avait à peine deux jours de réserve de nourriture pour ses chevaux, alors que la plupart des ranchers fonctionnaient avec deux semaines d'avance. Elle avait essayé de faire bonne figure en expliquant qu'elle s'apprêtait à racheter du stock. Mais il avait vu clair dans son jeu. Tout comme lorsqu'elle avait affirmé n'avoir pas eu le temps de faire réparer les fuites du toit. Elle était dans une situation financière, sinon désespérée, du moins très délicate.

Maudissant l'obstination de la jeune femme, il démarra son pick-up et s'engagea sur le chemin menant à la route nationale. Si seulement elle le laissait faire, il pourrait lui faciliter la vie. Mais elle préférerait sûrement se laisser mourir de faim plutôt que d'accepter son aide.

L'intensité de la pluie l'obligea soudain à se concentrer sur sa conduite. Malgré les essuie-glaces, il ne voyait pratiquement plus rien à travers le pare-brise. Tout à coup, il stoppa le véhicule et émit un vibrant juron. Il se faisait tellement de souci pour Heather qu'à aucun moment il n'avait songé au fameux ruisseau. Or celui-ci avait débordé une fois de plus et inondé la route.

Les yeux rivés sur les trombes d'eau qui s'abattaient sur le pare-brise, il se dit qu'il n'avait que deux options. Soit attendre dans sa voiture que l'inondation se résorbe, quitte à ce que cela lui prenne toute la journée, voire une partie de la nuit. Soit faire demi-tour et regagner le Circle W.

Etant donné la situation, la seconde option semblait de loin la plus raisonnable. Certes, Heather n'allait pas sauter de joie en le voyant revenir. Et, à vrai dire, cette situation ne le réjouissait pas non plus particulièrement. Mais il n'avait pas le choix : elle devrait à son tour l'héberger jusqu'à ce que la route redevienne praticable.

Quelques minutes plus tard, il garait son pick-up devant chez elle. Une fois de plus, il traversa la cour en courant et se retrouva à son point de départ. Il frappa à la porte.

— La route est inondée, expliqua-t-il lorsque Heather ouvrit.

Elle observa le déluge quelques instants puis, avec un soupir résigné, recula pour le laisser entrer.

— Bien, marmonna-t-elle, j'ajouterai une assiette pour le déjeuner. Je crains fort que vous ne soyez là pour un bon bout de temps.

- 4 -

Le déjeuner se déroula dans un silence pesant, mais Heather se réjouit lorsque TJ emmena Seth jouer dans le salon pendant qu'elle faisait la vaisselle et rangeait la cuisine. Elle avait besoin d'établir une distance pour tenter de comprendre pourquoi elle perdait totalement son sang-froid face à lui.

D'ordinaire, elle était quelqu'un de calme et de rationnel. Elle était peut-être un peu plus orgueilleuse qu'il ne l'aurait fallu et pouvait se montrer très obstinée dans certaines situations, mais chacun avait ses défauts. Pourtant, dès que TJ l'approchait, elle ne se reconnaissait absolument plus. Il semblait avoir la faculté de la faire sortir de ses gonds puis, quelques instants plus tard, de la faire fondre dans ses bras, annihilant tous ses griefs.

Cela dit, en songeant à la colère qui s'était emparée d'elle le matin même, elle devait bien admettre qu'elle était avant tout liée à la gêne que lui inspirait sa situation actuelle. C'était humiliant de montrer à qui que ce soit l'état de délabrement dans lequel se trouvait le Circle W depuis la mort de son père, deux ans et demi plus tôt. En particulier à un homme comme TJ, dont la famille était richissime. Naguère, le Circle W était l'un des ranchs les plus florissants de la région, qui fournissait d'excellents chevaux aussi bien pour les compétitions de rodéo que pour l'équitation de loisir. Mais aujourd'hui ? Il était clair qu'aux yeux d'un étranger, le Circle W n'était plus que l'ombre de ce qu'il avait été.

De son vivant, son père employait au moins une dizaine d'ouvriers et élevait près d'une centaine de chevaux que l'on voyait brouter paisiblement dans les pâtures. Les écuries et autres dépendances, peintes en rouge, étaient pimpantes. La maison et les clôtures étaient régulièrement repeintes en blanc, les arbres et arbustes soigneusement taillés : tout dans le ranch reflétait le soin et le professionnalisme de son propriétaire. Mais, après sa mort, elle n'avait eu ni le temps ni les moyens d'entretenir la propriété. Le toit fuyait, les clôtures étaient cassées, la peinture s'écaillait et les arbres et arbustes étaient négligés et informes.

Elle étouffa un sanglot en songeant à la promesse qu'elle avait faite à son père, alors qu'il était sur son lit d'hôpital, se mourant d'un cancer en phase terminale. Il l'avait suppliée de reprendre le ranch, qui appartenait à sa famille depuis plus d'un siècle, et elle lui avait donné sa parole. Mais, aujourd'hui, il était clair qu'elle aurait de plus en plus de mal à tenir cette promesse.

En réalité, être incapable d'honorer les dernières volontés de son père était ce qui l'accablait le plus.

Elle avait toujours été extrêmement proche de lui. Il avait été son meilleur ami et lui avait appris tout ce qu'il savait en matière d'élevage. Elle avait toujours pensé que cette proximité était à l'origine de la distance qui existait entre sa sœur et elle.

En fait, Stéphanie était sa demi-sœur, que sa mère avait eue d'un précédent mariage. Apparemment, son père avait adoré Stéphanie jusqu'à la naissance d'Heather. Mais, par la suite, il avait eu moins de temps à lui consacrer, chose que Stéphanie lui avait toujours reprochée.

— Vous avez besoin d'aide, Heather ? demanda soudain TJ.

— Non, merci, j'ai terminé.

Perdue dans ses pensées, elle ne l'avait pas entendu arriver. Mais maintenant il était si proche qu'elle sentait la délicieuse chaleur qui émanait de son corps. Un frémissement de désir la parcourut des pieds à la tête, et veillant à ce qu'il ne voie pas son visage, elle essuya discrètement les larmes qui lui étaient montées aux yeux au souvenir de sa famille.

— Où est Seth ? demanda-t-elle en se retournant.

— Dans son lit, répondit TJ en riant. Je crois que je l'ai épuisé. Nous avons joué un bon moment à la petite écurie qui fait « meuh » chaque fois qu'on ouvre la porte. Ensuite, il s'est mis à bâiller avant de s'endormir dans mes bras.

— Merci de vous être occupé de lui, dit-elle en mettant en route la cafetière. J'ai parfois du mal à vaquer à mes occupations tout en gardant un œil sur lui.

— Seth est un amour, répondit-il en souriant. J'adore passer du temps avec lui.

Elle poussa un long soupir, et sa colère se dissipa enfin. Ce n'était pas la faute de TJ si son ranch était en si mauvais état, et il était grand temps qu'elle cesse de passer ses nerfs sur lui.

— La pluie n'a pas cessé, et je crains que vous ne soyez coincé ici pendant un moment. Voulez-vous un café ? proposa-t-elle en prenant deux tasses dans le placard.

— Avec plaisir. Ces orages sont étonnants, reprit-il. D'habitude nous n'en avons pas autant en cette saison.

— C'est vrai que c'est curieux, répondit-elle en posant la tasse de café devant lui.

Alors qu'ils échangeaient un regard, elle se rappela combien il était agréable d'avoir un adulte à qui parler. Elle était tellement prise par ses occupations qu'elle avait rarement l'occasion de mesurer à quel point elle était seule.

Une gêne ne tarda pas à s'installer entre eux, or il n'y avait qu'un seul moyen de dissiper cette tension. S'asseyant face à lui, elle plongea son regard dans le sien et prit une profonde inspiration avant de se lancer.

— Je suis désolée d'avoir réagi de cette façon, ce matin, quand vous m'avez dit que vous vous étiez occupé des chevaux et que vous m'avez questionnée sur l'état du toit.

— Je ne cherchais qu'à vous aider, répondit-il en la regardant par-dessus le rebord de sa tasse. Mais comme vous me l'avez fait remarquer, poursuivit-il en secouant la tête, ce que vous faites dans votre ranch ne me regarde absolument pas.

— Ce n'était pas une raison pour me montrer si agressive, répliqua-t-elle, de plus en plus embarrassée en se remémorant son attitude.

Il avait simplement voulu l'aider, et elle s'était montrée infecte. Bien sûr, elle se relevait à peine de sa grippe. Mais elle soupçonnait que son agressivité résultait surtout de la grande solitude où elle se trouvait depuis si longtemps. Elle soupira avant d'ajouter :

— Si je vous ai parlé comme cela, c'est parce que j'étais gênée.

— C'est également ce que je me suis dit, répondit-il en posant sa tasse. Mais je peux vous assurer que je ne cherchais pas à vous juger quand je vous ai demandé de quand datait cette fuite.

— Le Circle W n'a pas toujours été dans cet état, reprit-elle, en fixant sa tasse de café. C'était même le plus joli ranch de la région. Malheureusement, j'ai été dépassée par les événements, ces deux dernières années.

Elle prit une profonde inspiration pour chasser les regrets qui la submergeaient chaque fois qu'elle pensait au passé et à tout ce qu'elle avait perdu.

— Depuis la naissance de Seth ?

— Les problèmes financiers ont commencé un peu avant, au décès de mon père, répondit-elle.

Elle ne comprenait pas très bien pourquoi il était si important pour elle que TJ comprenne sa situation. Mais ça l'était, un point c'est tout.

— L'assurance a compensé en partie la perte de la pension de mon père, mais ce n'était pas suffisant, reprit-elle, serrant sa tasse entre ses mains pour les empêcher de trembler. Mon père avait bien un peu d'économies, mais tout est passé en frais médicaux, après quoi j'ai réussi à garder deux de ses ouvriers pendant quelque temps. Quand Seth a été assez grand, je l'ai mis dans un porte-bébé et j'ai commencé à m'occuper du ranch toute seule, après avoir licencié mes hommes.

Elle releva la tête et son cœur se serra en voyant la compassion qui s'était peinte dans le regard de TJ.

— C'est à ce moment-là que votre étalon a commencé à fuguer ? demanda-t-il.

Elle acquiesça.

— Entre mon fils et le ranch, j'étais complètement débordée. Je n'ai pas eu le temps de réparer les clôtures et je n'avais personne pour m'aider à le faire.

— Cela fait donc un an et demi que vous êtes livrée à vous-même ? Mais où est donc le père de Seth ? Pourquoi ne vous a-t-il pas aidée ?

— Il a été tué dans un accident industriel, à peu près au moment où je suis tombée enceinte, répondit-elle.

— Je suis vraiment désolé, Heather.

La sincérité qui perçait dans sa voix l'émut au plus haut. Finalement, cela faisait un bien fou d'ouvrir son cœur.

— Merci, TJ, murmura-t-elle avant de s'éclaircir la gorge. Perdre mon fiancé et mon père à quelques mois d'intervalle a été une terrible épreuve, mais j'ai survécu. Aujourd'hui, j'ai un fils adorable et, bien qu'il ne nous reste plus beaucoup de famille, au moins nous sommes ensemble.

Ils restèrent silencieux quelques instants, après quoi TJ reprit la parole.

— Je sais que ça ne me regarde pas, mais comment vous débrouillez-vous financièrement ?

Elle ne répondit pas tout de suite. La douceur de sa voix lui donnait l'impression qu'il était vraiment sincère. Si à la séduction qu'il exerçait déjà sur elle venait s'ajouter la bienveillance, cette combinaison pouvait s'avérer désastreuse pour elle.

En lui détaillant davantage sa situation, peut-être l'amènerait-elle à battre en retraite. Elle haussa les épaules.

— Je touche un petit chèque chaque mois, grâce à une assurance-vie que mon fiancé avait contractée peu avant sa mort. Et quand je ne peux pas faire autrement, je vends une de mes poulinières.

Il la dévisagea, stupéfait.

— J'ignorais absolument que…

— Eh oui, vous n'êtes pas le seul à avoir un programme de reproduction, l'interrompit-elle en souriant. D'ailleurs, Magic Dancer a remporté de nombreux concours avant que mon père ne le retire de la compétition.

Elle se leva pour aller chercher la cafetière avant de reprendre :

— Plusieurs de ses poulains ont remporté des

championnats du monde dans leur catégorie, et même mes juments sont issues de lignées de champions.

— Autrement dit, votre étalon fugueur a largement amélioré mon programme de reproduction, et non l'inverse, conclut TJ, impressionné. J'avais bien remarqué que c'était un beau cheval, mais je n'aurais jamais imaginé que c'était un champion. Pourquoi ne me l'avez-vous pas dit plus tôt ? Cela m'aurait peut-être évité de faire un scandale chaque fois que je le ramenais chez vous.

Elle se mit à rire et le resservit en café.

— Peut-être oui… si vous m'aviez laissée en placer une…

Alors qu'elle se détournait pour reposer la cafetière, il lui prit doucement la main.

— Ecoutez… Pourquoi ne repartons-nous de zéro ? Nous pourrions oublier tout ce qui s'est passé avant votre séjour chez moi, reprit-il en l'attirant sur ses genoux.

Elle s'aperçut à cet instant que ses confessions étaient loin de l'avoir rebuté. Au contraire, il semblait encore plus désireux d'explorer l'attirance qui existait entre eux.

Se demandant ce qu'il avait derrière la tête, elle se contenta d'acquiescer avant de plonger dans son incroyable regard noisette. Mâtiné de nuances de vert, il semblait avoir sur elle un effet hypnotique. Elle ne tenta même pas de résister.

— Nous… nous pourrions faire comme si nous nous étions rencontrés maintenant, et non il y a trois jours, suggéra-t-elle lorsqu'elle eut enfin retrouvé sa voix.

Il esquissa un sourire dévastateur.

— Si vous voulez… Mais cela m'obligerait à bannir de mon esprit les merveilleuses visions de vous et de vos longues jambes, quand vous portiez ma chemise en flanelle, murmura-t-il en resserrant étroitement son étreinte. Or je n'y tiens pas du tout. Mais puisque nous sommes en pleine réconciliation, j'ai moi aussi un aveu à vous faire…

— Lequel ? fit-elle en retenant son souffle.

— Je suis peut-être allé trop loin quand je vous ai embrassée, mais sachez que je ne le regrette pas un instant, poursuivit-il d'un ton caressant. D'ailleurs, j'ai très envie de recommencer.

— Ce ne serait probablement pas… une très bonne idée, fit-elle, à bout de souffle.

— Ah, non ? Pourquoi ? murmura-t-il en lui caressant la joue du bout des doigts.

Il existait très certainement de nombreuses raisons de ne pas embrasser TJ. Mais, en cet instant, aucune ne lui vint à l'esprit. Ensorcelée, elle était incapable de penser rationnellement.

— Qu'avez-vous pensé de notre premier baiser ? Il vous a plu ? insista-t-il.

Comment pouvait-il lui poser une question pareille ? Mais, en cet instant, elle était tout simplement incapable de lui mentir.

— Oui… Beaucoup…

— Alors pourquoi ne retenterions-nous pas l'expérience ? demanda-t-il avec un sourire si charmant qu'elle se sentit presque défaillir. Nous verrons ensuite si vous aviez raison de penser que c'était une mauvaise idée.

Sans lui laisser le temps de répondre, il s'empara de ses lèvres et elle ferma les yeux, s'abandonnant à son étreinte. Lorsqu'il lui effleura les lèvres de la pointe de la langue, elle oublia définitivement toutes ses réserves. Enivrée par son odeur virile mêlée de cuir et d'eau de toilette, elle s'ouvrit à son baiser.

Il se mit à explorer les replis de sa bouche à petits coups de langue, la submergeant d'une vague de chaleur alors qu'elle sentit sa main glisser le long de son cou et s'emparer doucement d'un de ses seins, éveillant en elle un désir puissant qu'elle avait cru éteint à jamais. Elle se rendit compte alors, sans l'ombre d'un doute, qu'elle pourrait facilement se perdre dans le tourbillon de bien-être qu'il faisait naître en elle.

L'érection qu'elle sentait naître contre sa hanche aurait dû lui servir d'avertissement, mais l'ardeur de TJ ne fit au contraire qu'exacerber son désir. A mesure que la chaleur se répandait dans les moindres replis de son corps, elle s'aperçut qu'il y avait plus de deux ans et demi qu'elle n'avait pas ressenti une telle fièvre. Elle avait été tellement absorbée par ses innombrables tâches quotidiennes qu'elle avait oublié à quel point il pouvait être enivrant d'être désirée par un homme.

Elle laissa échapper un léger gémissement lorsque TJ glissa une main le long de sa hanche avant de lui palper l'intérieur de la cuisse. Même à travers la toile de son jean, ses caresses faisaient déferler en elle, vague après vague, de délicieux frissons. N'y tenant plus, elle défit fébrilement les premiers boutons de sa chemise en jean et glissa les deux mains sur son torse nu. La dureté de ses muscles et les battements puissants de son cœur sous ses doigts firent naître en elle un désir plus impérieux encore.

TJ se dégagea de son étreinte et se mit à lui mordiller le cou.

— Je crois que je vais aller faire un tour à l'écurie, mon ange, lui souffla-t-il à l'oreille.

Ces mots murmurés lui donnèrent la chair de poule, et elle releva la tête, étonnée.

— Mais..., bafouilla-t-elle. Tu t'es déjà occupé des chevaux ce matin. Il n'y a rien de plus à faire à l'écurie, aujourd'hui.

Il eut un petit rire grave, qui la fit frémir de la tête

aux pieds, puis la remit sur ses pieds avant de se lever lui-même.

— Tu as raison, admit-il en la prenant dans ses bras, mais il faut absolument que j'aille me calmer quelque part, sinon deux choses risquent de se produire. Soit nous ferons une chose que tu n'es pas prête à faire, soit je vais finir par perdre la tête. Je serai de retour pour garder Seth pendant que tu prépareras le dîner, conclut-il en lui embrassant le bout du nez.

Impuissante, elle regarda TJ reboutonner sa chemise et enfiler sa parka, après quoi il sortit de la maison. Bien qu'encore frémissante de désir, elle ne pouvait que remercier le Ciel d'être tombée sur un homme aussi prévenant.

Que lui était-il passé par la tête ? Avoir une liaison avec TJ Malloy, ou n'importe quel autre homme à ce stade de sa vie, serait une folie. Elle avait un ranch à faire tourner, un enfant à élever. Et la dernière chose dont elle avait besoin était de s'infliger un stress supplémentaire en s'impliquant dans une relation.

Mais peut-être exagérait-elle la gravité de la situation. L'indéniable alchimie sensuelle qui existait entre eux ne signifiait peut-être rien. Après tout, quel homme aurait pu résister à une femme qui s'offrait ?

Ses joues s'empourprèrent en songeant à la façon dont elle avait réagi à ses caresses. Comme elle n'avait pas montré la moindre réticence, il devait penser qu'elle était une conquête facile. Pire, qu'elle avait désespérément besoin qu'un homme s'intéresse à elle.

Secouant la tête en songeant à sa faiblesse, elle déposa les tasses de café dans l'évier puis se dirigea vers la chambre de son fils. TJ cherchait sans doute à passer un moment agréable, rien de plus, et si pour l'instant elle ne le lui avait pas encore montré, elle était en fait quelqu'un de déterminé. Sa priorité était d'éviter l'expulsion mais aussi d'écarter les hommes qui n'avaient aucune vision familiale. Et elle comptait bien s'en tenir à cette ligne de conduite.

En posant les yeux sur Seth, elle se jura d'être plus forte et plus avisée à l'avenir. Il n'était pas question de laisser TJ entrer dans leur intimité et de risquer que Seth ne s'attache à lui. Car il y avait de fortes chances pour que TJ batte en retraite une fois qu'il aurait obtenu ce qu'il voulait. Si elle était capable de gérer une déception personnelle, il n'était pas question un instant d'infliger cela à son fils.

— Fais enco'..., demanda Seth en riant.

— Encore ? grogna TJ, faussement contrarié. Tu n'as pas envie de jouer à la petite écurie qui fait « meuh » ?

— Nan, répondit le bambin en gloussant. Petit s'val, enco'...

TJ savait que Seth adorait monter sur son dos. Mais ce que le petit garçon trouvait le plus amusant, c'étaient les hennissements qu'il poussait chaque fois qu'ils repartaient pour un tour de salon.

— Vous avez l'air de bien vous amuser, tous les deux, dites-moi, commenta Heather en émergeant de la cuisine.

— Zentil s'val, fit Seth en tapotant la tête de TJ.

— Bien, Seth, répondit Heather. TJ est sûrement un gentil cheval, mais c'est l'heure du bain, maintenant, et ensuite c'est dodo.

— Nan, répliqua Seth. Enco' s'val.

— Seth ? répéta Heather, d'un ton plus sévère. Je ne le dirai pas dix fois.

— Un dernier tour de salon, ce serait possible ? demanda TJ, pour satisfaire le petit garçon sans contrarier sa mère.

— Siteplé…, supplia Seth, perché sur son dos.

— S'il te plaît, insista TJ à son tour avec un grand sourire.

— Ce n'est pas bien de vous liguer ainsi contre moi, protesta-t-elle. Mais d'accord. Un dernier tour, et ensuite c'est le bain et le dodo. D'accord, Seth ?

— D'acco', répondit joyeusement le petit garçon en tirant sur son col. En 'oute.

Il émit un hennissement, et Seth éclata de rire comme prévu. Après un dernier tour de salon, il déposa son cavalier devant sa mère.

— Voilà, mon copain, dit TJ en se relevant lorsqu'elle eut récupéré le petit garçon. C'est l'heure d'aller prendre ton bain. Pendant ce temps-là, je vais regarder un peu la télé.

— Je n'en ai pas pour longtemps, dit-elle en emportant Seth.

Pendant qu'Heather s'occupait de son fils, il s'assit sur le canapé et alluma la télévision. Il n'avait pas spécialement envie de regarder quoi que ce soit, mais lorsque Heather serait de retour, ils auraient peut-être besoin d'un dérivatif pour atténuer la gêne qui s'était instaurée entre eux depuis qu'il avait interrompu leur étreinte et trouvé refuge à l'écurie.

En s'occupant des chevaux le matin, il avait remarqué que plusieurs box avaient besoin d'être réparés. Lorsqu'il s'était retrouvé à l'écurie pour la deuxième fois de la journée, il s'était ainsi calmé les nerfs en reclouant toutes les planches branlantes qu'il avait pu trouver. Quand il avait rejoint Heather environ une heure plus tard, celle-ci s'était montrée particulièrement silencieuse, et il savait très bien pourquoi.

En son absence, elle s'était probablement questionnée sur la rapidité avec laquelle leur relation évoluait. Il avait vu la passion dans ses yeux lorsqu'ils avaient échangé ce baiser et, avec le recul, elle s'était sans aucun doute sermonnée pour s'être laissé emporter et promis de ne plus se laisser prendre.

A vrai dire, l'attirance qui existait entre eux ne datait pas d'aujourd'hui. Il l'avait ressentie dès qu'elle avait mis le pied hors de sa voiture le jour où il l'avait trouvée bloquée sur la route par l'inondation. Ça avait été une telle évidence qu'il aurait fallu être idiot pour ne pas le remarquer. Cela dit, jamais il n'aurait imaginé que cela prendrait une telle ampleur. Il n'était guère étonnant qu'Heather soit prise de court, puisqu'il l'était, lui aussi. A vrai dire, il aimait sa vie telle qu'elle était. Il n'était pas particulièrement en quête d'une relation durable. Il allait et venait à sa guise et n'avait de compte à rendre à personne. Mais en même temps, comment aurait-il pu ignorer la passion qui couvait entre Heather et lui ?

Lorsqu'il l'avait prise sur ses genoux, il n'avait cherché qu'à lui témoigner un peu de réconfort après tout ce qu'elle avait enduré : la perte de son fiancé, puis de son père, sans parler de son combat solitaire pour élever son fils dans des conditions plus que précaires. Toute autre femme à sa place ne se serait probablement pas relevée de telles épreuves. Sans compter qu'elle gérait son ranch seule. Il se demandait vraiment comment elle avait trouvé cette force.

Heather était une survivante et il tenait à ce qu'elle sache combien il l'admirait. Mais dès qu'il l'avait prise dans ses bras, toutes ses bonnes intentions avaient semblé s'évaporer. Et, finalement, la seule chose qu'il était parvenu à lui montrer, c'était qu'il avait autant de contrôle sur sa libido qu'un adolescent lors d'un premier rendez-vous amoureux.

Horrifié par ce constat et trop nerveux pour rester assis, il alla se poster devant la fenêtre. La pluie avait cessé, mais la route ne serait probablement pas praticable avant le lendemain. Cela lui permettrait de s'occuper des chevaux d'Heather avant de regagner son ranch.

Alors qu'il se demandait ce qu'il pourrait bien faire encore pour l'aider, Seth arriva en courant et, lui tapotant la cuisse pour obtenir son attention, babilla quelque chose. Voyant son incompréhension, le petit garçon le prit par la main et l'entraîna vers sa chambre.

— Seth, lança Heather d'un ton sévère. Il est l'heure d'aller au lit.

Prenant le bambin dans ses bras, il se retourna pour faire face à la jeune femme.

— Que veut-il ? Me dire bonne nuit ? demanda-t-il.

Elle hésita un instant avant de répondre.

— Non, il veut que tu le mettes au lit.

— Je ne vois pas pourquoi je lui refuserais ça, répondit-il joyeusement, en ébouriffant les cheveux roux du petit garçon. Dis donc, tu en as un joli pyjama ! Moi aussi, j'aimerais en avoir un avec des chevaux dessus.

A sa surprise, Seth lui fit un gros câlin avant de lui planter un baiser plutôt baveux sur la joue.

— Allons, au lit, maintenant.

Heather avait l'air contrarié, et il ne put s'empêcher de se demander quel impair il avait bien pu commettre cette fois pour lui déplaire. Il n'en avait aucune idée mais il comptait découvrir de quoi il retournait une fois Seth endormi.

— Bonne nuit, mon copain, murmura-t-il en déposant le petit garçon dans son lit. A demain.

— *'itoire*, dit le petit garçon en bâillant.

— J'en ai pour quelques minutes, dit Heather en prenant un livre.

Alors qu'il était sur le point de s'éclipser, Seth se redressa en secouant la tête :

— TJ *'itoire*…

— Je n'ai pas compris…, fit-il. Que veut-il ?

— Il veut que tu restes pour l'histoire, répondit-elle en soupirant.

De toute évidence, Heather ne voulait pas qu'il assiste à leur rituel nocturne, mais il était pris entre deux feux : quoi qu'il fasse, l'un des deux serait mécontent.

— Si tu préfères, je peux aller regarder la télévision dans le salon, proposa-t-il à Heather.

Elle le dévisagea quelques instants avant de prendre place sur une petite chaise à côté du lit.

— Non, tu peux rester, répliqua-t-elle en ouvrant le livre avant d'ajouter : De toute façon, il va s'endormir au bout de deux pages.

Tandis qu'elle lisait l'histoire d'un petit train nommé Thomas, il se concentra sur ses expressions et le ton de sa voix. Heather était une maman formidable, et Seth avait de la chance de l'avoir. Elle écoutait son fils et essayait dans la mesure du possible de répondre à ses demandes. C'était le genre de mère que tout homme aurait voulu pour ses enfants. Le genre de mère qu'il aurait voulu pour ses enfants.

A cette idée, il fut pris de panique. Que lui arrivait-il tout à coup ? Jamais encore il n'avait envisagé d'avoir des enfants. Etait-ce ce à quoi il aspirait à présent ?

Lorsque les yeux de Seth finirent par se fermer, TJ se sentit soulagé. Une fois le petit garçon profondément endormi, Heather et lui regagneraient le salon, et il retrouverait ses esprits.

Elle poursuivit sa lecture pendant une ou deux minutes encore, avant d'éteindre la lampe de chevet. Il la suivit hors de la chambre.

Dans le salon, il posa les mains sur ses épaules.

— Qu'est-ce qui ne va pas ? Ne me dis pas que tout baigne. Même malade, tu n'étais pas aussi silencieuse.

— Allons dans la cuisine, suggéra-t-elle. Nous pourrons discuter sans déranger Seth.

— Eh bien, que se passe-t-il, Heather ? répéta-t-il lorsqu'ils furent assis à la table de la cuisine.

Elle prit une profonde inspiration avant de plonger ses yeux dans les siens.

— Quand la route sera dégagée, j'aimerais que tu rentres chez toi et que tu cesses tes visites.

— Pourquoi ? A cause du baiser que nous avons échangé cet après-midi ?

Il savait bien sûr qu'ils finiraient par aborder le sujet. Mais il avait espéré que cela donnerait lieu à d'autres baisers. A en croire l'expression déterminée qui s'était peinte sur le joli visage d'Heather, ça ne prenait manifestement pas cette tournure.

— Oui et non, répondit-elle avec lenteur.

— Tu peux m'expliquer ?

Hormis le baiser, rien de ce qu'il avait pu faire n'était susceptible de la mettre dans un tel état.

— J'aimerais que tu ne prennes pas mal ce que je vais te dire, commença-t-elle en choisissant soigneusement ses mots. Mais je ne veux plus que tu t'approches de Seth.

Il tomba des nues. Jamais il n'aurait imaginé qu'elle puisse avoir quoi que ce soit à redire à ce sujet.

— Et je suis censé bien le prendre ? lança-t-il, furieux. Pour autant que je sache, Seth et moi, nous nous entendons à merveille. Je surveille même mon langage quand je suis avec lui pour que tu ne me reproches pas de lui inculquer des gros mots.

— Je te remercie de ta vigilance sur ce point.

Il croisa les bras et se cala dans sa chaise.

— Mais alors, quel est le problème, Heather ? Pourquoi as-tu décidé tout à coup que je n'étais plus digne de m'occuper de ton fils ?

— J'essaie simplement de le protéger, expliqua-t-elle. S'il s'attache trop à toi, il risque de souffrir.

Il réagit au quart de tour.

— Mettons les choses au point, si tu veux bien, Heather Wilson, répliqua-t-il en pointant vers elle un doigt accusateur. Jamais je ne ferais ou ne dirais quoi que ce soit qui puisse vous faire du tort, à toi ou à Seth. Ce n'est pas mon genre, et ça ne le sera jamais.

— Je n'ai pas dit que ce serait intentionnel, répondit-elle, embarrassée. Mais les enfants sont toujours sincères, malheureusement. Quand ils s'attachent à quelqu'un, ils accordent à cette personne tout leur amour et toute leur confiance. Ils n'envisagent même pas que cette personne puisse un jour disparaître de leur vie. Or je m'aperçois qu'il s'attache à toi de plus en plus. Et si, un jour, tu te lasses de nous et que tu disparais de notre vie, ce sera un choc terrible pour lui.

Il la dévisagea durant de longues secondes. Elle n'essayait pas seulement de protéger Seth. Sans même en avoir conscience, elle craignait elle aussi de souffrir. Etant donné les épreuves qu'elle avait traversées, sa prudence était tout à fait compréhensible. Mais à l'expression obstinée qui s'était peinte sur son visage, il était clair qu'elle avait pris sa décision. Essayer de lui montrer les failles de son raisonnement à ce stade serait une perte de temps et d'énergie. Mieux valait céder, même s'il n'en avait pas la moindre envie.

— Très bien, c'est ta décision, reprit-il en se levant de table et en se dirigeant vers le salon. Si ça ne t'ennuie pas, je vais regarder un peu les informations. Je suppose que j'ai le droit de dormir sur le canapé.

Une lueur de déception passa dans le regard d'Heather, ce qui confirma ses soupçons. Elle craignait, elle aussi, de devenir dépendante de lui. Ce qu'elle ne comprenait pas encore, c'était qu'elle l'était déjà :

elle désirait qu'il fasse partie de sa vie et de celle de son fils. Dans le cas contraire, elle n'aurait pas paru si dépitée lorsqu'il avait renoncé à polémiquer avec elle.

— Navrée que tu doives dormir sur le canapé, reprit-elle, la mine renfrognée. J'ai coupé le chauffage à l'étage pour réduire les factures et pour épargner ma chaudière qui date de Mathusalem.

— Pas de problème, répondit-il en la suivant jusqu'au placard du couloir.

Lorsqu'elle lui tendit une couverture et un oreiller, leurs mains se touchèrent, et une légère décharge électrique parcourut son bras. Il fit de son mieux pour l'ignorer.

— Bonne nuit.

— Bonne nuit.

Dans le salon, il jeta la couverture et l'oreiller sur le canapé et, s'installant dans un fauteuil, il se plongea dans la première série télévisée venue.

Une fois de plus, il se demanda ce qui lui arrivait. Commençait-il, lui aussi, à s'attacher à elle ? Car sinon, comment expliquer la déception qu'il avait ressentie lorsqu'elle lui avait dit de garder ses distances ?

Il aurait dû être soulagé. Au lieu de quoi, il était excédé par son obstination et sa crainte absurde qu'il puisse les faire souffrir, elle et son fils.

Les yeux rivés sur l'écran, il se remémora leur conversation. Il savait que sa méfiance venait du fait qu'elle avait perdu presque en même temps les deux hommes qui comptaient le plus dans sa vie. Elle avait dû se sentir complètement abandonnée et son refus de laisser entrer qui que ce soit dans sa vie résultait sans doute de la peur qu'elle éprouvait d'être une fois de plus abandonnée.

Etait-il armé pour lutter contre un tel traumatisme ? Et en avait-il même envie ?

Certes, il existait entre eux une remarquable alchimie sensuelle. Dès qu'il se trouvait à quelques mètres d'Heather, il avait irrésistiblement envie de la prendre dans ses bras. Et, de toute évidence, c'était aussi le cas d'Heather.

Alors, quelle suite donner à cette histoire ?

En y songeant, il n'avait jamais entretenu de relation sérieuse. Bien sûr, il avait eu quelques aventures, mais à l'époque il était tellement concentré sur ses objectifs, à savoir devenir champion de rodéo puis acheter un ranch et mettre au point son programme de reproduction, qu'il ne s'était jamais réellement engagé sur le plan amoureux.

Lorsqu'il était champion de rodéo, il avait eu quelques aventures avec des *groupies* qui évoluaient dans ce milieu. Il n'en était pas particulièrement fier, mais il était jeune à l'époque. Par la suite, quand il avait besoin de compagnie féminine, il avait pris l'habitude de traîner dans un bar local, où les clientes étaient elles aussi en quête de bon temps. Mais jamais il ne s'était engagé avec une femme, et encore moins avec une mère célibataire.

Heather n'était pas le genre de femme qu'un homme pouvait emmener dans son lit et abandonner le matin venu, comme si de rien n'était. Sans compter qu'elle ne vivait pas seule. Tout homme qui se lançait dans une relation avec elle prenait aussi un engagement envers son fils. Or il ne savait pas clairement s'il était prêt à aller jusque-là. Et si ça ne fonctionnait pas entre eux ? Car une chose était sûre dans son esprit : il n'avait aucune envie que Seth en fasse les frais.

Il éteignit la télévision et, ôtant ses bottes, s'étendit sur le canapé. Tandis qu'il fixait le plafond, s'efforçant d'ignorer le ressort cassé qui lui rentrait dans le dos, il sut soudain ce qu'il avait envie de faire et pourquoi il éprouvait une telle frustration.

Heather était beaucoup plus qu'une mère célibataire dans le besoin. C'était la seule femme qui avait éveillé son intérêt depuis bien longtemps, et peut-être depuis toujours. Il ne pouvait pas laisser passer cette chance. S'il lui tournait le dos, il le regretterait toute sa vie, c'était certain. Il devait suivre son intuition, et celle-ci ne l'avait encore jamais trahi.

Que cela plaise ou non à Heather, elle devrait s'habituer à l'idée qu'il faisait désormais partie du paysage. Elle avait besoin d'être épaulée au cas où les choses tourneraient mal pour elle. Et TJ avait bien l'intention d'être là pour les aider, elle et son fils.

A présent, il ne lui restait plus qu'à la convaincre de lui laisser sa chance. Et il comptait bien s'y employer dès le lendemain matin.

- 5 -

Le lendemain au réveil, Heather trouva la couverture et l'oreiller de TJ soigneusement empilés sur le canapé. L'homme, en revanche, était invisible. Dans la cuisine, elle regarda par la fenêtre située au-dessus de l'évier : son pick-up avait disparu.

Submergée par la déception, elle tenta de se raisonner : c'était elle qui l'avait voulu, après tout, et c'était beaucoup mieux ainsi. Elle aurait dû se réjouir qu'il se soit si facilement soumis à sa volonté.

Mais elle était accablée.

Elle avait passé une nuit épouvantable à ressasser toutes les raisons qui l'avaient amenée à exiger de TJ qu'il prenne ses distances. Une chose était claire : c'était le seul moyen d'éviter que Seth ne souffre de la situation.

Mais cette certitude, au lieu de la soulager, n'avait fait que raviver un profond sentiment de solitude.

Avec un long soupir, elle prit une tasse dans le placard. Ce fut alors qu'elle remarqua une missive posée sur le plan de travail à côté de la cafetière. Elle remarqua qu'il avait pris soin de faire du café avant de partir. TJ l'informait qu'il s'était occupé des chevaux et la remerciait de l'avoir hébergé pour la nuit. Enfin, il lui recommandait de ne pas hésiter à le contacter si elle avait besoin de quoi que ce soit.

— Eh bien, on dirait que tu as atteint ton objectif, marmonna-t-elle à voix haute en se servant du café et en préparant un bol de céréales pour son fils.

Alors pourquoi ne s'en réjouissait-elle absolument pas ?

— M'man, z'ai faim, annonça Seth d'une voix endormie en la rejoignant dans la cuisine.

— Regarde, je t'ai préparé tes céréales préférées : des corn flakes avec un peu de lait et de sucre, répondit-elle en le prenant dans ses bras.

— Petit s'val ? fit-il en parcourant la cuisine du regard.

— TJ a dû rentrer chez lui, expliqua-t-elle.

— Non ! s'écria le petit garçon en secouant la tête. Petit s'val, *à moi* !

— Peut-être que nous reverrons TJ une autre fois, reprit-elle, espérant que cette vague promesse suffirait à calmer Seth.

Par chance, il parut s'apaiser, mais cela ne l'empêcha pas de demander plusieurs fois des nouvelles de TJ au cours de la matinée. Lorsqu'elle le mit au lit pour sa sieste après le déjeuner, elle avait envie de pleurer. De toute évidence, Seth regrettait infiniment le départ de TJ et, pour être honnête, elle aussi.

Comment avait-il pu s'intégrer à leur vie en si peu de temps ? Et que pouvait-il bien avoir de si fascinant ?

Car ce n'était pas le premier homme à s'intéresser à elle depuis qu'elle était seule.

L'année précédente, un rancher du comté voisin lui avait acheté une de ses juments poulinières. Par la suite, il les avait invités, Seth et elle, à prendre une glace en ville, prétextant qu'il envisageait d'acheter un autre cheval. Il s'était rapidement avéré qu'il considérait cette sortie comme un rendez-vous amoureux. C'était un homme sympathique, mais la façon dont il l'avait embrassée lorsqu'il les avait raccompagnés n'avait absolument pas donné envie à Heather d'aller plus loin. Quelle différence avec le baiser que TJ lui avait donné ! Avec lui, elle avait eu l'impression que le temps s'était arrêté. Et cela avait fait naître en elle l'envie de recommencer très vite.

Elle se massa le front pour se calmer. Pourquoi lui ? Pourquoi TJ Malloy avait-il été celui qui avait réveillé en elle un désir qu'elle avait presque oublié ?

Lorsqu'elle lui avait confié qu'elle s'inquiétait des liens qui s'étaient tissés entre Seth et lui, elle avait délibérément omis de préciser qu'elle avait peur également de l'effet qu'il produisait sur elle. TJ lui rappelait combien elle brûlait d'être impliquée dans une relation, combien il était difficile de vivre seule sans partager son quotidien.

Bien sûr, il avait expliqué qu'il ne cherchait qu'à se comporter en bon voisin et à l'aider à s'occuper de son ranch. Mais, hormis les quelques baisers qu'ils avaient échangés, à aucun moment il n'avait exprimé la moindre volonté d'établir une relation durable. Ce qui, du reste, ne l'intéressait pas, elle non plus.

A moins que…

Alors qu'elle gambergeait dans la cuisine, elle entendit un bruit de moteur. En regardant par la fenêtre, elle vit deux camionnettes blanches arborant le logo du Dusty Diamond suivies du pick-up noir de TJ se garer près de la grange. Les camionnettes étaient remplies de balles de foin, de paille et de sacs de céréales.

Elle ne savait que penser. Etait-elle heureuse de le voir ou lui en voulait-elle de ne pas avoir gardé ses distances comme elle le lui avait demandé ? Un mélange d'émotions contradictoires l'assaillit lorsqu'il sortit de son pick-up. Même à cette distance, il était tellement séduisant que c'en était un péché. Ce qui ne l'autorisait pas pour autant à passer outre ses prières.

Elle s'apprêtait à sortir pour voir ce qu'il avait derrière la tête, mais en regardant l'heure elle s'aperçut que Seth ne tarderait pas à se lever. Ne voulant pas le réveiller avant la fin de sa sieste, elle sortit sous le porche et fit signe à TJ d'approcher.

Le simple fait de le voir traverser la cour et monter les marches du perron lui coupa le souffle, ce qui lui arrivait pratiquement chaque fois qu'il apparaissait quelque part. Mais lorsqu'il se planta devant elle et lui donna un rapide baiser sur les lèvres, elle resta sans voix.

— Que se passe-t-il, mon ange ?

Il eut un charmant sourire, qui déclencha toute une série de frissons le long de sa colonne vertébrale. Elle oublia d'un coup toutes les remontrances qu'elle s'apprêtait à lui faire.

— Qu'est-ce que c'est que tout ça ? demanda-t-elle, désignant les camionnettes que les ouvriers avaient commencé à décharger.

Au lieu de se focaliser sur l'homme, mieux valait s'en prendre à ses actes.

— Je n'ai pas les moyens de te payer tout ça, objecta-t-elle. Je ne pourrai pas te rembourser.

— Peu importe, répondit-il. Il se trouve que j'avais des réserves de foin et de paille. Et l'autre jour, un de mes hommes a commandé une dizaine de sacs d'avoine de trop. J'ai pensé que tu pourrais en faire bon usage. Au moins, cela t'évitera d'aller en ville pendant quelque temps pour en acheter.

— Je t'ai déjà dit que je n'étais pas un cas social…, répliqua-t-elle.

Il ignora tout bonnement sa remarque.

— Où est mon copain ?

— Il dort encore, répondit-elle froidement. Dis à tes hommes de remettre tout ce qu'ils ont déchargé dans les camionnettes.

Posant une main sur son épaule, il la fit pivoter et la poussa gentiment à l'intérieur.

— Il n'en est pas question, Heather. Je te suis redevable et je n'ai que trop attendu pour te remercier.

— Qu'est-ce que tu racontes ? s'exclama-t-elle, consternée. Tu ne me dois absolument rien.

— Détrompe-toi. Ton étalon a couvert au moins huit de mes juments ces deux dernières années, et je ne t'ai jamais réglé toutes ces saillies.

— Tu as perdu la tête ? s'exclama-t-elle. Hier encore, tu prenais Magic Dancer pour un cheval lambda qui avait mis à mal ton programme de reproduction…

— Eh bien, j'avais tort, répondit-il en haussant les épaules.

Otant sa veste en jean, il s'assit sur une chaise sans même lui demander la permission.

— Assieds-toi, reprit-il en lui faisant signe d'approcher. Il faut qu'on parle.

Elle resta debout.

— De quoi ?

— Assieds-toi et tu verras.

— Tu arrives toujours à tes fins, n'est-ce pas ? maugréa-t-elle en s'exécutant. Je croyais pourtant avoir été très claire, hier soir quand…

— Nous en discuterons plus tard.

Ce n'était pas la première fois qu'elle voyait une telle détermination sur son beau visage, celle qu'il affichait le jour où il avait exigé qu'elle passe une nuit de plus chez lui à cause de sa grippe.

— Pour l'instant, j'ai quelque chose à te dire et je veux que tu me promettes de ne pas m'interrompre avant que j'aie terminé.

Elle songea que ce ne serait sans doute pas raisonnable car il pouvait être très persuasif. Mais, manifestement, il attendait sa réponse pour poursuivre.

— Très bien, soupira-t-elle.

— Demain, lorsque je me serai occupé de tes chevaux…

— Je t'ai dit que je m'en occuperai moi-même à partir de maintenant…, répliqua-t-elle.

Au lieu de lui rappeler la promesse qu'elle venait de lui faire, il se contenta de pencher la tête sur le côté et de lui adresser un sourire entendu.

— D'accord, d'accord…, admit-elle en croisant les bras. Je t'écoute.

— Comme je disais, demain, quand je me serai occupé de tes chevaux, je vais monter sur ton toit avec l'un de mes ouvriers pour réparer les fuites…

Une fois de plus, elle tenta de l'interrompre. Mais il ne lui en laissa pas l'occasion.

— Ecoute-moi bien, poursuivit-il. Ce ne sera qu'une réparation provisoire. Simplement, elle te permettra d'attendre jusqu'au printemps. Y a-t-il d'autres fuites à part celles que tu m'as indiquées ?

— Non, mais…

— Très bien. Nous nous concentrerons donc sur la zone en question. Et, au printemps, tu pourras faire remplacer les tuiles.

Il se cala au fond de sa chaise, l'air satisfait de lui-même.

— Tu as terminé ? demanda-t-elle.

Voyant qu'il acquiesçait, elle poursuivit :

— Je ne peux pas te laisser monter sur le toit. Il pourrait y avoir un accident.

A sa surprise, il éclata de rire.

— Mon ange, merci de te soucier de ma sécurité, mais figure-toi que j'en connais un rayon sur le sujet.

Dans ma jeunesse, je travaillais comme couvreur la semaine et participais à des rodéos le week-end. Je faisais ça chaque été pour financer mes études.

— Ça m'est complètement égal. Je ne te laisserai pas faire, répliqua-t-elle. Ça me paraîtrait incorrect de t'autoriser à réparer mon toit alors que je n'ai pas les moyens de te payer. Et tant que nous y sommes, je te conseille de dire à tes hommes de remballer leur marchandise. Ça aussi, c'est au-dessus de mes moyens.

— Je croyais que nous avions déjà réglé le problème, répondit-il en se levant.

Avant qu'elle ait pu l'en empêcher, il la prit dans ses bras et, une fois assis sur la chaise qu'elle occupait, l'installa sur ses genoux. Son tour de passe-passe ne dura pas plus de quelques secondes.

— Je t'ai fait livrer tout ça pour compenser les frais de saillie que je n'ai pas acquittés. Fin de la discussion, décréta-t-il en l'embrassant dans le cou. Et mes hommes et moi, nous réparerons ton toit demain. Si ça peut te soulager, tu pourras nous inviter à déjeuner. Fin de la discussion.

Comment aurait-elle pu protester alors qu'il ne cessait de l'embrasser ? Et pourquoi n'avait-elle pas résisté lorsqu'il l'avait prise sur ses genoux ?

Elle n'en savait strictement rien. Mais une chose était sûre : chaque fois qu'il la prenait dans ses bras, non seulement elle ressentait l'incroyable alchimie sensuelle qui existait entre eux, mais aussi un intense soulagement de pouvoir oublier un instant ses innombrables responsabilités.

— Et pour que les choses soient bien claires entre nous, reprit-il, hier soir, quand tu as exigé que je prenne mes distances, tu t'es méprise sur mon silence. Contrairement à ce que tu as cru, je n'ai aucune intention de t'obéir, poursuivit-il en lui mordillant le lobe de l'oreille. Il n'est pas question que je disparaisse. Je suis là pour vous aider, ton fils et toi.

— J'ai bien peur que ça ne fasse que compliquer les choses…, remarqua-t-elle.

Il lui prit la joue et la regarda dans les yeux.

— Il se passe quelque chose entre nous, Heather. Quoi, exactement, je n'en sais rien. Ce qui est sûr, c'est que ça te fait peur et que tu crains de faire souffrir ton fils. Et pour être tout à fait honnête, ça me déstabilise, moi aussi. Mais j'ai beaucoup réfléchi à la question hier soir, et je pense que nous aurions tort de faire comme si de rien n'était. Que cela nous plaise ou non, quelque chose nous lie. Cela dit, je peux te promettre une chose : ni toi ni Seth n'en subirez jamais les conséquences.

— Nous ferions mieux de l'ignorer, insista-t-elle d'un ton beaucoup moins convaincant qu'elle ne l'aurait voulu.

Elle n'essaya même pas de nier l'alchimie entre eux. Ils savaient tous les deux que ce n'aurait été qu'un mensonge.

— Je n'en ai pas envie, répondit-il fermement en s'emparant de ses lèvres.

Malgré les dizaines d'objections qui lui traversaient l'esprit, elle ferma les yeux sans même tenter de résister. Elle aimait trop ses baisers. Tout d'abord parce qu'ils étaient délectables, mais aussi parce qu'ils lui rappelaient que loin d'être simplement une mère célibataire luttant pour sa survie, elle était aussi une femme.

Lorsqu'elle s'ouvrit à son baiser et qu'il s'empara de sa langue, une bouffée de chaleur la submergea tout entière. A petits coups de langue, il l'incita alors à se montrer plus joueuse, plus entreprenante, et l'espace d'un instant elle prit les commandes du baiser, ce qui lui procura un plaisir extraordinaire.

Lui attrapant la main, il l'incita à lui caresser les cheveux et la nuque. Elle s'exécuta avec délice, et il resserra son étreinte. Lorsqu'elle se mit à lui labourer doucement la peau du bout des ongles, il émit un râle de plaisir et elle prit conscience de son érection naissante contre sa cuisse. Aussitôt une vague de chaleur se répandit dans son bas-ventre et elle se lova de plus belle contre lui.

— Petit s'val ! s'exclama soudain Seth, qui entrait dans la cuisine en courant.

L'irruption de son fils calma aussitôt ses ardeurs. Elle se redressa, craignant que TJ ne soit contrarié de cette brutale interruption. Elle fut étonnée de voir qu'il affichait un sourire bienveillant. Bien des hommes auraient été profondément agacés dans une telle situation. Apparemment, TJ n'était pas de ceux-là.

— Nous reprendrons plus tard, promit-il en lui embrassant le bout du nez. Alors, mon copain, poursuivit-il en prenant Seth dans ses bras, tu as bien dormi ?

— Ouish, répondit celui-ci en lui faisant un câlin. Petit s'val, *maintenant*.

— Il faut que tu demandes à ta mère, répondit TJ en riant.

— Siteplé, m'man…

Seth lui jeta un regard si implorant qu'elle n'eut pas le cœur de refuser.

— D'accord, mais un seul tour. TJ est venu pour travailler, expliqua-t-elle.

— D'acco', répondit Seth avec un sourire désarmant.

Bien sûr, elle aimait son fils plus que tout, mais TJ avait raison : ce qui existait entre eux ne pouvait être ignoré. Elle espéra toutefois que Seth n'aurait pas à en souffrir.

Mais en regardant son fils faire le tour de la cuisine sur le dos de TJ, elle comprit que, quelle que soit la nature des liens qui se tissaient entre eux, Seth en faisait partie, lui aussi. Habituellement, il ne se laissait pas facilement séduire par les nouveaux venus, mais il s'était aussitôt pris d'amitié pour TJ, à la grande joie de ce dernier. En réalité, en les regardant jouer ensemble, elle avait l'impression de voir un père et son fils.

Retenant son souffle à cette pensée, elle s'efforça de ne pas paniquer. Elle avait toujours entendu dire que seul un homme vraiment exceptionnel était capable de considérer l'enfant d'un autre comme le sien. TJ était-il de cette trempe ?

Jusque-là, en tout cas, il avait été extraordinaire. Il n'avait pas hésité à s'occuper de Seth pour l'aider, et chaque fois qu'elle avait la moindre difficulté, il s'était fait un devoir de trouver une solution, même lorsqu'elle n'était pas d'accord. A l'évidence, TJ aurait fait un père idéal pour Seth.

Secouant la tête pour dissiper cette idée saugrenue, elle décida de ne pas s'emballer et de prendre chaque jour comme il venait. Pour l'instant, il n'était pas question d'engagement sérieux, et TJ avait promis que son fils n'aurait pas à souffrir de leur relation. Mais pouvait-elle le croire sur parole ? Ne s'était-il pas contenté de lui dire ce qu'elle voulait entendre ? Elle avait connu tellement de déceptions au cours des deux dernières années qu'elle avait le plus grand mal à faire preuve d'optimisme.

— Voilà, fiston. Maintenant, je dois aller aider mes ouvriers à ranger la nourriture des chevaux dans l'écurie, dit TJ en s'arrêtant devant elle.

— Qu'est-ce qu'on dit, Seth ? fit-elle en soulevant son fils.

— Me'ci, dit le petit garçon en souriant.

— Pas de quoi, fiston, répondit TJ en se relevant.

— Je précise que je ne suis toujours pas d'accord avec tout ce mic-mac, déclara-t-elle en lui tendant sa veste de sa main libre.

— Nous en avons déjà discuté, mon ange, répondit-il en enfilant sa veste avant de les serrer tous les deux dans ses bras. Prenons chaque jour comme il vient. J'aimerais pouvoir rester un peu mais j'ai rendez-vous en ville avec mon frère. Nous dînons au *Beaver Dam*.

— Tu n'as pas à te justifier, répondit-elle. De toute façon, je ne m'attendais même pas à te voir aujourd'hui.

— Je voulais simplement que tu saches où j'étais, au cas où tu aurais besoin de moi, expliqua-t-il en l'embrassant sur le front, avant de lui tendre une carte de visite du Dusty Diamond où figurait son numéro de portable.

— Nous nous en sortirons très bien, Seth et moi, assura-t-elle en glissant la carte dans la poche de son jean.

— Alors, à demain, lança-t-il en sortant.

En regardant TJ quitter la maison, elle eut l'impression d'avoir sauté dans le grand bain de la piscine sans savoir nager. Allait-elle vraiment laisser TJ l'aider ? Allait-elle explorer avec lui cette attirance mutuelle, comme il l'avait suggéré ?

L'observant depuis la cuisine, elle le vit échanger quelques mots avec ses hommes, après quoi il la salua de la main avant de monter dans son pick-up. Son cœur se mit à palpiter et elle se mordilla la lèvre inférieure. La seule idée de se lancer dans une relation avec qui que ce soit était tout simplement terrifiante.

Son enfant avait besoin d'un père, d'un homme pour l'aimer, jouer avec lui et l'éduquer. Mais cet homme continuerait-il à l'aimer une fois qu'il aurait un enfant bien à lui ? Du reste, ce genre d'homme existait-il vraiment ?

Son père lui-même, qui avait pourtant été un homme remarquable, n'y était pas parvenu. Sa sœur aînée, issue du précédent mariage de leur mère, avait toujours dit que tout avait été parfait jusqu'à la naissance d'Heather. Après quoi, son père s'était entiché d'elle et détaché en partie de sa sœur. Elle n'avait aucune envie que Seth connaisse la même déconvenue.

Quoi qu'il en soit, il semblait bien qu'elle se soit déjà attachée à TJ et que son fils ait commencé à voir en lui une sorte de figure paternelle, même s'il était trop jeune pour s'en rendre compte.

Lorsque TJ eut repéré son frère Lane au fond du restaurant, il s'arrêta au bar pour commander une bière avant de le rejoindre. Il ôta son chapeau et l'accrocha à une patère.

— Qu'as-tu fait cette fois pour t'attirer les foudres de Taylor ? demanda-t-il, incapable de réprimer un sourire.

— Qu'est-ce qui te fait croire que je me suis disputé avec ma femme ? questionna Lane.

— Depuis votre mariage au printemps dernier, je peux compter sur les doigts d'une main les fois où tu es sorti sans elle, répondit TJ. Et, si j'ai bonne mémoire, chaque fois, vous vous étiez disputés et tu étais sorti pour lui laisser le temps de se calmer.

Dès qu'il avait rencontré Taylor, TJ avait tout de suite compris que la jeune rouquine était la femme idéale pour Lane. Son tempérament passionné et enthousiaste compensait le sérieux excessif de son mari. Par ailleurs, le calme de ce dernier était bénéfique pour Taylor, qui avait tendance à s'emporter facilement.

— Eh bien, figure-toi que je n'ai rien à me reprocher, cette fois, répondit son frère. Elle ne se sent pas très bien depuis deux jours.

— C'est peut-être la grippe ? suggéra TJ. Justement, Heath… Euh… j'ai entendu dire qu'il y avait beaucoup de cas de grippe, en ce moment.

— Non. Apparemment, c'est un problème d'estomac, répondit Lane, sans remarquer sa gaffe. Comme elle refuse de cuisiner et qu'elle passe son temps à dormir, je me suis dit que j'allais la laisser se reposer et vous appeler pour aller dîner en ville.

— Qui d'autre as-tu appelé ? demanda TJ.

— Ryder et Sam ne vont pas tarder, répondit Lane en avalant une gorgée de bière. Ils ont préféré fuir le domicile conjugal, eux aussi, ajouta-t-il en riant. Sam parce que Bria a prévu de faire des essais de coiffure avec Mariah, en vue d'une soirée à Dallas avec son nouveau petit ami. Et Ryder parce que Summer trouve qu'il s'inquiète trop pour elle et le bébé. En réalité, c'est elle qui l'a mis dehors.

— Je comprends Sam, répondit TJ en riant. Mieux vaut fuir les soirées coiffure. Quant à Ryder, Summer a raison : il est trop protecteur.

— Si ça continue comme ça, enchaîna Lane en souriant, il risque de devenir carrément pénible avec sa fille, une fois qu'elle sera ado et qu'elle voudra sortir…

— A mon avis, il n'hésitera pas à sortir son fusil lorsqu'un pauvre gamin aura la mauvaise idée d'inviter Katie au cinéma.

— Oui, le genre de père intimidant, renchérit Lane.

— Cela dit, c'est efficace. Nul doute que le gamin y réfléchira à deux fois avant de tenter quoi que ce soit avec Katie. Au fait, tu as parlé avec Jaron depuis que Mariah a annoncé qu'elle sortait avec quelqu'un d'autre pour le nouvel an ? demanda-t-il.

— Je l'ai appelé pour l'inviter ce soir. Quand j'ai tenté de lui parler de Mariah, il m'a dit que ce n'étaient pas mes affaires et a décliné l'invitation.

— Tu connais son caractère, répondit TJ. Il n'est pas du genre à parler de ses problèmes. Il préfère ressasser.

— Malheureusement, ça peut durer longtemps, poursuivit Lane.

— Ne t'en fais pas pour lui. Jaron saura nous trouver lorsqu'il aura besoin de se confier.

— Tiens, voilà Sam et Ryder, fit Lane en désignant la porte du bar.

En regardant ses frères approcher de leur table, TJ se glissa au fond de la banquette pour libérer de la place.

— Au fait, est-ce que Nate vient ? demanda-t-il lorsque Sam et Ryder se furent installés.

— Je ne crois pas, il a dit qu'il allait voir cette fille à Waco, répondit Lane.

— Il devrait vraiment l'épouser, comme ça on aurait la paix, déclara Ryder, qui ne faisait qu'exprimer tout haut ce que tout le monde pensait tout bas.

— L'autre soir, il m'a avoué qu'ils avaient rompu, une fois de plus. Et ce, après avoir tenté de me donner des conseils en matière de drague.

Tout le monde éclata de rire.

— Et qui t'incitait-il à draguer ? demanda Sam. Parce que, si j'ai bien compris, tu ne vois pas beaucoup de femmes en ce moment, hormis peut-être ta fameuse voisine…

A ces mots, TJ faillit s'étrangler avec sa bière. Si par malheur ses frères apprenaient qu'il avait passé les dernières vingt-quatre heures chez Heather, ils le harcèleraient jusqu'à ce que mort s'ensuive. Cela dit, comment répondre à Sam sans lui mentir, alors qu'il s'y refusait totalement ? Jamais il ne s'était montré malhonnête avec ses frères, et il n'avait pas l'intention de s'y mettre.

Il haussa les épaules, essayant d'être évasif.

— Il m'a expliqué que j'avais très mal géré la situation avec Heath… euh… avec cette Mme Wilson quand je lui ai ramené son cheval…

— Ça alors, c'est dingue ! s'exclama Ryder.

Lane haussa un sourcil et posa sa bière sur la table.

— De quand date ce nouveau développement ? demanda-t-il.

— Quel nouveau développement ? répéta TJ, feignant l'incompréhension.

— Tu vois ta voisine, avoue-le…, intervint Sam.

— Qu'est-ce qui te fait croire une chose pareille ? répliqua-t-il nerveusement.

C'était la première fois que ses frères le harcelaient au sujet d'une femme, et il comprit soudain combien il pouvait être désagréable d'être cuisiné de la sorte.

— D'habitude, chaque fois qu'on parle d'elle et de son cheval, tu pètes un plomb, répondit Ryder.

— Je me suis calmé, déclara-t-il.

— Tiens donc…, fit Sam. C'est quand même bizarre, car l'autre soir, quand tout le monde était chez moi, tu ne pouvais toujours pas la voir en peinture. Que s'est-il passé au juste pour que tu changes d'avis ?

— Qu'est-ce qui te fait croire qu'il s'est passé quoi que ce soit ? répliqua-t-il, sachant qu'il ne faisait que retarder l'inévitable.

Ses frères ne lâcheraient pas le morceau avant de savoir ce qui se tramait entre Heather et lui.

— Le fait que tu répondes à chacune de nos questions par une autre question est plutôt suspect, tu sais, remarqua Lane, avec un sourire narquois.

— C'est ton avis d'expert, docteur Freud ? contre-attaqua TJ.

— Absolument, répondit Lane, hilare.

— Allons, crache le morceau, exigea Ryder avec un sourire triomphant.

Avec un soupir de frustration, il décida de céder et leur expliqua qu'il avait trouvé la jeune femme et son fils coincés sur la route à cause de l'inondation.

— Ils étaient tous les deux malades, et il n'était pas question que je les laisse dans cette situation, ajouta-t-il. Hank se serait retourné dans sa tombe si j'avais fait une chose pareille.

Ses trois frères acquiescèrent en silence. Leur père adoptif leur avait instillé un sens moral très strict. Abandonner une femme en détresse en pleine nuit aurait été à ses yeux absolument impardonnable.

— Tu savais qu'elle avait un enfant lorsque tu lui faisais un scandale chaque fois que tu ramenais son cheval ?

— Non, répondit-il, mortifié. Jamais je n'aurais exigé quoi que ce soit de sa part si j'avais su qu'elle était livrée à elle-même dans son ranch avec un enfant.

— Mais où est le père ? demanda Sam. Pourquoi ne lui donne-t-il pas un coup de main ?

Il leur expliqua la situation d'Heather, sans toutefois trop entrer dans les détails. Ses frères n'avaient pas besoin de savoir qu'elle rencontrait de graves difficultés financières. Tout d'abord, parce que Heather en aurait sans doute été mortifiée. Déjà qu'elle avait eu un mal fou à se confier *à lui*. Ce n'était donc pas pour qu'il raconte sa vie à ses frères. De toute façon, ils avaient probablement déjà compris.

— Tu vas continuer à l'aider, n'est-ce pas ? demanda Sam, avec un sourire presque aussi agaçant que celui de Lane.

— Je lui suis redevable, répondit-il en acquiesçant. Figurez-vous que son étalon a remporté un tas de prix.

— Toi qui croyais qu'il avait fichu en l'air ton programme de reproduction, c'est un comble, remarqua Lane. En réalité, il l'a largement amélioré.

— Comme quoi, ajouta Ryder en riant, mieux vaut parfois s'abstenir de tirer des conclusions hâtives…

— Ferme-la, tu veux ? maugréa TJ, regrettant soudain d'avoir accepté ce dîner avec ses frères.

— Alors, messieurs, qu'est-ce que je peux vous servir ? demanda soudain une jeune serveuse coiffée d'une queue-de-cheval en s'arrêtant à leur table. Nous avons une belle entrecôte avec sa purée d'oignons et de poivrons, servie avec des frites maison et du céleri rémoulade.

— Parfait pour moi, répondit Sam.

— Mettez-en deux, ajouta Ryder.

— Et toi ? demanda Lane à TJ.

Il acquiesça, et Lane se tourna vers la jeune serveuse pour résumer la commande.

— Bon, finalement, ça fera quatre entrecôtes à point. Et remettez-nous une tournée de bières.

— Très bien, j'apporte les bières dans un instant.

Au grand soulagement de TJ, la conversation s'orienta dans une tout autre direction après le départ de la serveuse. Une fois le repas terminé, ils se promirent de dîner plus régulièrement ensemble.

— De toute façon, on se voit dans deux jours au Dusty Diamond, rappela-t-il à ses frères en prenant son chapeau.

— Sans faute, répondit Ryder. Je compte sur vous pour m'aider à porter toutes les affaires de Katie. Sortir avec un bébé, c'est presque pire qu'un déménagement !

— Ça, c'est sûr, renchérit Sam. Pour nous, ça s'arrange un peu, maintenant que Hank a un an. Cela dit, même faire des courses en ville peut devenir une véritable expédition.

— Nous serons là, si Taylor a besoin de notre aide, répondit Lane.

— Au fait, reprit Sam, Taylor a appelé Bria cet après-midi pour lui dire qu'elle ne pourrait pas l'aider à préparer le dîner de la Saint-Sylvestre. Tu l'as emmenée chez le médecin ?

— Elle a rendez-vous demain après-midi, répondit Lane, alors qu'ils se levaient de table.

— J'espère que ce ne sera pas trop grave, ajouta TJ tandis qu'ils réglaient l'addition au bar.

— Tiens-nous au courant, d'accord ? fit Ryder.

Alors qu'ils traversaient le parking, il se tourna vers TJ :

— Tu vas inviter ta voisine à notre fête ?

— Ce serait la moindre des choses, intervint Sam en souriant. Si vous continuez à vous voir, autant lui présenter ta famille. Comme ça, elle saura à quelle sauce elle va être mangée…

— J'y penserai, grommela TJ en les saluant brièvement avant de monter dans son pick-up.

Sur le chemin du retour, il songea à la suggestion de ses frères. Bien sûr, c'était une bonne idée d'inviter Heather et Seth pour le nouvel an, mais il n'avait pas encore eu l'occasion de peser le pour et le contre.

Certes, la présence d'Heather et de Seth ne posait a priori aucun problème : sa famille se montrerait accueillante, c'était une certitude, et la jeune femme s'entendrait probablement très bien avec tout le monde, en particulier ses belles-sœurs. Alors qu'est-ce qui pouvait bien le freiner ?

Il avait proposé à Heather d'explorer l'attirance qui existait entre eux. Mais, à aucun moment, il n'avait évoqué l'idée de s'engager dans une relation durable. Dans ces conditions, serait-il raisonnable de lui présenter sa famille ? En particulier si rien de bon ne sortait finalement de son rapprochement avec Heather ?

En tournant dans le chemin menant à son ranch, il avait pris sa décision : il inviterait Heather. Outre le fait qu'il avait envie de passer du temps avec elle, il ne pouvait supporter l'idée que son fils et elle restent seuls au Circle W pendant qu'il passerait un bon moment en famille. Cela dit, elle ne serait peut-être pas facile à convaincre.

Il ne put s'empêcher de sourire à l'idée de la passe d'armes qui s'annonçait avec la jeune femme. Par chance, il commençait à être rompu à l'exercice.

- 6 -

TJ positionna son échelle coulissante contre la maison d'Heather puis alla chercher dans son pick-up un pot de revêtement anti-fuite acheté la veille par son contremaître. Dès que Tommy Lee aurait terminé de s'occuper des chevaux, il viendrait l'aider à colmater les fuites du toit. Après quoi, il avait prévu d'inviter Heather à passer le nouvel an avec sa famille le lendemain soir.

— TJ ? appela Heather.

Contournant la maison, il vit qu'elle l'attendait sous le porche en compagnie de Seth.

— Désolée de te déranger, mais quand Seth a appris que tu étais dehors, il a insisté pour te dire bonjour.

— Salut, fiston, lança TJ en souriant.

— 'alut, répondit le petit garçon avec un sourire jusqu'aux oreilles.

Avec sa mère, ils descendirent les marches du perron, et le petit garçon lâcha aussitôt la main d'Heather pour courir vers lui.

Il attrapa le bambin et le souleva de terre.

— Comment ça va aujourd'hui ?

Seth se mit à babiller à toute allure en faisant de grands gestes et TJ jeta un œil à Heather, en quête d'une traduction.

— Il dit qu'il m'a aidée à préparer le déjeuner pour ton ouvrier et toi, expliqua-t-elle en les rejoignant.

— Je suis sûr que tu as bien aidé maman, déclara TJ. Qu'est-ce que tu nous as préparé de bon ?

— Spetti'onaise, répondit fièrement Seth.

— Des spaghettis bolognaise ? fit-il, toujours sous le contrôle d'Heather.

Lorsque cette dernière acquiesça, il se mit à chatouiller Seth, qui éclata de rire.

— Ce n'est pas la première fois qu'on mange ça, toi et moi, pas vrai ?

— Maison *toi*, répondit Seth.

— Exactement, répondit-il, ravi. Je me souviens aussi que tu m'avais couvert de sauce tomate. Bon, je vais réparer le toit, ajouta-t-il en voyant que Tommy Lee sortait de l'écurie. Mais je viendrai déjeuner avec vous dès que j'aurai terminé, et on fera un tour de petit cheval. Qu'est-ce que tu en dis ?

— Sois prudent, je t'en prie, insista Heather en prenant Seth par la main.

— Hé, où vas-tu comme ça ? s'insurgea-t-il en s'avançant pour l'enlacer.

— Je croyais que tu montais sur le toit, répondit-elle, surprise.

— Uniquement si tu m'embrasses, dit-il en s'emparant de ses lèvres.

Seth étant présent, TJ opta pour la brièveté. En s'écartant, il ne put s'empêcher d'être frappé une fois de plus par la beauté d'Heather.

— On vous attend dans la cuisine, d'accord ? souffla-t-elle.

Il les regarda s'éloigner et, prenant une profonde inspiration, attendit l'arrivée de Tommy Lee.

— Bien, je vais monter sur le toit et tu me passeras le pot d'anti-fuite, d'accord ?

— D'accord, patron, répondit Tommy Lee, soulagé. Ça m'arrange car j'ai le vertige.

— Je t'ai déjà vu monter des dizaines de fois sur la mezzanine de la grange, objecta-t-il en se dirigeant vers l'échelle.

— Je n'ai jamais dit que j'aimais ça, répondit Tommy Lee.

— Alors, je dirai à Dan de faire monter Harry à partir de maintenant, déclara-t-il en montant à l'échelle. Tu n'as pas de problème avec les piqûres ?

— Aucun, répondit Tommy Lee en gravissant quelques barreaux pour lui tendre l'anti-fuite. Pourquoi ?

— Parce que Harry est pris de sueurs froides chaque fois qu'il doit aider le vétérinaire. A partir de maintenant, c'est toi qui l'aideras à vacciner les chevaux.

— Ça me va très bien, approuva Tommy Lee en redescendant l'échelle. C'est bizarre, Harry ne m'en a jamais parlé.

— Et toi, tu lui as parlé de ton vertige ? demanda TJ en ouvrant le pot d'anti-fuite.

— Jamais de la vie ! répondit Tommy Lee qui marqua une pause. Ah, je comprends…

TJ ne put réprimer un sourire, après quoi il se mit à étaler le goudron sur les zones endommagées du toit. La naïveté de Tommy Lee était surtout liée à sa jeunesse. Agé de vingt ans à peine, c'était la première fois qu'il travaillait dans un ranch.

TJ venait de terminer de colmater le toit, lorsque Tommy Lee émit une impressionnante bordée de jurons.

— Descendez vite, patron ! La maison de Mme Wilson est en feu !

En traversant le toit pour rejoindre l'échelle, TJ aperçut en effet une épaisse fumée grise provenant de la fenêtre de la buanderie. Il descendit l'échelle en un temps record, reprenant à son compte le juron particulièrement créatif de Tommy Lee avant d'en ajouter un autre de son cru. Tommy Lee sur les talons, il courut jusqu'à la maison et, poussant la porte de la cuisine, tomba nez à nez avec Heather qui, Seth dans les bras, s'apprêtait à sortir.

— Je viens d'arrêter la chaudière, mais je crois qu'elle est en feu, expliqua-t-elle.

— Fais-les sortir, ordonna-t-il à Tommy Lee.

Pendant que son ouvrier mettait Heather et Seth à l'abri, il ouvrit un placard et, s'emparant de l'extincteur, entra dans la buanderie. Tirant sur la manette, il vaporisa de la mousse sur le moteur de la chaudière, vidant la totalité de l'extincteur par mesure de sécurité.

— Que s'est-il passé ? demanda-t-il en rejoignant Heather et Seth à l'extérieur et en les serrant tous les deux dans ses bras.

— Je ne sais pas, répondit-elle, tremblante. J'ai entendu une légère explosion et puis j'ai senti une odeur de fumée. En allant dans la buanderie, j'ai vu que la chaudière était en feu. Je l'ai arrêtée et j'ai ouvert la fenêtre, mais la fumée était de plus en plus épaisse.

— Bon, l'incendie est éteint, maintenant, répondit-il, en resserrant son étreinte. Mais je crois que le moteur de la chaudière est mort.

— Il ne manquait… vraiment plus que ça…, bafouilla-t-elle.

Manifestement, elle était sur le point de fondre en larmes. Sachant combien elle était orgueilleuse, il prit les devants.

— Tommy Lee, peux-tu aller ranger l'anti-fuite dans la cabane à outil ? Ensuite, tu mettras l'échelle dans le pick-up et tu rentreras au ranch.

Ayant prévu d'inviter Heather à sa fête de nouvel an après le déjeuner, il avait demandé à Tommy Lee de le suivre avec l'un des pick-up du ranch. Etant donné la situation, il se félicita de ne pas avoir à le raccompagner.

— Pas de problème, patron, répondit Tommy, l'air soulagé d'échapper au psychodrame imminent.

— Allez, maintenant, on rentre, il commence à faire froid, constata-t-il, en soulevant Seth et en prenant Heather par les épaules.

Une fois dans la cuisine, elle fondit en larmes dans ses bras. C'était pour lui une situation intenable : il ne supportait pas de voir une femme pleurer. Mais quand il s'agissait d'Heather, c'était encore plus désespérant. Il voulait l'aider mais il ignorait si elle le laisserait faire. Déjà, il avait eu un mal fou à la convaincre de le laisser s'occuper des chevaux et réparer son toit. Jamais elle n'accepterait qu'il remplace la chaudière, ou la fasse réparer.

— M'man, m'man ? bredouilla Seth d'une voix tremblante.

Craignant que le bambin n'éclate lui aussi en sanglots, il prit une fois de plus les devants.

— Ne t'en fais pas, confia-t-il au petit garçon, ça va aller. Je vais bien m'occuper de toi et de ta maman, d'accord ?

Le petit garçon le dévisagea quelques instants avant de répondre :

— D'acco'.

Lorsque Heather se fut un peu calmée, il prit une serviette en papier et lui tamponna doucement les yeux.

— Tu peux t'occuper de Seth ? demanda-t-il. Je voudrais appeler un chauffagiste. Je vais essayer de le faire venir en urgence.

— Je… je… suis… désolée, murmura-t-elle en prenant son fils dans ses bras. Je ne… pleure jamais, d'habitude.

— Ce n'est rien, mon ange. Juste un petit incident de

parcours. Et tu n'es pas seule, ne l'oublie pas, dit-il en prenant son visage entre ses mains et en l'embrassant sur le front. Comme il fait froid, je me disais que tu pourrais préparer quelques affaires et passer la nuit chez moi. Vu l'heure, il y a peu de chances qu'un chauffagiste fasse le déplacement jusqu'ici aujourd'hui.

Elle le dévisagea de longues secondes avant de prendre une profonde inspiration.

— Merci, TJ.

— Tu n'as pas à me remercier. J'ai promis de t'aider et d'essayer de te faciliter la vie, répondit-il en l'embrassant. C'est ce que je fais.

Après le dîner, Heather mit en route le lave-vaisselle et termina de ranger la cuisine, après quoi elle décida de rejoindre TJ et Seth dans le salon. Par chance, elle avait eu la présence d'esprit d'emporter les spaghettis bolognaise en quittant son ranch, ce qui leur avait évité de cuisiner autre chose. Après tout, elle lui devait ce repas pour avoir réparé son toit et éteint l'incendie, sans compter tous les autres services que TJ lui avait rendus au cours de ces derniers jours.

A cette pensée, une irrépressible émotion la submergea, et au lieu d'entrer dans le salon, elle alla s'enfermer dans les toilettes. Il lui fallut plusieurs minutes pour maîtriser ses larmes. Elle avait déjà perdu son sang-froid une fois aujourd'hui, et elle n'avait aucune envie que TJ assiste à une nouvelle crise.

Qu'est-ce qui lui prenait tout à coup ? Jamais elle n'avait autant pleuré depuis sa grossesse. A l'époque, c'était bien sûr lié aux changements hormonaux et aux deuils successifs auxquels elle avait eu à faire face. Mais aujourd'hui ?

Au cours de ces deux dernières années, elle avait

beaucoup travaillé sur elle-même pour garder une attitude positive et dominer son stress. Et elle y était en grande partie parvenue.

Elle aurait pu régler seule le problème de chaudière, si seulement elle n'avait pas eu à payer ces fichus impôts fonciers à la fin du mois suivant. Malheureusement, elle avait beau faire et refaire ses comptes, elle n'avait pas — et n'aurait pas — les moyens de régler cette dette. Sauf s'il se produisait un miracle. Bien sûr, elle aurait pu vendre ses dernières juments poulinières, mais une telle solution aurait privé le ranch de son activité principale, la reproduction, et de ressources régulières.

Dans ces conditions, l'explosion de la chaudière était bien la goutte d'eau qui faisait déborder le vase. Non seulement elle n'avait pas les moyens de la remplacer mais un tel investissement aurait été parfaitement inutile, puisque le service des impôts allait saisir sa propriété si elle ne s'acquittait pas de sa dette. Dans quelques semaines, Seth et elle seraient probablement contraints d'aller habiter ailleurs.

Cela dit, la chaudière pouvait sans doute être réparée, ce qui lui laisserait un peu de répit. Lorsque TJ avait appelé le chauffagiste, ce dernier avait indiqué qu'il passerait le lendemain matin voir l'étendue des dégâts. Mais elle n'était pas optimiste. La chaudière avait plus de trente ans et avait été réparée tant de fois qu'il n'y aurait probablement plus rien à faire. Quoi qu'il en soit, raisonna-t-elle, sombrer dans le désespoir ne résoudrait certainement pas son problème. Elle s'efforça donc de se calmer.

Elle savait bien sûr que si elle demandait de l'aide à TJ, il se ferait une joie de régler ses problèmes. Mais elle n'allait pas s'abaisser à une chose pareille. Lorsqu'elle avait rencontré son fiancé, les parents de ce dernier l'avaient regardée de haut parce qu'elle était la fille d'un rancher, alors qu'eux-mêmes étaient loin d'être démunis. Ils étaient allés jusqu'à l'accuser de s'intéresser davantage à l'argent dont leur fils hériterait un jour qu'à leur fils lui-même. Ce fut alors qu'elle s'était juré de ne jamais accepter d'aide de qui que ce soit. Et même si cette promesse s'était parfois avérée très difficile à tenir, elle avait maintenu son cap. Et elle n'avait aucune raison de faire marche arrière aujourd'hui.

Inspirant profondément, elle se passa de l'eau froide sur le visage pour effacer les ravages des larmes puis se sécha soigneusement. Elle sortit des toilettes en espérant qu'une solution finirait bien par se présenter.

— Encore en pleine séance d'équitation, à ce que je vois ? lança-t-elle en entrant dans le vaste salon.

— Petit s'val, confirma Seth, en tapotant le crâne de TJ.

Ce dernier eut un rire bienveillant.

— Ce gamin va devenir un cow-boy, c'est sûr.

— Je crois qu'il est temps de laisser ton cheval se reposer, suggéra Heather en soulevant Seth et en le posant par terre. Je suis sûre qu'il doit avoir mal aux genoux.

— Tu veux boire quelque chose ? demanda TJ en se relevant. J'ai des jus de fruits, des bières et, si tu veux, je peux essayer de te concocter une pina colada ou une margarita. Mais, ajouta-t-il en souriant, c'est sans garantie. Je suis plus doué pour ouvrir une canette que pour préparer un cocktail.

Il lui effleura doucement la joue, déclenchant en elle un frémissement de désir. Elle sourit et dut reprendre son souffle avant de répondre :

— Merci, mais je ne veux rien. Je vais laisser Seth

jouer encore un peu, après quoi je lui donnerai son bain et le mettrai au lit.

— Pendant ce temps-là, j'installerai le lit parapluie que tu as apporté, proposa-t-il en l'attirant dans ses bras pour l'embrasser brièvement. Si tu n'es pas trop fatiguée, j'aimerais te parler de quelque chose quand Seth sera couché.

— D'accord, répondit-elle. De quoi ?

— On verra plus tard, dit-il avec un sourire aussi charmant que mystérieux.

Prenant Seth dans ses bras, il se dirigea vers le panier de jouets qu'il réservait habituellement à ses neveux.

— Pour l'instant, je vais m'occuper de mon copain pendant que tu te reposes sur le canapé.

— Ça ne te dérange pas ? demanda-t-elle.

— Tu en as bien besoin, répondit-il en s'approchant pour lui effleurer les lèvres.

Un frisson d'excitation la parcourut tout entière puis elle le dévisagea encore quelques instants avant d'aller s'installer dans l'immense canapé d'angle qui occupait l'autre partie du salon.

Tout en regardant TJ jouer avec son fils, elle se demanda ce qui se serait passé si le père de Seth était encore vivant. Se serait-il occupé de leur fils aussi bien que TJ ? Curieusement, elle en doutait. Certes, Mike Hansen l'avait aimée et aurait adoré Seth, mais il n'avait jamais été très prévenant ou attentionné.

Elle s'extirpa du canapé en voyant Seth bâiller.

— C'est l'heure du bain, chéri.

— Nan, répondit Seth. Veux zouer.

— Je crois qu'on ferait mieux d'écouter maman, intervint TJ en souriant. Elle sait ce qui est bien pour toi.

Bien que manifestement épuisé, Seth secoua la tête.

— Veux zouer.

— Je vais te proposer quelque chose, fiston, reprit

TJ en lui chatouillant le ventre. Je t'emmène dans la salle bains et je te promets que demain nous jouerons ensemble. Qu'est-ce que tu en dis ?

Elle ne put réprimer son émotion quand Seth se jeta au cou de TJ et le serra dans ses bras.

— D'acco'.

Même si elle ignorait où les mènerait cette relation, elle ne pouvait s'empêcher d'être reconnaissante à TJ de la façon dont il s'occupait de Seth. Au cours de ces derniers jours, elle avait eu l'impression de voir une fleur éclore. Avec TJ, Seth s'était ouvert et était devenu beaucoup plus loquace et extraverti qu'il ne l'avait jamais été avec quiconque, hormis elle.

— Merci, dit-elle.

— De quoi ? demanda-t-il alors qu'ils se dirigeaient vers la chambre d'amis.

Il passa son bras libre autour de ses épaules.

— De t'occuper si bien de Seth, répondit-elle.

— Tu as eu une journée difficile et je me suis dit que ça te ferait du bien de souffler un peu, expliqua-t-il avec un sourire réconfortant. Et, pour te dire la vérité, je m'amuse autant que lui. C'est un enfant adorable.

Lorsqu'ils entrèrent dans la chambre, TJ lui tendit son fils et s'attaqua au lit parapluie qu'elle avait apporté pour Seth.

— Pendant que tu lui donnes son bain, je vais monter le lit, dit-il en s'approchant pour l'embrasser. On se retrouve dans environ une demi-heure pour notre petite discussion.

Elle ne savait absolument pas de quoi il voulait lui parler et, à vrai dire, elle se demandait si elle avait envie de le savoir. En réalité, elle aspirait surtout à passer un moment seule avec l'un des hommes les plus sexys et les plus remarquables qu'elle ait jamais rencontrés.

*
* *

En attendant Heather, TJ s'assit au bar et ouvrit une bière, se demandant comment il avait pu s'enticher d'elle aussi vite. Dès qu'il l'approchait, il ne pouvait s'empêcher de la toucher. Il n'avait envie que de la prendre dans ses bras et de l'embrasser — et bien plus encore. Et, quand il était loin d'elle, il ne pensait qu'au moment où il allait la retrouver.

Et puis, il y avait son petit garçon. Il adorait les moments passés en sa compagnie et ses sourires désarmants. A plusieurs reprises, il n'avait pu s'empêcher de penser à toutes les choses qu'il pourrait lui apprendre lorsqu'il serait un peu plus grand.

Une fois de plus, il tenta de se raisonner. Mais c'était impossible. Car une chose était certaine, à présent : même s'il ignorait où les mènerait cette relation, il n'était plus question de faire marche arrière. Quoi qu'il se passe, il irait jusqu'au bout, que cette liaison doive durer deux mois ou jusqu'à la fin de sa vie. S'il passait à côté de cette chance, il le regretterait toute sa vie, il le savait.

Entendant le pas d'Heather, il se retourna et eut un coup au cœur en la voyant entrer dans la pièce. C'était sans l'ombre d'un doute la femme la plus désirable qu'il ait jamais rencontrée.

— Tu sais que tu es incroyablement belle ?

A peine eut-elle pris place sur un tabouret de bar à ses côtés qu'il l'attira au creux de ses bras.

— Ce n'est pas une chose à laquelle je prête beaucoup d'attention…, murmura-t-elle en rougissant légèrement.

De toute évidence, elle n'avait pas l'habitude de recevoir des compliments et il décida de remédier à cette situation.

— C'est pourtant vrai, mon ange. Toutefois c'est

loin d'être ta seule qualité, ajouta-t-il en enfouissant le visage dans ses mèches blondes. Tu es une maman formidable et la femme la plus forte et la plus intelligente que j'aie jamais rencontrée.

— Merci, mais qu'est-ce qui me vaut cette avalanche de compliments ? demanda-t-elle, le souffle court.

— Je ne fais qu'exprimer l'évidence, répondit-il en plongeant dans l'azur de ses yeux.

— C'est ça que tu voulais me dire ? reprit-elle. Que je suis une femme remarquable ?

Il l'embrassa sur le front en souriant.

— Pas du tout. Mais sache quand même que je le pense de toutes mes forces.

Il se leva pour aller jeter sa canette vide derrière le bar, après quoi il lui prit la main et l'entraîna vers le canapé. Lorsqu'ils s'assirent, elle posa sur la table basse un babyphone semblable à celui que ses belles-sœurs utilisaient pour surveiller le sommeil de leurs enfants.

— Alors ? Vas-tu enfin me dire de quoi tu voulais me parler ? demanda-t-elle.

Il l'attira contre lui et sourit lorsqu'elle plongea les doigts dans les petites boucles de sa nuque.

— Nous en parlerons plus tard, murmura-t-il en inclinant la tête. Pour l'instant, je vais me concentrer sur ce que j'ai envie de faire depuis le début de cette soirée.

Lorsqu'il s'empara de sa bouche, il goûta une fois de plus à la perfection de ses lèvres. Douces et charnues, c'était exactement le genre de lèvres auxquelles un homme ne pouvait résister. Il n'avait d'ailleurs aucune intention d'essayer. Au contraire, il ne tarda pas à approfondir son baiser et, sentant le désir monter en lui, il étendit Heather sur le large canapé.

S'allongeant à côté d'elle, il glissa un genou entre ses cuisses. Sa température grimpa d'un cran lorsqu'il sentit la chaleur qui émanait de son entrejambe à travers la toile du pantalon. Sans plus attendre, il glissa une main sous son chemisier pour lui caresser les seins.

Le T-shirt et le soutien-gorge devinrent bientôt d'intolérables obstacles. Glissant la main sous le T-shirt, il le dégrafa et libéra les seins de leur gangue de dentelle. Lorsqu'il se mit à les caresser, il sentit son corps s'enflammer au contact de la peau satinée. Effleurant un mamelon rigide du bout du pouce, il sentit Heather se cambrer de plaisir en soupirant. Cette réaction fit naître en lui un véritable incendie et il comprit à cet instant qu'en dépit de ses rebuffades ou de ses tentatives de rejet, elle le désirait tout autant que lui. A cette pensée, son désir se fit plus impérieux encore.

Craignant de perdre la tête, il interrompit leur baiser et se mit à lui mordiller tendrement le cou.

— Heather, souffla-t-il contre son oreille, je t'assure, je voulais simplement t'embrasser. Mais j'ai tellement envie de toi que j'ai peur de ne pas pouvoir me contrôler. Si tu ne partages pas ce désir, dis-le-moi tout de suite, ajouta-t-il en relevant la tête pour plonger dans ses yeux bleus. Sinon, je peux t'assurer que je vais te faire l'amour. Et je te promets que tu ne regretteras pas la moindre de mes caresses.

Elle le dévisagea durant d'interminables secondes avant de répondre.

— Dernièrement, j'ai pris beaucoup de décisions risquées. Je ne voudrais pas…

— Je comprends, mon ange, répondit-il, se demandant comment il allait bien pouvoir calmer ses ardeurs.

Il s'apprêtait à se lever pour aller faire un tour dans l'écurie lorsque Heather resserra son étreinte. Il la dévisagea, le cœur battant à tout rompre. Le désir qu'il lut dans ses yeux bleus le galvanisa littéralement.

— Heather ?

— Si tu m'avais laissée finir, j'étais sur le point de dire que je ne voulais pas prendre une mauvaise décision de plus en renonçant à faire l'amour avec toi. Ce soir, j'ai envie d'oublier les chaudières défaillantes et les difficultés financières. Et je refuse de penser à l'avenir. Tout ce que je veux, c'est vivre l'instant présent le plus intensément possible.

Il la dévisagea, abasourdi.

— Tu en es sûre, mon ange ?

— Absolument, murmura-t-elle en l'embrassant avec une infinie tendresse.

- 7 -

En regardant TJ, Heather comprit qu'elle était peut-être en train de commettre la plus grosse erreur de sa vie. Mais avait-elle réellement le choix ? Tout ce qui s'était passé entre eux depuis le premier baiser échangé dans la cuisine avait conduit à cet instant.

Se levant du canapé, il prit le babyphone et lui tendit la main pour l'aider à se lever.

— Montons dans ma chambre, murmura-t-il en la prenant par les épaules et en l'entraînant vers l'escalier. Ce sera plus confortable.

Arrivés à l'étage, ils jetèrent un coup d'œil dans la chambre qu'elle partageait avec son fils. Voyant que ce dernier dormait à poings fermés, ils continuèrent jusqu'à la suite de TJ. Elle eut à peine le temps de remarquer la taille impressionnante du lit, le ciel étoilé à travers les immenses baies vitrées ou le décor rustique des lieux qu'il la prenait dans ses bras.

— Chérie, je vais faire tout mon possible pour ne pas aller trop vite, murmura-t-il en déposant une pluie de baisers dans le creux de son cou. Et je veux que tu promettes de me dire ce que tu aimes, ce qui te donne le plus de plaisir.

A ces tendres recommandations, elle sentit son cœur se mettre à palpiter.

— Ça fait… un bon moment que je…, balbutia-t-elle, le souffle court.

— Depuis ton fiancé ? demanda-t-il en s'agenouillant pour lui ôter ses chaussures.

— Oui…, murmura-t-elle, alors qu'il lui caressait la cheville et le pied tout en la déchaussant.

Il se déchaussa à son tour et se releva avant de lui prendre la main.

— Nous allons apprendre à nous donner du plaisir l'un à l'autre.

Son sourire engageant déclencha en elle une onde de chaleur, qui s'accrut encore lorsqu'il lui prit les deux mains pour les poser sur son torse.

— Et si tu commençais par m'enlever ma chemise ? suggéra-t-il.

Lentement, elle tira sur les pans emprisonnés dans le pantalon puis défit un à un les boutons. Glissant les mains autour de son cou, elle fit glisser doucement le vêtement le long de ses larges épaules et de ses biceps saillants. Lorsque la chemise tomba par terre, un frémissement d'excitation la parcourut à la vue de son torse puissant.

— Tu es magnifique, avoua-t-elle, en lui caressant doucement les pectoraux. Tes muscles sont si bien dessinés…

— N'oublie pas que j'étais champion de rodéo, dans mon jeune temps.

— Que montais-tu ? demanda-t-elle, remarquant l'épaisseur de ses bras. Tous les champions de rodéo que j'ai connus avaient des biceps absolument impressionnants. Chevaux ou taureaux ?

— Des chevaux, avec et sans selle, répondit-il en souriant. A mes débuts, j'ai fait aussi un peu de capture au lasso, en compagnie de mon frère Lane.

Son sourire s'effaça peu à peu et un frémissement

parcourut son corps puissant tandis qu'elle dessinait du doigt les creux et renflements formés par ses abdominaux. Il laissa échapper un grognement lorsqu'elle atteignit son nombril.

— Tu ne peux pas imaginer le plaisir que tu me donnes, murmura-t-il.

— Si, très bien. Je n'ai qu'à repenser à la façon dont tu me caressais tout à l'heure, sur le canapé, répondit-elle d'un ton sensuel qui l'étonna elle-même.

A son tour, il la dépouilla de son T-shirt et fit tomber le soutien-gorge. Torse nu devant lui, elle se sentit presque défaillir lorsque ses paumes rugueuses frôlèrent ses mamelons tendus.

Inclinant la tête, il déposa une pluie de baisers le long de son cou puis entre ses seins, faisant naître dans son bas-ventre une onde de chaleur irrésistible. Lorsqu'il aspira un mamelon entre ses lèvres et le titilla de la pointe de la langue, elle vibra de plaisir.

— Tu aimes ? murmura-t-il en passant à l'autre sein.

— J'adore..., souffla-t-elle en s'agrippant à lui.

Sans la quitter du regard, il s'attaqua à sa braguette. Prenant une profonde inspiration, elle hocha la tête pour lui faire comprendre qu'elle était prête, et il fit glisser son jean le long des hanches puis de ses jambes. A peine eut-elle quitté son pantalon qu'il la prit dans ses bras. Au contact de ses seins contre son torse, de minuscules décharges électriques se propagèrent dans tout son corps. Il y avait si longtemps qu'elle n'avait pas été en proie à une telle fièvre qu'elle se demanda l'espace d'un instant comment elle avait pu se maîtriser si longtemps en présence d'un tel homme.

— L'un de nous deux est... trop habillé, balbutia-t-elle lorsqu'elle eut enfin retrouvé sa voix.

Reculant d'un pas, TJ sourit.

— Je te laisserais bien t'occuper de mon jean, mais je pense qu'il vaut mieux que je le fasse moi-même.

Lorsqu'il ouvrit doucement la fermeture, passant avec difficulté au-dessus du renflement impressionnant qui s'était formé sous le tissu, elle comprit la raison de sa prudence.

— Parfois, érections et fermetures à glissière ne font pas bon ménage, ajouta-t-il en se débarrassant de son pantalon.

Il s'apprêtait à ôter son caleçon lorsqu'elle sourit, laissant courir son doigt le long de l'élastique.

— Si tu veux, je peux faire ça pour toi.

Il parut troublé un instant, puis posa la main sur sa petite culotte.

— Pourquoi ne pas le faire ensemble ?

Lorsqu'ils eurent aboli l'ultime barrière, TJ recula d'un pas.

— Tu es encore plus belle que je l'imaginais, souffla-t-il en la caressant du regard.

— C'est aussi ce que je me disais à ton sujet, murmura-t-elle, mémorisant les moindres détails de son corps viril.

— Viens contre moi, reprit-il en joignant le geste à la parole.

Lorsqu'ils se touchèrent, ce fut comme si toutes les terminaisons nerveuses de son corps prenaient vie, et elle se délecta du contraste entre la douceur de sa peau et la rugosité de la sienne. Mais en sentant son érection contre son bas-ventre, elle fut la proie d'un désir irrépressible et dut s'agripper à lui pour garder l'équilibre.

— Et si nous allions nous allonger avant de nous effondrer ? suggéra-t-il en la guidant vers son vaste lit.

Pendant qu'elle écartait la couverture et s'étendait sur le lit, TJ prit un étui argenté dans le tiroir de la table de nuit et le glissa sous l'oreiller avant de se lover contre elle.

— Tu es vraiment la femme la plus sexy que j'aie jamais rencontrée, murmura-t-il en l'embrassant passionnément.

Elle n'eut pas le temps de répondre qu'elle pensait la même chose de lui, car elle resta sans voix en sentant qu'il lui caressait l'intérieur de la cuisse et remontait déjà vers son entrejambe. Lui écartant doucement les cuisses, il s'attaqua au bouton sensible et gorgé de sang, niché dans ses replis intimes.

Ressentant de besoin de le toucher comme il la touchait, elle avança la main vers son sexe tendu. TJ accueillit sa caresse avec un râle d'extase.

— Mon ange… si tu continues… nous risquons d'être tous deux très… déçus, haleta-t-il, à bout de souffle.

— J'ai envie de toi, TJ, murmura-t-elle.

Il testa sa réactivité en lui prodiguant de légères caresses, qui la rendirent folle de plaisir. Combien de temps pourrait-elle encore résister avant de perdre la tête ?

— Maintenant !

— D'accord, dit-il en prenant l'étui argenté sous l'oreiller.

Après avoir enfilé le préservatif, il se hissa sur elle et lui écarta les cuisses. Elle plongea dans son regard alors que, de la main, elle guidait son sexe au seuil de son intimité. Il la pénétra doucement, faisant naître en elle une exquise sensation de complétude.

— C'est si bon d'être en toi, souffla-t-il, fermant les yeux avant d'ajouter : j'ai envie de toi maintenant, Heather.

— Vas-y, je t'en supplie…

Il se mit à aller et venir en elle, augmentant à chaque fois son plaisir. L'alchimie qui existait entre TJ et elle ne ressemblait à rien de ce qu'elle avait connu jusqu'alors. Elle avait eu beau tenter de l'ignorer, le phénomène avait existé entre eux dès le départ. L'intensité de leur communion charnelle aurait pu l'effrayer si elle avait été capable d'avoir une pensée cohérente. Mais, en cet instant, elle ne pouvait plus que ressentir la pression délicieuse de son corps contre le sien et l'embrasement que faisait naître chacun de ses mouvements.

Bien trop vite, elle sentit une onde de plaisir naître dans son bas-ventre et l'emporter dans un tourbillon de sensations. En s'agrippant à TJ, elle sentit qu'il jouissait à son tour. Dans un râle, il enfouit la tête au creux de son cou et se répandit doucement en elle.

Elle le garda dans ses bras, désireuse de faire durer leur communion le plus longtemps possible. En sentant leurs deux cœurs battre à l'unisson, elle comprit alors qu'elle avait trouvé l'âme sœur.

Un sentiment de panique l'envahit soudain. Avait-elle commis l'impensable ? Etait-elle tombée amoureuse de TJ ?

En apprenant à le connaître, elle avait découvert un homme complètement différent de ce qu'elle avait cru au premier abord. Il était gentil, attentionné ; c'était même l'homme le plus respectueux qu'elle ait jamais connu. De plus, elle était sûre de pouvoir lui faire confiance. Lorsqu'il lui avait assuré qu'il ne leur ferait jamais le moindre mal, à elle ou à Seth, l'expression qui s'était peinte dans ses yeux traduisait toute sa sincérité. Mais ce n'était pas toujours aussi simple. Parfois, faire du mal à autrui était involontaire et inévitable.

— Tout va bien, mon ange ? demanda-t-il en roulant sur le côté.

Elle acquiesça.

— C'était…

Au lieu de terminer sa phrase, elle le dévisagea. Ses

incroyables yeux noisette exprimaient une tendresse telle qu'elle en resta sans voix. Si elle avait eu encore le moindre doute quant aux sentiments qu'elle éprouvait pour lui, ce qu'elle voyait dans ses yeux n'aurait pu que le dissiper. Oui, elle était bel et bien en train de tomber amoureuse de lui, et cette certitude lui parut soudain effrayante.

— ... incroyable, dit-il, terminant à sa place, inconscient des questionnements qui l'habitaient.

L'attirant au creux de ses bras, il l'embrassa avec tant de douceur qu'elle en eut les larmes aux yeux.

— Tu es extraordinaire, Heather...

Elle aurait voulu lui dire combien il était lui aussi remarquable, combien elle appréciait tout ce qu'il avait fait pour elle, mais elle était toujours aux prises avec ses sentiments. Si elle n'était encore tombée amoureuse de lui, elle n'en était qu'à deux doigts.

— C'était merveilleux, répondit-elle sincèrement. Mais je dois passer la nuit auprès de Seth.

Il acquiesça en souriant.

— Je comprends, mon ange.

Lorsqu'il se leva, il ne sembla pas le moins du monde embarrassé par sa nudité. Ramassant leurs vêtements, il lui tendit les siens. Je vais te raccompagner, proposa-t-il en enfilant son pantalon.

Alors qu'une fois rhabillée elle se dirigeait vers la porte, TJ la prit par la taille et ils marchèrent côte à côte jusqu'à la chambre où dormait son fils.

— Au fait, tu ne m'as pas dit de quoi tu voulais me parler..., remarqua-t-elle.

S'arrêtant devant la porte, il attrapa une mèche qui lui tombait sur le front et la replaça derrière son oreille.

— Ça peut attendre jusqu'à demain matin. Dors bien, Heather.

Prenant son visage entre ses mains, il l'embrassa tendrement.

En refermant la porte, elle se demanda si elle arriverait à dormir. D'innombrables pensées tournoyaient dans son esprit, et elle se demandait en particulier si elle devait révéler à TJ la gravité de sa situation en ce qui concernait son ranch.

Et comme si ce n'était pas encore suffisant, elle avait un nouveau problème à affronter : elle était en train de tomber désespérément amoureuse de lui.

Lorsque TJ rentra chez lui après son rendez-vous avec le chauffagiste au Circle W, il trouva le mot qu'il avait laissé à l'intention d'Heather sur le plan de travail de la cuisine. Il en déduisit qu'elle dormait encore et se dirigea en souriant vers son bureau. Déposant le courrier qu'il avait pris dans la boîte aux lettres d'Heather, il gravit l'escalier et entrouvrit la porte de la chambre qu'elle partageait avec Seth.

— 'alut ! fit le petit garçon en se mettant debout sur son lit. M'man dodo, ajouta-t-il en souriant, avec un geste en direction du lit où sa mère dormait encore.

TJ porta un doigt contre ses lèvres pour faire taire le bambin et, traversant la pièce, le prit dans ses bras.

— Comment ça va, aujourd'hui ? demanda-t-il à Seth lorsqu'ils furent sur le palier.

En guise de réponse, le petit babilla quelque chose qu'il ne tenta même pas de comprendre.

— Ça te dirait de prendre le petit déjeuner avec moi pendant que maman se repose ? demanda-t-il en descendant l'escalier et en entrant dans la cuisine. Si tu veux, tu pourras battre les œufs.

— D'acco', acquiesça Seth.

C'était une chance que le petit garçon aime les œufs,

car à part les sandwichs, les œufs brouillés et le pain grillé, il était incapable de lui préparer autre chose.

Après avoir rassemblé les ingrédients, TJ approcha une chaise du plan de travail et y déposa Seth avant de prendre un bol dans un placard.

— Toi, tu vas mélanger les œufs et le lait, dit-il, ce qui lui valut un grand sourire du petit garçon. Par contre, c'est moi qui les ferai cuire, toi tu n'as pas le droit parce que c'est chaud. D'accord ?

— D'acco'.

Après avoir cassé les œufs dans le bol, TJ ajouta un peu de lait pour rendre le mélange mousseux et léger. Sans lâcher le bol, il tendit le fouet à Seth et imprima à sa main un mouvement circulaire.

Cela allait prendre deux fois de plus de temps que d'habitude de mélanger les œufs de cette façon, mais pour rien au monde il n'aurait voulu manquer le sourire qui illuminait le visage de Seth. Le bambin s'amusait comme un fou et, du point de vue de TJ, cela en valait largement la peine.

— Pourquoi ne m'avez-vous pas réveillée ? demanda Heather en entrant dans la cuisine.

TJ se retourna et vit qu'elle jetait un œil à l'horloge.

— J'ai raté le rendez-vous avec le chauffagiste.

— Ne t'en fais pas, répondit-il en continuant d'aider Seth à mélanger les œufs. J'y suis allé, et il m'a dit que ta chaudière avait besoin d'un nouveau moteur, mais qu'il n'y avait pas d'autres dégâts. Le seul problème, c'est que, vu l'âge de la chaudière, il va devoir commander la pièce de rechange.

— J'apprécie ton aide, mais tu aurais dû me réveiller. J'aurais préféré le voir avec toi, répondit-elle en posant son sac à main sur l'îlot central. C'est à moi de m'occuper de ce problème, pas à toi.

Il aurait dû s'attendre à cette réaction. Mais après

la nuit extraordinaire qu'ils avaient passée, il avait cru qu'elle se laisserait faire plus volontiers. Il aurait dû savoir que ce ne serait pas facile pour elle de faire taire son orgueil.

— Tu avais besoin de repos, répondit-il, en se retournant pour jeter un œil à Seth. Et tu m'as dit hier que tu espérais que la chaudière serait réparable. Je n'ai fait que transmettre au chauffagiste les propos que tu lui aurais tenus.

Elle soupira.

— T'a-t-il dit dans combien de temps la pièce serait disponible ?

— Pas avant le début de la semaine prochaine, puisque demain c'est férié. On dirait bien que tu vas devoir prolonger ton séjour, ajouta-t-il en jetant un œil par-dessus son épaule. Et, personnellement, j'en suis absolument ravi, mon ange.

Elle se massa les tempes du bout des doigts.

— Je ne peux pas profiter de toi de cette façon.

— Crois-moi, ça ne me dérange absolument pas, assura-t-il. La maison est grande. La plupart du temps, j'erre dans les pièces comme une âme en peine.

— Alors pourquoi t'es-tu fait construire quelque chose de si vaste ? rétorqua-t-elle.

— J'aimais la disposition des pièces et, de plus, je pouvais me le permettre financièrement, répondit-il en haussant les épaules.

Voyant qu'elle n'était pas de très bonne humeur, il décida d'attendre la fin du petit déjeuner pour lui expliquer qu'il accueillait chaque année sa famille pour le réveillon de la Saint-Sylvestre. Et que, du reste, celle-ci ne tarderait pas à débarquer avec armes et bagages. Mieux valait éviter qu'elle ne lui jette ses œufs brouillés à la figure pour ne pas le lui avoir dit plus tôt.

— Je suppose que c'est une raison suffisante, répliqua-t-elle.

Il jeta un œil à Seth.

— On dirait que je vais pouvoir faire cuire les œufs, annonça-t-il en souriant.

Il approcha le bol et la chaise de la cuisinière mais en veillant à ce que le petit garçon soit suffisamment éloigné du feu.

— Tu regardes comment je fais ?

— M'man, moi j'aide, dit joyeusement Seth une fois remonté sur la chaise.

— Je vois ça, répondit Heather en s'approchant pour regarder son fils en action. Je croyais que tu ne savais rien faire, hormis des sandwichs, dit-elle à TJ.

— Des œufs et des sandwichs, c'est tout, répondit-il en souriant à la plus belle femme du monde.

Après la nuit qu'ils avaient passée, il savait qu'il était fichu. Jamais il n'avait ressenti une telle alchimie avec une femme. Et jamais il ne s'était aussi bien entendu avec un enfant.

Son cœur se mit à cogner dans sa poitrine. Songeait-il réellement à s'engager ? Etait-il prêt pour cela ?

— Tu veux que je te remplace ? demanda-t-elle.

— Pas du tout.

Heureux d'avoir été détourné de ces pensées importunes, il sourit avant de se tourner vers Seth.

— On s'en charge tous les deux, pas vrai, fiston ?

Seth hocha la tête, ravi, et babilla une réponse qu'Heather eut l'air de comprendre.

— Veux-tu que je mette la table ? demanda-t-elle.

— Excellente idée. Et si ça ne te dérange pas, je prendrais bien une tasse de café. Je ne sais pas pourquoi, je suis fatigué, ce matin, ajouta-t-il malicieusement.

Elle rougit légèrement.

— Ne compte pas sur moi pour répondre à cette

question, répondit-elle en souriant, avant de se détourner pour mettre la table.

Pendant qu'il terminait de cuire les œufs, Heather fit griller des toasts. Lorsqu'ils furent tous attablés, il eut un bon aperçu de ce à quoi ressemblerait sa vie s'il devait s'engager avec elle. Etait-ce vraiment ce qu'il désirait ?

Une chose était sûre, ce n'était pas désagréable. S'occuper de Seth était formidable. Et à l'idée de pouvoir faire l'amour avec Heather toutes les nuits et de la trouver dans ses bras chaque matin, son corps réagit au quart de tour. Toutefois, former une famille impliquait aussi de lourdes responsabilités.

Il avait passé une bonne partie de la nuit à se demander ce qu'il voulait, sans aboutir à une réponse définitive. D'un côté, ce genre d'engagement à long terme — c'est-à-dire être responsable de quelqu'un d'autre que de lui-même — le terrifiait parce qu'il craignait de ne pas être à la hauteur.

Hormis Hank durant les quelques années qu'il avait passées au Last Chance Ranch, il n'avait jamais eu de père. Et il ne se représentait pas clairement ce que devait être un bon mari. Il avait vu ses frères s'adapter aux attentes de leurs femmes, mais cela se résumait aux réunions familiales. Peut-être était-ce différent dans leur vie quotidienne.

En revanche, l'aspect financier d'une telle relation ne serait pas un souci. Grâce à de judicieux investissements, ses descendants sur quatre générations n'auraient pas à travailler de leur vie. Non, ce qui l'inquiétait, c'était d'être responsable du bien-être émotionnel de ses proches. Il savait qu'il remuerait ciel et terre pour répondre aux besoins et aux désirs d'Heather et de Seth. Mais cela suffirait-il à leur bonheur ?

D'un autre côté, il se demandait à quoi ressemblerait sa vie si Heather et Seth n'en faisaient pas partie. Certes, ils s'étaient rapprochés rapidement, mais à ce stade, il n'imaginait même plus pouvoir se passer d'eux. D'un autre côté, il ne savait pas encore si ce qu'il ressentait pour Heather était bien de l'amour. Il n'avait jamais vraiment été amoureux d'une autre femme avant elle. En l'absence de point de comparaison, comment pouvait-il être sûr de ses sentiments pour Heather ?

— Dis donc, tu as l'air bien sérieux tout à coup, remarqua-t-elle en essuyant les mains de Seth, qui avait terminé son repas. Est-ce que tout va bien ?

— Très bien, répondit-il, décidant de remettre à plus tard cet interminable débat intérieur. Je songeais simplement à ce dont je voulais te parler hier soir.

Le moment était venu d'annoncer l'arrivée de sa famille en fin d'après-midi.

— Alors, de quoi s'agit-il ? demanda-t-elle en débarrassant la table tout en chargeant le lave-vaisselle. Je commence à croire que tu as peur de m'en parler. Peut-être devrais-je être sur mes gardes…

— Ce n'est rien de grave, rassure-toi. En fait, je suis sûr que tu passeras un bon moment. Sans parler de mon petit copain, ajouta-t-il en se tournant vers Seth.

— De quoi parles-tu ? demanda-t-elle, intriguée.

Il consulta sa montre.

— Dans environ cinq heures, toute ma famille va débarquer pour le réveillon du nouvel an. Ça fait un bon moment que je voulais t'inviter, mais nous avions toujours autre chose à faire.

Elle écarquilla les yeux.

— Je ne peux pas m'imposer dans votre réunion de famille, répondit-elle en secouant la tête, ce qui fit virevolter sa queue-de-cheval. Nous avons suffisamment abusé de ta gentillesse, Seth et moi. Nous allons rentrer à la maison. Je suis sûre que nous trouverons un moyen pour nous chauffer…

— J'en doute, répondit-il en se levant de table pour la prendre dans ses bras. La météo annonce une chute des températures pour cette nuit. Et pendant que nous y sommes, j'aimerais clarifier un autre point. Tu n'abuses pas de ma gentillesse. Je suis ravi de vous accueillir, Seth et toi.

— Mais, je n'ai rien à me mettre, objecta-t-elle, l'air chagriné.

— Personnellement, je trouve que tu es très bien comme ça.

Elle le dévisagea, consternée.

— Je n'ai pas envie d'être en jean et chemisier alors que les autres…

— Tout le monde sera habillé exactement comme toi, intervint-il. Mes belles-sœurs viennent toujours en jean et sweat-shirt. Crois-moi, tu seras parfaite, mon ange. Seth et toi, vous êtes avec moi, et j'ai envie de vous présenter ma famille. Quand ils repartiront demain après le brunch, je suis sûr que tu te demanderas pourquoi tu as pu être si inquiète.

En prononçant ces mots, il n'aurait pu être plus sincère. Heather et Seth faisaient partie de sa vie, à présent, et rencontrer sa famille était une étape essentielle s'il voulait les garder à ses côtés pour toujours.

Lorsque ses frères et ses belles-sœurs arrivèrent en fin d'après-midi, Heather fut soulagée de constater que TJ avait raison. Elle se sentait parfaitement à l'aise. Il n'y eut qu'un seul moment un peu gênant : lorsque l'un des frères de TJ, Nate, lui avait demandé si elle possédait un étalon. L'entendant répondre par l'affirmative, il avait souri et l'avait serrée amicalement dans ses bras avant de lui souhaiter la bienvenue au zoo familial. Elle s'était demandé ce que TJ avait bien pu leur raconter au sujet de leur querelle, mais apparemment, quoi qu'il ait pu dire, cela n'avait aucune importance.

En réalité, elle avait passé un excellent moment. En particulier avec les belles-sœurs de TJ, lorsqu'elles préparaient le dîner et des toasts dans la cuisine. Echanger avec d'autres femmes lui avait beaucoup manqué, depuis qu'elle s'était installée au Circle W.

A la fin de ses études secondaires, elle avait quitté la région pour s'inscrire à l'université, où elle avait rencontré le père de Seth. Elle avait alors perdu de vue toutes ses amies. Par la suite, lorsqu'elle était revenue après la mort de son fiancé, elle avait découvert que celles-ci avaient déménagé ou qu'elles n'avaient plus rien en commun. Or, assise en cet instant dans le salon, elle avait de nouveau l'impression de faire partie de la bande.

— A quel âge ton petit garçon a-t-il commencé à marcher ? lui demanda Bria Rafferty en prenant quelques fruits secs. Mon fils commence à se lever à se tenant à quelque chose, mais il n'ose pas faire le premier pas.

— Seth a fait exactement la même chose pendant quelques semaines, répondit-elle en souriant. Et puis, un beau jour, à l'âge de onze mois, il s'est lancé. Et depuis, il ne s'est plus arrêté.

Elle se mit à rire en regardant Seth, qui courait comme un fou autour du salon.

— Il est adorable, intervint Summer McClain en rejoignant le groupe après avoir nettoyé la chemise de son mari, sur laquelle leur fille avait vomi, comme d'habitude à côté de la serviette. J'adore ses cheveux cuivrés. Ça me rappelle les tiens, Taylor. Peut-être qu'un jour tu auras toute une ribambelle de petits rouquins et rouquines.

— Peut-être, répondit l'intéressée en prenant une gorgée de jus de fruits. C'est vrai que ton fils est vraiment très mignon, Heather.

— Merci, répondit-elle fièrement.

Lorsque TJ s'approcha du canapé, Seth sur les épaules, Summer sourit.

— Dis-moi, TJ, on dirait que tu t'amuses bien, ce soir.

Heather jeta un œil à deux des frères, qui faisaient des grimaces pour arracher un sourire à la toute petite fille que Ryder McClain tenait dans ses bras, alors que les autres faisaient essayer leurs chapeaux au petit Hank.

— On dirait qu'ici, tous les hommes s'amusent bien avec les enfants.

— Bien sûr qu'ils s'amusent, approuva Bria en riant. Puisque ce sont eux-mêmes de grands enfants.

— Hé, j'ai l'impression que tu parles de moi, lança TJ en souriant.

— Normal ! s'exclamèrent les quatre femmes à l'unisson.

A cet instant, le mari de Taylor, Lane, rejoignit les femmes hilares.

— Tu es prête, chérie ?

— Je suppose, répondit Taylor en se levant avec un sourire.

— Vous n'allez pas nous quitter, j'espère ? s'enquit Bria.

— Absolument pas, répondit Lane en souriant. Hé, les cow-boys, lança-t-il à l'intention de ses frères, décrochez-vous de ce bar et venez ici une minute.

— Qu'est-ce qui t'arrive, Freud ? demanda Sam en traversant la pièce, son fils dans les bras.

— Il veut peut-être nous psychanalyser, suggéra Nate en riant.

— Ça ne m'étonnerait pas, renchérit TJ.

— Alors, Lane ? demanda Ryder, tendant sa fille à sa femme.

— Taylor et moi voulions vous faire savoir que, dans moins de huit mois, cette famille comptera un nouveau membre, déclara Lane, en couvant sa femme du regard.

— Bon sang ! s'exclama Ryder. Un autre petit Freud !

Il s'avança pour serrer la main de Lane puis étreignit Taylor.

— Un tout petit conseil, reprit-il, essayez de vous reposer au maximum avant la naissance du bébé.

— Oui, parce qu'après, finie la belle vie ! renchérit Sam en chatouillant son fils.

— Si tu as besoin d'un baby-sitter, tu sais à qui t'adresser, ajouta Nate Rafferty en levant sa canette de bière.

— Ça oui, à tout le monde sauf à toi, plaisanta Jaron Lambert, le plus réservé de la fratrie.

En voyant la famille réagir si joyeusement à la bonne nouvelle, Heather ne put s'empêcher de les envier. Dans leur adolescence, ces hommes s'étaient tous retrouvés un peu par hasard au Last Chance Ranch. Mais grâce aux expériences qu'ils avaient partagées et aux souvenirs communs qu'ils s'étaient forgés, ils avaient tissé des liens et étaient devenus une famille plus soudée que bien d'autres, pourtant liées par le sang.

En début de soirée, elle aida les autres femmes à mettre les enfants au lit, puis elles redescendirent dans le salon pour bavarder un peu. Après quoi, TJ alluma la télévision et tout le monde s'assit sur le canapé pour regarder la retransmission du feu d'artifice tiré pour l'occasion.

TJ rejoignit Heather et l'attira au creux de ses bras.

— Alors, tu t'amuses ? lui murmura-t-il à l'oreille.

— J'ai passé une merveilleuse soirée, répondit-elle en souriant. J'adore le côté détendu et informel de vos réunions. Merci de nous avoir invités, Seth et moi.

Resserrant son étreinte, il lui prit la main.

— Et moi, c'est la première fois que je me réjouis autant de regarder le feu d'artifice à la télévision.

— Pourquoi ?

— Parce que ça veut dire qu'à minuit, j'aurai le droit de t'embrasser, expliqua-t-il avec un regard enjôleur. Et puisqu'il y a une heure de décalage entre la côte Est et le Texas, ça veut dire que je pourrai t'embrasser deux fois.

— J'ai du mal à croire que ce soit la première fois que tu invites une femme pour le nouvel an, répondit-elle.

— C'est la première fois depuis que nous le passons en famille, répliqua-t-il en lui embrassant l'intérieur du poignet.

Une onde de chaleur la submergea à ce contact. TJ n'avait absolument pas tenté de cacher leur relation. Au contraire, dès que sa famille était arrivée, il n'avait cessé de lui témoigner son affection.

— Bon, intervint Nate en se levant. Le feu d'artifice vient de commencer. A vos marques, enlacez vos compagnes… Prêts ? Embrassez !

Elle n'eut pas le temps de s'amuser du décompte de Nate, car TJ s'empara aussitôt de ses lèvres et l'embrassa passionnément. Il sourit en relevant la tête.

— Bonne année, mon ange. J'ai l'impression que ce sera la meilleure de toutes, pour toi et moi.

Plongeant dans le regard envoûtant de TJ, elle espéra de toutes ses forces que l'avenir lui donnerait raison.

- 8 -

Le lendemain matin, après le brunch, chacun reprit la direction de son ranch respectif. Surveillant Seth qui jouait sur le tapis tressé de l'autre côté de son bureau, TJ poussa un soupir de soulagement. Il aimait sa famille et les réunions familiales, mais pour la première fois depuis qu'il organisait le réveillon chez lui, il était heureux de les voir partir.

Il avait rongé son frein toute la nuit en songeant que la femme de ses rêves occupait une autre chambre de l'autre côté du palier. Même la douche froide qu'il s'était infligée avant de se coucher n'avait pu éteindre le désir brûlant qu'il ressentait pour elle.

Il lui avait bien demandé de dormir dans sa chambre, mais elle n'était pas encore prête à révéler aux yeux du monde l'étendue de leur intimité. Il était persuadé que sa famille connaissait déjà le fin mot de l'histoire, mais si Heather n'était pas prête mieux valait ne pas insister.

— Tu as envoyé quelqu'un s'occuper de mes chevaux, ou dois-je y aller moi-même ? demanda-t-elle en entrant dans son bureau.

Il fit pivoter sa chaise et, lui prenant une main, l'attira sur ses genoux.

— J'ai envoyé Tommy Lee il y a plus de deux

heures, répondit-il en lui effleurant les lèvres. A son retour, il m'a dit que tout était en ordre.

Il approfondit son baiser mais Seth choisit ce moment pour s'approcher d'eux.

— M'man, m'man, pleurnicha le petit garçon en se frottant les yeux.

— Voilà ce qui arrive quand un petit garçon se couche si tard, remarqua Heather en se levant pour le prendre dans ses bras. Je vais le mettre au lit, il a bien besoin d'une petite sieste.

— Tu veux que je le fasse ? demanda-t-il en caressant les cheveux roux du petit garçon.

— Termine ce que tu étais en train de faire. Je n'en ai que pour quelques minutes, à mon avis.

Il ne put résister à l'envie de les embrasser tous les deux sur la joue.

— Je serai dans mon bureau.

Tout en regardant Heather emporter Seth, il ne put s'empêcher de se demander comment ces deux-là avaient su prendre une telle importance dans sa vie en si peu de temps. Du jour où il les avait trouvés bloqués sur la route inondée, il n'avait plus songé qu'à les aider et à les garder à ses côtés.

Il n'existait qu'un seul moyen de pérenniser cette situation : échanger des vœux et une alliance devant un prêtre. Etait-il vraiment prêt à franchir le pas si rapidement ?

Il se rembrunit. En voyant Heather avec sa famille, il avait compris qu'il l'aimait, et cela depuis qu'il l'avait vue sortir de sa voiture cette nuit-là, en serrant son fils dans ses bras. Et il aimait déjà Seth comme si c'était son propre enfant. Mais était-il prêt à s'engager pour la vie ? Il était pratiquement sûr qu'Heather partageait ses sentiments. Mais irait-elle jusqu'à accepter de l'épouser ?

Il doutait encore de sa capacité à répondre à leurs besoins. Mais une chose était certaine : il avait envie d'essayer.

Pour l'instant, néanmoins, il désirait simplement les garder sous son toit et profiter d'eux quelques jours de plus. Il se promit de penser sérieusement à l'avenir, mais plus tard. Il secoua la tête et, prenant sa tasse de café, heurta par mégarde la pile de courrier adressée à Heather qu'il avait déposée la veille sur son bureau. Il avait été tellement occupé par le réveillon qu'il avait oublié de lui remettre ses lettres.

Il ramassait les lettres éparpillées sur le sol lorsque son regard fut attiré par une enveloppe frappée de la mention « Mise en demeure ». L'adresse de l'expéditeur lui indiqua qu'il s'agissait du service des impôts et il devina aussitôt qu'Heather avait dépassé la date limite de paiement des impôts fonciers.

En posant l'enveloppe au-dessus de la pile de courrier, il comprit alors la gravité de la situation dans laquelle elle se trouvait. Au vu des difficultés qui étaient les siennes, ce n'était pas vraiment une surprise. En revanche, ce qui était inquiétant, c'était qu'elle risquait de perdre son ranch.

Il se cala dans sa chaise et se demanda comment faire pour savoir de quoi il retournait exactement. Elle était si orgueilleuse qu'il y avait très peu de chances qu'elle lui en parle d'elle-même. Et lui poser directement la question était inenvisageable car, selon toute probabilité, elle l'enverrait sur les roses.

Soudain, une idée lui traversa l'esprit et il poussa un soupir de soulagement en se tournant vers son ordinateur. Il n'y avait qu'un seul moyen d'en savoir plus sans courir le risque de la vexer. Les impôts impayés et jugements des tribunaux faisaient l'objet d'une publication sur le site Internet du comté. La seule chose qu'il avait à faire, c'était de se connecter et de vérifier de quoi il retournait. Si, comme il le soupçonnait, il y avait un problème, alors il chercherait un moyen de l'aider.

Quinze minutes plus tard, il ferma son navigateur et poussa un long soupir. Le Circle W ne s'était pas acquitté de ses impôts fonciers depuis trois ans et le ranch serait saisi le premier du mois suivant, avant d'être mis aux enchères.

Bien sûr, si la dette était payée, ainsi que toutes les pénalités de retard et les intérêts, Heather pourrait garder le ranch. Malheureusement, il y avait fort à parier qu'elle n'avait pas cet argent. Si elle en avait disposé, elle n'aurait pas eu besoin de se séparer de plusieurs de ses juments poulinières pour joindre les deux bouts.

Il pouvait lui proposer de payer la dette à sa place, mais elle préférerait probablement être foudroyée sur place plutôt que de le laisser faire. Il pouvait aussi lui prêter la somme nécessaire. Mais il savait qu'elle était bien trop fière pour accepter. Comment allait-il donc pouvoir l'aider ?

Attendre les bras croisés qu'Heather se fasse saisir son ranch était impensable. Le Circle W appartenait à sa famille depuis des générations, et Seth devait avoir la possibilité de l'exploiter à son tour, une fois adulte. Il se jura de faire tout ce qui était en son pouvoir pour rectifier la situation et sauvegarder le ranch.

Mais il agirait d'abord et demanderait la permission ensuite. Il n'avait eu aucun mal à lui faire accepter sa méthode lorsqu'il l'avait aidée à régler les autres problèmes qui s'étaient présentés au ranch. Il en irait de même cette fois aussi.

Prenant le courrier des impôts, il le rangea dans le tiroir de son bureau. Heather avait eu plus que son lot de stress, ces derniers temps, et il n'était pas question d'en rajouter en lui donnant ce courrier. De plus, il savait déjà comment il allait régler le problème. Et puisqu'elle ignorerait tout de sa démarche, du moins dans l'immédiat, elle ne pourrait l'empêcher d'agir.

— Tu as l'air bien sérieux, dis-moi, remarqua Heather en entrant dans son bureau.

— Je réfléchissais aux mystères de l'univers, répondit-il en souriant. Alors, tu as mis le petit au lit ?

Elle acquiesça.

— Il s'est amusé comme un fou hier soir, mais il est complètement épuisé.

Prenant la pile de courrier allégée de la lettre des impôts, il la lui tendit.

— J'avais oublié de te dire que j'avais pris ton courrier, hier, quand je suis allé jusqu'à ton ranch voir le chauffagiste.

— Merci. Justement, je me disais que j'allais passer jeter un œil à ma boîte aux lettres après la sieste de Seth.

Tandis qu'elle passait rapidement le courrier en revue, il se sentit un peu coupable de lui cacher la mise en demeure, mais elle devait déjà connaître la situation et il était déterminé à régler le problème. Hélas, il devrait attendre la réouverture du tribunal, au début de la semaine suivante, pour mettre son plan à exécution.

— Heather, je dois aller entraîner l'un de mes chevaux, dit-il en l'enlaçant.

Il avait encore une décision à prendre et souhaitait un peu de tranquillité pour y réfléchir.

Lorsqu'il l'embrassa, il se sentit durcir si rapidement qu'il en resta stupéfait. C'était toujours comme cela avec elle. Il prit une profonde inspiration et s'efforça de se concentrer. Il se rendit compte alors qu'il n'avait plus la moindre hésitation et qu'il savait maintenant exactement ce qu'il allait faire. Mais il avait encore besoin de temps pour peaufiner son plan, et plus vite il s'y mettrait, mieux ce serait.

— Quand Seth se réveillera, tu devrais l'emmener faire un petit tour de cheval au manège, suggéra-t-il.

— Je suis sûre qu'il adorerait ça en effet, répondit-elle en souriant.

Lorsqu'il plongea dans son regard d'un bleu cristallin, l'émotion qu'il y lut le persuada que tout allait se régler comme il le désirait. Non seulement il allait payer les impôts d'Heather, mais il allait faire le grand saut et lui demander de devenir sa femme.

Lorsque Heather eut utilisé le reste de ses économies pour payer le chauffagiste, elle poussa un profond soupir. Les dés étaient jetés. Seth et elle allaient devoir déménager à la fin du mois, mais au moins ils seraient au chaud jusque-là.

— Petit s'val ? demanda soudain Seth.

— Tu ne penses qu'à ça, dis-moi, répondit-elle en le prenant dans ses bras pour l'embrasser doucement.

Elle n'était rentrée au Circle W que depuis quelques heures et, déjà, TJ lui manquait. Manifestement, c'était aussi le cas de Seth. Peut-être passerait-il en revenant de Stephenville.

Son fils regarda la porte et secoua la tête.

— Moi veux Petit s'val, répéta-t-il obstinément.

— Dis donc, tu es aussi têtu que TJ, remarqua-t-elle en riant.

Lorsqu'elle parvint finalement à l'occuper avec ses jouets, elle se prépara du café. Refoulant les larmes, elle prit le journal local et se mit à passer en revue les petites annonces immobilières. Mais, bien entendu, aucun des logements qui se situait dans sa fourchette de prix ne trouva grâce à ses yeux, et cela n'avait rien d'étonnant : aucun d'entre eux n'était le Circle W ou le Dusty Diamond.

Le coude sur la table, elle posa le menton dans sa main. C'était normal qu'elle ressente cet attachement pour le Circle W. Après tout, c'était chez elle. En revanche, jamais elle n'aurait cru ressentir la même chose pour le Dusty Diamond. Cela dit, il ne fallait pas être un génie pour en comprendre la raison. C'était là où vivait TJ.

Perdue dans ses pensées, il lui fallut quelques instants pour se rendre compte qu'on toquait à la porte. Apparemment, cela n'avait pas échappé à son fils, car il laissa aussitôt ses jouets en plan et se précipita vers la porte.

— Petit s'val ! Petit s'val ! s'exclama-t-il en jetant vers elle un regard plein d'espoir pour qu'elle aille ouvrir la porte.

Avant qu'elle ait eu le temps de se lever, la porte s'ouvrit et TJ entra, prenant aussitôt Seth dans ses bras.

— Hé, salut, fiston !

Le petit garçon étreignit TJ avec toute la fougue dont il était capable.

— Petit s'val *à moi* !

— Il va vraiment falloir que je lui apprenne à t'appeler TJ, s'esclaffa-t-elle.

Il chatouilla le ventre du petit garçon.

— Il peut m'appeler comme il veut, ça ne me dérange pas.

A la vue du sourire que lui adressait TJ, elle sentit son cœur palpiter, et lorsqu'il l'attira dans ses bras, sa poitrine se serra d'émotion. Elle comprenait à présent qu'elle avait eu tort de croire qu'aucun homme ne pouvait vraiment aimer l'enfant d'un autre. Le simple fait de voir TJ et Seth ensemble suffisait à dissiper ce préjugé.

— Tu veux du café ? demanda-t-elle, essayant de reprendre ses esprits.

— Volontiers, répondit-il en l'embrassant. Il faut que je te parle de quelque chose, ajouta-t-il en plongeant son regard dans le sien.

— Oh ! mon Dieu, s'exclama-t-elle en lui versant son café. La dernière fois que tu avais cet air sérieux, c'était uniquement parce que tu voulais que je rencontre ta famille, que j'ai trouvée merveilleuse, soit dit en passant.

— J'avais de bonnes raisons d'être nerveux à ce sujet, admets-le, répliqua-t-il en s'attablant, Seth sur les genoux. Les mettre tous ensemble dans une même pièce, c'est un peu comme tenter de monter un cheval sauvage. On ne sait jamais ce qu'il peut se passer.

— J'avoue que je me suis sentie un peu désarçonnée de temps à autre, reconnut-elle en posant son café sur la table. Mais de façon très positive.

TJ empoigna sa tasse mais s'arrêta avant de commencer à boire.

— Tu cherches à déménager ? demanda-t-il en désignant le journal ouvert sur la table.

Prise de court, elle rougit violemment et le dévisagea. Cela n'aurait servi à rien d'être évasive ou de tenter de lui mentir. Il l'aurait appris de toute façon. Cela dit, ce n'était pas un aveu facile à faire.

— Seth et moi… allons être… expulsés au début du mois prochain, bafouilla-t-elle en fixant ses mains crispées sur la table. Les impôts n'ont pas été payés depuis que mon père est tombé malade.

TJ reposa sa tasse et prit ses mains dans les siennes. Elle avait toutes les peines du monde à retenir ses larmes. Les yeux fixés sur leurs mains entremêlées, elle était incapable de le regarder. L'idée même qu'il la prenne en pitié lui semblait insupportable.

— Ça ne va pas se passer comme ça, murmura-t-il gentiment.

— Bien sûr que si, répondit-elle. Juste avant Noël, j'ai reçu un avis du comté m'indiquant que mon compte en banque allait être saisi pour payer la dette.

— Heather, regarde-moi, exigea-t-il. Je te dis que tu ne vas pas perdre le Circle W.

Lorsqu'elle leva la tête, TJ affichait un regard non pas compatissant mais complètement déterminé. Un frisson glacé la parcourut tout entière en constatant combien il était sûr de lui.

— Comment peux-tu en être si sûr ?

— J'aurais préféré te le dire autrement, commença-t-il, mais l'autre jour, quand je suis allé chercher ton courrier, j'ai trouvé une mise en demeure du comté.

— Tu as ouvert mon courrier ? demanda-t-elle, sentant la colère prendre peu à peu le pas sur la peur.

— Je n'en ai pas eu besoin…

— Alors, comment…

— Je n'ai eu qu'à me connecter sur le site des impôts. Ce genre de mise en demeure fait toujours l'objet d'une publication officielle.

Serrant ses mains entre les siennes, il sortit de sa veste une liasse de formulaires pliés en deux et la posa sur la table.

— Ta dette a été réglée ce matin et tu ne risques plus de perdre ton ranch.

A ces mots, elle le dévisagea durant d'interminables secondes. Puis, ôtant vivement les mains des siennes, elle bondit sur ses pieds.

— Tu n'as quand même pas…

— Si, répliqua-t-il.

— Est-ce que tu as entendu tout ce que je t'ai dit au cours de ces deux dernières semaines ? s'écria-t-elle.

— Absolument.

— Je n'en crois rien ! s'insurgea-t-elle, encore plus furieuse de le voir si calme. Si tu m'avais écoutée, tu saurais que je ne veux pas qu'on me prenne en pitié, surtout pas toi. Je ne suis pas un cas social. Je n'ai pas besoin qu'on prenne en charge mes dettes.

— Je ne te prends pas en pitié, assura-t-il. Et je ne te fais pas la charité. Tout ce que je veux, c'est prendre soin de toi et de ton fils, et vous faciliter la vie.

— Tu entends ce que tu dis ? rétorqua-t-elle en secouant la tête. Si ce n'est pas de la pitié, alors je ne sais pas ce que c'est…

— M'man, m'man, fit soudain Seth d'une voix tremblante.

Voyant l'effet dévastateur que produisait leur dispute sur son fils, elle se leva pour le prendre dans ses bras.

— Je voudrais que tu t'en ailles, maintenant, déclara-t-elle le plus calmement possible. Tu fais du mal à mon fils.

TJ se leva lentement.

— Nous en reparlerons, Heather.

— Non, jamais…, répondit-elle en s'efforçant de maîtriser le tremblement de sa voix. On ne peut pas toujours imposer sa volonté aux autres, TJ. Quand on aime une personne, on doit d'abord la comprendre. Mais puisque tu n'as pas fait cet effort, le Circle W et tout ce qu'il contient, à l'exception de nos effets personnels, t'appartiennent, maintenant.

— Tu plaisantes, ou quoi ? lança-t-il, furieux. Si j'ai payé tes impôts, c'est parce que je voulais que tu gardes ce ranch pour Seth, pas parce que je voulais me l'approprier. J'ai déjà un ranch. Je ne veux pas du tien.

— Eh bien, que tu le veuilles ou non, il est à toi,

rétorqua-t-elle. Maintenant, va-t'en, je t'en prie. Je dois m'occuper de mon fils.

Seth se mit à pleurer, et elle lui désigna la porte.

— Nous n'en avons pas terminé, reprit TJ, exaspéré, avant de se diriger vers la porte. Ne laisse pas ton stupide orgueil nous séparer, Heather.

Elle se raidit et se redressa de toute sa hauteur à ces mots.

— Il n'y a pas de *nous*, TJ. Autrement, tu aurais pris la peine de m'informer de tes intentions au lieu de me mettre devant le fait accompli.

Il s'apprêtait à lui rétorquer quelque chose mais il se contenta finalement de hocher la tête avant de sortir.

— Petit s'val ! s'écria Seth, tendant ses menottes vers la porte comme s'il savait qu'il venait de perdre son meilleur ami.

Le pick-up démarra dans un rugissement de moteur et s'éloigna sous un nuage de poussière.

— Il est parti, chéri, murmura-t-elle finalement, le cœur brisé.

— Petit s'val, répéta Seth en enfouissant la tête au creux de son cou.

En sentant les larmes de son fils mouiller son chemisier, elle éclata en sanglots à son tour, aussi désespérée que lui.

Lorsque son fils finit par s'endormir dans ses bras, elle le mit au lit et retourna lentement dans la cuisine pour regarder les formulaires que TJ avait laissés sur la table. De toute sa vie, elle ne s'était jamais sentie aussi seule, même lorsqu'elle avait dû prendre en main le ranch, après la mort de son père et de son fiancé puis la naissance de son fils. Elle étouffa un sanglot, consciente que sa pire crainte venait de se réaliser. Seth et elle étaient tombés désespérément amoureux de TJ et ils avaient tous deux le cœur brisé.

*
* *

TJ était assis dans son « antre », une deuxième canette de bière à la main, fixant son reflet dans le miroir suspendu au-dessus du bar. Il avait vidé sa première bière d'un seul trait, et il y avait de fortes chances qu'il inflige le même traitement à la seconde. Pourquoi avait-il fallu qu'il tombe amoureux d'une femme animée d'un tel orgueil ?

Prenant une longue gorgée de bière, il devait bien admettre que la réaction d'Heather était en partie de son fait. S'il ne lui avait pas posé de question concernant sa recherche de logement, il n'aurait pas mis la charrue avant les bœufs.

Plongeant la main dans la poche de son jean, il en sortit le petit écrin en velours noir qu'il avait gardé sur lui toute la journée. Il le posa sur le bar, l'ouvrit et se mit à contempler le solitaire de trois carats qu'il avait eu l'intention de lui offrir après lui avoir demandé de devenir sa femme. D'abord il lui aurait demandé sa main, puis il lui aurait remis l'attestation de paiement des impôts en guise de cadeau de fiançailles.

— Eh bien, c'est raté, mon pote, maugréa-t-il en jetant un coup d'œil à son reflet dans le miroir. Tu as peut-être fichu en l'air ta dernière chance.

Refermant nerveusement l'écrin, il se leva et jeta la canette vide dans la poubelle dissimulée sous le bar. Dans la cuisine, il trouva sa gouvernante, Thérésa, qui épluchait des légumes pour le dîner.

— Je crois que vous allez devoir congeler mon repas, déclara-t-il en se postant devant la porte vitrée pour contempler le patio. Je n'ai absolument pas faim.

— On dirait que vous ne vous sentez pas bien, TJ, murmura-t-elle, inquiète. Est-ce que ça va ?

Il haussa les épaules.

— Pas vraiment.

— Y a-t-il quelque chose que je puisse faire pour vous aider ?

— Je ne crois pas. A moins que vous puissiez me faire revenir quelques heures en arrière.

— Désolée, répondit-elle. Mais vous devriez peut-être laisser passer quelques jours avant d'aller présenter vos excuses à la jeune dame.

— Mais comment… ?

— J'ai souvent vu cette expression sur le visage d'un jeune cow-boy, répondit-elle. Je suppose donc que vous avez fait une bêtise et que la jeune dame est furieuse. Allons, parlez-moi d'elle…

Durant la demi-heure qui suivit, il lui expliqua la situation : la place qu'Heather et Seth avaient prise dans sa vie et la bêtise qu'il avait commise pour se mettre la jeune femme à dos.

Lorsqu'il eut terminé, elle hocha la tête.

— Vous avez raison, vous avez vraiment été stupide. Mais tout n'est pas perdu, j'en suis sûre.

— Vous croyez ?

— Absolument, reprit-elle en souriant. Attendez qu'elle se calme. Je suis sûre qu'elle finira par comprendre que vous avez agi pour son bien, même si vous saviez au fond de vous qu'elle le prendrait mal.

— Et c'est tout ? fit-il, incrédule. C'est tout ce que j'ai à faire ?

— Oui, attendre et bien sûr implorer son pardon, répondit Thérésa en riant avant d'enfourner son plat.

— Merci, Thérésa, dit-il en déposant une bise sur sa joue ridée.

Elle se mit à rire.

— Vous n'aurez qu'à vous souvenir de notre petite conversation, la prochaine fois que je vous demanderai une augmentation.

— Ça marche, répliqua-t-il en souriant pour la première fois depuis qu'il avait quitté le ranch d'Heather.

En regagnant son « antre », il avait repris espoir. Il lui suffirait d'attendre quelques jours, comme l'avait suggéré Thérésa, après quoi il aurait une grande discussion avec Heather.

Il savait bien sûr qu'il s'apprêtait à tirer sa dernière cartouche. Il aimait Heather et Seth plus que tout, et à présent qu'il l'avait compris, il n'était pas question de tout gâcher de nouveau. Même s'il devait user son jean jusqu'à la corde, il la supplierait à genoux et elle comprendrait qu'il avait agi en toute bonne foi.

Le reste de sa vie en dépendait.

- 9 -

Heather ravala ses larmes et termina de ranger le reste de ses casseroles dans un carton qu'elle ferma avec du ruban adhésif. Il ne lui restait plus qu'à emballer ses vêtements et ceux de Seth et elle pourrait finir de charger la camionnette qu'elle avait louée en vue de son déménagement.

Regardant autour d'elle, elle eut envie de fondre en larmes. Elle avait toujours été chez elle au Circle W et elle avait toutes les peines du monde à imaginer que, lorsqu'elle quitterait les lieux en fin d'après-midi, jamais plus elle ne parcourrait les pièces de la maison de son enfance. Et que jamais elle n'emmènerait Seth pêcher au bord du ruisseau ou ne le verrait monter son premier cheval.

Mais tout cela avait beau être attristant, la perspective de ne jamais revoir l'homme qu'elle aimait était ce qui l'accablait le plus. Elle comprenait à présent qu'elle aurait dû gérer la situation un peu différemment, lorsqu'il lui avait avoué son erreur. Mais pourquoi TJ ne comprenait-il pas qu'en agissant dans son dos, il l'avait empêchée de décider elle-même du sort de son ranch ? Il n'avait fait que la culpabiliser de s'être montrée incapable de sauvegarder son héritage familial. Il avait complètement ignoré son aspiration à l'indépendance, son désir de se prouver à elle-même qu'elle était capable de subvenir à ses propres besoins et à ceux de son fils.

— M'man, m'man, Petit s'val ? demanda Seth en entrant dans la cuisine.

Elle avait le cœur brisé chaque fois que son petit garçon la questionnait au sujet de TJ. Cela lui rappelait sans cesse qu'elle n'avait pas pu empêcher son fils de s'attacher à TJ et qu'il souffrait au moins autant qu'elle de cette rupture. En tant qu'adulte, elle pouvait au moins comprendre les choix difficiles qu'elle avait à faire. Seth lui n'était qu'un enfant et, à ce titre, subissait la situation de plein fouet.

— Non, mon chéri, répondit-elle en le prenant dans ses bras. Nous ne verrons plus jamais TJ.

Elle venait à peine de prononcer ces mots que la porte de derrière s'ouvrit et que TJ fit son entrée sans s'annoncer. C'était cavalier de sa part, mais au bout du compte ça n'avait rien d'étonnant. N'était-il pas propriétaire du ranch, à présent ?

— Bonjour, lança-il en souriant.

— Petit s'val ! s'exclama Seth en tendant aussitôt les bras vers lui.

— Comment va mon fiston, aujourd'hui ? demanda TJ en lui jetant un coup d'œil pour savoir si elle l'autorisait à le prendre dans ses bras.

Ne souhaitant pas rendre les choses plus difficiles qu'elles ne l'étaient déjà pour Seth, elle acquiesça. Le petit garçon se jeta littéralement dans les bras de TJ et l'étreignit comme si sa vie en dépendait. Elle les regarda, plus accablée que jamais.

— Dans un sens, ça m'arrange que tu sois passé, dit-elle en allant chercher une grande enveloppe au nom de TJ qu'elle avait déposée sur le plan de travail. Cela m'évitera de t'envoyer toutes les clés du ranch par la poste. J'ai également ajouté les formulaires de transfert de propriété des chevaux ainsi que l'acte de propriété du ranch.

— Où comptes-tu aller ? demanda-t-il, sans laisser transparaître la moindre émotion.

— En Oklahoma, répondit-elle. J'ai entendu aux informations qu'on embauchait dans la région de Tulsa.

Il était si élégant avec son blazer, sa chemise Oxford blanche et son jean bleu marine qu'elle en eut les larmes aux yeux. Elle se détourna pour cacher son émotion.

— Nous avons quelques détails à régler avant ton départ, reprit-il en attrapant une chaise.

— J'ai tout mis dans l'enveloppe, répondit-elle.

Remarquant que Seth s'était endormi dans les bras de TJ, elle voulut le lui reprendre.

— Je m'en occupe, déclara TJ en se dirigeant vers le salon où se trouvait le parc de son fils. Tu as déjà chargé le lit de Seth dans la camionnette, je suppose ? demanda-t-il une fois de retour dans la cuisine.

Elle acquiesça.

— Il ne me reste plus qu'à charger le parc et quelques cartons.

— Je t'aiderai quand nous serons prêts à partir. Assieds-toi, ajouta-t-il en désignant une chaise. J'ai quelque chose à te dire.

— Il n'y a plus rien à dire.

Il esquissa un sourire indulgent.

— Assieds-toi, Heather, je t'en prie.

Elle s'exécuta en soupirant. Manifestement, il ne débuterait pas la conversation tant qu'elle serait debout.

— Je voudrais que tu saches quelque chose à mon sujet, commença-t-il en s'appuyant contre le plan de travail et en croisant les bras et les jambes. Cela pourrait t'aider à mieux comprendre mon point de vue, et en particulier le besoin que j'éprouve de m'occuper de Seth et de toi.

— Je ne vois pas en quoi…

Il leva la main pour l'interrompre.

— Ecoute-moi.

— Très bien.

— Ma mère m'a élevé toute seule, commença-t-il en captant son regard. Je sais maintenant combien elle travaillait dur et tout ce qu'elle a enduré pour payer les factures et subvenir à mes besoins. C'était une mère parfaite, qui s'est privée d'une quantité de choses afin de pouvoir m'offrir tout ce que je voulais. Jamais je ne me suis rendu compte de l'ampleur des sacrifices que cela impliquait de sa part. Avec le recul, j'ai fini par comprendre que toutes les fois où elle disait qu'elle n'avait pas faim, c'était parce qu'elle préférait me laisser sa part.

Une lueur de tristesse passa dans les yeux de TJ et elle comprit qu'il s'apprêtait à lui confier un souvenir très douloureux.

— Que s'est-il passé ? demanda-t-elle doucement.

— Ma mère et moi avons attrapé la grippe. J'avais dix ans à l'époque, poursuivit-il avec un regard éloquent. Elle n'avait pas assez d'argent pour deux visites chez le médecin, donc elle m'a fait soigner et s'est sacrifiée une fois de plus. Je me suis remis. Pas elle. Elle est morte d'une pneumonie environ une semaine plus tard.

— TJ, je suis tellement désolée, s'exclama-t-elle, comprenant enfin pourquoi il avait tant insisté pour qu'elle reste au Dusty Diamond quand elle avait la grippe.

— Moi aussi, répondit-il sèchement, en fixant ses bottes. La nuit où je vous ai secourus, ton fils et toi, je me suis juré que jamais je ne laisserais une chose pareille vous arriver.

— Ja… jamais je n'aurais pu imaginer…, bafouilla-t-elle.

— Tout comme ma mère, tu n'avais aucun soutien, personne pour te soigner alors que tu étais malade. Je n'ai pas pu m'empêcher de t'aider, conclut-il en haussant les épaules.

— Je ne sais pas quoi dire…, murmura-t-elle, abasourdie.

— Je ne voulais pas que tu le saches, reprit-il. Je ne voulais pas que tu me prennes en pitié parce que j'avais perdu ma mère à l'âge de dix ans. Mais, surtout, poursuivit-il en désignant la porte du salon, je l'ai fait pour le petit garçon qui dort dans la pièce d'à côté. Je ne voulais pas qu'il devienne orphelin lui aussi.

Elle sentit les larmes lui monter aux yeux. Comment avait-elle pu penser un jour que TJ ne pourrait jamais aimer son fils autant que son propre père ?

— C'est pour ça que tu as été confié à l'adoption ? A cause du décès de ta mère ?

— Non. D'abord, je suis allé vivre chez ma grand-mère, répondit-il. Mais elle était très âgée et n'avait pas la force de cadrer le préadolescent que j'étais à l'époque. Il faut dire que j'avais le don de m'attirer des ennuis.

Il se passa la main derrière le cou comme s'il se demandait s'il devait lui en révéler davantage.

— J'ai été confié à l'Aide à l'enfance à l'âge de quatorze ans, reprit-il. Ma grand-mère est morte quelques mois plus tard.

— Tu avais des ennuis ? demanda-t-elle, sous le choc.

— Je me suis lié à une bande de délinquants et j'ai même fait de la prison pendant quelque temps pour vandalisme. Et, un beau jour, je ne sais pas pourquoi, l'assistante sociale qui s'occupait de mon cas m'a envoyé dans un foyer dirigé par un ancien champion de rodéo.

— C'est pour cela qu'il s'appelait le Last Chance

Ranch, c'est-à-dire le ranch de la dernière chance ? demanda-t-elle.

— Exactement, et ça l'a été pour moi, reprit-il en souriant. Hank Calvert m'a fait comprendre que la colère qui couvait en moi était liée au décès de ma mère. Et qu'au lieu d'en vouloir à la Terre entière, je devais l'accepter comme une fatalité. Il avait confiance en moi, et au bout de quelque temps j'ai fini par croire en moi-même.

— Donc, tous tes frères étaient des délinquants, eux aussi ? demanda-t-elle, étonnée en songeant à ce qu'ils étaient devenus.

— Nous étions tous ce qu'on appelle des petits voyous, répondit-il. Mais, avec l'aide de Hank Calvert, nous sommes devenus d'honnêtes citoyens.

— Jamais je ne m'en serais doutée, admit-elle.

— Grâce à lui, nous avons tous fait des études, reprit TJ en souriant. Ce n'est peut-être pas évident au premier abord, mais je ne suis pas seulement un ancien champion du monde de rodéo. J'ai un master d'économie de l'université du Texas.

— Hank devait être un homme merveilleux. C'est pour cela que Sam et Bria ont donné son prénom à leur fils, n'est-ce pas ?

— En effet, répondit TJ.

Soudain, il se dirigea vers elle et, s'agenouillant à ses pieds, il prit ses deux mains dans les siennes.

— Heather, reprit-il, je sais que je suis allé trop loin quand j'ai payé tes impôts, mais je l'ai fait pour te soulager du stress que tu subissais depuis bien trop longtemps, expliqua-t-il en lui embrassant les paumes. Jamais plus je ne veux que tu aies les mains calleuses à force de travailler dans ton ranch.

— Ça ne risque plus d'arriver, répondit-elle, le

cœur battant à tout rompre. Souviens-toi que tu es propriétaire du ranch, à présent.

— Chérie, est-ce qu'au moins tu as pris la peine de regarder les documents que je t'ai laissés après avoir payé tes impôts ? demanda-t-il en souriant.

— Non, je n'en ai pas eu la force.

— Je n'ai pas cherché à m'approprier ton ranch, reprit-il. J'ai payé tes impôts, c'est tout. Et si tu avais jeté un coup d'œil à ces documents, tu aurais vu que je les ai payés en ton nom.

— Mais ce n'était pas à toi de le faire, répliqua-t-elle. C'était *ma* dette, et c'était *à moi* de…

— Je comprends, chérie, l'interrompit-il en l'embrassant. Mais, au départ, j'avais l'intention de t'offrir ces documents après t'avoir demandé quelque chose.

Un fol espoir commençait à germer en elle, mais elle s'efforça de ne pas s'emballer.

— Me demander quoi, TJ ?

Sous ses yeux ébahis, il sortit un petit écrin en velours noir de sa poche.

— Je voulais te demander si tu accepterais de faire de moi le plus heureux des hommes en devenant ma femme. Après quoi, j'avais prévu de te remettre les documents des impôts en guise de cadeau de fiançailles.

A ces mots, il ouvrit l'écrin, révélant un solitaire d'une taille impressionnante.

— Oh ! mon Dieu ! s'exclama-t-elle, portant la main à la bouche. Jamais… je ne… je n'aurais imaginé…

— Je t'aime, Heather, reprit-il d'un ton solennel. Je t'aimerai toujours. Et si tu le désires, je voudrais veiller sur toi jusqu'à la fin de mes jours.

Les joues baignées de larmes, elle contempla l'homme qu'elle aimait de tout son cœur. Comment avait-elle pu laisser son stupide orgueil l'empêcher de voir le bonheur qu'elle pourrait connaître auprès de cet homme merveilleux ?

— TJ, je suis… désolée, bredouilla-t-elle. Je sais que j'ai un caractère difficile…

— Tu n'as pas à t'excuser, mon ange, répondit-il. Je savais bien que tu allais mal le prendre. Mais si j'avais pu faire ce que j'avais prévu, à savoir te demander en mariage et t'offrir ensuite l'attestation de paiement des impôts, cela nous aurait épargné bien des souffrances.

Voyant qu'elle se remettait à pleurer, il posa l'écrin sur la table et se leva. La soulevant de sa chaise, il s'assit à son tour et la prit sur ses genoux.

— J'espère que ce sont des larmes de bonheur, murmura-t-il en resserrant son étreinte.

— Oui, souffla-t-elle en glissant les bras autour de son cou. Je t'aime de tout mon cœur, TJ.

— Oui, ce sont des larmes de bonheur, ou oui, tu veux bien m'épouser ? demanda-t-il avec un grand sourire, même s'il connaissait déjà la réponse.

— Les… deux…

— A la bonne heure !

A ces mots, il sortit la bague de son écrin et la lui glissa au doigt. Lorsqu'il l'embrassa, elle eut l'impression que la force de son amour se répandait en elle comme un élixir de bonheur. Lorsqu'il releva la tête, il affichait un sourire euphorique.

— Il y a une dernière chose que je voulais te demander.

— Quoi donc ? demanda-t-elle en essuyant ses larmes.

— Si tu es d'accord, j'aimerais adopter Seth, déclara-t-il. J'aime ce petit garçon et je te jure que je serai le meilleur des pères pour lui.

— Ce serait merveilleux, répondit-elle, sachant en effet le père exceptionnel qu'il serait.

— En réalité, j'avais une autre raison de payer tes impôts, poursuivit-il en souriant. Certes, je voulais te faciliter la vie, mais je voulais aussi que ton fils puisse à son tour hériter du ranch. Il appartient à ta famille depuis des générations, et je ne voulais pas qu'il perde cette chance.

— Merci, murmura-t-elle, une fois de plus au comble de l'émotion.

Ils gardèrent le silence pendant quelques minutes comme s'ils prenaient le temps de savourer leurs retrouvailles.

— Quand veux-tu qu'on se marie, Heather ? Et je t'en supplie, ne fais pas durer ces fiançailles plus longtemps que nécessaire, ajouta-t-il en riant. Je suis pressé de me lancer dans l'aventure.

— Le jour de la Saint-Valentin, ça t'irait ? demanda-t-elle, ravie de céder à sa demande.

— C'est mieux que la fête du 4 Juillet, mais c'est encore trop éloigné pour moi, répondit-il en l'embrassant de nouveau.

Submergée par un bonheur indicible, elle sourit.

— Puisque je vais devenir ta femme, puis-je te poser une question ?

— Tout ce que tu voudras, mon ange.

— Que veut dire « TJ » ?

Il appuya son front contre le sien.

— Je suppose que je suis obligé de répondre, maugréa-t-il, puisque mon prénom figurera en toutes lettres sur le contrat de mariage.

— Ça ne peut pas être si terrible que ça…

— C'est une horreur, crois-moi.

— Pourquoi ne me laisses-tu pas en juger par moi-même ? souffla-t-elle en prenant son visage entre ses deux mains et en plongeant dans son regard.

— Tobias Jérôme, répondit-il en levant les yeux au ciel. Vraiment, je ne sais pas quelle mouche a piqué ma mère quand elle a affublé un pauvre enfant innocent d'un tel prénom.

Epilogue

— Bon, il n'en reste plus que deux à marier, maintenant, déclara TJ à ses frères, assis à ses côtés au bar.

Ils avaient décidé de fêter leur mariage au *Dusty Diamond*, en toute intimité. Seule la famille de TJ était invitée, et cela lui convenait parfaitement. Moins il y avait d'invités, plus vite il pourrait emmener Heather en lune de miel.

— A ton avis, qui sera le prochain ? demanda Sam.

— Certainement pas moi, répondit Nate. Personnellement, j'ai bien l'intention de renoncer aux femmes pour toujours.

— Allons donc, tu n'en crois pas un mot, répliqua Ryder, hilare.

TJ jeta un œil par-dessus son épaule, couvant du regard la femme de ses rêves, qui, pour l'instant, entretenait une discussion animée avec ses belles-sœurs ainsi que Mariah, la sœur de Bria.

— C'est aussi ce que je disais, il n'y a pas si longtemps, reprit-il. Et regarde-moi. Ne suis-je pas le plus heureux des hommes ?

— Peut-être, mais c'est juste parce que tu as mis la main sur une femme exceptionnelle, répliqua Nate. Finalement, elle n'est pas aussi folle que tu l'imaginais il n'y a pas si longtemps.

TJ ne put s'empêcher de sourire. Aucun de ses frères

ne pouvait imaginer ce qu'Heather et lui avaient traversé avant d'en arriver là. Et il n'avait aucune intention de les éclairer à ce propos.

— Alors, Jaron, peut-être, suggéra Lane.

Voyant que Jaron ne protestait pas, ses frères se tournèrent vers lui : il avait le regard rivé sur Mariah.

— Qu'est-ce que vous dites ? fit l'intéressé, émergeant de sa rêverie.

— On se demandait qui serait le prochain d'entre nous à se faire passer la corde au cou, résuma Lane avec un grand sourire.

Jaron secoua la tête.

— Vous feriez mieux de parier sur Nate, répliqua-t-il. Vous avez peu de chances de remporter la mise avec moi.

— Très bien, alors va pour Nate, lança TJ en plaquant un billet de cent dollars sur le bar.

— Qui d'autre veut parier ? demanda Ryder.

— Moi, fit Sam.

Alors qu'il regardait ses frères déposer leurs mises, Seth se rua vers lui.

— Papa *à moi* !

TJ se mit à rire et prit son fils dans ses bras. Heather lui avait expliqué que TJ avait l'intention de l'adopter et qu'il allait devenir son père. Le bambin avait aussitôt renoncé à l'appeler « Petit s'val » et opté pour « Papa ».

Voyant que ses frères étaient toujours en pleine discussion, TJ conduisit Seth auprès de la femme qu'ils aimaient tous les deux.

— Tu ne crois pas qu'il serait temps de filer en lune de miel ? lui glissa-t-il à l'oreille. Personnellement, je suis prêt.

— Moi aussi, répondit-elle avec un sourire éblouissant.

— Tu as préparé la valise de Seth pour son séjour chez Sam et Bria ? demanda-t-il en reposant le petit garçon, qui avait soudain envie de jouer avec son cousin Hank.

— Avant la cérémonie, Bria a demandé à Sam de mettre la valise et le siège bébé de Seth dans leur voiture.

TJ l'attira au creux de ses bras et lui prodigua un baiser qui les laissa tous les deux pantelants.

— Alors fichons le camp d'ici.

— Tu ne m'as pas dit où nous allions, remarqua-t-elle avec un sourire plein de promesses. Tu pourrais au moins m'indiquer dans quelle direction ça se trouve.

— Est-ce vraiment important ? demanda-t-il en riant.

Elle secoua la tête et, lorsqu'elle glissa la main dans la sienne, il fut le plus heureux des hommes.

— Tu as raison. Peu importe où nous allons, cow-boy, je serai toujours à tes côtés.

— Je t'aime, madame Malloy, murmura-t-il en l'embrassant une fois de plus.

Elle lui effleura tendrement la joue.

— Je t'aime, moi aussi… De tout mon cœur.

Retrouvez en février,
dans votre collection

Passions

Coup de foudre pour un Fortune, de Cindy Kirk - N°580

SERIE LA SAGA DES FORTUNE TOME 2

Trouver une nourrice pour Ollie, son fils de un an. C'est l'idée fixe d'Oliver Fortune Hayes depuis qu'il est arrivé à Horseback Hollow pour rendre visite à sa famille. Le petit garçon est en effet très perturbé depuis la mort de sa mère, et il est grand temps de lui offrir un environnement stable et une baby-sitter aimante et attentionnée. Pourtant, Oliver ne s'attendait pas à ce que la candidate idéale soit une femme aussi ravissante que Shannon Singleton. Lorsqu'il la voit pour la première fois, le désir naît aussitôt en lui, impétueux, irrésistible. Et seul le rappel à l'ordre de Shannon lui permet de reprendre ses esprits : malgré leur attirance mutuelle, il est hors de question de mettre en danger leur accord professionnel... ainsi que le bonheur d'Ollie.

Pour protéger son secret, de Dani Wade

Jacob Blackstone... Depuis qu'elle est revenue s'installer dans sa ville natale, Katie n'a qu'une angoisse : revoir cet homme qu'elle a passionnément aimé et qu'elle a dû quitter sans pouvoir lui annoncer sa grossesse. Quand elle tombe nez à nez avec lui, en plein centre-ville de Black Hills, elle comprend pourtant que la réalité dépasse largement ses craintes. Jacob est plus troublant et plus sûr de lui que jamais. Un Blackstone pur et dur, qui ne lui pardonnera jamais son silence. Comment, dans ces conditions, lui avouer qu'il est le père de son petit Carter ?

SERIE TULLE BLANC ET LUNE DE MIEL TOMES 1 ET 2

Mariée... ou presque, de Kat Cantrell - N°581

Et dire que deux ans plus tôt elle a failli épouser cet homme insupportable d'arrogance ! Quand elle aperçoit Keith Mitchell au salon du mariage qu'il organise sur une île des Antilles, le souvenir de cette lamentable erreur revient aussitôt à la mémoire de Cara. Il l'a peut-être abandonnée devant l'autel, c'est vrai, mais, de toute façon, quel avenir aurait-elle eu avec un mari qui ne l'épousait que par devoir ? Alors, même si son cœur bat la chamade lorsqu'elle croise le regard de son ex-fiancé, elle ne se laissera pas détourner de son objectif : elle est là pour présenter sa nouvelle collection de robes de mariée, et enfin enterrer le passé.

Une alliance surgie du passé, de Kat Cantrell

Un soir de fête à Las Vegas, une rencontre bouleversante, un coup de folie, et voilà comment, deux ans plus tôt, Meredith s'est retrouvée mariée à un parfait inconnu, avant d'annuler cette union insensée. Enfin, du moins croyait-elle l'avoir annulée. Car elle vient de se rendre compte qu'elle était toujours, d'un point de vue légal, la femme du fascinant Jason Lynhurst. Jason, qui la sidère lorsqu'il lui impose un étonnant chantage : elle obtiendra le divorce à condition qu'elle reste à ses côtés le temps que l'importante fusion prévue au sein de la maison de couture des Lynhurst ait lieu. Et, surtout, qu'elle l'aide dans son plan pour en devenir le directeur.

Retrouvez en février,
dans votre collection

Passions

Père de famille ou séducteur ?, de Shirley Jump - N°582

Lui, un... père de famille ? Luke ne se serait jamais imaginé dans cette situation. Et pourtant, en face de lui, c'est bien sa fille, la petite Maddy, qui ouvre de grands yeux bleus identiques aux siens. Le cœur battant, Luke ne peut s'empêcher de tourner un regard incrédule vers Peyton Reynolds, la tante de Maddy, qui s'occupe d'elle depuis que la mère de la fillette est morte. Car revoir Peyton a été un choc presque aussi grand pour Luke que l'annonce de sa paternité. La jeune fille timide d'autrefois est devenue une femme sûre d'elle, irrésistible... et très méfiante à son égard. Malgré tout, la décision de Luke est vite prise : en mettant un terme immédiat à sa vie de fêtes et de flirts, il espère prouver à Peyton qu'il sera un père idéal pour Maddy... dont il compte bien obtenir la garde.

Les surprises de la destinée, de Victoria Pade

Jamais elle ne se remettra de l'épreuve qu'elle vient de subir lors de sa visite à Denver, Kyla en est certaine. Pas après avoir manqué mourir dans un incendie, et vu sa cousine et son époux périr dans les flammes... L'unique petite lueur qui vient éclairer son âme, c'est d'être parvenue à sauver Immy, sa filleule désormais orpheline. Seule, Kyla va devoir apprendre à s'occuper du bébé dont elle a obtenu la garde. Seule, vraiment ? Beau Camden, son amour de jeunesse, semble apparemment décidé à l'aider dans cette rude tâche. Certes, ce n'est pas à lui qu'elle accorderait en premier lieu sa confiance. Mais, dans son immense désespoir, elle n'a d'autre choix que de remettre son sort entre les mains de celui qui lui a brisé le cœur...

Un refuge près de l'océan, de Charlene Sands - N°583

Moonlight Beach : la toile de fond idéale pour quelqu'un qui cherche à soigner une peine de cœur. Le soleil, les plages paradisiaques, la douce musique du Pacifique invitent au calme et à l'apaisement. Spontanément, Jessica n'aurait pas choisi de se réfugier dans la villa de Zane, le mari de sa défunte sœur, pour retrouver des forces, mais elle doit admettre que le cadre est enchanteur. Pour ajouter à son bonheur, Zane prend très au sérieux sa convalescence et la comble d'attentions qui adoucissent peu à peu sa peine. Trop, peut-être. Car, très vite, elle ne peut plus se passer de la présence de Zane à ses côtés, ni des frôlements du corps de cet homme interdit qui l'attire comme un aimant.

Dans le piège de l'amour, de Brenda Harlen

Nathan Garrett est désemparé. Alors qu'Allison Caldwell travaille depuis des années pour Garrett Furniture, il a fallu attendre ce repas de Noël de l'entreprise pour que son charme et sa beauté lui sautent aux yeux, lui faisant l'effet d'une véritable bombe. Et lui, d'ordinaire si flegmatique, n'a pu résister à l'envie de se pencher sur ces lèvres sensuelles et de lui donner un baiser sous le gui. Pourtant, il comprend rapidement qu'Allison n'est pas comme ses conquêtes habituelles. Sans explication, après cette soirée magique, la jeune femme le fuit, le chasse, l'entraînant dans un jeu du chat et de la souris qui pourrait bien finir par le rendre fou.

Retrouvez en février,
dans votre collection
Passions

Unie à son ennemi, de Lauren Canan - N°584

HERITAGES ET PASSIONS

Son ranch : voilà la seule chose qui compte pour Shea Hardin. Un ranch que sa famille loue depuis des générations. Alors, si une clause ancienne du contrat signé au XIXe siècle la contraint aujourd'hui à épouser l'odieux fils des propriétaires pour conserver son bien, elle n'hésitera pas une seconde ; elle s'unira à Alec Morreston et vivra à ses côtés une insupportable année. Sauf que Shea se rend compte très vite que la plus grande épreuve ne sera pas de subir chaque jour l'arrogance de cet homme autoritaire, mais bien de résister au feu du désir qu'il fait naître en elle…

Tout effacer, tout recommencer, de Helen Lacey

Tanner ici, à Crystal Point ? Ils ne se connaissent pourtant pas, se sont à peine parlé ! Lorsque Cassie découvre sur le pas de sa porte le frère de son défunt petit ami, elle reste interdite. Que veut-il ? Récupérer la maison qui lui revient de droit, les laissant elle et Oliver, son fils chéri, sans domicile ? Ou simplement rencontrer son unique neveu ? Quel que soit son dessein, cette visite inquiète Cassie, et la trouble. Car ses sentiments pour cet homme magnétique ont toujours été des plus déconcertants…

Composé et édité par HARLEQUIN

Achevé d'imprimer en décembre 2015

BRODARD & TAUPIN

La Flèche
Dépôt légal : janvier 2016

Pour l'éditeur, le principe est d'utiliser des papiers composés de fibres naturelles, renouvelables, recyclables, et fabriquées à partir de bois issus de forêts gérées selon un système d'aménagement durable. En outre, l'éditeur attend de ses fournisseurs de papier qu'ils s'inscrivent dans une démarche de certification environnementale reconnue.

Imprimé en France